Alle Rechte, einschließlich das des vollständigen oder
auszugsweisen Nachdrucks in jeglicher Form, sind vorbehalten.

Der Preis dieses Bandes versteht sich einschließlich der
gesetzlichen Mehrwertsteuer.

Umwelthinweis:
Dieses Buch wurde auf chlor- und säurefreiem Papier gedruckt.

Dance of Love

Nora Roberts
Die schöne Ballerina

Seite 7

Nora Roberts
Tanz der Liebenden

Seite 193

MIRA® TASCHENBUCH
Band 25682
1. Auflage: August 2013

MIRA® TASCHENBÜCHER
erscheinen in der Harlequin Enterprises GmbH,
Valentinskamp 24, 20354 Hamburg
Geschäftsführer: Thomas Beckmann

Copyright © 2013 by MIRA Taschenbuch
in der Harlequin Enterprises GmbH

Titel der nordamerikanischen Originalausgaben:

Reflections
Copyright © 1983 by Nora Roberts
erschienen bei: Silhouette Books, Toronto

Considering Kate
Copyright © 2001 by Nora Roberts
erschienen bei: Silhouette Books, Toronto

Published by arrangement with
HARLEQUIN ENTERPRISES II B.V./S.àr.l

Konzeption/Reihengestaltung: fredebold&partner gmbh, Köln
Umschlaggestaltung: pecher und soiron, Köln
Redaktion: Mareike Müller
Titelabbildung: Thinkstock/Getty Images, München
Autorenfoto: © by Harlequin Enterprise S.A., Schweiz
Satz: GGP Media GmbH, Pößneck
Druck und Bindearbeiten: CPI – Ebner & Spiegel, Ulm
Printed in Germany
Dieses Buch wurde auf FSC®-zertifiziertem Papier gedruckt.
ISBN 978-3-86278-744-9

www.mira-taschenbuch.de

Werden Sie Fan von MIRA Taschenbuch auf Facebook!

Nora Roberts

Die schöne Ballerina

Roman

Aus dem Amerikanischen von
Melanie Lärke

1. KAPITEL

Der Wind hatte die Luft abgekühlt. Er jagte dunkle Wolken vor sich her und pfiff durch die mitunter schon herbstlich verfärbten Blätter. Entlang der Straße zeigte sich mehr Gelb als Grün. Hier und da fielen vereinzelte Sonnenstrahlen auf flammendes Rot und leuchtendes Purpur. An diesem Nachmittag im September war zu spüren, dass der Sommer sich dem Ende zuneigte. Es wurde Herbst.

Regen lag in der Luft. Lindsay beschleunigte ihre Schritte, um vor dem drohenden Unwetter nach Hause zu kommen. Ein Windstoß zerzauste ihr das Haar. Unwirsch wischte sie ein paar Strähnen aus dem Gesicht. Eigentlich ging Lindsay bei jedem Wetter gern spazieren, doch weil sie es heute so eilig hatte, war ihr der Wind lästig. Sie hatte nicht einmal Augen für die ersten Anzeichen des nahenden Herbstes.

Vor drei Jahren war Lindsay nach Connecticut zurückgekehrt, um eine Ballettschule zu eröffnen. Seither hatte sie es nicht immer leicht gehabt, aber kaum ein Tag war so unerfreulich gewesen wie der heutige.

Angefangen hatte es mit einer verstopften Wasserleitung in ihrem Studio. Dann musste sie sich fünfundvierzig Minuten lang den Bericht einer begeisterten Mutter über die neuesten Heldentaten ihres Sprösslings am Telefon anhören. Kurz darauf zerrissen gleich zwei Kostüme, und zu guter Letzt wurde es einer ihrer Schülerinnen schlecht, die sich anscheinend den Magen verdorben hatte.

All diese Zwischenfälle hatte Lindsay mit Fassung ertragen. Doch dann streikte auch noch ihr Wagen. Das war zu viel! Als sie den Zündschlüssel im Schloss herumdrehte, spuckte und stöhnte der Motor wie üblich, aber anstatt nach einer Weile gutmütig anzuspringen, muckte und ruckte er so lange weiter, bis Lindsay sich geschlagen gab.

„Na, dann eben nicht", sagte sie laut und stieg verärgert wieder aus. Nach einem hilflosen Blick unter die Motorhaube machte sie sich zähneknirschend auf den vier Kilometer langen Heimweg.

Warum habe ich nicht einfach jemanden gebeten, mich nach Hause zu fahren? fragte sich Lindsay wenig später, als sie im trüben Licht die Straße entlangeilte. Nach zehn Minuten in der kühlen Luft konnte sie wieder klarer denken und sah ein, wie unüberlegt sie gehandelt hatte.

Das sind die Nerven, dachte sie, ich bin nur wegen der Ballettaufführung heute Abend so nervös.

Lindsay schob die Hände in die Taschen und schüttelte den Kopf. Sie wusste genau, dass die Aufführung selbst ihr keine Sorgen machte, denn alle Schülerinnen beherrschten ihre Aufgabe, und die Generalprobe hätte nicht besser verlaufen können. Überdies sahen die jüngsten Mädchen in ihren Ballettröcken so niedlich aus, dass die Zuschauer kleinere Fehler übersehen würden.

Nein, Lindsay dachte mit einem gewissen Unbehagen an die Stunden vor und nach der Vorstellung. Und an die Eltern ihrer Schüler. Es gab immer einige, die mit der Rolle ihres Kindes nicht zufrieden waren. Andere würden von ihr verlangen, mit den Übungen schneller voranzugehen. Und dann kamen die immer gleichlautenden Fragen: Warum kann meine Paula noch immer nicht Spitze tanzen? Warum hat die Tochter von Mrs Smith einen längeren Auftritt als meine? Wann kommt Sue endlich in die Klasse für Fortgeschrittene?

Lindsays Hinweise auf den kindlichen Körperbau, wachsende Knochen, Mangel an Ausdauer und noch nicht vorhandenes Gefühl für Timing brachten die Eltern nur selten zur Vernunft. Meistens erreichte sie mehr mit einer Mischung aus Schmeichelei, Eigensinn und Einschüchterung. Irgendwie schaffte sie es schließlich immer, mit allzu ehrgeizigen Vätern und Müttern fertig zu werden. Lindsay brachte sogar ein gewisses Verständnis für sie auf, weil ihre eigene Mutter nicht viel anders gewesen war.

Nichts hatte sich Mary Dunne sehnlicher gewünscht als

eine große Bühnenkarriere für ihre Tochter. Sie selbst war auch Tänzerin gewesen, aber ihre Voraussetzungen waren ungünstig. Da sie kurze Beine hatte und einen gedrungenen Körper, brachte sie es nur durch außergewöhnliche Willenskraft und unermüdliches Training zu einem Engagement bei der Ballettgruppe eines Tourneetheaters.

Mary war fast dreißig, als sie heiratete. Zu diesem Zeitpunkt hatte sie längst eingesehen, dass sie niemals Primaballerina werden würde, und sich für kurze Zeit als Ballettlehrerin betätigt. Aber ihre eigene Enttäuschung machte sie zu einer schlechten Lehrmeisterin.

Mit Lindsays Geburt änderte sich alles. Zwar hatte Mary den Traum, selbst eine große Tänzerin zu werden, begraben müssen, doch ihre Tochter würde es schaffen, davon war sie fest überzeugt.

Für Lindsay begann der Ballettunterricht mit fünf Jahren. Mary überwachte jeden ihrer Schritte. Schon bald war Lindsays Leben eine aufregende Mischung aus Unterricht, klassischer Musik und Ballettaufführungen. Mary achtete auf strengste Einhaltung einer bestimmten Diät und beobachtete besorgt das Wachstum ihrer Tochter. Als feststand, dass Lindsay nicht mehr als einen Meter sechzig erreichen würde, war sie erleichtert, denn Tänzerinnen wirkten auf erhobenen Spitzen achtzehn Zentimeter größer, und eine große Primaballerina hatte es oft schwer, Partner zu finden.

So blieb Lindsay klein wie ihre Mutter, war aber zu deren Stolz schlank und feingliedrig. Nach einer kurzen Übergangsperiode, in der Arme und Beine ihr ständig im Weg zu sein schienen, entwickelte sich Lindsay zu einem auffallend anmutigen Teenager mit feinem silberblonden Haar und leuchtend blauen Augen. Sie besaß die Figur der klassischen Balletttänzerin, und ihre graziösen Bewegungen täuschten darüber hinweg, wie durchtrainiert sie war.

Alle geheimen Wünsche Marys waren in Erfüllung gegangen.

Lindsay sah nicht nur aus wie eine Primaballerina, sie hatte auch das nötige Talent. Um das zu erkennen, brauchte Mary nicht erst die Beurteilung der Lehrer, sie sah es täglich mit eigenen Augen. Harmonie verband sich mit Technik, Ausdauer mit Können.

Mit achtzehn wurde Lindsay von einer New Yorker Balletttruppe engagiert. Sie blieb nicht eine von vielen, wie ihre Mutter, sondern wurde schon bald mit Solopartien betraut. Kurz vor ihrem zwanzigsten Geburtstag stand sie als Erste Tänzerin auf der Bühne. Zwei Jahre lang sah es so aus, als läge eine große Zukunft vor Lindsay. Doch dann zwang sie das Schicksal von heute auf morgen, ihre Karriere aufzugeben und nach Connecticut zurückzukehren.

Nun lehrte sie schon seit drei Jahren Tanz an ihrer Ballettschule, war jedoch im Gegensatz zu ihrer Mutter nicht verbittert, sondern nahm das Ganze gelassen hin. Schließlich war sie immer noch Tänzerin. Und daran würde sich auch nie etwas ändern.

Die Wolken schoben sich immer dichter vor die Sonne. Lindsay fröstelte, und sie wünschte, sie hätte ihre Jacke nicht im Wagen liegen lassen, denn der Schal, den sie umgeschlungen hatte, bedeckte kaum ihre nackten Arme.

Um warm zu werden, beschloss sie, einen Dauerlauf zu machen. Mühelos passten sich ihre Muskeln dem neuen Tempo an. Sie lief locker und anmutig. Die Bewegung machte ihr Freude, und bald waren die unerfreulichen Ereignisse des Tages vergessen.

Plötzlich brach das Unwetter los, und im Nu stand die Straße unter Wasser. Lindsay blieb stehen, starrte in die schwarzen Wolken und stampfte mit dem Fuß auf. „Bleibt mir denn heute nichts erspart?"

Ein gewaltiger Donnerschlag schien sich über sie lustig zu machen, und da Lindsay ihren Sinn für Komik nicht verloren hatte, musste sie herzlich lachen.

Als sie auf der anderen Straßenseite das Haus der Moorefields bemerkte, beschloss sie, Andy zu bitten, sie nach Hause zu fahren. Sie zog den Schal ein wenig fester um die Schultern und trat auf die Fahrbahn, um hinüberzulaufen.

Im selben Augenblick hörte sie wütendes Hupen. Erschreckt zuckte sie zusammen. Durch den dichten Regenschleier sah Lindsay einen Wagen auf sich zurasen. Mit einem Satz sprang sie auf den rettenden Bürgersteig zurück, glitt auf dem nassen Pflaster aus und landete unsanft in einer großen Pfütze. Bremsen quietschten, Reifen rutschten über nassen Asphalt.

Entsetzt kniff Lindsay die Augen zusammen.

„Sind Sie von allen guten Geistern verlassen?", brüllte jemand.

Erst nach einigen Sekunden wagte Lindsay die Augen wieder zu öffnen. Eine große Gestalt beugte sich über sie. Bei näherem Hinsehen erkannte Lindsay die scharf geschnittenen Gesichtszüge eines dunkel gekleideten Mannes. Dichte Brauen waren zornig zusammengezogen. Lindsay schätzte den Fremden auf etwa einen Kopf größer als sie selbst und nahm mit beruflichem Interesse zur Kenntnis, dass er ausgesprochen gut gewachsen war.

„Sind Sie verletzt?" Die Frage klang mühsam beherrscht.

Als Lindsay stumm den Kopf schüttelte, packte er sie mit einer heftigen Bewegung bei den Armen, zog sie aus der Pfütze und stellte sie auf die Beine.

„Laufen Sie immer blind durch die Gegend?" Er schüttelte sie einmal kräftig, bevor er sie losließ.

Lindsay kam sich plötzlich ziemlich dumm vor, denn natürlich hatte sie nicht genügend aufgepasst. „Es tut mir leid", setzte sie zu einer Entschuldigung an. „Ich habe mich umgesehen, aber ..."

„Umgesehen?", fiel er ihr ins Wort. „Dann sollten Sie vielleicht gelegentlich Ihre Brille aufsetzen!"

Über seinen Tonfall ärgerte sich Lindsay am meisten. „Ich trage keine Brille", erklärte sie würdevoll.

„Das sollten Sie aber."

„Ich habe sehr gute Augen." Sie strich sich mit der Hand das triefende Haar aus dem Gesicht.

„Warum laufen Sie dann wie ein blindes Huhn über die Straße?"

Langsam ging dieser Mensch Lindsay auf die Nerven. Sie stemmte die Arme in die Seiten und fauchte ihn an: „Ich habe mich bereits dafür entschuldigt – das heißt, ich wollte mich entschuldigen, bevor Sie mir über den Mund gefahren sind. Wenn Sie einen Kniefall erwarten, muss ich Sie leider enttäuschen. Hätten Sie nicht wie verrückt gehupt, dann wäre ich nicht in diese blöde Pfütze gefallen!" Sie fasste an die nassen Jeans. „Auf die Idee, sich bei mir dafür zu entschuldigen, sind Sie wohl noch nicht gekommen?"

„Nein, bin ich nicht. Warum sollte ich? Ist es meine Schuld, wenn Sie sich so tollpatschig benehmen?"

„Tollpatschig?" Lindsay wusste nicht, ob sie richtig gehört hatte. „Tollpatschig!", wiederholte sie empört, denn eine größere Kränkung konnte sie sich kaum vorstellen. Das ging erheblich zu weit. Niemand durfte sie so beleidigen. „Sie! Sie unverschämter Mensch!" Lindsays Wangen färbten sich tiefrot, und ihre Augen blitzten vor Zorn. „Sie haben mich fast zu Tode erschreckt, sind schuld daran, dass ich ins Wasser gefallen bin, beschimpfen mich, als wäre ich eine dumme Göre, und unterstehen sich auch noch, mich tollpatschig zu nennen?"

Die einzige Reaktion auf diesen leidenschaftlichen Temperamentsausbruch war ein leichtes Heben der Augenbrauen. „Wem der Schuh passt, der ziehe ihn sich an", erklärte der Fremde ungerührt, nahm Lindsay unsanft bei der Hand und zog sie hinter sich her.

„He! Was fällt Ihnen ein? Lassen Sie mich sofort los!" Sie versuchte, sich seinem Griff zu entziehen.

„Wollen Sie hier im Regen Wurzeln schlagen?" Er öffnete seinen Wagen auf der Fahrerseite und schob Lindsay ohne Umstände auf den Sitz. Unwillkürlich rückte sie weiter, um ihm Platz zu machen.

„Ich kann Sie wohl kaum hier stehen lassen", erklärte er brüsk, setzte sich neben Lindsay und knallte die Tür zu.

Der Regen prasselte auf das Wagendach und gegen die Scheiben. Lindsay betrachtete die schlanken Hände des Fremden auf dem Steuerrad. Die Hände eines Pianisten, dachte sie und fand ihn plötzlich gar nicht mehr so schrecklich unsympathisch. Doch dann drehte er ihr sein Gesicht zu, und sein Blick erstickte alle aufkeimenden freundlichen Gefühle.

„Wohin wollen Sie?"

Lindsay richtete sich kerzengerade auf. „Nach Hause. Anderthalb Kilometer geradeaus."

Prüfend sah er das Mädchen an seiner Seite zum ersten Mal genauer an. Ihr klares Gesicht war ungeschminkt. Die langen Wimpern waren auch ohne Mascara dunkel und wirkten voll und betonten das intensive Blau der Augen. Diese Frau ist mehr als nur schön, dachte der Fremde, sie hat eine besondere Ausstrahlung. Bevor er dazu kam, weitere Betrachtungen anzustellen, bemerkte er, dass Lindsay vor Kälte zitterte.

„Wenn Sie im Regen spazieren gehen, sollten Sie sich dementsprechend anziehen", sagte er milde, langte nach einer braunen Jacke auf dem Rücksitz und warf sie Lindsay auf den Schoß.

„Ich brauche keine …" Das Ende des Satzes ging in zweifachem Niesen unter. Danach legte sie sich ohne weiteren Widerspruch die Jacke über die Schultern, während der Unbekannte den Motor anließ. Schweigend fuhren sie durch den sintflutartigen Regen.

Mit einem Mal kam es Lindsay zu Bewusstsein, dass sie neben einem wildfremden Mann im Auto saß. Sie kannte fast alle Bewohner ihrer kleinen Heimatstadt wenigstens vom Sehen. Der Mann am Steuerrad war ihr noch nie begegnet, da war sie ganz sicher. Dieses Gesicht hätte sie bestimmt nicht vergessen.

In Cliffside, wo jeder jeden kannte, war es ganz natürlich, sich von vorüberfahrenden Wagen ein Stück mitnehmen zu lassen. Aber Lindsay hatte lange genug in New York gelebt, um zu wissen, wie gefährlich es sein konnte, mit Fremden zu fahren. Möglichst unauffällig rutschte sie näher zur Tür.

„Das fällt Ihnen ein bisschen spät ein", stellte der Mann ruhig fest.

Lindsay fuhr erschrocken zusammen. Sie fühlte sich ertappt und hatte zu allem Überfluss auch noch das Gefühl, der Unbekannte mache sich über sie lustig. Sie warf den Kopf in den Nacken und wies mit der Hand nach vorn.

„Hier ist es, halten Sie bitte jetzt an. Das Haus mit den Dachfenstern."

Als der Wagen vor einem weißen Holzzaun ausrollte, wandte Lindsay sich betont würdevoll an den Fremden, um sich so frostig wie möglich von ihm zu verabschieden.

„Sehen Sie zu, dass Sie schnell aus den nassen Kleidern kommen", riet er, ehe Lindsay auch nur die geringste Chance hatte, etwas zu sagen. „Und passen Sie in Zukunft besser auf, wenn Sie über die Straße laufen."

Lindsay drohte an ihrer Antwort zu ersticken, brachte jedoch keinen Laut über die Lippen. Hastig öffnete sie die Tür und sprang in den strömenden Regen hinaus. Mit einem kurzen Blick zurück zischte sie: „Tausend Dank für den freundlichen Rat!", und warf wütend die Tür hinter sich zu.

Um die Rückseite des Wagens herum rannte sie zum Gartentor und stürmte ins Haus, ohne zu bemerken, dass sie immer noch die Jacke des Fremden trug.

In der Diele blieb sie einen Augenblick lang stehen, schloss die Augen und atmete erst einmal tief durch. Ehe sie ihrer Mutter begegnete, musste sie ruhiger werden, denn sie wusste genau, wie verräterisch ihr Gesicht sein konnte.

Lindsays Karriere war ihr besonderes Talent, Gefühle mimisch und tänzerisch auszudrücken, sehr zugutegekommen, denn durch ihre große Ausdruckskraft vermochte sie ihre Rollen überzeugend darzustellen.

Im täglichen Leben erwies es sich dagegen nicht immer als Vorteil, dass man ihr jeden Gedanken vom Gesicht ablesen konnte. Hätte Mary ihre Tochter in ihrer augenblicklichen Erregung gesehen, so wäre Lindsay nicht davongekommen, ohne die ganze leidige Geschichte zu erzählen. Danach hätte sie sich die kritischen Bemerkungen ihrer Mutter anhören müssen, und dazu fühlte sie sich ganz bestimmt nicht mehr in der Lage.

Nass und erschöpft begann Lindsay die Stufen zum ersten Stock hinaufzusteigen. Bevor sie ihre Mutter sah, hörte sie deren ungleichmäßige Schritte. Zeit ihres Lebens würde Marys Hinken Lindsay an den tödlichen Unfall ihres Vaters erinnern.

„Hallo! Ich will mir nur schnell etwas Trockenes anziehen." Lindsay lächelte ihrer Mutter zu, die am Fuß der Treppe stehen geblieben war und sich auf den Geländerpfosten stützte.

Marys Haar war jugendlich blond gefärbt und sportlich geschnitten. Das geschickt aufgetragene Make-up verdeckte zwar kleinere Fältchen, aber leider nicht den Ausdruck ständiger Unzufriedenheit.

„Mein Wagen ist nicht angesprungen", fuhr Lindsay schnell fort, bevor ihre Mutter zu Wort kam. „Dann bin ich vom Regen überrascht worden, bevor mich jemand im Wagen mitgenommen hat. Heute Abend werde ich Andy bitten müssen, mich zur Vorstellung zu fahren."

„Du hast vergessen, ihm die Jacke zurückzugeben", stellte Mary fest. Während sie mit ihrer Tochter sprach, verlagerte sie ihr Gewicht noch stärker auf den Pfosten, denn bei feuchtem Wetter machte ihr die Hüfte sehr zu schaffen.

„Seine Jacke?" Verwirrt sah Lindsay auf die langen Ärmel, die zu beiden Seiten ihrer Schultern herabhingen. „Oh nein! Das darf doch nicht wahr sein!"

„Nun reg dich nicht gleich auf. Andy wird einen Abend ohne sie auskommen."

Lindsay war viel zu müde, ihrer Mutter zu erklären, dass die Jacke nicht Andy, sondern einem Fremden gehörte.

„Wahrscheinlich", stimmte sie obenhin zu. Dann trat sie einen Schritt zurück, legte ihre Hand auf die ihrer Mutter und meinte: „Du siehst müde aus. Hast du dich heute nicht genügend ausgeruht?"

„Behandle mich nicht ständig wie ein kleines Kind!", fuhr Mary sie an.

Lindsay zuckte zusammen und nahm schnell die Hand zurück. „Entschuldige bitte." Ihre Stimme klang beherrscht, aber man sah ihr an, dass die Zurückweisung sie verletzt hatte. „Ich geh nur schnell nach oben und ziehe mich um."

Sie wollte sich abwenden, doch Mary hielt sie am Arm zurück.

„Tut mir leid, Lindsay", seufzte sie. „Entschuldige, aber ich bin heute schlecht gelaunt. Dieses Wetter deprimiert mich sehr."

„Ich weiß", sagte Lindsay sanft.

Sie kannte den Grund für die Stimmung ihrer Mutter. An einem Tag wie heute waren ihre Eltern verunglückt. Regen und abgefahrene Reifen hatten den schrecklichen Unfall verursacht.

„Und es regt mich einfach auf, wenn du da so stehst und dich um mich sorgst, anstatt in New York zu sein."

„Mutter ..."

„Gib dir keine Mühe." Marys Stimme hatte einen scharfen Unterton. „Solange du nicht da bist, wo du hingehörst, habe ich keine ruhige Minute." Sie wandte sich ab und hinkte durch den Flur zurück.

Lindsay blickte ihr einen Moment nach, bevor sie weiter die Treppe hinaufstieg.

Wo ich hingehöre, wiederholte Lindsay im Geiste Marys Worte, als sie ihr Zimmer betrat. Wohin gehöre ich denn wirklich?

Sie schloss die Tür hinter sich und lehnte sich mit dem Rücken dagegen. Der Raum war groß und luftig mit zwei breiten, aneinander liegenden Fenstern. Auf dem Toilettentisch, der früher ihrer Großmutter gehört hatte, lagen Muscheln.

Lindsay hatte sie am nahe gelegenen Strand selbst gesammelt. In der Ecke stand ein Regal, vollgestopft mit Büchern aus der Kinderzeit. Den Orientteppich hatte sie nach Auflösung ihrer kleinen Wohnung aus New York mitgebracht. Der Schaukelstuhl stammte vom Flohmarkt und der Renoir-Druck aus einer Kunstgalerie in Manhattan.

Mein Zimmer, dachte sie, spiegelt die beiden Welten wider, in denen ich gelebt habe.

Über dem Bett hingen die blassrosa Spitzenschuhe, die sie bei ihrem ersten Solotanz getragen hatte. Während Lindsay näher trat, um die glatte Seide zu berühren, fiel ihr wieder ein, wie sie beim Annähen der Bänder vor Aufregung Magenschmerzen bekommen hatte. Sie erinnerte sich noch genau an die Begeisterung ihrer Mutter nach der Vorstellung und an die leicht gelangweilte Miene ihres Vaters.

Das liegt ein ganzes Leben zurück, dachte Lindsay und ließ die Hände herabsinken.

In Erinnerung an den Tanz, die Musik, den Zauber der Bewegung, an das Gefühl der Schwerelosigkeit lächelte Lindsay.

Doch sie hatte auch die raue Wirklichkeit nicht vergessen, die unweigerlich der Verzauberung folgte – die verkrampften Muskeln, die blutenden Füße.

Weil sie sich auf der Bühne bis an die Grenzen ihrer Kraft verausgabte, fühlte sie sich nach der Vorstellung meist zu Tode erschöpft. Aber Schmerzen und Erschöpfung waren bald vergessen. Was zurückblieb, war das Gefühl tiefer Befriedigung. Sie hatte sich nie wieder so glücklich gefühlt wie in jener Zeit. Heute wie damals war der Tanz ihr Leben.

Lindsay strich mit der Hand über die Augen und kehrte in die Gegenwart zurück. Im Augenblick hatte sie an andere Dinge zu denken.

Sie zog die Jacke aus und hielt sie stirnrunzelnd vor sich hin. Was soll ich nur damit machen? dachte sie. Weil sie sich über den unverschämten Fremden so geärgert hatte, beschloss sie, gar nichts zu tun. Sollte er sich sein Eigentum doch holen, wenn er es vermisste. Und vermissen würde er die Jacke, so viel war sicher, denn sie war aus sehr gutem Material gemacht und hatte bestimmt sehr viel gekostet.

Sie ging zum Schrank und hängte das Jackett auf einen Bügel. Dann zog sie sich aus, schlüpfte in einen warmen Morgenrock und schloss mit Nachdruck die Schranktüren.

Bevor sie ihr Zimmer verließ, nahm sie sich vor, sowohl die Jacke als auch deren Eigentümer zu vergessen.

2. KAPITEL

Zwei Stunden später stand Lindsay am Eingang ihres Studios zum Empfang der Gäste bereit.

Sie trug eine weit geschnittene perlgraue Seidenbluse und einen schmalen Rock aus weicher Wolle im gleichen Farbton. Ihr Haar fiel glänzend und weich auf die Schultern. Sie wirkte ruhig, selbstsicher und sehr elegant.

Der größte Raum der Schule war heute Abend kaum wiederzuerkennen. Für den Auftritt der kleinen Tänzerinnen hatten Lindsay und ihre Helferinnen vor der Spiegelwand eine Bühne aufgebaut, deren Vorhang im Augenblick noch heruntergelassen war.

Vor der Bühne gruppierten sich im Halbkreis die Sitzplätze der Zuschauer. An der Wand, gleich neben dem Eingang, standen auf einem langen Tisch Erfrischungen wie Kaffee und Kuchen, hübsch dekorierte Appetithappen und Käsespieße bereit. Für die Kinder gab es Limonade und heiße Schokolade.

Je mehr sich der kleine Saal füllte, desto lauter wurde das Stimmengewirr, denn fast jeder Besucher entdeckte Freunde oder Bekannte unter den Anwesenden, und überall fanden sich Gruppen und Grüppchen in lebhaftem Gespräch zusammen.

Von der Stereoanlage hinter der Bühne klang leise klassische Musik herüber, die Lindsay sorgfältig ausgewählt hatte, um das Publikum auf die bevorstehende Aufführung einzustimmen.

Im Augenblick bemühte sie sich, jeden Besucher so freundlich und zuvorkommend zu begrüßen, als wäre gerade er ein besonders gern gesehener Gast. Sie unterhielt sich mit Vätern und Müttern, Großeltern und Geschwistern und beantwortete geduldig immer wieder die gleichen Fragen. Niemand konnte ahnen, wie sehr sie sich zusammennehmen musste, um nach außen hin so ruhig und gelassen zu wirken.

Es nützte gar nichts, dass sie sich immer wieder sagte, es

sei einfach lächerlich, wegen einer einfachen Schulaufführung Lampenfieber zu haben. Sie war fast so aufgeregt wie früher vor ihren eigenen Auftritten als Solotänzerin.

Was bedeutete es schon, dass die Generalprobe so gut verlaufen war. Lindsay war zwar nicht, wie viele ihrer Künstlerkollegen, der Meinung, eine gelungene Generalprobe fordere das Unglück geradezu heraus, aber wie leicht konnte die eine oder andere ihrer Schülerinnen beim Anblick der vielen Menschen nervös werden.

Lindsay hoffte nur, die Zuschauer würden über Fehler hinwegsehen und mit Applaus nicht sparen, denn die Kinder hatten für das heutige große Ereignis monatelang fleißig und begeistert geübt und verdienten wirklich, für ihre Mühe belohnt zu werden.

Gerade war Mr Dingly, der Vater der kleinen Roberta, hereingekommen. Er schüttelte Lindsay die Hand. Im Gegensatz zu den meisten anderen Vätern war er jedoch nicht im Anzug erschienen, sondern ganz leger in einer hellen Hose mit Pullover.

Lindsay hatte es absichtlich unterlassen, auf ihren Einladungen um offizielle Kleidung zu bitten, weil sie wusste, wie sehr das Gelingen ihrer Vorführabende davon abhing, dass die Eltern ihrer Schülerinnen sich wohlfühlten. So schuf sie für diese Zusammenkünfte zwar stets einen festlichen Rahmen, sorgte aber gleichzeitig für eine ungezwungene und entspannte Atmosphäre. Entspanntes Publikum war leichter zufriedenzustellen, und zufriedene Zuschauer machten bei ihren Freunden und Bekannten Reklame für Lindsays Schule. Hauptsächlich dieser Mund-zu-Mund-Propaganda verdankte Lindsay den schnellen Erfolg ihres Studios.

Aber noch aus einem anderen Grund lag Lindsay sehr daran, die Schülervorführungen zu einem besonderen Erlebnis für Groß und Klein zu gestalten. Sie war sich darüber klar, dass viele Eltern und Großeltern auf ein beliebtes Fernsehprogramm oder auf einen gemütlichen Abend zu Hause oder mit Freunden verzichtet hatten, um den kleinen Tänzerinnen durch ihre Anwesenheit eine Freude zu machen, und Lindsay fand, so viel selbstlose Liebe müsse belohnt werden.

So bemühte sie sich immer wieder, Abwechslung in das Programm zu bringen. Für jedes Kind schrieb sie eine spezielle Choreografie, die seinem Können entsprach, damit es seinen Angehörigen zeigen konnte, wie viel es im letzten Jahr schon gelernt hatte.

Als am Nachmittag das Unwetter losbrach, hatte sich Lindsay schon auf einen halb leeren Zuschauerraum gefasst gemacht. Darum empfand sie jetzt, beim Anblick der vielen Menschen, die sich weder von Sturm noch Regen hatten abschrecken lassen, Dankbarkeit und Rührung.

In diesem Augenblick war sie froh, nach Cliffside zurückgekehrt zu sein. Gewiss, sie hatte New York geliebt – die erregende Atmosphäre der Großstadt, die Herausforderung ihres Berufes –, aber sie schätzte die beschauliche Ruhe ihrer jetzigen Umgebung und fühlte sich den Menschen dieser kleinen Stadt verbunden.

Vielleicht sollte jeder einmal seine Heimat verlassen, dachte sie, um später zurückzukehren. Nicht unbedingt, um für immer dort zu bleiben, aber um den Ort der Kindheit als Erwachsener aus einer anderen Perspektive zu erleben.

Gerade lächelte die Mutter einer ihrer Schülerinnen Lindsay von Weitem zu. Sie hatte sie früher als Babysitter betreut, wenn die Eltern abends ausgegangen waren. Wie schön war es, so viele vertraute Gesichter um sich versammelt zu sehen, Gesichter, von denen sie die meisten schon seit ihrer Kindheit kannte.

„Lindsay!"

Lindsay drehte sich erfreut um und begrüßte eine ehemalige Schulkameradin, deren Tochter die Anfängerklasse besuchte.

Jackie hatte sich in den letzten Jahren kaum verändert. Sie war hübsch und schlank wie als junges Mädchen und wirkte immer noch genauso tüchtig wie damals, als sie neben ihrer harten Arbeit für die Schule noch in vielen Komitees tätig gewesen war.

„Hallo, Jackie! Wie schön, dich zu sehen. Ist dein Mann auch mitgekommen?"

„Natürlich, was denkst du denn? Und auch unser Sohn. Du kannst dir gar nicht vorstellen, wie aufgeregt wir alle sind!"

Lindsay folgte Jackies Blicken und entdeckte deren Mann, der sich gerade mit einem der anderen Herren unterhielt. Jackie hatte den früher von allen Mädchen umschwärmten Leichtathleten ein Jahr nach ihrer Abschlussprüfung geheiratet. Inzwischen war er zum Direktor einer großen Versicherungsgesellschaft aufgestiegen. Jetzt sah er zu Lindsay herüber und winkte ihr lebhaft zu.

„Das gehört sich auch so. Je größer das Lampenfieber, desto besser die Vorstellung, heißt es", tröstete Lindsay die Freundin.

„Na, hoffentlich hast du damit recht. Patsy liegt so viel daran, ihren Vater heute zu beeindrucken. Du weißt ja, wie sehr sie an ihm hängt."

„Keine Sorge! Sie wird ihre Sache großartig machen. Und Daddy wird begeistert sein, wenn er seine Tochter in ihrem neuen Röckchen sieht. Übrigens, ich habe mich noch gar nicht richtig für deine Hilfe beim Nähen der Kostüme bedankt. Ohne dich hätte ich es nicht geschafft."

„Oh, das hat mir großen Spaß gemacht", versicherte Jackie. Mit einer Kopfbewegung deutete sie auf ein älteres Ehepaar, das gerade auf den Tisch mit Erfrischungen zusteuerte. „Wenn nur die Großeltern nichts an Patsy auszusetzen haben."

Lindsay musste lachen, denn sie wusste, wie sehr gerade diese Großeltern ihrer jüngsten Enkelin zugetan waren. Die Kleine konnte in ihren Augen überhaupt nichts verkehrt machen.

„Du hast gut lachen", meinte Jackie mit leichtem Vorwurf in der Stimme. „Kannst du dir vorstellen, wie schwierig der Umgang mit Großeltern manchmal sein kann? Und erst recht mit der übrigen angeheirateten Verwandtschaft!" Sie sah Lindsay von der Seite an und fügte, als sei es ihr gerade eingefallen, hinzu: „Ach, was ich noch sagen wollte … kannst du dich an meinen Vetter Ted erinnern?"

Lindsay ahnte, was kommen würde. Ihre Antwort klang sehr zurückhaltend. „Ja."

„Er hat in nächster Zeit geschäftlich hier in der Gegend zu tun und kann ein paar Tage bei uns bleiben." Jackie tat ganz unbefangen. „Er hat sich am Telefon wieder nach dir erkundigt."

„Jackie …", begann Lindsay mit fester Stimme, aber ihre Freundin ließ sie gar nicht erst zu Wort kommen.

„Warum lässt du dich nicht einmal von ihm zum Abendessen einladen? Seit er dich im vorigen Jahr bei uns kennengelernt hat, ist er tief beeindruckt von dir. Ständig fragt er, ob ich dich in letzter Zeit gesehen hätte und wie es dir geht. Ted wird nur einige Tage in Cliffside sein, du brauchst also keine Angst zu haben, er könnte dir lästig werden. Habe ich dir eigentlich schon erzählt, dass er in New Hampshire ein außerordentlich gut gehendes Geschäft besitzt? Eisenwaren."

„Ja." Lindsay bemühte sich, ruhig zu bleiben.

Es gehörte zweifellos zu den Nachteilen des Kleinstadtlebens, dass ständig irgendwelche wohlmeinenden Freunde oder Bekannte das Bedürfnis hatten, unverheiratete junge Frauen unter die Haube zu bringen. Seit es ihrer Mutter gesundheitlich wieder besser ging, bemühte man sich immer häufiger, Lindsay mit heiratsfähigen jungen Männern bekannt zu machen.

So konnte es nicht weitergehen. Lindsay waren die Einladungen lästig, und sie mochte es nicht, wenn andere sich in ihre Privatangelegenheit einmischten. Das wollte sie ein für alle Mal klarstellen.

„Jackie, du weißt, wie beschäftigt ich bin …"

„Natürlich, Lindsay. Und ich bewundere dich für das, was du in so kurzer Zeit aus der Schule gemacht hast. Die Kinder sind alle ganz verliebt in dich. Aber eine Frau sollte nicht nur für ihre Arbeit leben. Sie braucht auch mal ein wenig Abwechslung und Unterhaltung, meinst du nicht?" Ohne eine Antwort abzuwarten, erkundigte sie sich: „Zwischen Andy und dir ist doch nichts Ernstes?"

„Nein. Wieso? Aber …"

„Dann besteht doch kein Grund, nicht ab und zu mal mit einem männlichen Wesen auszugehen, als ständig zu Hause herumzusitzen."

„Meine Mutter …"

„Als ich neulich bei euch war, sah sie viel besser aus. Ich glaube, sie hat sogar ein bisschen zugenommen."

„Ja, aber …"

„Ted kommt wahrscheinlich übernächste Woche. Ich werde ihm ausrichten, er soll dich anrufen", erklärte Jackie, wandte sich schnell um und gesellte sich wieder zu ihrer Familie.

Lindsay wusste nicht recht, ob sie über diese einseitige Unterhaltung verärgert oder belustigt sein sollte. Eins zu null für Jackie, dachte sie. Vielleicht hat sie nicht einmal ganz unrecht, und ich sollte mich wirklich nicht so abkapseln. Was ist schon dabei, wenn ich einen Abend mit Jackies Cousin ausgehe? Er ist zwar ziemlich langweilig, aber leider habe ich in den letzten Jahren keine interessanten Männer kennengelernt. Was soll's? Ein Abend ohne meine Mutter wird mir bestimmt guttun.

Mit einem Blick auf die Uhr stellte Lindsay fest, dass es Zeit wurde, sich um ihre Schülerinnen zu kümmern. Sie winkte dem einen oder anderen Gast zu, durchquerte eilig den Raum und betrat das angrenzende Umkleidezimmer.

In dem allgemeinen Durcheinander bemerkte zunächst niemand Lindsays Anwesenheit. Aufgeregt rannten einige Schülerinnen hin und her, andere standen schwatzend in Gruppen zusammen oder halfen sich gegenseitig beim Anlegen der Kostüme. Etwas abseits des Trubels versuchte eine ältere Schülerin, sich auf eine schwierige Schrittkombination zu konzentrieren. Zwei Fünfzehnjährige zankten sich um einen Spitzenschuh.

Lindsay war an das übliche Chaos vor Ballettaufführungen gewöhnt. Es regte sie nicht weiter auf. Um die Kinder auf sich aufmerksam zu machen, hob sie beide Arme und rief mit lauter Stimme: „Ruhe bitte!"

Sofort trat absolute Stille ein. Alle Augen wandten sich aufmerksam der Lehrerin zu.

„In zehn Minuten fangen wir an. Beth, Josy", wandte Lindsay sich an zwei große Mädchen, „helft bitte den Kleinen."

Sie selbst beugte sich herunter, um die Bänder schlecht befestigter Spitzenschuhe fester zu schnüren, klopfte hier aufmunternd eine Schulter, versuchte, mit wenigen Handgriffen zerzauste Frisuren wieder in Ordnung zu bringen, und gab sich alle Mühe, die aufgeregten Kinder zu beruhigen.

„Miss Dunne", fragte Ginny, „Sie haben doch meinem Bruder nicht erlaubt, in der ersten Reihe zu sitzen? Er schneidet immer dumme Gesichter, und dann kann ich vor Schreck einfach nicht weitertanzen."

„Keine Sorge, er sitzt in der zweitletzten Reihe."

„Miss Dunne, ich schaffe bestimmt den zweiten Sprung nicht!"

„Natürlich schaffst du ihn. Das wäre doch gelacht!"

„Miss Dunne, Kate hat sich die Fingernägel rot angemalt!"

Abwesend murmelte Lindsay: „Hmm." Sie wurde langsam unruhig, weil Monika, die Klavierspielerin, noch immer nicht eingetroffen war.

„Ich finde, wir sehen alle viel zu blass aus", beschwerte sich eine der Kleinsten. „Wir sollten wirklich auf der Bühne Make-up tragen!"

„Das könnte dir so passen!" Lindsay konnte kaum ein Lächeln unterdrücken.

In diesem Augenblick betrat eine große junge Frau von ungefähr zwanzig Jahren den Umkleideraum durch die Hintertür.

„Monika! Gott sei Dank, dass du endlich da bist. Ich wollte schon Schallplatten auflegen."

Monika Anderson war ein sehr sympathisches Mädchen. Ihr krauses blondes Haar umrahmte ein fröhliches, mit Sommersprossen übersätes Gesicht. Lindsay mochte sie besonders gern, weil sie immer gut gelaunt und hilfsbereit war.

Monika studierte Musik, um Pianistin zu werden, und verdiente sich ihr Studium unter anderem als Klavierbegleiterin. Bei den Schülerinnen war sie sehr beliebt, weil sie die klassischen Kompositionen notengetreu und ohne überflüssige Schnörkel spielte, durch die eine Tänzerin nur zu leicht aus dem Rhythmus geraten konnte. Leider war sie kein Muster an Pünktlichkeit.

„Nur noch fünf Minuten bis zum Auftritt!", rief Lindsay Monika zu, die sich noch einmal zur Tür umdrehte.

„Kein Problem. In einer Sekunde bin ich draußen."

Niemand hatte bis jetzt das Mädchen bemerkt, das neben dem Eingang stehen geblieben war. Monika nahm es schnell bei der Hand. „Ich möchte dich nur noch mit Ruth bekannt machen. Sie ist Tänzerin."

Lindsay blickte in mandelförmige Augen, die ein schmales Gesicht beherrschten. In der Mitte gescheiteltes schwarzes Haar fiel glatt bis weit über die Schultern herab. Die zarten Gesichtszüge waren durchaus nicht gleichmäßig geschnitten, wirkten jedoch vielleicht gerade deshalb besonders anziehend.

Ruth stand ruhig und gelassen da, nur in ihren Augen entdeckte Lindsay eine gewisse Unsicherheit, die sie dazu veranlasste, ihre Hand auszustrecken und mit einem warmen Lächeln zu sagen: „Hallo, Ruth, ich freue mich, dich kennenzulernen."

„Dann geh ich jetzt und sorge schon mal dafür, dass die Leute sich hinsetzen", erklärte Monika. Als sie hinausgehen wollte, hielt Ruth sie am Ärmel fest.

„Aber Monika …"

„Ach ja. Ich soll dir sagen, dass Ruth dich sprechen möchte, Lindsay." Während sie aus dem Zimmer ging, rief sie über die Schulter zurück: „Keine Angst, Kleines. Lindsay tut dir schon nichts!"

Ruth biss sich auf die Lippen. Tiefe Röte stieg ihr in die Wangen.

Um ihr aus der Verlegenheit zu helfen, legte ihr Lindsay leicht die Hand auf die Schulter. „Wenn du mir hilfst, die Gruppe für die erste Szene aufzustellen, werde ich gleich Zeit haben, mich mit dir zu unterhalten."

„Ich möchte Ihnen auf keinen Fall lästig sein, Miss Dunne."

Lindsay wies mit der Hand auf das Durcheinander um sie herum. „Davon kann überhaupt keine Rede sein. Ich könnte ein wenig Hilfe gut gebrauchen."

Mit Befriedigung sah sie, wie sich Ruths Gesicht entspannte, und bevor sie selbst ihre ganze Aufmerksamkeit den Schülerinnen zuwandte, bemerkte Lindsay, mit welch natürlicher Anmut sich das junge Mädchen bewegte.

In wenigen Minuten standen die Kinder für den ersten Auftritt bereit. Jetzt herrschte im Ankleidezimmer erwartungsvolle Stille. Lindsay öffnete leise die Tür zur Bühne und machte Monika ein Zeichen mit der Hand. Sogleich setzte die Einführungsmusik ein, und die Schülerinnen tanzten auf die Bühne.

Schon nach den ersten Pirouetten der kleinen Tänzerinnen brandete Applaus auf. Lindsay lächelte Ruth an. „Schau nur, wie reizend sie aussehen. Es macht wirklich nichts, wenn ein paar Schritte nicht ganz korrekt sind." Dann fragte sie sachlich: „Wie lange hast du schon Unterricht?"

„Seit ich fünf Jahre alt war."

Lindsay nickte, während ihre Augen auf die Bühne gerichtet blieben. „Und wie alt bist du jetzt?"

„Siebzehn. Seit vergangenem Monat."

Lindsay lächelte, beobachtete aber immer noch ihre Schülerinnen. „Ich habe auch mit fünf Jahren angefangen. Meine Mutter war Tänzerin, weißt du? Sie meinte, man könne nicht früh genug mit dem Unterricht beginnen."

„Ich habe Sie in New York auf der Bühne gesehen. Sie tanzten die Dulcinea in *Don Quichotte*."

So viel Begeisterung klang aus dieser Bemerkung, dass Lindsay sich überrascht umdrehte. „Wirklich? Und wann war denn das?"

„Vor fünf Jahren. Ich werde es nie vergessen!"

Ruths Augen glänzten vor Bewunderung, doch als Lindsay ihr mit der Hand über das Haar strich, wich sie zurück.

Lindsay tat, als hätte sie es nicht bemerkt. „Danke für das Kompliment", meinte sie und fügte nach einer kleinen Pause hinzu: „*Don Quichotte* war immer mein Lieblingsballett. Es hat so viel Schwung, so viel Feuer."

„Ich werde auch eines Tages die Dulcinea tanzen." Das war eine ganz ruhige Feststellung.

Lindsay sah Ruth prüfend an und dachte: Ich habe noch nie jemanden gesehen, der rein äußerlich so gut für diese Rolle geeignet ist. „Willst du mit dem Studium weitermachen?"

„Ja."

Lindsay neigte den Kopf zur Seite, während sie das Mädchen weiter betrachtete. „Bei mir?"

Ruth nickte, bevor die Frage ganz ausgesprochen war. „Ja."

In diesem Augenblick verließ die erste Gruppe unter großem Applaus des Publikums die Bühne. Lindsay lobte die Kinder, als sie an ihr vorüberliefen, und gab das Zeichen für den nächsten Auftritt.

Eine Weile verfolgte sie konzentriert die Vorgänge auf der Bühne. Dann nahm sie das unterbrochene Gespräch mit Ruth wieder auf.

„Morgen ist Samstag. Die erste Klasse fängt um zehn Uhr mit dem Unterricht an. Kannst du um neun kommen? Ich möchte, dass du mir etwas vortanzt, damit ich deine Leistungen beurteilen kann. Danach werde ich dir sagen, in welche Klasse du kommst. Bring normale Ballettschuhe und Spitzenschuhe mit."

Ruth strahlte. „Gut, Miss Dunne, ich werde um Punkt neun Uhr in der Schule sein."

„Es wäre gut, wenn deine Mutter oder dein Vater mitkommen könnten. Ich würde gern mit einem von ihnen sprechen."

„Meine Eltern leben nicht mehr. Sie wurden vor ein paar Monaten bei einem Verkehrsunfall getötet."

Lindsay hatte gerade die nächste Gruppe auf die Bühne gewinkt. Über die Köpfe der Kinder hinweg sah sie Ruth bestürzt an. Alle Freude war aus dem eben noch so strahlenden Gesicht gewichen.

Lindsay empfand tiefes Mitleid für das junge Mädchen. Nur allzu gut konnte sie nachempfinden, wie schmerzlich der Verlust beider Eltern gewesen sein musste. „Oh Ruth! Das ist schlimm. Es tut mir so leid."

Ruth schüttelte nur ablehnend den Kopf.

Schweigend standen sie sich gegenüber, während Ruth sich bemühte, ihre Fassung zurückzugewinnen.

„Ich lebe bei meinem Onkel." Als Ruth weitersprach, klang ihre Stimme beherrscht. „Wir sind gerade in ein Haus am Ende der Stadt eingezogen."

„Das kann nur Cliff House sein!", rief Lindsay erfreut. „Ich habe schon gehört, dass es verkauft worden ist. Wie herrlich muss es für dich sein, dort zu wohnen. Ich liebe dieses Haus! Es ist wunderschön!"

Ruth sah ausdruckslos vor sich hin und schwieg.

Sie mag es nicht, dachte Lindsay. Sie hasst es, dort zu wohnen. Und wieder stieg Mitleid für das elternlose Mädchen in ihr auf.

In möglichst neutralem Ton sagte sie: „Dann kann vielleicht dein Onkel mit dir kommen. Wenn es ihm morgen nicht passt, soll er mich bitte anrufen. Meine Telefonnummer findet er im Telefonbuch. Aber es ist wichtig, dass ich ihn spreche, bevor ich einen Übungsplan für dich aufstelle."

Ein plötzliches Lächeln erhellte Ruths Gesicht. „Danke, Miss Dunne, ich freue mich schon."

Lindsay hörte es gerade noch, während sie schnell auf zwei Kinder zuging, die in ihrer Aufregung etwas zu laut miteinander sprachen.

„Pst! Seid leise, ihr beiden! Man kann euch ja bis in den Zuschauerraum hören!"

Als sie mit einem der beiden Störenfriede auf dem Arm zu ihrem Platz am Eingang der Bühne zurückkehrte, war Ruth verschwunden.

Ein seltsames Mädchen, dachte Lindsay und schmiegte den Kopf an den Nacken des Kindes auf ihrem Arm. Sie muss sehr einsam sein nach dem Tod ihrer Eltern. Wie gut, dass ich meine Mutter noch habe und meinen Beruf.

Während die Schülerinnen der Mittelstufe eine kurze Szene aus dem Ballett *Dornröschen* vorführten, überlegte Lindsay, wie wohl das Verhältnis des Onkels zu seiner Nichte sein mochte. Hatte er Verständnis für sie? War er nett zu ihr?

Morgen, dachte Lindsay, werde ich mir zuerst einmal ansehen, ob Ruth überhaupt tanzen kann und für welche meiner Gruppen sie geeignet ist.

Es hatte immer noch nicht aufgehört zu regnen. Schon seit Stunden lag Lindsay im Bett und war immer noch hellwach.

Seltsam, dachte sie, sonst schlafe ich immer besonders gut ein, wenn es draußen ungemütlich ist und ich mich in meinem Zimmer geborgen fühle. Liegt es an den Nachwirkungen des ereignisreichen Tages, dass ich nicht zur Ruhe komme?

Der Abend war genauso erfolgreich verlaufen, wie Lindsay es gehofft hatte. Die Zuschauer hatten die zum Teil ganz beachtlichen Leistungen der größeren Mädchen mit viel Applaus belohnt und waren von den Kleinen hellauf begeistert gewesen. Immer wieder mussten sich die Tänzerinnen nach der Vorstellung vor dem Publikum verneigen.

Es wäre schön, wenn ich bis zur nächsten Aufführung auch ein paar Jungen in der Schule hätte. Wir könnten dann noch viel mehr Abwechslung ins Programm bringen.

Sie nahm sich vor, einige Eltern speziell daraufhin anzusprechen.

Im Augenblick war Lindsay dankbar dafür, dass der Abend ohne Pannen abgelaufen war. Im Geiste sah sie wieder die glückstrahlenden Gesichter ihrer Schülerinnen vor sich, und sie wusste, dass die Kinder in den nächsten Wochen ganz besonders eifrig beim Training sein würden.

Einige Mädchen haben wirklich Talent, dachte Lindsay, und damit kehrten ihre Gedanken wieder zu Ruth zurück.

Ob ihre neue Schülerin zu den Begabten gehörte, würde sich erst noch zeigen. Aber die Liebe zum Tanz leuchtete ihr förmlich aus den Augen. Lindsay hatte die Verletzlichkeit der jungen Tänzerin erkannt und hoffte sehr, ihr morgen nicht wehtun zu müssen.

Sie will die Dulcinea tanzen, erinnerte sich Lindsay und lächelte schmerzlich, denn sie wusste aus eigener Erfahrung, wie schnell große Hoffnungen von heute auf morgen zerstört werden konnten. Ruth hatte in ihrem jungen Leben schon genug Schweres erlebt, hoffentlich blieben ihr große Enttäuschungen erspart.

Das Schicksal dieses Mädchens, das sie gestern noch nicht kannte, lag Lindsay sehr am Herzen, vielleicht, weil sie sich noch so lebhaft an die Zeit erinnerte, als auch sie keinen größeren Wunsch gehabt hatte, als in der Rolle der Dulcinea auf der Bühne zu stehen. Es war, als hätte sich ein Kreis geschlossen.

Lindsay schloss die Augen und versuchte zu schlafen. Aber ihre Gedanken hielten sie wach.

Sie dachte kurz daran, in die Küche hinunterzugehen, um sich eine Tasse Tee oder Schokolade zu machen, schob den Gedanken aber gleich wieder von sich, weil sie befürchtete, ihre Mutter aufzuwecken.

Mary hatte einen leichten Schlaf, besonders bei Regenwetter, und da ihr Gesundheitszustand immer noch zu wünschen übrig ließ, brauchte sie dringend ihre nächtliche Ruhe.

Mary hatte sich notgedrungen mit ihrer Hüftverletzung abgefunden. Den Tod ihres Mannes konnte sie nicht verwinden. Nach dem tragischen Autounfall hatte sie tagelang in tiefem Koma gelegen. Die Ärzte hatten keine Hoffnung mehr. Es war wie ein Wunder, als sie aus der Bewusstlosigkeit erwachte.

Vom Tod ihres Mannes wagte man sie erst zu unterrichten, nachdem zwei weitere Wochen vergangen waren.

Zuerst schien Mary nicht zu begreifen, dass ihr Mann sie für immer verlassen hatte, dass sie ihn nicht mehr wiedersehen würde. Vielleicht weigerte sich auch ihr Unterbewusstsein, den Verlust hinzunehmen.

Erst nach dem Tode ihres Mannes ging es Mary auf, wie glücklich sie in ihrer Ehe gewesen war. Abgesehen von den kleinen Reibereien hatte zwischen den Eheleuten tiefes Einverständnis geherrscht. Sie hatten einander geschätzt und geachtet. Und für Mary war es immer selbstverständlich gewesen, dass ihr Mann sie in seiner ruhigen, unaufdringlichen Art umsorgte und beschützte.

Inzwischen hatte sie lernen müssen, mit ständigen Schmerzen und ohne ihren Mann zu leben.

Lindsay sah im Geiste ihre Mutter wieder am Fuß der Treppe stehen, sah den Ausdruck von Schmerz und Unzufriedenheit auf ihrem Gesicht. Würde sie ihr je begreiflich machen können, dass sie auch in ihrem jetzigen Beruf glücklich war? Warum wollte Mary denn nicht verstehen, dass Lindsays Karriere als Ballerina zu Ende war?

Wie so oft, wenn Lindsay über ihre Mutter nachdachte, fühlte sie sich hilflos und niedergeschlagen, und obgleich sie wusste, dass es nicht in ihrer Macht lag, Mary zu helfen, verspürte sie Gewissensbisse. Es war wie eine Bürde, die sie tragen musste. Niederdrückend dabei war besonders der Gedanke, dass ihr die Last von der eigenen Mutter aufgeladen wurde. Waren Mütter nicht dafür da, ihren Kindern das Leben zu erleichtern?

Schluss mit den unnützen Grübeleien, rief sie sich zur Ordnung. Mich trifft keine Schuld an Vaters Tod, und ich hätte New York nie verlassen, wenn mich die Umstände nicht dazu gezwungen hätten.

Ganz bewusst versuchte sie, an erfreulichere Dinge zu denken, zum Beispiel an den vergangenen Abend.

Lindsay hatte sich über den großen Applaus genauso gefreut wie ihre Schülerinnen. Der Erfolg der Aufführung würde den guten Ruf ihrer Schule festigen und den kleinen Tänzerinnen noch mehr Ansporn geben.

In diesem Augenblick vermochte Lindsay sogar über den unerfreulichen Beginn des Tages zu lächeln. Warum habe ich mich über ein paar unwichtige Kleinigkeiten nur so aufgeregt? fragte sie sich. Wieso bin ich wegen dieses unfreundlichen Fremden so aus der Fassung geraten? Er konnte wirklich nichts dafür, dass ich ihm fast ins Auto hineingerannt wäre. Darf ich ihm da übel nehmen, dass er grob geworden ist?

Ihr fielen die schönen Hände des Unbekannten ein, und sie erinnerte sich daran, wie angenehm seine Stimme gewesen war, wenn er sie nicht gerade angeschrien hatte.

Und plötzlich wünschte sie, er käme sich möglichst bald seine Jacke zurückholen.

Er wird Augen machen, wenn er anstelle der tollpatschigen Göre eine elegante junge Dame antrifft, dachte sie befriedigt, und über dieser erfreulichen Vorstellung schlief sie endlich ein.

3. KAPITEL

Am nächsten Morgen schien die Sonne. Nur ein paar Pfützen und der nasse Rasen erinnerten noch an das Unwetter der vergangenen Nacht. Leichter Dunst stieg von der Straße auf, und es war recht kühl.

Andy stellte die Heizung in seinem Wagen ein wenig höher, als er Lindsay aus der Haustür kommen sah.

Obgleich er sie seit fünfzehn Jahren kannte, schlug sein Herz jedes Mal höher, wenn er sie erblickte. Schon als kleiner Junge war er von Lindsays Schönheit überwältigt gewesen, und daran hatte sich bis heute nichts geändert.

Andy hatte schon lange erkannt, dass er sie liebte, machte sich aber über Lindsays Gefühle ihm gegenüber keine Illusionen. Zu seinem großen Kummer würde es nie mehr als Freundschaft zwischen ihnen geben.

Beschwingten Schrittes kam Lindsay auf den Wagen zugelaufen. Schon an ihrem Gang erkennt man, dass sie Tänzerin ist, dachte Andy und hielt ihr die Tür auf.

Lachend ließ sie sich neben ihn auf den Sitz fallen, umarmte ihn und küsste ihn herzlich auf die Wange. „Andy, was würde ich nur ohne dich tun?", rief sie. „Du bist heute mal wieder meine einzige Rettung!"

Liebevoll raufte sie ihm den ungebärdigen braunen Haarschopf, der sich nie so recht bändigen ließ. Andy bedeutete ihr sehr viel. Sie liebte diesen großen, zuverlässigen Mann wie einen Bruder, und obgleich er ein wenig älter war als sie, hegte sie ihm gegenüber oft mütterliche Gefühle.

„Es ist wirklich schrecklich lieb von dir, dass du mich ins Studio bringst."

Er atmete den frischen zarten Duft ihres französischen Parfüms ein und war sich schmerzlich ihrer körperlichen Nähe bewusst. Unauffällig rückte er ein wenig von ihr ab, sah sie zärtlich von der Seite an und meinte: „Aber, Kleines, das tu ich doch gern."

Lindsay legte ihm die Hand auf den Arm. „Du bist immer da, wenn ich dich brauche. Ich bin dir sehr dankbar dafür, Andy."

Er brummte verlegen etwas vor sich hin und konzentrierte sich auf die Fahrbahn.

„Ich habe gehört, deine Mutter kommt uns heute Nachmittag besuchen."

„Ja, ich weiß." Andy hielt das Steuer so entspannt wie jemand, der nicht auf die Strecke zu achten braucht, weil er sie Tag für Tag fährt. „Sie will Mary überreden, diesen Winter endlich nach Kalifornien zu reisen. Ich glaube, es würde ihrer Hüfte gut tun."

„Nicht nur der Hüfte. Sie braucht dringend ein wenig Abwechslung. Ich hoffe sehr, dass sie fährt."

„Ist es ihr in den letzten Tagen wieder schlechter gegangen?"

Lindsay seufzte. Vor Andy brauchte sie ihre Gefühle nicht zu verbergen. Er war ihr bester Freund, und es gab nichts, worüber sie nicht mit ihm sprechen konnte.

„Gesundheitlich geht es ihr sehr viel besser. In den letzten drei Monaten hat sie große Fortschritte gemacht. Aber ihr psychischer Zustand …" Lindsay hob in einer hilflosen Gebärde beide Hände. „Sie ist deprimiert. Ruhelos. Enttäuscht und unzufrieden. Hauptsächlich meinetwegen. Sie will, dass ich nach New York zurückkehre und wieder auftrete. Sie stellt sich vor, ich könnte einfach dort wieder anfangen, wo ich aufgehört habe. Ich kann ihr noch so oft erklären, warum es nicht geht, sie hört nicht mal richtig zu. Manchmal kommt sie mir vor wie der Vogel Strauß, der den Kopf in den Sand steckt. Sie muss doch wissen, was es in diesem Beruf bedeutet, drei Jahre lang auszusetzen, drei Jahre älter geworden zu sein." Sie lehnte den Kopf an die Nackenstütze und seufzte.

Andy überließ sie eine Weile ihren Gedanken. Eigentlich hörte er nichts Neues. Lindsay hatte ihm schon häufig ihr Leid geklagt. Dann sagte er leise: „Würdest du denn gern zurückkehren? Ich meine, wenn es möglich wäre?"

Sie drehte sich zu ihm herum und zog die Beine seitlich auf den Sitz. Nachdenklich und mit zusammengezogenen Brauen sah sie ihn an. „Ich weiß nicht recht. Wahrscheinlich nicht. Es würde doch nichts als Enttäuschung dabei herauskommen. Ich habe mich damit abgefunden, dass ich keine Primaballerina werde, und bin ganz zufrieden hier. Nur …"

„Nur?" Andy bog in eine Kurve ein und winkte im Vorüberfahren zwei Jungen auf Fahrrädern zu.

„Nun, manchmal bin ich doch ein wenig traurig. Die Bühne fehlt mir. Weißt du, ich habe diesen Beruf geliebt, auch wenn er mir manchmal das Letzte an Energie und körperlicher Kraft abverlangte. Ich war glücklich damals." Sie lächelte ein bisschen wehmütig und lehnte sich wieder bequem in den Sitz zurück. „Nun, was vorbei ist, ist vorbei. Doch versuch mal, das meiner Mutter klarzumachen. Selbst wenn ich zurückwollte, bestünde wohl kaum eine Chance, dass mich jemand nehmen würde. Ich weiß auch gar nicht, ob ich heute noch dasselbe leisten könnte wie vor drei Jahren."

Lindsay sah nachdenklich aus dem Fenster. Hinter den Bäumen zu beiden Seiten der Straße breiteten sich weite Stoppelfelder aus. Das Korn war schon lange abgeerntet. „Ich gehöre jetzt hierher. Hier ist mein Zuhause." Sie lachte leise vor sich hin. „Kannst du dich noch an die Streiche erinnern, die wir als Kinder ausgeheckt haben? Weißt du noch, wie wir uns einmal nachts davongeschlichen haben? Wir wollten unbedingt Cliff House von innen sehen. Es stand damals schon lange leer, und wir wollten wissen, ob es da wirklich Fledermäuse gab. Jemand hatte uns erzählt, abends gingen dort Geister um."

Andy musste nun auch lachen. „Fledermäuse haben wir zwar nicht gefunden, aber ich hätte schwören können, einen Geist gesehen zu haben. Wenn du wüsstest, wie ich mich gefürchtet habe. Meine Knie haben vor Angst geschlottert."

„Du warst ja auch noch ziemlich klein damals", meinte

Lindsay liebevoll spottend. „Aber es war schon ein tolles Erlebnis. Ich war ganz überwältigt von der Schönheit des Hauses ... Es ist übrigens verkauft worden."

„Das habe ich auch schon gehört." Andy sah sie kurz von der Seite an. „Hast du nicht damals geschworen, du würdest eines Tages darin wohnen?"

„Ja, habe ich. Es war mein großer Wunschtraum, ganz oben auf dem Turm zu stehen und wie eine verwunschene Prinzessin über das Land zu schauen. Ich stellte mir vor, wie wundervoll es wäre, in einem Haus mit hundert Zimmern zu leben und durch die endlos langen Korridore zu laufen", erinnerte sie sich verträumt.

„Na, hundert ist ein bisschen übertrieben. Aber an die beiden Flure kann ich mich auch erinnern. Das Haus ist das reinste Labyrinth", kam die nüchterne Antwort. „Es soll übrigens umgebaut worden sein. Der neue Besitzer muss eine Menge Geld investiert haben."

„Hoffentlich hat er dabei nicht den Charme des Hauses zerstört, das wäre furchtbar."

„Meinst du die Spinnweben oder die Nester der Fledermäuse?"

Lindsay knuffte ihn liebevoll. „Sei nicht albern. Ich meine die Harmonie der Räume, dieses wunderbare Licht, die reizenden Winkel und Ecken, die alte Pracht, die Großzügigkeit der ganzen Anlage. Ich habe mir immer vorgestellt, wie es wäre, dort ein prachtvolles, großes Fest zu feiern. Kerzen, Blumen, Menschen in festlichen Gewändern. Die Türen zum Garten stehen weit offen, und der Rasen breitet sich vor der großen Terrasse aus. Der Duft von Rosen und blühenden Sträuchern dringt in den Tanzsaal. Musik erklingt ..."

„Hallo, komm zurück auf die Erde! Die Fenster in dem alten Kasten haben seit mindestens zehn Jahren nicht mehr offen gestanden, aus dem Rasen ist eine Wiese geworden, und nirgendwo in ganz Neu-England findest du mehr Unkraut als in diesem Garten."

„Du hast eben keine Fantasie", stellte Lindsay bedauernd fest. „Da kann man nichts machen. Nun, wie dem auch sei, ich treffe mich gleich mit dem Mädchen, dessen Onkel das Haus gekauft hat. Weißt du etwas über ihn?"

„Nein, nichts. Mutter vielleicht. Sie hört ja immer die letzten Neuigkeiten."

„Ich mag Ruth", meinte Lindsay nachdenklich. „Aber sie wirkt irgendwie verloren. Wahrscheinlich ist sie viel allein und nicht sehr glücklich. Könnte ich ihr nur helfen."

„Warum soll sie unglücklich sein?"

„Sie hat beide Eltern vor Kurzem verloren. Ein Unfall. Aber das ist es nicht allein. Sie wirkt auf mich wie ein kleiner Vogel, der nicht weiß, ob die ausgestreckte Hand ihn fangen oder streicheln will. Ich wüsste gern, wie ihr Onkel ist."

„Was kann denn in deinen Augen an einem Mann nicht in Ordnung sein, dem Cliff House so gefällt, dass er es gekauft hat?"

„Kaum etwas", gab sie lachend zu, während Andy und sie ausstiegen.

„Ich sehe mir mal deinen Wagen an." Andy öffnete die Kühlerhaube.

Lindsay war neben ihn getreten und runzelte die Stirn. „Sieht furchtbar aus, nicht?"

„Es könnte deinem Wagen gewiss nicht schaden, wenn du ihn ab und zu mal reinigen lassen würdest." Andy schnitt eine Grimasse beim Anblick des völlig verschmutzten Motors und der geschwärzten Zündkerzen. „Hast du schon einmal was davon gehört, dass so ein Gefährt ein bisschen mehr als Benzin braucht? Gelegentlich muss auch das eine oder andere Teil ersetzt werden."

„Ich bin eben ein schlechter Automechaniker." Das klang zerknirscht.

„Du brauchst kein Automechaniker zu sein, um deinen Wagen in Ordnung zu halten."

„Oh je! Da hast du's mir aber gegeben! Ich bekenne mich

schuldig und gelobe Besserung." Lindsay warf Andy die Arme um den Nacken, gab ihm einen Kuss auf die Wange und fügte hinzu: „Kannst du mir noch ein einziges Mal verzeihen?"

Andy lachte gutmütig. „Ich kenne dich ja inzwischen und sollte mich eigentlich über nichts mehr wundern", meinte er und erwiderte den freundschaftlichen Kuss.

In diesem Augenblick hielt ein anderer Wagen neben ihnen am Bürgersteig.

„Das muss Ruth sein", sagte Lindsay. „Nochmals vielen Dank, Andy. Ich bin dir dankbar, dass du nach dem Rechten siehst. Wenn du schlechte Nachrichten für mich haben solltest, bring sie mir bitte schonend bei."

Als sie sich umdrehte, um Ruth entgegenzugehen, blieb sie vor Überraschung wie gelähmt stehen. Es dauerte einige Sekunden, bis sie wieder atmen konnte.

Der Mann, der an der Seite des jungen Mädchens auf sie zukam, war groß und dunkel. Bevor er den Mund öffnete, wusste Lindsay schon, wie seine Stimme klang.

Er sah ihr geradewegs in die Augen und schien nicht im Geringsten überrascht zu sein.

„Miss Dunne?" Ruths Frage klang unsicher, weil sie sich das fassungslose Gesicht ihrer Lehrerin nicht erklären konnte. „Sagten Sie nicht, ich sollte um neun hier sein?"

„Wie? Ach so. Ja, doch. Entschuldige bitte. An meinem Wagen ist irgendetwas nicht in Ordnung, und ich war einen Augenblick lang mit meinen Gedanken ganz woanders. Ruth, das ist mein Freund Andy Moorefield. Andy, Ruth …"

„Bannion", fügte Ruth sichtlich erleichtert hinzu. „Darf ich Sie mit meinem Onkel bekannt machen? Seth Bannion."

Andy schüttelte bedauernd den Kopf, als Ruth ihm die Hand geben wollte, und hielt ihr entschuldigend seine von Wagenschmiere völlig verschmutzten Hände entgegen.

„Miss Dunne." Seths Stimme klang so neutral, dass Lindsay im ersten Augenblick dachte, er hätte sie nicht erkannt. Ein

41

Blick in seine Augen belehrte sie eines Besseren. Er erinnerte sich nicht nur, er amüsierte sich ganz offensichtlich. Dennoch hätte seine Begrüßung nicht formeller und höflicher ausfallen können.

Na, wenn du es so willst, dachte Lindsay, dann halte ich mich eben auch an diese Spielregeln.

„Mr Bannion", sagte sie ebenso höflich, jedoch sehr distanziert, „ich freue mich, dass es Ihnen möglich war, Ruth heute Morgen zu begleiten."

„Oh, ich hatte absolut nichts Besseres zu tun."

Was will er nun mit diesen Worten ausdrücken? fragte sich Lindsay. Soll das ein Kompliment sein oder macht er sich über mich lustig? Sie wandte sich an Ruth. „Komm, wir wollen hineingehen."

Während sie auf das Haus zuging und in ihrer Tasche nach dem Schlüssel kramte, winkte sie noch einmal schnell zum Abschied in Andys Richtung.

„Es ist sehr freundlich von Ihnen, Miss Dunne, dass Sie mir erlaubt haben, heute Morgen schon so früh zu kommen." Ruths Stimme klang genau wie gestern, dunkel und ein wenig unsicher, als könne sie ihre Nervosität kaum unter Kontrolle halten. Lindsay bemerkte, wie sie sich an den Arm ihres Onkels klammerte.

Sie lächelte und legte Ruth leicht die Hand auf die Schulter. „Ich nehme mir immer gern ein bisschen Zeit, um eine neue Schülerin kennenzulernen." Sie spürte, dass Ruth die Berührung unangenehm war, und nahm wie zufällig ihre Hand zurück.

„Nun erzähl mir zuerst einmal, bei wem du bisher Unterricht gehabt hast", schlug sie vor, während sie die Studiotür aufschloss.

„Bei verschiedenen Lehrern." Ruth und ihr Onkel waren auf Lindsays einladende Geste hin ins Studio getreten. „Ich bin mit meinen Eltern viel herumgereist."

„Verstehe." Lindsay sah Seth an, aber dessen Miene blieb

ausdruckslos. „Bitte, machen Sie es sich inzwischen bequem, Mr Bannion", forderte sie ihn auf, wobei sie seine formelle Höflichkeit nachahmte.

Seth nickte wortlos und drückte schnell Ruths Hand, bevor er auf einem der Stühle an der Wand Platz nahm.

„Die meisten unserer Klassenräume sind nicht besonders groß", erklärte Lindsay, während sie die lange Jacke auszog, unter der sie bereits ihr blassgrünes kurzes Trainingstrikot trug. „An der Einwohnerzahl von Cliffside gemessen, haben wir zwar verhältnismäßig viele Schülerinnen, aber wir kommen auch ohne Säle zurecht."

Sie lächelte Ruth zu und streifte wollene Legwarmer über die grüne Strumpfhose. Seths Augen wirkten heute eigentlich mehr grün als grau, dachte sie unpassenderweise in diesem Moment und zog unwillig die Brauen über der Nasenwurzel zusammen, als sie nach ihren Ballettschuhen griff.

„Es macht Ihnen Freude zu unterrichten, nicht wahr?" Ruths eng anliegendes altrosa Trainingstrikot hob ihre dunkle Schönheit hervor.

Bevor Lindsay antwortete, erhob sie sich. „Ja, sehr." Dann legte sie eine Schallplatte auf und ging Ruth zur Spiegelwand voraus. „Zuerst ein paar Übungen an der Stange."

Lindsay legte die Hand auf die *barre* und bedeutete Ruth, die sich ihr gegenüber aufstellte, dasselbe zu tun. „Also jetzt die erste Position."

Der Spiegel reflektierte den Gleichklang ihrer Bewegungen. Obgleich Lindsay blond und Ruth dunkel war, bestand in diesem Augenblick eine starke Ähnlichkeit zwischen den beiden, denn sie waren nicht nur ungefähr gleich groß und gleich schlank, sondern bewegten sich auch mit derselben Leichtigkeit und Anmut.

„Und jetzt *grand plié*."

Mühelos gingen beide in die Kniebeuge. Lindsay achtete besonders auf Ruths Rücken, ihre Beine und die Stellung ihrer Füße, während sie langsam mit ihr die fünf Grundpositionen durchführte. An Ruths *pliés* und *battements* gab es nichts zu beanstanden. Aus jeder ihrer Gesten, jeder Bewegung sprach ihre Liebe zum Tanz.

Schmerzlich wurde Lindsay an ihre eigene Lehrzeit erinnert, an ihre Träume, ihre Wünsche. Ruth ist noch so jung, dachte sie. Hoffentlich erspart ihr das Schicksal große Enttäuschungen. Es war leicht, sich selbst in Ruth wiederzuerkennen, während sie beide in vollkommener Harmonie ihre Übungen durchgingen. Für beide gab es bis zum Verklingen der Musik nichts Wichtigeres als die Konzentration auf die Bewegung.

„Jetzt die Spitzenschuhe." Lindsay ging zur Stereoanlage, um eine andere Platte aufzulegen.

Im Vorübergehen bemerkte sie, dass Seth sie beobachtete. Er sah sie ganz ruhig mit unbewegtem Gesicht an, und doch lag in der Intensität seines Blickes etwas, das Lindsay beunruhigte. Sie versuchte, das Zittern ihrer Hände zu verbergen, als sie eine Ballettmusik von Tschaikowsky auflegte.

„Es dauert nicht mehr lange, Mr Bannion", wandte sie sich an Seth. „Höchstens noch eine halbe Stunde. Soll ich Ihnen inzwischen schnell eine Tasse Kaffee machen?"

Er ließ sich viel Zeit mit der Beantwortung dieser einfachen Frage, und seltsamerweise schlug Lindsay unterdessen das Herz bis zum Hals.

„Nein", sagte er schließlich, und beim Klang seiner Stimme wurde es Lindsay plötzlich warm. „Nein, vielen Dank."

Lindsay schritt steifbeinig, als hätte sie nicht gerade noch Lockerungsübungen gemacht, zur Spiegelwand und lehnte sich Halt suchend an die Stange. Sie ärgerte sich und wusste nicht, ob über sich selbst oder über Seth.

„Fertig, Ruth? Stell dich bitte in die Mitte der freien Fläche. Ich möchte jetzt einige *adagios* sehen."

Die meisten ihrer Schülerinnen mochten am liebsten schnelle Schrittkombinationen, *pirouettes* und Sprünge. Gerade deshalb legte Lindsay besonderen Wert darauf, ihnen die *adagios* – langsame, verhaltene Bewegungen, bei denen es auf Balance, Haltung und Stil ankam – nahezubringen.

„Können wir anfangen?"

„Ja, Miss Dunne."

Jetzt wirkt sie überhaupt nicht mehr scheu, dachte Lindsay, die den Glanz in Ruths Augen bemerkt hatte.

„Wir beginnen mit der vierten Position. Jetzt bitte eine langsame *pirouette*. Ja, gut. Fünfte Position."

Die Ausführungen waren sauber, die Bewegungen graziös. „Nun einmal vierte Position, dann *pirouette* und *attitude*. Schön." Lindsay schritt einmal ganz um Ruth herum, um ihre Haltung besser beurteilen zu können. „Jetzt *arabesque* und noch einmal *attitude*. Anhalten, *plié*!"

Ruth hatte ganz ohne Zweifel Talent. Darüber hinaus war sie diszipliniert und schien auch Ausdauer zu besitzen. Ihre zarte Schönheit würde ihr bei ihrer zukünftigen Karriere sehr zugutekommen.

Ich werde ihr helfen, dachte Lindsay. Sie fühlte sich zu Ruth hingezogen und freute sich über ihr Können. Gleichzeitig empfand sie aber auch Mitleid bei der Vorstellung an die Mühen und Entsagungen, die diesem jungen Geschöpf noch bevorstanden, denn es gab noch vieles zu tun. Dabei war es leichter, schwierige Schritte und Sprünge zu erlernen als den vollkommenen Gleichklang von Technik und Ausdruck. Aber sie wird das große Ziel bestimmt erreichen, sagte sich Lindsay, ich bin sicher, sie wird es schaffen.

Etwa fünfundvierzig Minuten waren vergangen. „Entspann dich", rief Lindsay und stellte den Plattenspieler ab. „Ganz offensichtlich hast du nur gute Lehrer gehabt."

Sie ging auf Ruth zu, die ihr erwartungsvoll und fast ängstlich entgegensah. Ohne an Ruths Scheu vor Berührungen zu denken, legte sie ihr beruhigend die Hände auf die Schultern, zog sie jedoch schnell wieder zurück, als sie deren Zurückweichen bemerkte.

„Du hast großes Talent. Aber", fügte sie lächelnd hinzu,

„das brauche ich dir wohl nicht erst zu bestätigen. Du weißt es selbst, nicht wahr? Du bist ja nicht dumm."

Mit Freude bemerkte Lindsay die Wirkung ihrer Worte. Ruths Gesicht schien plötzlich von innen heraus zu leuchten. Der Körper entspannte sich.

„Wenn Sie wüssten, wie viel mir gerade an Ihrem Urteil gelegen ist!"

Überrascht hob Lindsay die Augenbrauen. „Warum?"

„Weil Sie die beste Tänzerin sind, die ich in meinem Leben gesehen habe. Und wenn Sie nicht aufgegeben hätten, wären Sie heute die berühmteste Ballerina im ganzen Land! ,Die vielversprechendste amerikanische Tänzerin dieses Jahrzehnts' hat man Sie in einer Zeitung genannt. Davidov wählte Sie zu seiner Partnerin, und er sagte, Sie seien die bezauberndste Julia, mit der er je auf einer Bühne gestanden habe und ..."

Abrupt unterbrach Ruth ihren langen Redeschwall und errötete.

Lindsay war gerührt. Um ihre Verlegenheit zu überspielen, antwortete sie leichthin: „Ich fühle mich äußerst geschmeichelt. Solches Lob höre ich nicht alle Tage." Sie strich sich eine Haarsträhne aus dem Gesicht. „Die anderen Mädchen werden dir erzählen, dass ich als Lehrerin recht schwierig sein kann. Sehr streng. Ich verlange viel, besonders von meinen älteren Schülerinnen. Du wirst hart arbeiten müssen."

„Oh, das macht mir nichts aus."

„Sag mir, Ruth, welches Ziel hast du dir gesetzt?"

„Ich möchte tanzen und berühmt werden", kam die prompte Antwort. „Genau wie Sie."

Lindsay lachte kurz auf und schüttelte den Kopf. „Ich wollte immer nur tanzen", berichtigte sie. „Es war meine Mutter, die wollte, dass ich berühmt würde. Geh jetzt und zieh deine normalen Schuhe wieder an. Ich möchte inzwischen mit deinem Onkel sprechen. Der Unterricht für Fortgeschrittene ist samstags um ein Uhr, für die Spitzenklasse um halb drei.

Ich bestehe auf absolute Pünktlichkeit." Sie wandte sich an Seth. „Mr Bannion, würden Sie mich bitte in mein Büro begleiten?"

Ohne eine Antwort abzuwarten, ging sie schnell in den angrenzenden Raum voraus.

4. KAPITEL

Um gleich von vornherein klarzustellen, wer bei der folgenden Unterhaltung das Sagen hatte, schritt Lindsay hinter den Schreibtisch. Sie fühlte sich sicher und kompetent und fand ihre Position Seth gegenüber heute wesentlich günstiger als bei ihrem ersten Zusammentreffen.

Mit einer Handbewegung bat sie ihn, auf dem Stuhl ihr gegenüber Platz zu nehmen, und setzte sich dann selbst.

Seth ignorierte ihre Aufforderung. In aller Ruhe besah er sich die Fotos an der Wand und fasste gerade ein Bild besonders ins Auge, auf dem sie mit Nick Davidov den Schlussakt von *Romeo und Julia* tanzte.

„Vor einigen Jahren ist es mir gelungen, ein Poster von derselben Aufnahme zu kaufen. Ich schickte es Ruth. Es hängt immer noch in ihrem Zimmer." Er drehte sich um, trat aber keinen Schritt näher. „Ruth bewundert Sie grenzenlos."

Sein Tonfall war neutral, und doch hatte er Lindsay mit der kurzen Bemerkung zu verstehen gegeben, dass sie gerade wegen dieser Bewunderung große Verantwortung für Ruth trage. Lindsay fand es ziemlich überflüssig, diese Tatsache besonders zu betonen.

„Als Ruths Vormund", erwiderte sie, „sollten Sie genauestens über alles informiert sein, was sie hier tun wird und was ich von ihr erwarte, sobald sie hier mit dem Training angefangen hat."

„Der Experte auf diesem Gebiet sind Sie, Miss Dunne."

Das klang wie eine nüchterne Feststellung, wobei sich Lindsay aber durchaus nicht sicher war, ob es auch so gemeint war. Seths Blick lag unverwandt und forschend auf ihrem Gesicht, und Lindsay fragte sich, wie es möglich war, sie auf diese Art und Weise anzustarren und gleichzeitig so unverbindlich zu reden. Unbehaglich rutschte sie auf ihrem Sessel ein Stück nach vorn.

„Als ihr Vormund …"

„Als ihr Vormund", fiel ihr Seth ins Wort, „weiß ich vor allem eins – dass nämlich Tanzen für Ruth genauso wichtig ist wie Atmen." Er trat so nahe an Lindsay heran, dass sie den Kopf nach hinten beugen musste, um ihm in die Augen zu sehen. „Und ich weiß auch, dass ich sie Ihnen anvertrauen muss, bis zu einem bestimmten Punkt."

„Zu einem bestimmten Punkt? Was meinen Sie damit?"

„Das werde ich Ihnen erst in einigen Wochen sagen können. Bevor ich meine Entscheidung treffe, brauche ich mehr Informationen." Er ließ sie nicht aus den Augen. „Ich kenne Sie ja kaum."

Gekränkt, ohne recht zu wissen, warum, antwortete Lindsay spitz: „Ich Sie auch nicht."

„Stimmt." Er verzog keine Miene. „Ich nehme an, das Problem wird sich mit der Zeit von selbst lösen. Im Augenblick habe ich gewisse Schwierigkeiten zu begreifen, dass die bekannte Darstellerin der Giselle und das tollpatschige Mädchen von gestern ein und dieselbe Person sein sollen."

Lindsay atmete hörbar ein. Wütend fuhr sie ihn an: „Sie haben mich fast überfahren!" Vergessen war der Vorsatz, diesem Mann durch damenhafte Überlegenheit zu imponieren. „Wer mit solcher Geschwindigkeit durch die Gegend rast, noch dazu bei Regen, der sollte eingesperrt werden."

„Dreißig Kilometer kann man wohl kaum ‚rasen' nennen." Er blieb aufreizend ruhig. „Wenn ich fünfzig gefahren wäre, wie es auf dieser Straße erlaubt ist, dann hätte ich wahrscheinlich wirklich nicht mehr zeitig genug bremsen können. Sie haben sich nicht einmal umgesehen, bevor Sie die Straße überquerten."

„Die meisten Leute fahren zuerst einmal besonders vorsichtig, wenn sie in eine fremde Stadt kommen."

„Die meisten Leute gehen nicht ausgerechnet bei strömendem Regen spazieren. Ich habe gleich eine geschäftliche Verabredung", fuhr er sogleich fort, ohne Lindsay Gelegenheit zum Antworten zu geben. „Darf ich Ihnen für Ruths Schulgeld einen Scheck ausstellen?"

„Ich schicke Ihnen eine Rechnung." Die Antwort hätte nicht eisiger ausfallen können.

Obgleich sie sich maßlos über Seth geärgert hatte, folgte sie ihm höflich ein paar Schritte auf dem Weg zur Tür. In diesem Augenblick drehte er sich so plötzlich um, dass Lindsay, die sich dicht hinter ihm befand, mit ihm zusammenstieß.

Fassungslos starrte sie ihn an, entsetzt über die Reaktion ihres Körpers auf den physischen Kontakt mit diesem Mann.

Seth vergaß, dass er eigentlich etwas hatte sagen wollen. Er trat einen Schritt zurück, entschuldigte sich höflich mit einer Verbeugung und ging ins Nebenzimmer, wo Ruth schon auf ihn wartete.

Während des ganzen Tages musste Lindsay immer wieder an Seth denken. Sie wurde nicht klug aus ihm. An der Oberfläche wirkte er glatt und höflich, aber sie hatte seinen Temperamentsausbruch bei ihrem ersten Zusammentreffen erlebt und wusste, dass er nicht von Natur aus ruhig und beherrscht war. Auch heute hatte der Ausdruck seiner Augen seine Gelassenheit Lügen gestraft. Er ist wie ein Vulkan, dachte Lindsay. Das Äußere wirkt harmlos, aber unter der Oberfläche droht die Gefahr.

Ich sollte wirklich nicht mehr an ihn denken, hielt sie sich vor und konnte doch nicht verhindern, dass ihre Gedanken immer wieder zu ihm zurückkehrten. Er interessierte sie genauso sehr wie seine Nichte.

Während der ersten Unterrichtsstunde um ein Uhr beobachtete Lindsay Ruth genau. Sie achtete auf Technik und Ausdruck, aber noch mehr versuchte sie, das Wesen ihrer neuen Schülerin zu ergründen. Lindsay hatte nie Schwierigkeiten im Umgang mit anderen Menschen gehabt. Umso schwerer fiel es ihr, Ruths Zurückhaltung zu verstehen.

Das Mädchen schien sich hinter Schutzmauern zu verstecken. Es ging weder auf seine Mitschülerinnen zu, noch ließ es irgendjemanden an sich herankommen. Ruth war nicht etwa unfreundlich oder unhöflich, nur distanziert, und so hielt man sie für überheblich. Aber es war keine Überheblichkeit, so viel hatte Lindsay bereits erkannt, sondern Unsicherheit.

Lindsay erinnerte sich an die Art, wie Ruth sich morgens vor der Prüfung an ihren Onkel geklammert hatte. Bei ihm fühlte sie sich anscheinend sicher. Er ist wohl im Augenblick Ruths einziger Halt, dachte Lindsay. Ob er das weiß? Kennt er ihre Ängste und deren Ursache? Bemüht er sich, Ruth zu verstehen?

Lindsay führte eine Bewegung vor. Spielend leicht stellte sie sich auf die Spitzen und hob langsam ihre Arme.

Seth hatte ihrem Training mit Ruth so geduldig zugesehen. Was hatte er ihr hinterher eigentlich klarmachen wollen? Dass er sie nicht für fähig hielt, Ruth zu unterrichten? Oder was sonst? Sie konnte sich seine Bemerkung nicht erklären.

Verärgert darüber, dass ihre Gedanken sich immer noch mit Seth beschäftigten, wies sie sich selbst zurecht und konzentrierte sich während der letzten Unterrichtsstunden voll und ganz auf ihre Schülerinnen. Aber als die letzten Mädchen laut schwatzend aus dem Klassenzimmer rannten, waren alle guten Vorsätze vergessen. Lindsay glaubte, seine Augen wieder forschend auf sich gerichtet zu sehen und den Ton seiner Stimme zu hören.

Wenn das so weitergeht, gibt es Komplikationen, ermahnte sie sich, und die haben mir gerade noch gefehlt.

Befriedigt sah sie sich um. Mein Studio, dachte sie. Ich habe etwas daraus gemacht. Und wenn auch die meisten meiner Schülerinnen nie auf einer Bühne stehen werden, so freue ich mich doch jeden Morgen darauf, hier zu unterrichten. Und ich habe das Glück, mir meinen Lebensunterhalt mit einem Beruf zu verdienen, den ich liebe.

Ohne darüber nachzudenken, hatte sie eine Schallplatte aus dem Ständer genommen. Nun sah sie, dass sie die Musik zum

Ballett *Don Quichotte* in der Hand hielt. Ohne zu zögern, legte sie sie auf den Plattenspieler. Sosehr sie ihren jetzigen Beruf liebte, ab und zu brauchte sie die Stille ihres leeren Studios, um ganz für sich allein zu tanzen, ganz einfach aus reiner Freude an der Bewegung. Ihre Mutter hatte das nie verstehen können. Für Mary war Tanz eine Art Besessenheit, ein Zwang, für Lindsay Freude, Hingabe.

Ruth hatte heute Morgen Erinnerungen an die Rolle der Dulcinea heraufbeschworen, eine Rolle, die Lindsay immer ganz besonders geliebt hatte wegen ihres Schwungs, ihres ungebändigten Temperaments.

Mit dem Klang der ersten Töne versank ihre Umgebung. Lindsay war Dulcinea. Ihre Füße reagierten auf den Rhythmus mit kurzen schnellen Schritten. Ihr Körper erinnerte sich an die Musik und bewegte sich wie von selbst.

Der Spiegel reflektierte eine junge Frau in zartgrünem Trikot, doch Lindsay sah sich in schwarzem Tüll und rotem Satin, mit einer voll erblühten Rose hinter dem Ohr und einem spanischen Kamm im Haar. Sie tanzte voller Hingabe, und als sie sich zum Schluss in schnellen *fouettes* wieder und wieder um sich selbst drehte, hätte sie am liebsten nie mehr aufgehört zu tanzen. Mit dem Schlussakkord warf sie eine Hand über den Kopf, die andere um ihre Taille.

„Bravo!"

Lindsay wirbelte herum, atemlos vom Tanz und überrascht, festzustellen, dass sie einen Zuschauer gehabt hatte.

Seth Bannion saß auf einem der kleinen Holzstühle im Hintergrund des Klassenzimmers und applaudierte lebhaft.

Lindsay hatte zwar für sich allein getanzt, aber da sie daran gewöhnt war, vor Zuschauern ihren Gefühlen Ausdruck zu verleihen, kam ihr gar nicht der Gedanke, Seths Anwesenheit als unbefugtes Eindringen in ihre Privatsphäre anzusehen.

Sie errötete zwar im ersten Augenblick, blickte ihm aber ruhig entgegen, als er sich nun von seinem Platz erhob und auf sie zukam.

Sie sah in seine Augen und war plötzlich atemlos. Ihr Herz klopfte bis zum Halse, und dieses Herzklopfen war nur in geringem Maße auf die Anstrengung des Tanzes zurückzuführen. Sie brachte keinen Laut hervor, denn ihr Mund war wie ausgetrocknet. Mit einer Hand fuhr sie zum Hals und fühlte, wie ihr Blut heftig pulsierte.

„Es war wunderbar", murmelte Seth, ohne ihren Blick loszulassen.

Er nahm die Hand, die auf ihrem Hals lag, und führte sie an seine Lippen. Dann drückten seine Finger leicht ihr Handgelenk, und er fühlte ihren rasenden Pulsschlag.

„Es sah ganz leicht aus, wie Sie da tanzten. Ich hätte nie erwartet, dass Sie so außer Atem sind." Sein unerwartet herzliches Lächeln überraschte Lindsay. „Ich muss Ihnen danken für dieses Erlebnis, obgleich ich mir sicher bin, dass der Tanz nicht für mich bestimmt war."

„Ich … ich habe wirklich nicht für Zuschauer getanzt." Lindsay merkte, dass sie ihre Stimme nicht ganz unter Kontrolle hatte. Sie versuchte, ihm ihre Hand zu entziehen, aber er hielt sie noch einen Augenblick fest, bevor er sie losließ.

„Das habe ich bemerkt. Eigentlich müsste ich jetzt sagen, dass es mir leidtut, einfach hier eingedrungen zu sein, aber ich bedaure es kein bisschen."

Lindsay war nicht nur von seinem Charme überrascht, sondern von diesem neuen Seth regelrecht bezaubert. Sie konnte die Augen nicht von seinem Gesicht wenden und merkte erst, als sie ein Zucken in seinen Mundwinkeln entdeckte, dass er sich über sie amüsierte.

Um ihre Gelassenheit zurückzugewinnen, nahm sie die Schallplatte und steckte sie in die dazugehörige Schutzhülle.

„Sie brauchen sich nicht zu entschuldigen. Ich bin es gewöhnt, vor Publikum zu tanzen. Hatten Sie einen besonderen Grund für Ihr Kommen?"

„Ich verstehe nur wenig vom Ballett. Was war das, was Sie da eben getanzt haben?"

53

„*Don Quichotte.*" Lindsay stellte die Schallplatte in das Regal zurück. „Ruth hatte mich gestern Abend daran erinnert. Sie möchte eines Tages die Dulcinea tanzen, gestand sie mir."

„Und? Wird sie das?"

„Ich glaube schon. Sie hat außergewöhnliches Talent." Lindsay schaute ihn direkt an. „Warum sind Sie gekommen?"

Sein Lächeln ist beunruhigend, fand Lindsay und hoffte, er würde sie nicht weiter auf diese Weise ansehen.

„Um Sie zu treffen." Als er Lindsays Überraschung bemerkte, setzte er schnell hinzu: „Und um mit Ihnen über Ruth zu sprechen. Heute Morgen war es einfach nicht möglich."

Lindsay versuchte, eine professionelle Miene aufzusetzen. „Da haben Sie recht. Es gibt wirklich einiges zu bereden. Heute Morgen hatte ich den Eindruck, Sie seien nicht sehr daran interessiert."

„Aber ganz im Gegenteil." Wieder dieser beunruhigende Blick. „Ich möchte mit Ihnen beim Abendessen darüber sprechen."

„Beim Abendessen?"

„Ja. Ich lade Sie zum Abendessen ein. Dann können wir uns in Ruhe über alles unterhalten."

Lindsay wusste nicht, wie sie auf diese Einladung reagieren sollte. „Ich weiß nicht recht ... das kommt sehr überraschend und ich ..."

Er nickte. „Fein, dass Sie nichts dagegen haben. Ich hole Sie um sieben ab."

Bevor Lindsay antworten konnte, schritt er zur Tür. „Ihre Adresse kenne ich ja bereits."

Lindsay hatte das weiße Wollkleid gekauft, weil sie sich in ihm damenhaft elegant vorkam. Das feine, weiche Material schmiegte sich an ihren Körper und brachte ihre biegsame, schlanke Figur vorteilhaft zur Geltung. Der große halsferne Kragen schmeichelte ihren zarten Gesichtszügen.

Sie betrachtete sich kritisch im Spiegel und war mit ihrer

Erscheinung sehr zufrieden. Eine reife, selbstbewusste junge Frau sah ihr entgegen, und Lindsay sah sich gern in dieser Rolle, denn sie vermittelte ihr das angenehme Gefühl, dem Treffen mit Seth Bannion gewachsen zu sein.

Während sie an ihn dachte, bürstete sie ihr Haar so lange, bis es im Licht der Lampe auf ihrem Toilettentisch Funken zu sprühen schien.

Warum lege ich nur so großen Wert darauf, ihn zu beeindrucken? fragte sie sich, und da sie sich selbst gegenüber ehrlich war, musste sie zugeben, dass sie ganz außergewöhnlich von ihm angezogen war – wahrscheinlich gerade, weil sie nicht recht wusste, was sie von ihm halten sollte. Im Allgemeinen pflegte sie Menschen, die sie kennenlernte, schnell in bestimmte Kategorien einzuordnen. Aber bei Seth war das nicht so einfach möglich. Hier hatte sie es mit einer komplizierten Persönlichkeit zu tun, und es reizte sie, ihn näher kennenzulernen.

Vielleicht ist aber auch alles ganz einfach zu erklären, versuchte sie, sich einzureden. Vielleicht mag ich ihn nur, weil er Cliff House gekauft hat.

Nach einem letzten Blick in den Spiegel ging sie zum Schrank, nahm das Jackett heraus und faltete es sorgfältig zusammen. Dabei dachte sie, dass es lange her war, seit sie eine Verabredung mit einem Mann gehabt hatte.

Die Kinobesuche mit Andy und die schnellen Imbisse hinterher in einem einfachen Restaurant konnte sie nicht mitrechnen, fand sie. Andy war ihr Jugendfreund. Er war der Bruder, den sie sich immer gewünscht hatte. Mit ihm zusammen zu sein hatte nichts mit einer Verabredung zu tun.

Unbewusst spielte Lindsay mit dem Kragen der Jacke, in der noch ein ganz leichter Duft von Seths Rasierwasser hing. Wie lange ist es her, seit ich zum letzten Mal mit einem Mann ausgegangen bin, fragte sie sich. Drei Monate? Vier?

Sechs Monate, entschied sie. In den letzten drei Jahren war sie nicht öfter als höchstens fünfmal ausgegangen. Und davor? Davor hatte es für sie nur das Theater gegeben.

Bereute sie das etwa? Nein, warum sollte sie? Ihr hatte damals nichts gefehlt, und was sie vor drei Jahren verloren hatte, war durch ihren heutigen Beruf ersetzt worden.

Sie blickte auf ihre rosa Ballettschuhe an der Wand und strich noch einmal zart mit der Hand über Seths Jacke. Dann nahm sie entschlossen ihre Handtasche und verließ ihr Schlafzimmer.

Die hohen Absätze ihrer eleganten Schuhe klapperten leicht auf den Treppenstufen, als sie in die Diele hinunterlief. Ein Blick auf ihre kleine goldene Uhr sagte ihr, dass sie noch ein paar Minuten Zeit hatte. Sie legte ihre Handtasche und Seths Jackett auf die alte Kommode und ging auf das Zimmer ihrer Mutter zu.

Seit Marys Rückkehr aus dem Krankenhaus wohnte sie im Erdgeschoss. Zunächst machte es ihre Krankheit unmöglich, die Treppen zu bewältigen, und später ersparte sie sich gern die Mühe. So hatte jede der beiden Frauen ein Stockwerk für sich allein und ein großes Maß an Privatsphäre.

Zwei Räume neben der Küche waren in ein Wohn- und ein Schlafzimmer für Mary umfunktioniert worden. Im ersten Jahr schlief Lindsay auf dem Sofa in dem Wohnzimmer, um immer in Hörweite ihrer Mutter zu sein. Selbst heute hatte sie noch einen leichten Schlaf und wachte auf, sobald irgendwelche alarmierenden Geräusche aus Marys Schlafzimmer zu vernehmen waren.

Als Lindsay leise an die Wohnzimmertür klopfte, hörte sie Radiomusik.

„Mutter, ich …"

Sie unterbrach sich und blieb stehen. Mary saß im Lehnstuhl. Sie hatte die Füße hochgelegt und hielt ein Fotoalbum auf dem Schoß, das Lindsay nur allzu gut kannte. Es war groß und dick und, damit es noch für künftige Generationen erhalten bliebe, in Leder gebunden. Die Seiten waren mit Fotos und Zeitungsausschnitten gefüllt. Da gab es Kritiken, Interviews und Informationen. Alle betrafen Lindsay Dunnes Karriere als Tänzerin. Es begann mit den ersten Zeilen, die der „Cliffside Daily" über sie geschrieben hatte, und endete mit einem Bericht der „New York Times". Ihr ganzer beruflicher Werdegang war in diesem Buch enthalten.

Wie so oft, wenn Lindsay ihre Mutter beim Durchblättern dieser Erinnerungen beobachtete, wurde sie von Schuldgefühlen und Hilflosigkeit überwältigt. Zögernd trat sie ins Zimmer.

„Mutter."

Erst jetzt blickte Mary auf. Ihre Augen glänzten vor Erregung, und ihre Wangen waren rot überhaucht.

„Eine lyrische Tänzerin", zitierte sie aus einem Artikel, ohne hinzusehen, „mit der Schönheit und Anmut einer Göttin. Atemberaubend. Clifford James", fügte sie hinzu, während Lindsay auf sie zukam, „einer der schärfsten Kritiker überhaupt. Du warst damals erst neunzehn."

„Von dieser Kritik war ich auch ganz überwältigt", erinnerte sich Lindsay und legte ihre Hand auf Marys Schulter. „Ich glaube, ich schwebte eine ganze Woche lang auf Wolken."

„Er würde heute noch genau dasselbe über dich sagen, da bin ich mir sicher."

Lindsay sah von dem Zeitungsartikel auf. Sie fühlte, wie ein Nervenstrang in ihrem Nacken steif wurde. „Heute bin ich fünfundzwanzig."

„Trotzdem. Du weißt es so gut wie ich. Wir …"

„Mutter!" Lindsay schnitt ihr scharf das Wort ab und hockte sich dann, ihre Heftigkeit bedauernd, neben Marys Sessel. „Entschuldige. Aber ich möchte nicht mehr darüber sprechen, bitte."

Sie legte ihrer Mutter eine Hand an die Wange. Warum ist sie nur so starrsinnig? dachte Lindsay verzweifelt und sagte: „Ich habe nicht mehr viel Zeit. In einer Minute muss ich gehen."

Mary sah das Flehen in den Augen ihrer Tochter und bewegte sich unbehaglich in ihrem Stuhl. „Carol hat mir gar nicht gesagt, dass ihr heute Abend ausgehen wolltet."

Lindsay fiel ein, dass Andys Mutter den ganzen Nachmittag bei Mary verbracht hatte. Sie richtete sich wieder auf und suchte nach einer unverfänglichen Erklärung. „Ich gehe heute auch nicht mit Andy aus." Sie strich sich unsicher glättend über ihr Kleid.

„Nein?" Mary sah erstaunt auf. „Mit wem dann?"

„Mit dem Onkel einer neuen Schülerin." Lindsay sah ihre Mutter offen an. „Sie hat großes Talent. Du musst sie unbedingt bald kennenlernen, auch du wirst begeistert sein."

„Und was ist mit diesem Onkel?" Mary starrte auf das offene Album.

„Ich weiß noch nicht viel über ihn, außer dass er Cliff House gekauft hat."

„So?" Jetzt blickte Mary interessiert auf, denn sie wusste, wie sehr Lindsay dieses Haus liebte.

„Ja. Anscheinend sind sie schon vor ein paar Wochen dort eingezogen. Ruth wohnt bei ihrem Onkel. Sie ist Waise." Lindsay sah die traurigen Augen des jungen Mädchens wieder vor sich. „Ich interessiere mich sehr für sie und möchte mit ihrem Onkel einiges besprechen."

„Beim Abendessen!"

„Richtig." Ein wenig missmutig, weil sie eine einfache Einladung zum Abendessen ihrer Mutter gegenüber rechtfertigen musste, wandte Lindsay sich zur Tür. „Ich glaube nicht, dass es spät wird. Kann ich noch irgendetwas für dich tun, bevor ich gehe?"

„Ich bin kein Krüppel." Marys Mund kniff sich zusammen, ihre Hände umkrampften die Lehnen ihres Sessels.

„Ich weiß." Lindsays Stimme klang besänftigend.

Beklommenes Schweigen breitete sich zwischen den beiden Frauen aus. Warum, dachte Lindsay, wird die Kluft zwischen uns beiden größer, je länger wir zusammenleben?

Die Klingel am Eingang unterbrach schrillend die Stille. Mary sah die Unentschlossenheit im Gesicht ihrer Tochter und wandte ihren Blick bewusst auf das Buch in ihrem Schoß zurück.

58

„Gute Nacht, Lindsay."

„Gute Nacht." Mit schlechtem Gewissen verließ Lindsay das Zimmer und durchschritt die Diele. Es gibt nichts, was ich ändern könnte, sagte sie sich, und ich habe damals die einzig mögliche Entscheidung getroffen. Am liebsten wäre sie in diesem Augenblick aus dem Haus gelaufen und immer weiter und weiter gerannt, bis zu einem Ort, von dem sie wusste: Hier gehöre ich hin.

Sie riss sich zusammen, um das Gefühl der Verzweiflung abzuschütteln, bevor sie die Tür öffnete.

Als Lindsay Seth begrüßte, zwang sie sich zu einem Lächeln und trat einen Schritt zurück, um ihn hereinzulassen. In seinem dunklen, perfekt geschnittenen Anzug wirkte er noch schlanker und eleganter. Wieder spielte dieses leicht ironische Lächeln um seine Mundwinkel, aber in diesem Augenblick gefiel es Lindsay.

„Ich sollte wohl besser einen Mantel mitnehmen. Es scheint ziemlich kalt geworden zu sein." Sie ging an die Garderobe und holte einen dunklen Wildledermantel. Seth nahm ihn ihr aus der Hand.

Wortlos erlaubte sie ihm, ihr in den Mantel zu helfen, und wieder empfand sie seine starke physische Ausstrahlung wie einen Schock. Konnte man das einfach mit einer chemischen Reaktion erklären?

War es nicht seltsam, dass die Nähe eines anderen Menschen, eines Menschen, den man nicht einmal näher kannte, Herzklopfen verursachte? Lindsay war etwas verwirrt.

Lindsay wehrte sich nicht, als Seth sie zu sich herumdrehte. Sie standen eng beieinander und sahen sich in die Augen. Dann nahm Seth eine Hand von Lindsays Schulter, um ihr mit einer zärtlichen Geste den Mantelkragen zu schließen.

„Ist es nicht seltsam", fragte Lindsay nachdenklich, „dass ich mich so stark zu Ihnen hingezogen fühle, obgleich ich Sie gestern noch hätte erwürgen können? Und ich bin noch nicht einmal sicher, ob Sie mir heute viel sympathischer sind."

Er lachte herzlich. „Sind Ihre Bekenntnisse immer so offenherzig und gleichzeitig so schwer zu verstehen?"

„Kann schon sein." Lindsay freute sich über seine gute Laune. „Jedenfalls habe ich nicht viel Talent zum Versteckspielen. Ich sage meistens, was ich denke." Sie überreichte Seth die ordentlich gefaltete Jacke. „Dass ich sie Ihnen unter diesen Umständen zurückgeben würde, habe ich ganz gewiss nicht erwartet."

Seth blickte kurz auf die Jacke, bevor er Lindsay fragend ansah. „Hatten Sie andere Umstände im Sinn?"

„Das kann man wohl sagen! Und sie waren alle nicht sehr erfreulich für Sie. Können wir gehen?" Sie streckte ihm impulsiv ihre Hand entgegen.

Überrascht zögerte er eine Sekunde, bevor er lächelnd seine Finger mit ihren verschränkte.

„Sie sind ganz anders, als ich Sie mir vorgestellt habe", erklärte Seth, als sie in die kühle Nacht hinaustraten.

„Wirklich? Wieso?"

Schweigend gingen sie nebeneinander her. Lindsay atmete tief den würzigen Duft modernder Blätter ein.

Als sie seinen Wagen erreichten, blieb Seth vor ihr stehen und betrachtete Lindsay wieder mit einem seiner prüfenden Blicke, an die sie sich mittlerweile schon fast gewöhnt hatte.

„Das Bild, das Sie mir heute Morgen vermittelten, entsprach mehr meinen Erwartungen, tüchtig, distanziert und sehr kühl."

„So wollte ich eigentlich auch heute Abend auf Sie wirken. Aber leider habe ich es dann ganz vergessen."

„Darf ich Sie etwas fragen?"

„Nur zu."

„Als Sie mir eben die Tür aufmachten, sahen Sie aus, als wären Sie am liebsten um Ihr Leben gerannt. Würden Sie mir den Grund dafür verraten?"

Sie schaute ihn überrascht an. „Das haben Sie bemerkt? Ich hätte es nicht vermutet. Sie haben sehr viel Einfühlungsvermögen." Seufzend ließ Lindsay sich in das Polster des Wagens sinken. „Es hatte mit meiner Mutter zu tun, oder besser gesagt, mit meinem Gefühl der Unzulänglichkeit ihr gegenüber." Sie drehte ihm ihr Gesicht zu, bis sie in seine Augen sehen konnte. „Vielleicht erzähle ich Ihnen eines Tages davon. Aber nicht heute Abend. Heute Abend will ich nicht mehr daran denken."

Wenn er über ihre Antwort erstaunt war, so zeigte er es nicht. „Gut. Vielleicht haben Sie stattdessen Lust, mir ein bisschen über Cliffside zu erzählen."

Lindsay nickte dankbar. „Wie weit ist es bis zu unserem Restaurant?"

„Ungefähr zwanzig Minuten."

„Das wird gerade reichen", erklärte sie.

5. KAPITEL

Lindsay entspannte sich. Sie erzählte Seth allerlei Amüsantes über die Einwohner von Cliffside, weil sie ihn so gern lachen hörte. Vergessen war ihre trübe Stimmung von vorhin. Jetzt freute sie sich über die Gelegenheit, Seth besser kennenzulernen, denn sie fühlte sich immer mehr zu ihm hingezogen. Zwar hatte sie gewisse Bedenken wegen seiner heftigen Ausbrüche, aber die würde sie in Kauf nehmen. Dafür war er wenigstens nicht langweilig.

Lindsay kannte das Restaurant. Sie war schon vorher von Männern, die sie beeindrucken wollten, dorthin eingeladen worden. Sie wusste jedoch, dass Seth es nicht nötig hatte, sie oder irgendjemand anderen zu beeindrucken. Er hatte das Lokal ausgesucht, weil es ihm gefiel. Es war ruhig, elegant, bekannt für ausgezeichnetes Essen und guten Service.

„Ich bin einmal mit meinem Vater hier gewesen", erzählte Lindsay, während sie auf den Eingang zugingen. „Es war an meinem sechzehnten Geburtstag. Bis dahin hatte ich nicht mit Jungen ausgehen dürfen. Vater sagte, er wolle der erste Mann sein, der mich zum Essen ausführte, und lud mich in dieses Restaurant ein." Lindsay wurde warm ums Herz bei der Erinnerung an ihren Vater. „Das war ganz typisch für ihn. Er ließ sich immer etwas Besonderes einfallen." Sie bemerkte, dass Seth sie von der Seite ansah. „Ich bin froh, dass ich Ihre Einladung angenommen habe, und ich bin froh, heute Abend mit Ihnen hier zu sein."

Er strich mit der Hand über ihren Mantelärmel und erwiderte: „Ich auch."

Gemeinsam schritten sie langsam die wenigen Stufen zum Haupteingang hinauf.

Bei ihrem Eintritt fühlte Lindsay sich wie bei jedem ihrer bisherigen Besuche sogleich von dem großen Panoramafenster angezogen, das einen überwältigenden Blick auf die Bucht von Long Island und auf das Meer bot. Als sie an ihrem von

Kerzen beleuchteten Tisch Platz genommen hatten, glaubte sie, die Wellen des Ozeans zu hören.

„Ich mag diese Umgebung wirklich sehr", meinte sie begeistert. „Hier drinnen im Restaurant herrscht unaufdringliche Eleganz, und ein Blick durch das Fenster vermittelt den Eindruck, direkt am Meer zu sein." Sie lächelte Seth zu. „Ich mag Gegensätze – Sie auch?" Das Kerzenlicht warf einen weichen Schimmer auf ihr Gesicht. „Wie langweilig wäre das Leben doch ohne sie, nicht wahr?"

„Ich dachte gerade darüber nach, wie widersprüchlich Sie selbst sind. Es fällt mir immer noch schwer, Sie einzuordnen."

Lindsay blickte schnell aus dem Fenster. „Das fällt sogar mir selbst schwer", gestand sie. „Sie kennen sich selbst ziemlich genau, nicht wahr? Man merkt es Ihnen irgendwie an. Vielleicht, weil Sie so selbstsicher wirken."

„Möchten Sie vor dem Essen einen Drink?"

Lindsay bemerkte, dass inzwischen ein Kellner an ihren Tisch getreten war. Sie lächelte ihm zu, bevor sie sich an Seth wandte. „Ja, Weißwein wäre nicht schlecht. Ich möchte irgendetwas Kaltes, Trockenes."

Er sieht so unternehmungslustig aus, dachte Lindsay. Nein, das ist nicht der richtige Ausdruck. Er sieht aus wie ein Mann, der gerade die erste Seite eines Buchs umgeschlagen hat und den festen Entschluss fasst, es auf jeden Fall bis zur letzten Seite zu lesen.

Als sie wieder allein waren, saßen sie schweigend da, bis Lindsay seine Blicke nicht länger ertragen konnte. Sie beschloss, ein unverfängliches Thema anzuschneiden.

„Wir müssen über Ruth sprechen."

„Ja", murmelte er abwesend.

„Seth", rief sie verwirrt, weil er nicht einmal zuzuhören schien. „Seth, Sie müssen sofort aufhören, mich so anzusehen!"

„Aber warum denn?"

In gespielter Verzweiflung hob sie die Hände. „Und dabei

63

fing ich gerade an, Ihnen Ihre Unhöflichkeit von gestern zu verzeihen."

„Ich war nicht unhöflich", erklärte er, wobei er sich entspannt in seinem Stuhl zurücklehnte. „Sie sind schön. Und ich sehe mir nun mal gern Schönes an."

„Danke für das Kompliment." Lindsay hoffte, sie würde sich, bevor der Abend zu Ende ging, an seine Blicke gewöhnen. Sie beugte sich über den Tisch. „Seth!" Ihr lag wirklich daran, mit ihm über seine Nichte zu sprechen. „Seth, als ich Ruth heute Morgen prüfte, stellte ich fest, dass sie großes Talent hat. Später, beim Unterricht, war ich noch mehr von ihr beeindruckt."

„Ihr liegt sehr viel daran, bei Ihnen zu studieren."

„Aber das ist es ja gerade, worüber wir uns unterhalten müssen." Lindsay sprach so eindringlich, dass Seth endlich aufmerksam wurde. „Ich kann ihr nicht geben, was sie braucht, denn ich habe in meiner Schule nur begrenzte Möglichkeiten, die für eine Schülerin wie Ruth nicht genügen. Sie sollte eine Schule in New York besuchen, wo sie viel intensiver ausgebildet werden kann."

Seth wartete, bis der Kellner die Flasche geöffnet und den Wein eingegossen hatte. Er hob sein Glas und betrachtete den Inhalt nachdenklich, bevor er fragte: „Heißt das, Sie sind nicht fähig, Ruth zu unterrichten?"

Lindsay biss sich auf die Lippen. Als sie antwortete, klang ihre Stimme nicht mehr warm. „Ich bin eine gute Lehrerin. Aber Ruth braucht die beste Ausbildung, die sie bekommen kann."

„Sie sind sehr leicht gekränkt", meinte er und nippte an seinem Wein.

„Finden Sie?" Lindsay versuchte, genauso überlegen zu wirken wie Seth. „Vielleicht bin ich nur launisch. Sie haben doch sicher schon von den schnell wechselnden Stimmungen der Künstler gehört."

„Ruth beabsichtigt, mehr als fünfzehn Trainingsstunden pro Woche zu nehmen. Genügt das nicht für eine gute Ausbildung?"

„Nein." Lindsay beugte sich wieder zu ihm hinüber. Wenn er Fragen stellt, kann er nicht uninteressiert sein, dachte sie. „Ruth sollte jeden Tag Unterricht haben, und zwar sehr spezialisierten Unterricht, den ich ihr nicht geben kann. Weil ich einfach keine anderen Schülerinnen mit ihren Fähigkeiten habe. Selbst wenn ich ihr Einzelunterricht geben würde, wäre das immer noch nicht genug für sie. Sie braucht zum Beispiel Partner für den *pas de deux*. Ich habe vier männliche Schüler, die einmal in der Woche zu mir kommen, damit ich an ihrer Technik fürs Rugby ein bisschen herumpoliere. Sie nehmen nicht einmal an unseren Schulaufführungen teil."

Ihre Stimme klang jetzt fest und eindringlich. Es lag ihr so viel daran, Seth zu überzeugen. „Cliffside ist nun einmal nicht das Kulturzentrum der Ostküste. Es ist eine Kleinstadt. Die Menschen, die hier leben, stehen mit beiden Beinen auf der Erde und haben nicht viel übrig für künstlerische Betätigungen. Nun gut, als Hobby lassen sie das Tanzen noch durchgehen, aber als Beruf? Davon kann keine Rede sein. Damit kann man seinen Lebensunterhalt nicht verdienen."

„Sie sind doch auch hier aufgewachsen." Seth füllte ihre Gläser nach. Der Wein schimmerte golden im Kerzenlicht. „Und Sie haben den Tanz zu Ihrem Beruf gemacht."

„Ja, das stimmt." Lindsay fuhr mit der Fingerspitze um den Rand ihres Glases. Sie zögerte mit der Antwort und überlegte, was sie sagen sollte. „Meine Mutter war Tänzerin. Sie hatte sehr bestimmte Vorstellungen, was mein Training betraf. Ich besuchte eine Schule etwa hundert Kilometer außerhalb von Cliffside. Wir brauchten jeden Tag mehrere Stunden für die Hin- und Rückfahrt mit dem Auto."

Lindsay machte eine kleine Pause, dann lächelte sie vor sich hin. „Meine Lehrerin war etwas ganz Besonderes, eine wunderbare Frau – halb Französin, halb Russin. Aber sie ist jetzt über siebzig und nimmt keine Schüler mehr an. Sonst hätte ich vorgeschlagen, Ruth zu ihr zu schicken."

Seth blieb genauso ruhig wie zu Beginn ihrer Unterhaltung. „Ruth möchte bei Ihnen studieren."

Lindsay musste sich zusammennehmen, um nicht laut aufzustöhnen. Sie nippte an ihrem Wein und zwang sich, geduldig zu bleiben. „Ich war siebzehn, genauso alt wie Ruth heute ist, als ich nach New York ging. Und ich hatte damals bereits acht Jahre Studium an einer bekannten Ballettschule hinter mir. Mit achtzehn erhielt ich mein erstes Engagement. Der Konkurrenzkampf ist mehr als hart, und das Training ist …" Lindsay suchte nach dem passenden Wort. „Es ist unvorstellbar schwer. Aber Ruth braucht es. Und sie verdient den bestmöglichen Unterricht, sonst kann sich ihr Talent nicht richtig entfalten."

Es dauerte eine Weile, bis Seth antwortete. „Ruth ist nicht viel mehr als ein Kind, das in letzter Zeit ein paar schlimme Schicksalsschläge zu verkraften hatte." Er machte dem Kellner ein Zeichen, die Speisekarte zu bringen. „In drei oder vier Jahren kann sie immer noch nach New York gehen."

„In drei oder vier Jahren!" Lindsay legte die Speisekarte vor sich auf den Tisch, ohne auch nur einen Blick darauf zu werfen. Sie sah Seth vorwurfsvoll an. „Dann ist sie schon zwanzig!"

„Ein sehr fortgeschrittenes Alter", erwiderte er trocken.

„Das ist es tatsächlich für eine Tänzerin", gab Lindsay zurück. „In unserem Beruf gibt es nur wenige, die länger als bis Mitte dreißig tanzen. Na ja, die Männer schlagen manchmal noch ein paar zusätzliche Jahre heraus, wenn es ihnen gelingt, ins Charakterfach hinüberzuwechseln. Mir sind auch vereinzelte Ausnahmen von Frauen bekannt, die mit vierzig noch auf der Bühne standen – Margot Fonteyn zum Beispiel. Aber, wie gesagt, das sind Ausnahmen und nicht die Regel."

„Ist das der Grund dafür, dass Sie nicht in Ihren Beruf zurückkehren? Glauben Sie, Ihre Karriere sei mit fünfundzwanzig zu Ende?"

Lindsay schluckte. Sie hob ihr Glas und setzte es sofort wieder vor sich auf den Tisch. „Wir sprechen über Ruth, nicht über mich."

„Ich interessiere mich nun mal für Geheimnisse." Seth nahm ihre Hand und studierte die Handfläche, bevor er Lindsay wieder in die Augen sah. „Und eine schöne Frau mit einem Geheimnis ist für mich einfach unwiderstehlich. Wussten Sie eigentlich schon, dass es Hände gibt, die man einfach küssen muss? Sie haben solche Hände." Er führte ihre Handfläche an die Lippen.

Lindsay war es, als fließe ein warmer heißer Strom durch ihre Glieder, und sie versuchte gar nicht erst, ihre Gefühle vor Seth zu verbergen. Sie sah ihn an und stellte sich vor, wie es wäre, wenn er seine Lippen fest und warm auf ihren Mund legte. Er hat einen schönen Mund, dachte sie und lächelte versonnen. Dann rief sie sich zur Ordnung. Es gab noch Wichtigeres zu besprechen.

„Um auf Ruth zurückzukommen", bemühte sie sich, das abgebrochene Gespräch wieder in Gang zu bringen, und versuchte gleichzeitig, Seth ihre Hand zu entziehen. Aber der hielt sie fest.

„Ruths Eltern sind vor kaum einem halben Jahr bei einem Zugunglück umgekommen. In Italien."

Seine Stimme klang gepresst. Seine Augen blickten so kalt und hart wie bei ihrem ersten Zusammentreffen. So hatte er mich angesehen, als ich auf dem Boden lag, dachte sie.

„Ruth hatte ein ungewöhnlich enges Verhältnis zu ihren Eltern, vielleicht weil sie so viel mit ihnen herumgereist ist. Es war sehr schwer für sie, sich nach deren Tod anderen Menschen anzuschließen. Vielleicht können Sie sich vorstellen, was es für ein sechzehnjähriges Mädchen bedeutet, plötzlich als Waise dazustehen. In einem fremden Land und in einer Stadt, in der sie gerade vierzehn Tage vorher angekommen war."

Lindsays Herz zog sich vor Mitleid zusammen. Bevor sie etwas sagen konnte, fuhr er fort:

„Sie kannte dort buchstäblich keinen Menschen, und ich war zu diesem Zeitpunkt in Südafrika. Es hat mehrere Tage gedauert, bis man mich endlich erreichte. Ruth war fast eine Woche lang auf sich allein gestellt, bevor ich zu ihr kommen konnte. Als ich in Italien ankam, waren mein Bruder und seine Frau schon beerdigt."

„Seth! Wie schrecklich! Es tut mir unendlich leid." In dem instinktiven Bedürfnis zu trösten schlossen sich ihre Finger fest um seine Hand. Der Ausdruck seiner Augen veränderte sich, aber Lindsay war zu betroffen, um es zu bemerken. „Es muss entsetzlich für Ruth gewesen sein – und für Sie auch."

Er antwortete nicht sofort. „Ja", sagte er schließlich, „ja, es war entsetzlich. Ich brachte Ruth in die Vereinigten Staaten zurück. Aber New York ist sehr anstrengend, und es ging ihr gar nicht gut."

„Und dann haben Sie Cliff House gefunden", murmelte Lindsay.

Er sah erstaunt auf, als sie den Namen des Hauses erwähnte, ging aber nicht näher darauf ein. „Ich wollte ihr einen festen Halt geben – wenigstens für eine Weile. Obgleich ich weiß, dass Ruth von dem Gedanken, in einer Kleinstadt zu leben, nicht gerade begeistert ist. In dieser Beziehung hat sie viel Ähnlichkeit mit ihrem Vater. Aber es wird ihr im Augenblick guttun, denke ich."

„Ich glaube, ich kann Ihre Beweggründe verstehen. Und ich respektiere sie. Aber Ruth braucht mehr als diesen Halt."

„In einem halben Jahr werden wir noch einmal darüber sprechen."

Das klang so endgültig, dass Lindsay nicht wagte, weiter in ihn zu dringen, aber es gelang ihr nicht ganz, ihre Enttäuschung zu verbergen. „Sie sind sehr autoritär, nicht wahr?"

„Das hat man mir schon öfter gesagt." Seine gute Laune schien zurückzukehren. „Hungrig?" Er lächelte Lindsay herzlich an.

„Ein bisschen", gab sie zu und öffnete die Speisekarte. „Der gefüllte Hummer ist hier besonders gut."

Während Seth seine Bestellung aufgab, sah Lindsay aus

dem Fenster. Nachdenklich ließ sie ihren Blick über den Sund schweifen. Sie dachte an Ruth, die allein und verlassen mit dem Verlust ihrer Eltern hatte fertigwerden müssen. Mit der Beerdigung. Mit all den schrecklichen Dingen, die der Tod eines Menschen mit sich brachte.

Lindsay konnte sich nur zu gut an ihre eigenen Gefühle bei der Nachricht vom Unfall ihrer Eltern erinnern. Niemals würde sie die Panik, die Angst vergessen, die sie auf dem Weg von New York nach Connecticut empfunden hatte. Als sie endlich im Krankenhaus ankam, war ihr Vater tot, ihre Mutter lag im Koma, und die Ärzte machten ihr nicht viel Hoffnung.

Ich war damals erwachsen, erinnerte sie sich, und hatte schon drei Jahre für mich allein gelebt. Und ich war in meiner Heimatstadt, umringt von Freunden. Mehr als zuvor empfand sie das Bedürfnis, Ruth zu helfen.

Sechs Monate, dachte Lindsay. Wenn ich Ruth allein unterrichte, ist die Zeit wenigstens nicht ganz verschwendet. Und vielleicht – vielleicht kann ich Seth doch noch dazu bringen, sie früher nach New York zu schicken. Er muss einfach einsehen, wie wichtig es für sie ist. Aber ich muss Geduld haben. Wenn ich ungeduldig bin, erreiche ich überhaupt nichts bei einem Mann wie Seth. Ich muss es diplomatisch anfangen.

Er war zu dieser Zeit in Afrika, hatte er erzählt. Was er dort wohl getan haben mochte? Bevor sie über die diversen Möglichkeiten weiter nachdachte, kam ihr die Erleuchtung.

„Bannion", sagte Lindsay laut vor sich hin. „S. N. Bannion, der Architekt. Jetzt weiß ich, warum mir Ihr Name von vornherein so bekannt vorkam."

Er schien überrascht zu sein, griff nach einer großen Salzstange, brach sie in zwei Hälften und bot ihr eine davon an. „Ich hatte ja keine Ahnung, dass Sie sich auch gern mit Architektur beschäftigen, Lindsay."

„Ich müsste in den letzten zehn Jahren schon auf einer einsamen Insel gelebt haben, wenn mir Ihr Name nichts sagte. In welcher Zeitung war doch diese große Artikelserie über Sie?

War das in der ‚Newsview'? Ja, ich erinnere mich genau. In der ‚Newsview' war eine Serie von Berichten mit Fotos von einigen der repräsentativen Gebäude, die Sie gebaut haben. Das Handelszentrum in Zürich, das MacAfee-Gebäude in San Diego."

„Sie haben ein fabelhaftes Gedächtnis", stellte Seth fest, während er sie über die Kerze hinweg bewundernd ansah.

„Ein unfehlbares!" Lindsay gab sich sehr überlegen. „Ich kann mich auch noch an alle Einzelheiten gewisser Artikel erinnern, die von Ihren vorzüglichen Beziehungen zu einem großen Teil der weiblichen Bevölkerung des Landes berichteten", neckte sie ihn. „Ganz besonders denke ich da an die Erbin einer Hotelkette, an eine australische Tennisspielerin und an einen spanischen Opernstar. Haben Sie sich nicht vor einem Monat noch mit Billie Marshall, der Fernsehsprecherin, verlobt?"

Seth drehte den Stiel seines Glases zwischen den Fingern. „Ich war noch nie verlobt. Dazu habe ich viel zu viel Angst, aus der Verlobung könnte eine Ehe werden."

„Ach, so ist das. Von der Ehe scheinen Sie also nicht viel zu halten."

„Halten Sie etwas davon?"

Lindsay zögerte einen Augenblick mit der Antwort. Sie nahm seine Frage ernst. „Ich weiß nicht recht. Ich glaube, ich habe noch nie richtig darüber nachgedacht. Hatte wohl einfach nie die Zeit, darüber nachzudenken. Muss man etwas von der Ehe halten? Ich denke, ich lasse die Dinge in Ruhe auf mich zukommen. Aber wer weiß, vielleicht finde ich eines Tages doch noch einen Märchenprinzen."

„Sie können ja richtig romantisch sein."

„Ja, manchmal bin ich das. Aber Sie müssen auch eine romantische Ader haben, sonst hätten Sie Cliff House nicht gekauft."

„Warum bin ich romantisch, weil ich dieses Haus gekauft habe?"

Lindsay lehnte sich zurück. „Es ist nicht einfach irgendein Haus, und ich glaube, das wissen Sie genauso gut wie ich. Sie hätten ein Dutzend anderer Häuser kaufen können. Alle weniger reparaturbedürftig und fast alle günstiger gelegen."

„Und warum habe ich das Ihrer Ansicht nach nicht getan?", fragte Seth, dessen Interesse erwacht zu sein schien.

Er füllte Lindsays Glas aufs Neue. Sie hinderte ihn nicht daran, rührte es aber vorläufig nicht an, denn sie spürte bereits die Wirkung des Weins. Eigentlich ein sehr angenehmes Gefühl, dachte sie und erwiderte:

„Weil Sie seinem Zauber verfallen sind. Sie haben gemerkt, dass es etwas Einzigartiges ist. Wenn Sie ein purer Materialist wären, hätten Sie sich eine elegante Eigentumswohnung an der Küste, dreißig Kilometer südlich von hier, gekauft. Wie lautet doch die schöne Reklame, die immer in der Zeitung steht? ‚Kaufen Sie sich ein Stückchen des ursprünglichen Neu-England. Genießen Sie eine der schönsten Aussichten unseres Landes!'"

Seth lachte. „Darf ich also annehmen, dass Sie nicht viel für Eigentumswohnungen übrighaben?"

„Ich kann sie nicht ausstehen! Ganz und gar nicht, fürchte ich! Aber das ist meine sehr persönliche Ansicht. Für eine ganze Reihe von Leuten sind sie gewiss ideal. Ich mag halt keine Gleichförmigkeit. Eigentlich seltsam, denn gerade durch das Ballett müsste ich daran gewöhnt sein. Aber da geht es wohl mehr um einen Gleichklang der Bewegungen. Der persönliche Ausdruck, die persönliche Note sind mir sehr wichtig. Ich fühle mich zum Beispiel mehr geschmeichelt, wenn man in mir eine Persönlichkeit sieht, als wenn man mir sagt, ich sei schön."

In diesem Augenblick stellte der Kellner gerade einen riesigen Hummer vor sie hin. Als sie wieder allein waren, setzte sie hinzu: „Ich mag Originelles, Schöpferisches."

„Sind Sie deshalb Tänzerin geworden?" Seth spießte ein Stückchen Hummer auf seine Gabel. „Um Schöpferisches zu leisten?"

„Kann schon sein. Aber nicht nur deshalb. Wussten Sie übrigens", versuchte Lindsay das Thema zu wechseln, „dass es in Cliff House spuken soll?"

„Nein", antwortete er und lächelte breit. „Davon war bei unserem Verkaufsgespräch nicht die Rede."

„Natürlich nicht. Sonst wären Sie womöglich noch von dem Kauf zurückgetreten." Lindsay tropfte genüsslich noch ein wenig Zitrone über ihren Hummer, bevor sie davon probierte.

„Hätten Sie sich denn von einem Hausgeist abschrecken lassen?"

„Oh ja. Ich habe schreckliche Angst vor Geistern!" Sie nahm noch ein wenig Hummer und beugte sich näher zu ihm hinüber. „Wissen Sie, es soll ein weiblicher Geist sein, der vor einigen Hundert Jahren gelebt hat. Das arme Ding war mit einem ziemlich üblen Ehemann verheiratet, behauptet man. Eines Nachts wollte sie sich zu ihrem Liebsten schleichen, und dabei wurde sie unglücklicherweise von ihrem Gatten erwischt. Hat wohl nicht genug aufgepasst, die Arme. Nun, wie dem auch sei, er hat sie den Felsen hinuntergeworfen. Vom Balkon im zweiten Stock."

„Damit dürfte er den ehebrecherischen Neigungen seines Weibes ein plötzliches und endgültiges Ende gesetzt haben", kommentierte Seth trocken.

„Mmm." Lindsay nickte. „Aber hin und wieder soll sie zurückkommen. Die Leute behaupten, sie sei im Garten gesehen worden."

„Sie scheinen diese Mordgeschichte ja richtig zu genießen."

„Nun ja, nach ein paar Hundert Jahren haben selbst Mord und Totschlag etwas Romantisches an sich. Denken Sie nur daran, in wie vielen Balletts davon die Rede ist. *Giselle*, *Romeo und Julia*. Das sind nur zwei von vielen."

„Und Sie haben in beiden die Hauptrolle dargestellt. Vielleicht mögen Sie deshalb auch Geistergeschichten?"

„Ich mag Geistergeschichten, obgleich ich mich ganz

schrecklich vor Geistern fürchte. Aber das war schon so, bevor ich etwas mit Julia oder Giselle zu tun hatte. Das Haus hat mich fasziniert, solange ich denken kann. Als Kind habe ich geschworen, ich würde eines Tages selbst darin leben. Ich nahm mir vor, den Garten neu anzulegen und das Innere instand setzen zu lassen. Ich stellte mir vor, wie schön es sein müsste, wenn die vielen blank geputzten Fenster in der Sonne glänzen." Sie langte über den Tisch und drückte schnell Seths Hand. „Ich bin froh, dass Sie es gekauft haben."

„Wirklich?" Seine Augen wanderten von ihrem Gesicht über den Hals zu dem bescheidenen Ausschnitt ihres Kleides. „Warum?"

„Weil Sie es zu schätzen wissen. Sie werden es zu neuem Leben erwecken."

Lindsay war sich seiner Blicke sehr bewusst. Jetzt wanderten sie über ihren Mund zurück und versanken in ihren Augen. Wieder wurde ihr plötzlich warm, und sie spürte, wie ihre Haut zu kribbeln anfing. Entschlossen richtete sie sich in ihrem Stuhl auf und nahm die Schultern zurück.

„Ich weiß, dass Sie schon einiges an dem Haus getan haben. Werden Sie jetzt noch größere Umbauten vornehmen oder sich hauptsächlich aufs Renovieren beschränken?" Solange sie redete, fühlte Lindsay sich sicher, also musste sie für die Gesprächsthemen sorgen.

„Möchten Sie sich gern ansehen, was bisher gemacht worden ist?"

„Oh, gern!" Lindsay antwortete, noch bevor Seth die Frage ganz ausgesprochen hatte. Sie strahlte ihn an.

„Dann hole ich Sie morgen Mittag ab." Sein Blick fiel auf ihren Teller. „Ich hätte nie für möglich gehalten, dass eine kleine zierliche Person wie Sie so viel essen kann", bemerkte er schmunzelnd. „Haben Sie immer einen so guten Appetit?"

„Ja", antwortete Lindsay lachend und nahm sich noch ein Stückchen Toast mit Butter. Jetzt war ihr wieder wohler.

Über ihnen wölbte sich der nächtliche Himmel. Dort, wo man zwischen den Wolken Sterne blitzen sah, schienen sie zum Greifen nahe. Während Seth und Lindsay auf dem Rückweg die Küstenstraße entlangfuhren, packte der Herbstwind den Wagen mit solcher Macht von der Seite, dass Seth alle Hände voll zu tun hatte, sich nicht von der Straße drängen zu lassen.

Im Vertrauen auf seine Geschicklichkeit lehnte Lindsay sich behaglich in ihren Sitz zurück. Sie fühlte sich so zufrieden wie lange nicht mehr. Der Abend war viel schöner gewesen, als sie erwartet hatte, und abgesehen von ihrer kleinen Unstimmigkeit wegen Ruth hatten sie sich beide recht gut verstanden.

Hätte ihr gestern jemand gesagt, Seth könne entspannt, ja sogar fröhlich sein, sie hätte ihm nicht geglaubt. Und das Schönste war, dass sie seit dem Unfall ihrer Eltern nicht mehr so viel und herzlich gelacht hatte. Sie war in den letzten Jahren zu ernst geworden, und es wurde für sie höchste Zeit, sich wieder an die heiteren Seiten des Lebens zu erinnern.

Nachdem Seth und Lindsay ihre Meinungsverschiedenheit zunächst beiseitegeschoben hatten, war der Rest des Abends recht harmonisch und anregend verlaufen. Beide hatten sich erfolgreich bemüht, gefährlicheren Themen aus dem Weg zu gehen, und so fanden sie bald heraus, dass ihre Ansichten und Interessen in vieler Hinsicht übereinstimmten.

Lindsay wusste natürlich, dass sie mit Seth wegen Ruths Zukunft wahrscheinlich noch öfter aneinandergeraten würde, denn in diesem Punkt waren sie zu unterschiedlicher Meinung, aber irgendwie würde sie ihren Willen durchsetzen, davon war sie fest überzeugt. Und heute war sie glücklich. Warum an morgen denken?

„Ich liebe Nächte wie diese." Sie rekelte sich voller Wohlbehagen. „Nächte, in denen die Sterne so nahe zu sein scheinen, in denen der Wind durch die Bäume rauscht." Sie drehte den Kopf ein wenig, um Seth anzusehen. „Auf der Ostseite Ihres Hauses wird man heute die Wellen am lautesten hören.

Haben Sie sich das Schlafzimmer mit dem Balkon zur Bucht ausgesucht? Das mit dem angrenzenden Umkleidezimmer?"

„Sie scheinen das Haus ja gut zu kennen."

Lindsay lachte. „Natürlich. Was glauben Sie, wie oft wir als Kinder darin herumgelaufen sind. Wir mussten nur immer sehr vorsichtig sein, dass niemand uns sah, wenn wir hineinschlichen. Uns war schon klar, dass wir etwas Verbotenes taten, aber dadurch wurde das Unternehmen nur noch interessanter."

In der Ferne tauchten jetzt schon die ersten Lichter von Cliffside auf.

„Haben Sie sich dieses Zimmer ausgesucht?", wiederholte Lindsay. „Ich war immer ganz begeistert von dem riesigen alten Kamin und der hohen Stuckdecke. Aber der Balkon … Haben Sie schon einmal bei Sturm auf dem Balkon gestanden? Das muss ein gewaltiges Erlebnis sein, wenn die Wellen sich an den Felsen brechen und der Wind um das Haus tobt."

Auch ohne Seth anzusehen, merkte Lindsay, dass er sich über sie amüsierte. Seine Worte bestätigten ihren Verdacht.

„Sie scheinen gern gefährlich zu leben."

„Kann sein. Vielleicht, weil ich nie viel Aufregendes erlebt habe. Dramatik und Abenteuer kenne ich nur von der Bühne her. In Cliffside verläuft das Leben ziemlich gleichförmig."

„Ihre Geisterfrau wäre sicher nicht derselben Ansicht."

„Sie meinen Ihre Geisterfrau", korrigierte Lindsay, während Seth den Wagen vor ihrem Haus ausrollen ließ. „Sie haben sie mit dem Haus gekauft. Sie gehört Ihnen."

Als sie ausstiegen, blies ihnen ein kalter Windstoß entgegen.

„Nun scheint der Herbst endgültig den Sommer vertrieben zu haben." Lindsay blieb einen Augenblick vor dem Wagen stehen und sah zu den dunklen Fenstern des Hauses hinüber. „Bald werden wir auf dem Platz am Ende der Straße ein Freudenfeuer anzünden. Marshall Woods wird seine Geige mitbringen, Tom Randers sein Akkordeon und Danny Brixton die Flöte, und dann spielen sie bis nach Mitternacht zum

Tanz auf. Die ganze Stadt wird auf den Beinen sein, um an dem großen Ereignis teilzunehmen. Ihnen wird das Ganze wahrscheinlich recht harmlos vorkommen, nachdem Sie so viel in der Welt herumgekommen sind."

Seth öffnete das Garagentor und ließ ihr höflich den Vortritt. „Ich bin in einem winzigen Flecken in Iowa aufgewachsen."

„Wirklich? Ich dachte, Sie kämen aus der Großstadt. Sie wirken so weltmännisch. Sind Sie später noch oft in Iowa gewesen?"

„Nein."

„Zu langweilig?"

„Zu viele Erinnerungen."

„Entschuldigen Sie bitte. Ich hätte nicht so neugierig fragen dürfen."

Lindsay trat auf die erste Stufe der Treppe, die zum Eingang führte. Da sie hohe Absätze trug, stand sie nun mit Seth fast auf gleicher Höhe und sah direkt in seine Augen. In seiner Iris entdeckte sie kleine bernsteinfarbene Pünktchen.

„Zwölf Pünktchen. Auf jeder Seite sechs", murmelte sie, ohne es selbst zu merken.

„Wie bitte?"

„Oh, nichts. Ich habe die unangenehme Eigenschaft, manchmal mit mir selbst zu reden. Warum lächeln Sie?"

„Mir fiel gerade ein, dass es lange her ist, seit ich ein Mädchen an die Haustür gebracht habe. Damals brannte auch ein Licht über der Tür. Ich war achtzehn, glaube ich."

„Wie tröstlich, dass Sie auch einmal achtzehn waren. Haben Sie ihr einen Gutenachtkuss gegeben?"

„Natürlich, und ihre Mutter hat hinter der Gardine gestanden und zugesehen."

Lindsay sah unwillkürlich noch einmal zu den Wohnzimmerfenstern hinüber. „Meine ist schon lange zu Bett gegangen", erklärte sie, legte ihm die Hände auf die Schultern, neigte sich nach vorn und berührte leicht seine Lippen.

Es war, als hätte die kurze Berührung ein Erdbeben ausgelöst. Empfindungen überwältigten Lindsay, von deren Existenz sie nichts geahnt hatte. Erschreckt fuhr sie zurück und merkte verwundert, dass der Boden unter ihr zu schwanken schien. Sie suchte Halt und klammerte sich fester an Seths Schultern.

Er hatte ihr Gesicht zwischen beide Hände genommen, und seine Blicke versanken in ihren Augen. Ihr Herz schlug plötzlich zum Zerspringen. So wild hatte es früher geklopft, wenn sie vor einem besonders schwierigen Auftritt darauf gewartet hatte, dass der Vorhang aufging. Was sie jetzt empfand, war fast die gleiche Mischung aus Furcht und Erwartung und doch viel stärker. Sie sah auf Seths Mund und fühlte ein fast unerträgliches Verlangen nach ihm.

Langsam, als stünde die Zeit für sie still, näherten sich ihre Gesichter einander. Dann lagen sie sich in den Armen, und seine Lippen legten sich sanft auf die ihren. Und es war, als hätten sie sich schon immer gekannt und nicht erst seit gestern.

Sein Mund glitt wie im Spiel über ihre Lippen, leicht und zart. Er schob die Hände in ihren Mantel, und deren Wärme drang durch das dünne Kleid. Als er ihre Unterlippe mit seinen Zähnen einfing, war ihr, als schösse ein Stromstoß durch ihren Körper. Ihre Knie zitterten. Sie umklammerte ihn, als verlöre sie den Halt unter den Füßen. Jetzt wurden seine Küsse fordernd und leidenschaftlich, und sie drängte sich enger an ihn, als sein Mund über ihren zurückgebogenen Hals glitt. Sein Haar kitzelte ihre Wange wie Schmetterlingsflügel, und sie konnte dem Verlangen nicht widerstehen, ihre Finger darin zu vergraben.

Dann fühlte sie, wie er den Reißverschluss ihres Kleides öffnete. Zärtlich liebkosten seine Hände ihre nackte Haut, und ihr war, als verbrenne ihr Rücken unter seiner Berührung. Ihre Zunge drängte sich in seinen Mund, und ihr eigenes Begehren machte ihr plötzlich Angst. Sie erschrak vor der Macht ihres Gefühls und der Schwäche ihres Willens.

Mit letzter Kraft stieß sie sich mit den Händen von seiner Brust ab. Er löste sich von ihren Lippen, hielt sie jedoch weiter fest umschlungen.

„Nein, ich …" Lindsay schloss einen Augenblick die Augen und rang nach Atem. Dann hörte sie sich sagen: „Es war ein reizender Abend. Vielen Dank, Seth."

Er sah sie verdutzt an. „Findest du deine kleine Ansprache nicht etwas fehl am Platz in diesem Augenblick?"

„Du hast ja recht, aber …" Lindsay drehte ihr Gesicht zur Seite. „Ich glaube, ich gehe ins Haus. Ich habe keine Übung …"

„Übung?" Seth griff mit der Hand unter ihr Kinn und bog ihr Gesicht zu sich zurück.

Sie schluckte, denn sie wusste nur zu gut, dass sie selbst die Szene, die zum Schluss etwas außer Kontrolle geraten war, heraufbeschworen hatte. „Bitte … Ich bin in diesen Dingen noch nie besonders gut gewesen …"

„Was für ‚Dinge' meinst du, um Himmels willen?" Seth hielt sie immer noch fest umschlungen.

„Seth", Lindsays Herz schlug fast wieder so wild wie zuvor, „bitte, lass mich gehen, bevor ich mich ganz und gar lächerlich mache."

Eine Sekunde lang blitzten seine Augen sie zornig an. Dann presste er seine Lippen hart auf ihren Mund.

„Morgen", stieß er zwischen den Zähnen hervor und ließ sie abrupt los.

Lindsay taumelte ein wenig. Mit beiden Händen strich sie ihr zerzaustes Haar zurück und stammelte: „Ich glaube, ich sollte lieber nicht …"

„Morgen!", wiederholte er knapp, drehte sich auf dem Absatz um und lief zum Wagen.

Lindsay blieb stehen, bis die Schlusslichter nicht mehr zu sehen waren. Morgen, dachte sie, und plötzlich fröstelte sie.

6. KAPITEL

Lindsay war spät aufgestanden, und so wurde es Mittag, bevor sie ihre Übungen an der *barre* beendet und sich umgezogen hatte. Da sie dem Besuch in Cliff House nicht durch elegante Kleidung besondere Bedeutung geben wollte, zog sie sich bewusst lässig an. Ihr rostfarbener Jogginganzug schien ihr für diese Gelegenheit genau das Richtige zu sein. Sie warf sich die dazu passende Jacke lose über die Schultern und rannte die Treppe hinunter – geradewegs in Mrs Moorefields Arme, die in diesem Augenblick das Haus betrat.

Carol Moorefield und ihr Sohn Andy waren so verschieden wie Tag und Nacht. Sie war klein, schlank, hatte glattes brünettes Haar und wirkte gleichzeitig welterfahren und jugendlich. Andy glich ganz seinem Vater, den Lindsay nur von Fotos her kannte, denn er war schon vor zwanzig Jahren gestorben.

Nach dem Tode ihres Mannes hatte Carol das Blumengeschäft übernommen und es mit viel Geschäftssinn und Geschmack weitergeführt. Lindsay hatte im Laufe der Jahre Carols Urteil immer mehr schätzen gelernt, und zwischen den beiden altersmäßig so ungleichen Frauen hatte sich eine tiefe Freundschaft entwickelt.

„Das sieht ja fast aus, als wolltest du noch einen Langlauf machen", rief Carol, während sie die Tür hinter sich schloss. „Dabei dachte ich, du könntest heute ein wenig Ruhe brauchen, nachdem es gestern so spät geworden ist."

Lindsay küsste sie auf die leicht gepuderte Wange. „Woher weißt du das? Hat Mutter dich angerufen?"

Carol strich Lindsay lachend über das lange Haar. „Natürlich. Aber ich wusste es schon vorher. Hattie Mac Donald", erklärte sie. „Sie hat gesehen, wie er dich abgeholt hat, und mir gleich die neuesten Nachrichten weitergegeben. Ja, ja, so sind die lieben Nachbarn."

„Wie schön, dass ich zu eurer Samstagabendunterhaltung beitragen konnte", erwiderte Lindsay trocken.

Carol betrat das Wohnzimmer und warf Tasche und Jacke auf das Sofa. „War es denn wenigstens nett?"

„Ja. Doch."

Lindsay hatte plötzlich etwas an ihrem Tennisschuh zu befestigen. Carol sah ihr schweigend dabei zu.

„Wir haben weiter oben an der Küste zu Abend gegessen."

„Und wie ist er?"

Lindsay sah kurz auf und wandte ihre Aufmerksamkeit sogleich dem anderen Schuh zu. „Ich weiß nicht recht. Interessant. So viel ist sicher. Im Ganzen ziemlich überwältigend. Und sehr selbstsicher. Ab und zu ein wenig formell. Und … und ich glaube, er kann auch sehr geduldig und einfühlsam sein."

Carol hörte den Ton ihrer Stimme und wusste Bescheid. Sie seufzte, denn obgleich auch sie wusste, dass Lindsay niemals Andys Frau werden würde, hatte sie sich immer noch ein ganz kleines bisschen Hoffnung in dieser Hinsicht gemacht. „Du scheinst ihn zu mögen."

„Ja …" Lindsay richtete sich auf. „Ich glaube es wenigstens. Wusstest du, dass er der Architekt S. N. Bannion ist?"

Carol hatte offensichtlich noch nichts davon gewusst. Sie zog ihre Brauen fragend hoch. „Wirklich? Ich dachte, dieser Bannion hätte eine Französin geheiratet, eine Rennfahrerin."

„Anscheinend doch nicht."

„Das ist ja interessant." Carol stützte die Hände in die Hüften, wie immer, wenn sie wirklich beeindruckt war. „Weiß deine Mutter das schon?"

„Nein, sie …" Lindsay warf über die Schultern einen Blick zum Schlafzimmer ihrer Mutter. „Ich fürchte, ich habe sie gestern gekränkt. Sie hat heute noch nicht mit mir gesprochen."

„Lindsay." Carol strich ihr leicht über die Wange, als sie den Schatten auf Lindsays Gesicht bemerkte. „Du darfst es dir nicht so nahegehen lassen."

Lindsay wirkte plötzlich sehr verletzlich. „Manchmal scheine ich eine besondere Begabung zu haben, alles falsch zu machen, und dabei schulde ich ihr …"

„Lass das!" Carol packte sie energisch bei der Schulter und schüttelte sie kurz. „Es ist einfach lächerlich, wenn Kinder meinen, sie müssten ihr Leben lang den Eltern irgendwas zurückzahlen. Das Einzige, was du Mary schuldest, sind Liebe und Respekt. Wenn du immer nur tun würdest, was sie will, würdet ihr schließlich beide unglücklich. So", sie strich Lindsay über das Haar, „und damit für heute genug der weisen Sprüche! Jetzt will ich Mary zu einer Spazierfahrt überreden."

Lindsay warf ihr die Arme um den Hals. „Was machten wir nur ohne dich!"

Carol freute sich über die herzliche Geste. „Magst du nicht mitkommen? Wir könnten erst ein wenig in der Gegend herumfahren und dann irgendwo ein schnuckeliges kleines Mittagessen zu uns nehmen."

„Nein, das geht leider nicht. Seth wird mich gleich abholen, um mir sein Haus zu zeigen."

„Ach ja, er hat dein geliebtes Cliff House gekauft." Carol nickte verständnisvoll. „Dieses Mal kannst du es dir sogar bei Tageslicht ansehen."

„Meinst du, ich könnte vielleicht enttäuscht sein?"

„Das bezweifle ich." Carol ging durchs Zimmer. „Viel Spaß wünsche ich dir auf jeden Fall, und du brauchst dich wegen des Abendessens nicht zu beeilen. Deine Mutter und ich werden irgendwo unterwegs essen."

Bevor Lindsay darauf antworten konnte, klingelte es an der Tür.

„Da ist schon dein junger Mann", rief Carol im Hinausgehen.

Lindsay blieb zögernd stehen. Ihr war gar nicht wohl zumute, wenn sie an die Szene vom vergangenen Abend dachte. Sich selbst gegenüber hatte sie die überstarken Empfindungen damit zu erklären versucht, dass sie so selten mit Männern ausging, und sie glaubte auch, die romantische Stimmung des Abends hätte dazu beigetragen. Sie hatte eben für einen Augenblick den Kopf verloren.

Von nun an wollte sie immer daran denken, dass Seth ein bekannter Frauenheld war, der jede seiner bisherigen Eroberungen nach kurzer Zeit wegen einer anderen Schönen wieder verlassen hatte. Es muss mir gelingen, sagte sie sich, unsere Beziehung auf eine freundschaftliche Basis zu bringen. Wenn ich für Ruth etwas erreichen will, muss ich zwar ein gutes Verhältnis zu ihrem Onkel bewahren, aber so, als hätte ich geschäftlich mit ihm zu tun.

Bevor sie die Tür öffnete, legte sie eine Hand auf die Magengegend, um ihre Nerven zu beruhigen. Sie nahm sich vor, Seth gegenüber zwar nett und freundlich zu bleiben, doch auf genügend Abstand zu achten.

Er trug eine dunkelbraune Baumwollhose und einen sandfarbenen Rollkragenpullover. Seine starke männliche Ausstrahlung traf sie wie ein Schlag. Sie hatte vorher schon ein oder zwei Männer mit einer so ausgesprochen sexuellen Aura kennengelernt. Nick Davidov war der eine und ein Choreograph, mit dem sie zusammengearbeitet hatte, der zweite. In beider Leben hatte es ständig Frauen gegeben. Eine Geliebte war vergessen, sobald die nächste auf der Bildfläche erschien.

Sei vorsichtig, dachte Lindsay, sehr vorsichtig!

Sie begrüßte Seth mit einem freundlichen „Hallo", hängte sich eine kleine Tasche aus grob gewebtem Leinen über die Schulter und zog die Tür hinter sich ins Schloss. Dann hielt sie Seth ganz selbstverständlich die Hand hin.

„Wie geht es dir?"

„Bestens."

Mit einem leichten Druck seiner Hand hinderte er sie daran, die Treppe sofort hinunterzugehen. So standen sie genau da, wo sie sich am Abend vorher umarmt hatten. Lindsay wusste, dass auch Seth daran dachte. Als sie ihn anzusehen wagte, bemerkte sie seinen prüfenden Blick.

„Und wie geht es dir?"

„Gut", brachte sie heraus und kam sich ziemlich lächerlich vor.

„Ganz bestimmt?", fragte er und zwang sie, ihn weiter anzusehen.

Lindsay überlief es heiß. „Ja, natürlich." Das klang zu ihrer eigenen Überraschung wieder ganz normal. „Warum sollte es mir nicht gut gehen?"

Als hätte ihn ihre Antwort befriedigt, drehte sich Seth um. Sie gingen zusammen zum Wagen. Heute wirkt er wieder ganz anders als gestern, fast fremd, dachte Lindsay und fühlte sich von diesem Fremden, ohne es zu wissen, noch stärker angezogen als je zuvor.

Während Seth den Wagen für sie aufschloss, beobachtete sie drei Spatzen, die hinter einer Krähe herjagten. Amüsiert hörte sie das aufgeregte Gezwitscher und Gezirpe. Schließlich entkam die Krähe mit großen Flügelschlägen gen Osten.

Lachend wandte sie sich Seth zu, und im selben Augenblick lag sie auch schon in seinen Armen.

Im ersten Moment war sie zu überrascht, um irgendetwas zu empfinden, aber dann, als sein Gesicht dem ihren so nahe war, schien sich ihr ganzes Sein auf dieses Gesicht zu konzentrieren. Ihre Lippen öffneten sich einladend, und ihre Augenlider schienen immer schwerer zu werden.

Dann fielen ihr plötzlich ihre guten Vorsätze ein. Sie schluckte, wich zurück und stieg schnell in den Wagen. Erst als Seth die Tür hinter ihr zuschlug, atmete sie erleichtert auf. Sie beobachtete, wie er um den Wagen herum zur Fahrerseite ging.

Ich darf nicht zulassen, dass mir die Situation wieder aus der Hand gleitet. Ich muss mich viel besser unter Kontrolle haben. Sie wiederholte die Sätze wie eine Beschwörungsformel.

Sobald Seth neben ihr saß, versuchte sie, ihn in eine Unterhaltung zu ziehen.

„Hast du eine Vorstellung, wie viele Augen in diesem Moment auf uns gerichtet sind?"

Seth ließ den Motor an, fuhr aber noch nicht los. „Nein. Meinst du wirklich, es schaut einer zu?"

„Einer? Dutzende." Lindsay senkte verschwörerisch ihre Stimme. „Hinter jedem Vorhang. Wie du siehst, mache ich mir nicht viel daraus. Aber ich bin ja von der Bühne her an Publikum gewöhnt. Ich hoffe nur, du lässt dich nicht nervös machen."

„Aber kein bisschen", erwiderte Seth, drängte sie gegen die Rückenlehne ihres Sitzes und drückte ihr einen schnellen, heftigen Kuss auf den Mund, der Lindsay sogleich wieder in inneren Aufruhr versetzte. „Wenn sich die Leute schon die Mühe machen, wollen sie doch von uns nicht enttäuscht werden! Meinst du nicht auch?"

„Mmm", war alles, was Lindsay hervorbrachte.

Sie rückte schnell von ihm weg. Da habe ich mich ja fein unter Kontrolle gehabt, schimpfte sie sich innerlich selbst aus.

Cliff House war weniger als vier Kilometer von Lindsays Elternhaus entfernt, aber es stand hoch über der Stadt, oberhalb des vor der Küste aufragenden Bergzuges. Es war aus Granit gebaut. Wenn man die Straße hinauffuhr, wirkte es, als wäre es direkt aus dem Felsen herausgeschlagen – trotzig, fast ein wenig drohend, wie eine kleine Festung. Nur die vielen Fenster milderten diesen Eindruck ein bisschen, und zu Lindsays großem Entzücken blitzten sie alle im Sonnenlicht. Rauch stieg aus den vielen Schornsteinen auf. Zum ersten Mal seit mehr als einem Dutzend Jahren wirkte das Haus lebendig.

Die Einfahrt war steil und lang und wand sich in vielen Kurven von der Hauptstraße bis zur Vorderfront des Hauses. Zu dieser Jahreszeit blühten nur noch wenige Herbstblumen im Garten, doch der weite Rasen war geschnitten und wirkte gepflegt.

„Ist es nicht herrlich hier?", rief Lindsay begeistert. „Mir hat immer besonders gefallen, dass das Haus dem Meer den Rücken zukehrt, als wäre es von dessen Gewalt ganz unbeeindruckt. Es scheint zu sagen: Wenn du meinst, du könntest mir auch nur das Geringste anhaben, so hast du dich gewaltig geirrt!"

Seth hatte den Wagen am Ende der Zufahrt angehalten. Jetzt wandte er sich ihr zu. „Das ist allerdings eine sehr fantasievolle Deutung, Lindsay."

„Ich bin auch eine sehr fantasievolle Person."

„Ja. Das habe ich allerdings schon bemerkt."

Er lehnte sich über sie, um von innen die Tür an ihrer Seite zu öffnen. Dabei kam sein Mund dem ihren gefährlich nahe. Die kleinste Bewegung, und ihre Lippen hätten einander berührt.

„Seltsam, bei dir finde ich das sehr anziehend. Sonst habe ich eigentlich immer mehr für realistische Frauen übriggehabt."

„Tatsächlich?"

Seine Nähe hatte eine eigenartige Wirkung auf Lindsay. Es war, als schlängen sich Hunderte unsichtbarer Fäden um sie herum und machten sie absolut wehrlos. „Ich bin leider ziemlich unpraktisch. Ich träume lieber."

„So? Was träumst du denn?"

„Ziemlichen Unsinn, fürchte ich."

Sie stieß mit dem Arm schnell die Tür weiter auf und stieg aus. Während sie auf ihn wartete, atmete sie tief die frische Luft ein, um wieder zur Wirklichkeit zurückzufinden.

„Weißt du", erzählte sie, als Seth an ihre Seite getreten war, „das letzte Mal war ich um Mitternacht hier. Ich war sechzehn." Bei der Erinnerung lächelte sie vor sich hin, während sie mit Seth auf das Haus zuschritt. „Der arme Andy – ich habe ihn einfach hinter mir hergezogen. Ob er wollte oder nicht, er musste mit mir durch das Seitenfenster einsteigen."

„Andy." Seth blieb vor dem Eingang stehen. „Das ist doch dieser Muskelprotz, den du vor deinem Studio geküsst hast."

Diese Beschreibung Andys passte Lindsay ganz und gar nicht. Sie kniff den Mund zusammen, antwortete nicht.

„Eine Jugendliebe?", fragte Seth betont obenhin und klingelte mit den Schlüsseln in seiner Hand.

„Er ist ein Freund. Ein guter Freund!"

„Ihr scheint euch sehr zu mögen."

„Stimmt haargenau. Das ist wohl normalerweise bei Freunden so."

„Welch scharfsinnige Antwort." Seth schloss die schwere Haustür auf und forderte sie mit einer Handbewegung auf, einzutreten. „Dieses Mal brauchst du nicht durchs Fenster einzusteigen."

Der erste Eindruck war genauso überwältigend, wie Lindsay ihn in Erinnerung gehabt hatte. Raue Holzbalken stützten die sechs Meter hohe Decke der Eingangshalle. Links schwang sich eine weite Treppe nach oben, teilte sich und mündete in die Galerie, die im ersten Stock rings um die Halle herumführte. Das Geländer glänzte wie ein Spiegel, und die Treppenstufen waren nicht mit Teppich belegt.

Seidig glänzende Tapete in einem sahnigen Cremeton bedeckte die ehemals staubigen Wände. Auf dem Fußboden lag ein großer Perserteppich, und in den Prismen eines gewaltigen Kronleuchters brachen sich die durch das Fenster einfallenden Sonnenstrahlen.

Ohne ein Wort zu sagen, schritt Lindsay durch die Halle zum ersten Zimmer. Der Salon war vollständig restauriert worden. Ein Gemälde in kühn flammenden Farben hob sich von den gedämpften Tönen der anderen ab. Im Marmorkamin knisterte ein Feuer.

Vor einem kleinen Tisch aus dem achtzehnten Jahrhundert blieb sie stehen und ließ vorsichtig ihre Hand darüber gleiten. „Es ist bezaubernd." Sie betrachtete ein mit fein gestreiftem Brokat bezogenes Sofa. „Du hast mit sicherem Geschmack ausgewählt, was in dieses Haus passt. So eine kleine Meißener Schäferin habe ich in meiner Fantasie schon immer auf dem Kaminsims stehen sehen. Und da steht sie nun wirklich." Sie trat näher, um die kleine Kostbarkeit zu bewundern. „Und französische Teppiche auf dem Boden …"

Lindsay schaute Seth voll ins Gesicht. Sie strahlte vor Entzücken. Ihre eigene zarte, zeitlose Schönheit schien in diesen

Raum mit seinen ausgesuchten Antiquitäten, den kostbaren Brokat- und Seidenstoffen hineinzugehören.

Seth näherte sich ihr. Er sog den Duft ihres feinen Parfüms ein.

„Ist Ruth nicht hier?", fragte Lindsay.

„Nein, im Augenblick nicht." Er streckte seine Hand aus und strich mit den Fingerspitzen zart über ihre Wange. „Sie ist bei Monika. Es steht dir gut, wenn dein Haar ein wenig zerzaust ist. Ich habe es vorher noch nie so gesehen", sagte er leise, und seine Finger wanderten von der Wange zum Ansatz ihres vollen Haares.

Lindsay war, als fingen die gefürchteten unsichtbaren Fäden schon wieder an, ein Netz um sie zu weben. Schnell trat sie einen Schritt zurück.

„Als wir uns zum ersten Mal getroffen haben, war es auch zerzaust und, wenn ich mich recht erinnere, außerdem völlig nass und aufgelöst."

Das Lächeln erschien zuerst in Seths Augen, bevor es sich in seinem Gesicht ausbreitete. „Deine Erinnerung trügt dich nicht." Er verringerte aufs Neue den Abstand zwischen ihnen und fuhr ihr mit dem Finger langsam über die Kehle. Unwillkürlich erschauerte Lindsay.

„Du reagierst ungewöhnlich stark auf Zärtlichkeiten", stellte er ruhig fest und sah sie forschend an. „Ist das nur bei mir so oder auch sonst?"

Eine warme Welle durchströmte Lindsays Haut, und der Puls hämmerte dort, wo seine Hand die ihre berührte. Sie schüttelte den Kopf und wandte ihr Gesicht zur Seite. „Die Frage ist unfair."

„Ich bin kein fairer Mann."

„Nein", stimmte Lindsay zu und sah ihn wieder an, „jedenfalls nicht, soweit es deinen Umgang mit Frauen anbetrifft. Aber darüber wollte ich mich nicht mit dir unterhalten. Ich bin gekommen, um mir das Haus anzusehen", erinnerte sie ihn schnell. „Willst du es mir zeigen?"

Er schien ihre Bemerkung gar nicht zu hören, sondern neigte sich ihr entgegen, als plötzlich ein kleiner, schlanker Mann mit silbergesprenkeltem Bart in der Tür erschien. Der Bart war voll und gut geschnitten und wuchs von den Ohren um den Mund herum bis zum Kinn. Er wirkte besonders eindrucksvoll, weil ansonsten kein einziges Haar auf dem Kopf des Mannes zu sehen war. Er trug einen dunklen Anzug mit Weste, ein weißes gestärktes Hemd und eine dunkle Krawatte. Seine Haltung war perfekt, militärisch korrekt. Lindsay hatte den Eindruck von Kompetenz und Tüchtigkeit.

„Sir."

Seth drehte sich zu ihm um, und augenblicklich schien die Spannung, die über dem Raum gelegen hatte, zu weichen. Lindsays verkrampfte Muskeln entspannten sich.

„Worth." Seth nickte und nahm Lindsays Arm. „Lindsay, darf ich dir Worth vorstellen? Worth, das ist Miss Dunne."

„Wie geht es Ihnen, Miss Dunne?" Die leichte Verbeugung war europäisch, der Akzent britisch.

Lindsay fand ihn sympathisch. „Hallo, Mr Worth." Ihr Lächeln war spontan und freundlich, als sie ihm ihre Hand entgegenstreckte.

Worth zögerte mit einem kurzen Seitenblick auf Seth, bevor er sie leicht mit den Fingerspitzen berührte.

„Ein Anruf für Sie, Sir", richtete er dann das Wort an seinen Arbeitgeber. „Von Mr Johnston in New York. Er sagte, es sei äußerst wichtig."

„Gut, danke. Sagen Sie ihm, ich käme sofort."

Als Worth aus dem Zimmer ging, zuckte Seth bedauernd die Schulter. „Tut mir leid. Aber es wird nicht lange dauern. Möchtest du inzwischen einen Drink?"

„Nein, vielen Dank." Lindsay blickte hinter Worth her und dachte: Es ist doch wesentlich leichter, mit Seth zurechtzukommen, wenn er sich mir gegenüber formell benimmt.

Sie trat an das Fenster. „Lass dich nicht aufhalten. Ich warte ganz einfach hier."

Es dauerte keine zehn Minuten, bis Lindsays Neugier ihr Gefühl für gutes Benehmen besiegte. Dieses Haus hatte sie als Kind in stockdunklen Nächten durchstreift, trotz der Spinnweben und trotz der Angst vor Fledermäusen und Geistern. Jetzt, wo strahlender Sonnenschein die Zimmer erhellte, konnte sie dem Drang, die alte Bekanntschaft zu erneuern, einfach nicht widerstehen.

Sie begann ihre Entdeckungstour in der Halle.

An den Wänden hingen wertvolle alte Gemälde und eine Tapisserie, die ihr den Atem nahm. Das japanische Teeservice auf dem Tisch an der Seite war so dünnwandig, dass sie fürchtete, es könnte schon vom Anschauen zerspringen. In ihrer Verzauberung vergaß sie, dass sie eigentlich nur in der Halle hatte bleiben wollen. Sie stieß eine Tür im Hintergrund auf und stand unversehens in der Küche.

Die Einrichtung zeigte eine seltsame und doch sympathische Mischung aus Zweckmäßigkeit und altmodischem Charme. Die Küchengeräte waren eingebaut. Überall glänzten rostfreier Stahl und Chrom. Die Arbeitsflächen bestanden aus wasserabstoßendem Holz. Der Geschirrspüler machte beim Laufen nur ein kaum hörbares Geräusch, und in einem offenen Herd flackerte ein kleines Feuer. Sonnenlicht drang durch die Fenster und fiel auf die gekachelten Wände und den hölzernen Fußboden.

„Wie schön!", rief Lindsay unwillkürlich aus.

Worth richtete sich langsam von dem großen Tisch in der Mitte auf, wo er gerade damit beschäftigt gewesen war, Fleisch zu klopfen. Das Jackett hatte er gegen eine weiße Schürze eingetauscht. Sein Gesicht drückte Erstaunen aus, bevor es sich in die gewohnt ausdruckslosen Falten legte.

„Kann ich etwas für Sie tun, Miss?"

„Was für eine herrliche Küche!", gab Lindsay ihrer Begeisterung Ausdruck und ließ die Tür hinter sich zufallen.

Worth stand regungslos auf seinem Platz. Lindsay wanderte herum und bewunderte die schimmernden Kupferkessel und

Pfannen, die über seinem Kopf hingen. „Wie geschmackssicher muss Mr Bannion sein, um zwei Welten so perfekt miteinander zu verbinden."

„Gewiss, Miss", kam die knappe Antwort. „Haben Sie sich verirrt?" Er wischte die Hände an einem weißen Tuch ab.

„Nein. Ich bin nur ein bisschen herumgewandert." Lindsay ließ sich durch Worth, der nun wieder stocksteif auf der Stelle stand, nicht beirren. „Küchen haben mich schon immer fasziniert", erzählte sie. „Sie sind der Mittelpunkt des Hauses, nicht wahr? Leider habe ich nie richtig kochen gelernt. Das hat mir immer leidgetan."

Sie erinnerte sich an ihre kärglichen Mahlzeiten aus Salaten und Joghurt, die während ihrer Tänzerinnenzeit nur gelegentlich von Gerichten in französischen oder italienischen Restaurants ergänzt wurden. Nicht einmal den Kühlschrank in ihrem Apartment hatte sie regelmäßig benutzt. Essen war etwas, das man in der Hektik des Tages meist vergaß. An Kochen war gar nicht zu denken.

„Ich bin schon froh, wenn es mir gelingt, eine Thunfischdose zu öffnen, ohne mir in die Finger zu schneiden", gestand sie. „Aber Sie sind gewiss ein ausgezeichneter Koch. Das sieht man Ihnen gleich an." Lindsay stand gerade neben einem der Fenster, und das Sonnenlicht umspielte ihr fein geschnittenes Profil und schmeichelte ihrer makellosen Haut.

„Ich tue, was ich kann, Miss. Darf ich Ihnen Kaffee im Salon servieren?"

Nun begriff Lindsay endlich, dass ihre Anwesenheit an diesem Ort unerwünscht war. Sie unterdrückte einen Seufzer. „Nein, vielen Dank, Mr Worth. Ich glaube, ich gehe jetzt lieber zurück und schaue, ob Mr Bannion sein Telefongespräch beendet hat."

Kaum hatte sie den Satz beendet, als die Tür aufging und Seth erschien. „Tut mir leid, dass es so lange gedauert hat." Die Tür schloss sich geräuschlos hinter ihm.

„Ich bin, ohne mir etwas dabei zu denken, in deine Küche

eingedrungen." Mit einem entschuldigenden Blick in Richtung Worth kam Lindsay auf Seth zu. „Seit ich zuletzt hier war, hat sich einiges geändert."

Eine unausgesprochene Botschaft schien zwischen den beiden Männern ausgetauscht zu werden, bevor Seth sie am Arm nahm und aus der Küche herausführte.

„Und? Gefällt es dir?"

Sie sah zu ihm auf und meinte: „Bevor ich ein endgültiges Urteil fälle, sollte ich wohl besser noch den Rest sehen. Aber ich bin jetzt schon ganz hingerissen. Und es tut mir leid, dass ich so gedankenlos in die Küche spaziert bin. Das war unhöflich Worth gegenüber."

„Er hat eine ganz bestimmte Meinung, was Frauen in seiner Küche angeht", erklärte Seth.

„Ja", stimmte Lindsay ihm zu. „Das habe ich zum Schluss endlich kapiert. Seiner Meinung nach haben also Frauen in der Küche nichts verloren."

„Genau", antwortete Seth mit einem breiten Lächeln.

Sie besichtigten die anderen Räume im Erdgeschoss – die Bibliothek, wo die alte Holztäfelung restauriert und von Hand gewachst worden war, das noch nicht fertig tapezierte Wohnzimmer und zum Schluss Worths Zimmer, die von spartanischer Einfachheit und blitzsauber waren.

„Der Rest der unteren Räume wird erst im Frühjahr in Angriff genommen", kommentierte Seth, während sie die Treppe zum Obergeschoss hinaufstiegen.

Lindsay ließ ihre Finger über das Geländer gleiten.

„Das Haus ist grundsolide gebaut, und eigentlich gibt es sehr wenig zu reparieren und umzubauen", fuhr Seth fort, während Lindsay dachte: Wie viele Hände mögen dieses Treppengeländer wohl schon berührt haben? Und dann lachte sie leise bei der Vorstellung, was für ein Vergnügen es wäre, daran herunterzurutschen, wie sie es als Kinder getan hatten.

„Du liebst dieses Haus", stellte Seth fest und blieb auf dem Treppenabsatz stehen. Er war ihr sehr nahe, und sie legte den

Kopf in den Nacken, um ihm in die Augen sehen zu können. „Warum liebst du es so?", fragte er und wartete auf ihre Erklärung.

„Ich glaube, weil es so aussieht, als wäre es für die Ewigkeit gebaut. Und irgendwie hat es mich wohl immer an ein Märchenschloss erinnert. Es ist so alt. Seit Jahrhunderten steht es hier hoch über dem Meer, und viele Generationen haben in ihm gelebt." Lindsay ging die Galerie entlang, die über der Halle im Erdgeschoss hing. „Glaubst du, Ruth wird es auf die Dauer hier gefallen? Wird sie sich daran gewöhnen können, immer am selben Ort zu leben?"

„Warum fragst du?"

Lindsay zuckte die Schulter. „Ruth interessiert mich halt."

„Beruflich."

„Und menschlich", entgegnete Lindsay ein wenig unwillig über seinen Ton. „Warum bist du so dagegen, dass sie Tänzerin wird?"

Abrupt hielt er am Fuß der Treppe inne und betrachtete Lindsay mit einem seiner prüfenden Blicke. „Ich bin mir nicht sicher, ob du und ich dasselbe meinen, wenn wir vom Tanzen reden."

„Vielleicht nicht. Aber es kommt doch wohl hauptsächlich darauf an, was Ruth darunter versteht und …"

„Sie ist noch sehr jung", fiel er ihr ins Wort, bevor sie zu Ende sprechen konnte, „und ich bin für sie verantwortlich." Er öffnete eine Tür zu ihrer Rechten und ließ sie eintreten.

Das Zimmer war ausgesprochen feminin eingerichtet. Zartblaue Vorhänge bewegten sich im Wind, der durch die offen stehenden Fenster wehte. Die Farbe wiederholte sich im Ton der Übergardinen. Vor dem Kamin aus weiß glasierten Ziegeln stand ein fächerförmiger Funkenschutz aus gehämmertem Kupfer.

Englischer Efeu rankte vom Sims herunter. Der Blumentopf stand auf einem winzigen, reich verzierten Tischchen. An der Wand hingen gerahmte Fotos von Ballett-Stars. Lindsay entdeckte auch das Foto, von dem Seth gesprochen hatte: sie selbst als Julia mit Nick Davidov als Romeo. Sogleich wurden Erinnerungen wach.

„Ich brauche nicht erst zu fragen, wer dieses Zimmer bewohnt", meinte sie, als ihr Blick auf die rosa Seidenbänder auf dem Schreibtisch fiel. Sie blickte auf, um Seths Gesicht zu studieren.

Er ist ein Mann, der daran gewöhnt ist, alles von seiner eigenen Warte aus zu sehen, dachte sie. Er hätte Ruth ganz einfach in ein Internat stecken und ihr großzügige Schecks schicken können. Ob es ihm schwergefallen ist, diesen Raum für sie zu gestalten? Wie hat er ihre Bedürfnisse erraten?

„Bist du eigentlich von Natur aus großzügig?", fragte sie neugierig. „Oder nur unter gewissen Umständen?"

Sie sah, wie er die Stirn runzelte. „Du hast ganz sicher ein außergewöhnliches Talent für seltsame Fragen." Indem er ihren Arm nahm, führte er sie weiter den Flur entlang.

„Und du hast ein besonderes Talent, ihnen auszuweichen."

„Das hier wird dich ganz besonders interessieren", ging Seth einer weiteren Diskussion aus dem Wege.

Lindsay wartete, bis er die Tür für sie geöffnet hatte, und trat ein.

„Oh ja!" Sie lief in die Mitte des Zimmers und drehte sich einmal schnell um sich selbst. „Es ist umwerfend!"

Die Fensterbänke der hohen Bogenfenster waren mit burgunderfarbenen Samtpolstern bedeckt, und die gleiche Farbe erschien im Muster des riesigen Perserteppichs. Die Möbel waren alt, schwer, viktorianisch, und sie glänzten matt und kostbar. Nichts hätte besser in diesen hohen, weiten Raum gepasst. Am Fuße des Bettes stand eine alte Truhe, in der früher Bettwäsche untergebracht gewesen war. Es war ein altes Bett mit vier Pfosten, und an jeder Längsseite standen kleine Tische mit alten Kerzenleuchtern.

„Du hast immer genau die richtige Wahl bei der Einrichtung getroffen. Das muss daran liegen, dass du Architekt bist", meinte Lindsay bewundernd.

Beim Anblick des massiven Kamins aus Naturstein musste Lindsay unwillkürlich an ein loderndes Feuer denken. Sie stellte sich vor, wie in einer langen dunklen Winternacht die Holzscheite krachend brennen würden, bis zum Schluss nur noch das leise Zischen der Glut übrig bliebe. Sie sah sich selbst vor der Feuerstelle liegen, in Seths Armen, ihr Körper warm an seinen geschmiegt. Ein wenig verwirrt von der Klarheit ihrer Vision blickte sie schnell zur Seite und wanderte weiter durch das Zimmer.

Vergiss deinen Vorsatz nicht, befahl sie sich. Lass dich nur ja auf nichts ein! Vor allem nicht so schnell! Denk daran, dass du es hier mit einem besonders erfolgreichen Don Juan zu tun hast.

An den hohen Flügeltüren blieb sie stehen, stieß sie beide weit auf und trat auf den Balkon hinaus. Sofort wurde sie von einer Windböe erfasst. Von unten her drang das Rauschen der schäumenden Brandung herauf, und die Luft schmeckte nach feuchtkaltem Salz. Lindsay sah zu den Wolken auf, die der Wind vor sich herjagte. Sie beugte sich über das Geländer und blickte hinunter. Die Felsen fielen tödlich steil zur Bucht ab. Die aufgewühlten Wellen zerfetzten an dem zerklüfteten Gestein und wichen nur zurück, um mit neuer Gewalt heranzustürmen.

Lindsay war so in die wilde Szenerie versunken, dass sie nicht bemerkt hatte, wie Seth ganz nahe hinter sie getreten war. Als er sie zu sich herumdrehte, war ihre Reaktion so natürlich und spontan, als hätte sie nur darauf gewartet.

Sie schlang die Arme um seinen Nacken, als er sie an sich zog. Ihre Körper berührten sich, und ihr Mund kam seinem entgegen. Von plötzlicher Leidenschaft überwältigt, beantwortete sie seine Küsse mit dem gleichen Hunger. Ihre Zunge erforschte das Innere seines Mundes, und sie zitterte. Nicht aus Angst oder Ablehnung, sondern weil sie in seinen Armen so glücklich war.

Seine Hand glitt unter ihr T-Shirt und strich vorsichtig über ihre Rippen. Dann umschloss sie zärtlich ihre Brust. Langsam bewegten sich seine Hände nach unten, über die sanften Hügel ihres Bauches, und seine Küsse folgten ihrer Spur. Sie griff mit den Händen in sein Haar und klammerte sich daran, als müsse sie sich vor einer alles überschwemmenden Flut von Begehren retten, die sie unaufhaltsam in immer tieferes Gewässer zog.

Von seinen Händen auf ihrem Körper gingen warme Wellen des Entzückens aus. Als er seinen Mund von ihrem Bauch löste, um ihren Nacken zu liebkosen, wurde es Lindsay mit einem Schlag heiß. Den kalten Wind, der ihr Gesicht erfasste, empfand sie wie einen Schock, der jedoch seltsamerweise den Genuss nur intensiver machte. Auch der winzige Schmerz, den sie fühlte, als Seth mit den Zähnen an ihren Lippen nagte, verstärkte das Gefühl der Lust.

In ihrem Kopf dröhnte das Geräusch der anrollenden Flut, doch durch das Dröhnen hörte sie ihn ihren Namen rufen. Als sein Mund wieder fordernd auf ihrem lag, dachte sie, es gäbe kein größeres Begehren als das ihre.

Seth löste sich von ihren brennenden Lippen. Er hielt sie eng an sich gepresst und beugte ihren Kopf zurück, um ihr tief in die Augen zu sehen. Lindsay erkannte Zorn und Leidenschaft in den seinen. Eine neue Welle der Erregung rieselte an ihrer Wirbelsäule hinunter. Hätte er sie nicht fest in seinen Armen gehalten, sie wäre zusammengesunken.

„Ich will dich ganz." Der Wind zerrte an Seths Haar, und er sah sie fast wild an.

Das Klopfen ihres Herzens schwoll in ihrem Kopf zur Lautstärke der Brandung an. Sie hatte sich in die Gefahr begeben, war sich ihrer bewusst und hatte sie sogar willkommen geheißen. Aber irgendwo tief in ihrem Inneren regte sich ein winziger Rest von Vernunft.

„Nein!" Sie schüttelte den Kopf, obgleich sie immer noch vor Sehnsucht nach ihm brannte. „Nein."

Der Boden schien unter ihr zu schwanken. Sie griff Halt suchend nach dem Geländer und zwang sich, tief die kalte Seeluft einzuatmen. Zitternd richtete sie sich auf.

Seth packte ihre Arme, dass es schmerzte. „Was, zum Teufel, meinst du damit?" Seine Stimme klang gefährlich kalt.

Lindsay schüttelte wieder den Kopf. Der Wind blies ihr das Haar ins Gesicht, und sie schob es zurück, um Seth klar zu sehen. Sein Gesicht wirkte so wild und unzähmbar wie das Meer unter ihnen. Er zog sie heftig an sich und ließ sie nicht mehr los.

„Was bis jetzt geschehen ist, war wohl unvermeidbar, aber es darf nicht darüber hinausgehen", sagte sie.

Seths kräftige Hand fasste sie fast grob am Nacken. Sie konnte jeden seiner Finger einzeln fühlen. „Das glaubst du doch wohl selbst nicht!"

Sein Mund senkte sich wieder auf ihren, aber statt zu fordern, verführte er. Sanft strich seine Zunge über ihre Lippen, bis sie sich vor Sehnsucht öffneten. Nun wurden seine Küsse drängender, aber nur wenig drängender, und ihre Wirkung war umso verheerender. Lindsay umklammerte Seth mit beiden Armen, um ihr Gleichgewicht zu halten. Der Atem war ihr abgeschnitten, als stürze sie kopfüber von der Brüstung des Balkons auf die Felsen tief unten.

„Ich will mit dir schlafen."

Seine Lippen an ihrem Ohr verursachten schmerzhaftes Begehren. Lindsay schob ihn von sich.

Einen Augenblick lang sagte sie gar nichts, sondern stand nur da, rang nach Atem und starrte ihn an.

„Du musst das verstehen", begann sie und hielt inne, weil die Stimme ihr kaum gehorchte. „Versteh mich doch! Ich kann nicht nur mal eben für eine Nacht mit jemandem ins Bett gehen. Ich bin nicht dafür geschaffen, nur Sex zu genießen. Ich brauche mehr als das."

Wieder wischte sie ein paar Strähnen aus dem Gesicht. „Ich habe nicht so viel Erfahrung wie du, Seth. Du darfst an mich nicht den gleichen Maßstab legen wie an die anderen Frauen in deinem Leben. Mit ihnen kann ich nicht konkurrieren."

Sie wollte sich von ihm abwenden, doch er zog sie am Arm

zurück und hielt ihr Gesicht fest. „Glaubst du wirklich, wir könnten das, was zwischen uns gewesen ist, einfach rückgängig machen?"

„Ja", flüsterte sie, doch sie war sich ihrer Sache durchaus nicht sicher. Dann wiederholte sie laut, als wolle sie nicht nur ihn, sondern auch sich selbst überzeugen: „Ja! Wenn es sein muss!"

„Ich will dich heute Abend sehen!"

„Nein! Das geht auf gar keinen Fall!" Er war ihr zu nahe, deshalb wich sie weiter zurück.

„Lindsay! Lindsay, ich werde nicht zulassen, dass du alles, was zwischen uns war, einfach wegwirfst!"

„Das Einzige, was wir noch gemeinsam haben, ist Ruth. Es würde für uns beide einfacher sein, wenn wir immer daran denken würden."

„Einfacher?" Ein halbes Lächeln erschien in seinem Mundwinkel. Er griff nach einer Strähne ihres zerzausten Haares. „Ich glaube nicht, dass du zu den Frauen gehörst, die mit einfachen Dingen zufrieden sind."

„Du kennst mich eben nicht."

Jetzt breitete sich das Lächeln auf seinem ganzen Gesicht aus. Er umfasste ihre Schultern und führte sie entschlossen ins Haus zurück.

„Vielleicht hast du recht. Vielleicht kenne ich dich wirklich noch nicht richtig", stimmte er fast fröhlich zu. „Aber ich werde dich kennenlernen! Darauf kannst du dich verlassen!"

7. KAPITEL

Ruth war nun schon seit fast einem Monat in Lindsays Schule. Unterdessen war es kalt geworden, und der Schnee würde nicht mehr lange auf sich warten lassen. Lindsay ließ die alte Zentralheizung auf vollen Touren laufen und hoffte, sie würde diesen Winter ohne zusätzliche Reparaturkosten überstehen.

Heute gab sie die letzte Unterrichtsstunde. Über ihr Trikot hatte sie eine Hemdbluse gezogen und sie in der Taille zu einem Knoten geschlungen. Sie schritt die Reihe ihrer in Linie aufgestellten Schülerinnen ab, um deren Haltung zu begutachten. Dann gab sie die Kommandos zu den nächsten Figuren.

„*Glissade*! *Arabesque* und Spitze!"

Mit ihrer besten Klasse war sie äußerst zufrieden. Die Mädchen machten gute Fortschritte und zeigten zunehmendes Verständnis für die Verbindung zwischen Musik und Bewegung.

Aber je länger Ruth in dieser Klasse war, desto mehr zeigte sich, dass sie nicht da hineingehörte. Ihr Talent war dem der anderen haushoch überlegen und konnte sich bei den Anforderungen, die an ihre Mitschülerinnen gestellt wurden, nicht richtig entfalten.

Ihre Begabung wird verschwendet, dachte Lindsay bitter, als sie Ruth beobachtete. Langsam wurde aus ihrer Enttäuschung über Seths Starrsinn regelrechter Groll. Warum wollte er nicht einsehen, dass seine Nichte nach New York gehörte?

Lindsay machte einer ihrer Schülerinnen ein Zeichen, das Kinn höher zu heben, und überlegte: Wie kann ich ihn nur überzeugen? Wenn nicht schon bald etwas geschieht, kann es für Ruth zu spät sein. Die kostbare Zeit kann sicher nie wieder eingeholt werden.

Der Gedanke an Seth lenkte ihre Aufmerksamkeit von den Schülerinnen ab. Wenn sie sich selbst gegenüber ehrlich war, musste sie zugeben, dass sie in den letzten Wochen ständig an ihn hatte denken müssen. Zuerst hatte sie sich einzureden versucht, ihre Zuneigung zu ihm würde mit der Zeit nachlassen und schwächer werden. Aber das war Selbstbetrug. Kein Tag verging, ohne dass sie nicht an ihn dachte.

Die Erinnerung an seine Berührungen, seine Stimme und das Glück, das sie in seinen Armen empfunden hatte, ließ sich nicht einfach verdrängen. Ob sie am Morgen ihren Kaffee trank, abends noch spät allein im Studio arbeitete oder ohne Grund mitten in der Nacht aufwachte – immer fragte sie sich, was Seth wohl in diesem Augenblick machte.

Bis jetzt hatte sie jedoch der Versuchung, Ruth nach ihrem Onkel zu fragen, widerstanden. Wegen dieses Mannes werde ich mich nicht zum Narren machen, dachte sie.

„Brenda, denk an die Hände!"

Lindsay demonstrierte eine fließende Bewegung aus dem Handgelenk heraus, als zu ihrer Überraschung das Telefon klingelte. Stirnrunzelnd blickte sie auf die Uhr. Normalerweise rief niemand während der Unterrichtsstunden im Studio an. Sollte mit ihrer Mutter etwas nicht in Ordnung sein?

„Brenda, übernimm du für einen Augenblick", rief sie ihrer Schülerin zu, stürzte, ohne eine Antwort abzuwarten, in ihr Büro und riss den Hörer hoch.

„Cliffside Tanzschule", meldete sie sich ein wenig atemlos.

„Lindsay? Lindsay, bist du es?"

„Ja, ich …" Dann erkannte sie die Stimme und den russischen Akzent. „Nick! Oh Nick, wie schön, deine Stimme zu hören! Von wo aus rufst du an? Wo bist du?"

„In New York natürlich." Sie hörte ihn lachen. Dieses Lachen, das tief aus der Kehle zu kommen schien, hatte sie immer gern gemocht. „Was macht deine Schule?"

„Sie geht gut voran. Ich habe gerade mit einigen meiner guten Schülerinnen trainiert. Eine ist ganz besonders begabt, und ich würde sie dir gern schicken, Nick. Sie ist wirklich etwas ganz Außergewöhnliches, herrlich gewachsen und …"

„Später, später." Lindsay glaubte, die Handbewegung, mit

der er ihr das Wort abschnitt, förmlich zu sehen. „Zuerst will ich über dich sprechen. Geht es deiner Mutter gut?"

Lindsay zögerte nur kurz mit der Antwort. „Viel besser. Sie kommt schon seit einiger Zeit recht gut allein zurecht."

„Wunderbar. Ausgezeichnet. Wann bist du wieder bei uns?"

„Nick." Lindsay unterdrückte einen Seufzer und blickte wehmütig auf die Fotos an der Wand, auf denen sie mit dem Mann, der sich jetzt am anderen Ende der Telefonleitung befand, tanzte. Drei Jahre, dachte sie. Es könnten genauso gut dreißig sein. „Es ist zu lange her, Nick."

„Rede keinen Unsinn! Du wirst hier gebraucht."

Sie schüttelte den Kopf. Immer noch der kleine Diktator, dachte sie. „Ich bin nicht mehr in Form, Nick. Jedenfalls nicht genug, um in die alte Mühle zurückzukommen. Jüngere Talente drängen nach." Unwillkürlich dachte sie dabei an Ruth. „Und das ist auch richtig so."

„Seit wann schreckst du vor schwerer Arbeit zurück oder vor ein bisschen Konkurrenz?"

Die Herausforderung in seiner Stimme war ihr von früher her bekannt, und sie musste unwillkürlich lächeln. „Nick, wir sind uns doch beide darüber klar, dass man drei Jahre Unterrichten nicht mit drei Jahren auf der Bühne vergleichen kann. Die Zeit bleibt nicht stehen, Nick, nicht einmal für dich."

„Angst?"

„Ja, wenigstens ein bisschen."

Er lachte über das Geständnis. „Gut. Die Angst wird dir helfen, noch besser zu tanzen. Ich brauche dich, *ptitschka* – mein Vögelchen. Ich habe mein erstes eigenes Ballett fast fertig geschrieben."

„Nick, wie wundervoll! Ich hatte ja keine Ahnung, dass du daran arbeitest."

„Mir bleibt noch ein Jahr zum Tanzen. Wenn ich Glück habe, zwei. Ich habe kein Interesse an Charakterrollen."

Während der kleinen Pause, die entstand, hörte Lindsay die Mädchen das Übungszimmer verlassen, um sich umzukleiden.

„Man hat mir den Posten des Direktors angeboten."

„Das überrascht mich nicht im Geringsten", erwiderte Lindsay herzlich. „Ich freue mich für dich. Sie können aber auch froh sein, wenn sie dich bekommen."

„Ich will, dass du zurückkommst. Ich kann es arrangieren, weißt du? Brauche nur ein paar Fäden zu ziehen."

„Ich will aber nicht. Ich …"

„Es gibt niemanden, der mein Ballett so tanzen kann wie du. Die Hauptrolle ist Ariel. Und du bist Ariel!"

„Nick, bitte!" Lindsay ballte die freie Hand zur Faust. Sie hatte die Welt, in die er sie zurückholen wollte, hinter sich gelassen.

„Lindsay, wir sollten das nicht am Telefon besprechen. Sobald ich das Ballett fertig geschrieben habe, komme ich zu dir nach Cliffdrop."

„Cliffside", korrigierte Lindsay.

„Side, drop. Wo ist da der Unterschied? Ich bin Russe. Man erwartet, dass ich Fehler mache. Ich komme im Januar", fuhr er fort, „und dann nehme ich dich gleich mit nach New York."

„Nick, wenn du es sagst, klingt es, als wäre es das Einfachste von der Welt."

„Das ist es auch, *ptitschka*. Also bis Januar!"

Lindsay nahm den Hörer vom Ohr, als es klickte. Nick hatte einfach eingehängt. Typisch, dachte sie.

Nick war bekannt für große, impulsive Gesten, aber auch für absolute Hingabe an seinen Beruf. Er war ein glänzender Tänzer, und an Selbstvertrauen hatte es ihm noch nie gefehlt.

Nick hat noch nicht mit seiner Vergangenheit abgeschlossen, dachte Lindsay, warum sollte er? Er hat noch zwei Jahre vor sich, und was dann kommt, steht auf einem anderen Blatt. Nick lebt in der Gegenwart. Für ihn ist es aber auch leichter als für mich, denn für ihn gab es nie etwas anderes als die Bühne. Bei mir dagegen hat sich in den letzten Jahren so viel geändert. Ich weiß nicht einmal, was ich noch kann – nicht einmal, was ich will.

Sie schlang die Arme um die Brust und umfasste ihre Ellbogen, als wolle sie sich vor etwas schützen. Vor was? Vor Entscheidungen?

Ich habe mich zu lange treiben lassen, warf sie sich vor und ging ins Ankleidezimmer zu ihren Schülerinnen. Die meisten trödelten noch, obgleich sie schon umgezogen waren. Draußen war es kalt, und hier drinnen konnte man sich noch so gemütlich unterhalten.

Ruth war an die *barre* zurückgekehrt, um noch ein bisschen für sich allein weiter zu üben. Lindsay ging an ihr vorüber, als Monika rief: „Ruth und ich gehen gleich eine Pizza essen und hinterher ins Kino. Hast du Lust, mitzukommen, Lindsay?"

„Hört sich verlockend an. Aber ich muss noch ein wenig an der Choreografie zur *Nussknacker-Suite* tun. Bis Weihnachten ist es nicht mehr lang."

So einfach ließ sich Monika nicht abschütteln. „Du arbeitest zu viel, Lindsay."

Lindsay lachte. „Mach dir keine Sorgen. So schlimm ist es gar nicht."

In diesem Augenblick wurde die Tür aufgestoßen. Begleitet von einem Schwall kalter Luft betrat Andy das Studio. Seine Haut war gerötet vor Kälte.

„Hallo!" Lindsay streckte ihm beide Hände entgegen. „Dich habe ich heute Abend gewiss nicht erwartet."

„Sieht ja so aus, als hätte ich den Zeitpunkt genau richtig abgepasst." Er sah sich nach den Schülerinnen um, die sich nun doch zum Gehen entschlossen hatten und ihre Mäntel anzogen.

Beiläufig grüßte er zu Monika hinüber, die darüber vor Freude errötete. „Hallo, Andy", stammelte sie.

Ruth hatte die Begrüßung vom anderen Ende des Raumes aus beobachtet. Ihr war die Situation sofort klar: Andy war in Lindsay verliebt und Monika in Andy. Sie hatte genau gesehen, wie Monika vor Freude über seinen Gruß errötet war. Er dagegen hatte nur Augen für Lindsay. Wie seltsam die

Leute manchmal sind, dachte sie, während sie ein *grand plié* ausführte.

Lindsay war Ruths großes Vorbild. Sie sah in ihr die erfolgreiche Ballerina, schön und begabt. Niemand konnte ihrer Meinung nach mit Lindsay konkurrieren, mit ihrem Können, ihrem Stil. Wie leicht waren ihre Bewegungen, ihre Schritte, ihre Gesten.

Ruth beneidete Lindsay nicht, wenn sie ihr beim Tanzen zusah, und sie sah ihr oft zu. Sie glaubte, Lindsay immer besser kennenzulernen, und bewunderte deren Offenheit, Herzlichkeit und die Wärme, mit der sie auf die Probleme anderer Menschen einging. Sie glaubte aber auch, dass Lindsay in persönlichen Dingen sehr zurückhaltend sein konnte.

Ruths Gedanken wurden unterbrochen, als sich die Studiotür wiederum öffnete.

Dieses Mal kam ihr Onkel herein.

Wieder beobachtete Ruth die Begrüßungszeremonie. Der kurze Blickwechsel zwischen ihrem Onkel und Lindsay war ihr nicht entgangen. So schnell er vorüberging, so sehr offenbarte er die besondere Beziehung der beiden zueinander. Ruth war überrascht. Davon hatte sie nichts gewusst.

Das wird ja immer komplizierter, dachte sie. Monika ist verliebt in Andy, Andy in Lindsay und Lindsay in Onkel Seth. Da Onkel Seth ebenfalls in Lindsay verliebt zu sein scheint, schließt sich der Kreis. Seltsam, überlegte sie, keiner scheint sich dieser Situation bewusst zu sein, dabei ist sie doch gar nicht zu übersehen.

Schon als Kind hatte sie in den Blicken, die ihre Eltern miteinander tauschten, deren Liebe zueinander erkannt.

Der Gedanke an ihre Eltern erwärmte sie, stimmte sie aber gleichzeitig traurig, weil sie nie mehr Teil ihrer Liebe sein konnte.

Ohne ein Wort zu sagen, ging sie ins Ankleidezimmer und zog ihre Spitzenschuhe aus.

Der Anblick Seths war für Lindsay wie ein Schock. Es war,

als würde sie von einer Flutwelle überspült und dann kraftlos zurückgelassen. Ihre Beine schienen sich unterhalb der Knie ins Nichts aufzulösen.

Nein, die Anziehungskraft ist nicht geringer geworden. Ich habe mir etwas vorgemacht, gestand sie sich ein, sie ist stärker als je zuvor.

Im Bruchteil einer Sekunde grub sich sein Bild in ihr Bewusstsein ein – sein windzerzaustes Haar, die Art und Weise, wie er die Lammfelljacke trotz der Kälte offen trug, seine Augen, mit denen er sie zu verschlingen schien, als er hereinkam. Selbst wenn sie sich besondere Mühe gegeben hätte, außer Seth noch etwas anderes wahrzunehmen, wäre es ihr in diesem Augenblick nicht gelungen. Sie hätte mit ihm auf einer einsamen Insel oder auf dem Gipfel eines Berges sein können.

Ich habe ihn vermisst, erkannte sie. Erst sechsundzwanzig Tage ist es her, seit ich zuletzt mit ihm gesprochen habe. Vor einem Monat wusste ich noch nicht, dass es ihn gibt, und nun denke ich zu allen möglichen und unmöglichen Zeiten an ihn.

Ohne dass sie sich dessen bewusst war, erhellte sich ihr Gesicht zu einem Lächeln, und obgleich es von Seth nicht erwidert wurde, trat sie ihm mit ausgestreckten Händen entgegen.

„Hallo! Ich habe dich lange nicht gesehen. Du hast mir sehr gefehlt."

„Wirklich?" Er sah sie fragend an.

Sein Tonfall erinnerte Lindsay daran, dass sie ihm gegenüber vorsichtig sein sollte. „Ja", gab sie dennoch zu, entzog ihm aber ihre Hände. „Du kennst Monika und Andy schon, nicht wahr?"

Monika stand noch am Klavier und legte Noten zusammen. Lindsay sah auf die Uhr und bat sie, alles stehen und liegen zu lassen.

„Kümmere dich nicht weiter drum", sagte sie. „Du und Ruth müsst ja schon fast verhungert sein. Und wenn ihr noch rechtzeitig ins Kino kommen wollt, solltet ihr euch wirklich beeilen."

Ich tue ja gerade so, als könnte ich sie nicht schnell genug loswerden, schalt sie sich innerlich und nahm sich vor, nächstens zu denken, bevor sie redete.

Sie winkte der letzten Schülerin, die das Studio verließ, verabschiedend zu und fragte Andy: „Hast du schon gegessen, Andy?"

„Eigentlich nicht. Deshalb bin ich vorbeigekommen. Ich wollte dich fragen, ob du Lust hast, mit mir einen Hamburger essen zu gehen."

„Oh Andy, wie lieb von dir. Aber ich habe noch viel zu tun heute Abend. Monika und Ruth hatten mich auch schon eingeladen. Warum gehst du nicht mit ihnen eine Pizza essen?"

„Ja! Das wäre schön, Andy", rief Monika begeistert und wurde noch röter. „Wir würden uns sehr freuen, nicht, Ruth?"

Ruth sah die freudige Erwartung in Monikas Augen und nickte. „Du bist doch nicht etwa meinetwegen gekommen, Onkel Seth?", wandte sie sich dann an ihren Onkel, während sie sich anzog.

„Nein." Seth sah den Kopf seiner Nichte in einem dicken wollenen Pullover verschwinden und am Ausschnitt wieder hervorkommen. „Ich wollte ein paar Worte mit deiner Lehrerin sprechen."

„Dann sollten wir machen, dass wir hier wegkommen." Monika bewegte sich mit einer für ein so großes Mädchen außergewöhnlichen Anmut, die zum Teil sicherlich auf ihren eigenen Ballettunterricht vor dem Studium zurückzuführen war. Jetzt griff sie nach ihrem Mantel und sah Andy an.

Ihr Lächeln war weniger zurückhaltend als zögernd. „Kommst du mit, Andy?" Sie sah den schnellen Blick, den er Lindsay zuwarf.

„Na klar." Andy legte Lindsay eine Hand auf die Schulter. „Ich seh dich dann morgen."

„Gute Nacht, Andy." Lindsay stellte sich auf die Zehenspitzen und gab ihm einen leichten Kuss. „Viel Vergnügen!" Letzteres galt für alle drei.

Andy und Monika gingen zur Tür, beide mit bedrückter Miene. Ruth schlenderte hinter ihnen her. Ein wissender Ausdruck lag in ihren Augen.

„Gute Nacht, Onkel Seth, gute Nacht, Miss Dunne."

Lindsay starrte auf die geschlossene Tür. Sie fragte sich, was dieser seltsame Ausdruck in Ruths Augen wohl bedeutet hatte. War es Schadenfreude?

Es soll mir recht sein, solange sie sich nur über irgendetwas freut, dachte Lindsay. Aber weshalb sollte Ruth schadenfroh sein? Sie schüttelte den Kopf und wandte sich Seth zu.

„So, dann werden wir uns also heute über Ruth unterhalten. Ich habe mir gedacht ..."

„Nein."

„Nein?", wiederholte sie verblüfft. Dann machte Seth einen Schritt auf sie zu, und sie verstand.

„Wir sollten aber doch über Ruth sprechen", versuchte sie es noch einmal und drehte ihm den Rücken zu, sodass sie ihn in der Spiegelwand beobachten konnte. „Sie ist so viel weiter als alle anderen Schülerinnen, viel talentierter und viel ehrgeiziger. Ruth ist zum Tanzen geboren, Seth. Sie wird es weit bringen."

„Kann sein." Lässig zog er seine Jacke aus und legte sie auf das Klavier.

Instinktiv begriff Lindsay, dass es heute Abend nicht leicht sein würde, mit ihm fertigzuwerden. Ihre Finger zupften nervös an dem Knoten in ihrer Hemdbluse.

„Aber es ist erst ein Monat vergangen und kein halbes Jahr. Wir werden nächsten Sommer darüber reden", erklärte Seth.

„Das ist einfach lächerlich." Verärgert drehte sich Lindsay zu ihm um. Und das hätte sie besser nicht getan, denn sein direkter Anblick war wesentlich beeindruckender als sein Spiegelbild. Schnell versuchte sie, ihren Fehler wiedergutzumachen, und begann rastlos im Zimmer umherzulaufen.

„Wenn man dich hört, könnte man meinen, es ginge um nichts anderes als um eine vorübergehende Laune. Aber das ist es ganz und gar nicht. Ruth ist mit Leib und Seele Tänzerin, Seth, und daran wird sich in fünf Monaten nichts ändern."

„Dann macht es erst recht nichts aus, ein bisschen länger zu warten."

Bei dieser Logik schloss Lindsay verzweifelt die Augen. Aber sie unterdrückte ihren aufsteigenden Zorn, weil sie wusste, dass sie ruhig bleiben musste, wenn sie bei Seth etwas erreichen wollte.

„Es ist Zeitverschwendung", gelang es ihr, sachlich zu antworten, „und in dieser Situation ist Zeitverschwendung eine Sünde. Ruth braucht mehr – so unendlich viel mehr, als ich ihr geben kann."

„Zunächst einmal braucht sie Sicherheit." Auch in Seths Stimme schwang beherrschter Ärger mit.

„Sie ist besonders begnadet. Warum kannst – warum willst du das nicht einsehen? Echtes Talent ist so selten, und es ist so etwas Schönes. Man muss eine solche Begabung hegen und pflegen. Sie muss in die richtigen Bahnen geleitet werden. Je mehr Zeit vergeht, umso schwieriger wird es sein."

„Ich habe dir früher klarzumachen versucht, dass ich für Ruth verantwortlich bin." Seine Stimme hatte nun einen scharfen Unterton. „Und jetzt gerade habe ich dir versichert, dass ich nicht gekommen bin, um mich über Ruth zu unterhalten. Nicht heute Abend."

Lindsays Vernunft sagte ihr, es sei besser, einzulenken. Heute würde sie nichts bei ihm erreichen. Sie konnte nur hoffen, Seth zu einem späteren Zeitpunkt umzustimmen. Wenn ich etwas für Ruth tun will, dachte sie, muss ich mich in Geduld üben.

„Also gut." Sie atmete tief ein und aus und fühlte, wie sie ruhiger wurde. „Warum bist du gekommen?"

Mit einem Schritt war er hinter ihr und hielt sie bei den Schultern, bevor sie etwas dagegen machen konnte.

„Du hast mich also vermisst?", fragte er und ließ ihr Spiegelbild nicht aus den Augen.

„Ja, ich dachte, seltsam, dass man ihn nie sieht. In einer kleinen Stadt wie Cliffside begegnet man sich doch eigentlich dauernd." Sie versuchte, einen Schritt von ihm weg zu tun, aber sein Griff wurde nur noch fester.

„Ich habe an einem Projekt gearbeitet, an einem Krankenhaus, das in Neuseeland gebaut werden soll. Die Zeichnungen sind jetzt fast fertig."

Das interessierte Lindsay so, dass sie vergaß, sich gegen ihn zu sträuben. „Wie aufregend muss es sein, ein Bauwerk zu schaffen, in dem später Leute leben und arbeiten, etwas, das uns überleben wird. Warum bist du Architekt geworden?"

„Bauen hat mich immer schon fasziniert." Langsam begannen seine Finger ihren Rücken zu massieren, aber sie schien nur auf seine Antwort zu warten. „Ich fragte mich, warum in so unterschiedlicher Weise gebaut wurde und warum die Leute diesen oder jenen Stil bevorzugten. Ich nahm mir vor, Häuser zu bauen, die gleichzeitig funktionell und schön sind, und bemühe mich, das auch einzuhalten."

Seine Daumen liebkosten ihren Nacken, dort, wo er in den Haaransatz überging, und ihr war, als hätte sie an dieser Stelle hunderttausend Nervenenden. „Ich habe nun mal eine Schwäche für alles Schöne."

Während Lindsay ihn im Spiegel dabei beobachtete, begann er ihre ohnehin schon prickelnde Haut zu küssen.

Ein Zittern überlief ihren Körper. „Seth …"

„Warum bist du Tänzerin geworden?"

Mit der Frage unterbrach er ihren Protest. Er ließ ihr Spiegelbild nicht aus den Augen. So entging ihm keineswegs ihre Erregung.

„Es hat nie etwas anderes für mich gegeben." Lindsays Stimme klang atemlos und ein wenig zittrig vor mühsam zurückgehaltener Leidenschaft. Es fiel ihr schwer, sich auf eine Antwort zu konzentrieren. „Solange ich zurückdenken kann, hat meine Mutter von nichts anderem geredet."

„Dann bist du ihretwegen Tänzerin geworden?" Er griff

in ihr Haar und löste das Band, mit dem Lindsay es vor dem Training zusammengebunden hatte.

„Nein. Manches im Leben ist Vorbestimmung. Das Schicksal hat es für mich so gewollt."

Seine Hand fuhr ihr zärtlich über die Schläfe.

„Ich wäre auch ohne meine Mutter Tänzerin geworden. Ich glaube, es lag mir einfach im Blut. Sie hat das Ganze nur beschleunigt. Seth, was tust du da? Bitte lass das." Sie legte ihre Hand über seine, um ihn an weiteren Zärtlichkeiten zu hindern.

„Ich liebe deine Haut, besonders wenn ich sie berühre. Ich liebe dein Haar."

„Seth, bitte!"

„Bindest du es immer nach hinten, wenn du trainierst?"

„Ja, ich …"

„Jetzt tanzt du aber nicht", murmelte er und vergrub sein Gesicht in der schweren seidigen Flut.

Das Spiegelbild zeigte den Kontrast ihres blonden Haares gegen sein dunkles, und gegen seine dunkle Haut wirkte die ihre wie Elfenbein.

Wie behext stand sie vor der Spiegelwand und sah, wie er seinen Mund auf ihren Nacken presste und mit den Händen ihre Arme umfangen hielt. Fasziniert beobachtete sie das Paar im Spiegel.

Als er sie zu sich herumdrehte und sie sich gegenüberstanden, war der Bann immer noch nicht gebrochen. Benommen starrte sie ihn an.

Er legte langsam seinen Mund auf ihren, und obgleich ihre Lippen sich für ihn öffneten, wich er aus und bedeckte Wangen und Ohren mit federleichten Küssen, während seine Hände ihr Haar durchwühlten.

Sie konnte es kaum erwarten, seinen Mund voller Leidenschaft auf dem ihren zu fühlen. Aber selbst als sie den Kopf zurückneigte, um ihm den Weg zu weisen, ging er nicht darauf ein.

Heiße Wellen stiegen von ihren Zehen auf und schienen sich in der Lunge zu konzentrieren, bis sie das Gefühl hatte, sie müsste unter dem zunehmenden Druck explodieren.

Seths Blicke schienen in ihren Augen zu versinken, als er anfing, den Knoten ihrer Bluse zu lösen. So leicht, dass sie dabei kaum ihre Haut berührten, wanderten seine Finger zu den Schultern hoch und verweilten an einer Stelle, die nur einen Herzschlag von ihrem Brustansatz entfernt lag. Sanft schob er die Bluse zurück, bis sie geräuschlos zu Boden fiel.

Die Geste wirkte erstaunlich erotisch. Lindsay fühlte sich nackt vor ihm. Er hatte alle Barrikaden gesprengt. Nun konnte sie sich nicht länger ihren Illusionen hingeben.

Sie trat ihm einen Schritt entgegen, hob sich auf die Zehenspitzen und verschloss ihm den Mund mit ihrem.

Lindsay ließ sich Zeit für ihre Zärtlichkeiten, denn beide wussten, dass die Lust später ihren Höhepunkt erreichen würde.

Sie streichelten einander mit den Lippen und zügelten die Leidenschaft, als wollten sie den Moment der Erfüllung so lange wie möglich hinauszögern.

Lindsay erforschte mit ihrem Mund die Linien seines Gesichts. Um die Wangen herum fühlte es sich rau an. Der Bart war im Laufe des Tages nachgewachsen. Sein Kiefer war unter der Haut spürbar. Unter seinem Ohr entdeckte sie eine rätselhafte Narbe. Ihre Zunge versuchte, zärtlich verweilend, das Rätsel zu lösen.

Seine Hände lagen auf ihren Hüften und glitten von dort zu den Schenkeln, die Lindsay ihm entgegenhob, um ihn zu kühneren Liebkosungen anzuregen.

Doch er ließ sich nicht darauf ein, sondern streichelte ganz zart ihre Brust. Das Trikot, das sie noch immer anhatte, war sehr dünn, und sie spürte es kaum zwischen seiner Hand und ihrer Brust.

Dann fanden sich ihre Lippen in verzweifelter Gier. Ihre Körper drängten zueinander. Seine Arme pressten sie so fest an sich, dass sie kaum noch mit den Füßen den Boden berührte.

Jetzt gab es kein Hinauszögern mehr. Lindsay fühlte nur noch schmerzhaftes Verlangen, aber selbst der Schmerz bereitete Lust.

Wie durch einen langen dunklen Tunnel hörte Lindsay das Schellen einer Klingel. Sie versuchte, den Kopf in Seths Armbeuge zu vergraben.

Das Klingeln hörte nicht auf, sondern schrillte weiter und weiter, bis es sich nicht mehr aus ihrem Bewusstsein verdrängen ließ. Sie versuchte, sich von Seth abzustemmen, doch er zog sie nur umso näher an sich.

„Lass es doch klingeln, zum Kuckuck!"

„Seth, ich kann nicht! Ich muss ans Telefon! Es könnte etwas mit meiner Mutter sein!"

Widerstrebend ließ er sie los. Lindsay stürzte in ihr Arbeitszimmer zum Telefon und riss den Hörer ans Ohr.

„Ja bitte?" Sie fuhr mit der Hand durchs Haar und versuchte, einen klaren Kopf zu bekommen.

„Miss Dunne?"

„Ja, am Apparat." Sie setzte sich auf die Ecke ihres Schreibtisches, weil ihre Knie noch immer zitterten.

„Es tut mir sehr leid, Sie zu stören, Miss Dunne. Hier spricht Worth. Ist Mr Bannion vielleicht zufällig bei Ihnen?"

„Mr Worth?" Lindsay atmete erleichtert auf. „Oh ja, er ist hier. Einen Augenblick bitte, ich hole ihn." Langsam legte sie den Hörer auf den Schreibtisch. Einen Augenblick lang blieb sie im Türrahmen zum Studio stehen.

Seth sah ihr entgegen, wartete darauf, sie erneut in die Arme zu schließen.

Am liebsten wäre Lindsay zu ihm gerannt, es gelang ihr nur schwer, ihm nicht entgegenzulaufen. „Es ist für dich", sagte sie, „Mr Worth."

Seth nickte. Als er an ihr vorüberging, zog er sie kurz an sich. Einen Augenblick standen sie beieinander. „Es dauerte nicht lange."

Als Lindsay hörte, dass er mit Worth redete, begann sie – wie nach einem anstrengenden Tanzpart – Atemübungen zu machen, gezielte Übungen, die mit unwillkürlichem Luftholen nichts gemeinsam hatten. Sie füllte ihre Lungen mit Sauerstoff und atmete danach tief aus. Ein und aus. Und ein und aus. Sie glaubte zu spüren, wie ihr Kreislauf reagierte. Der Pulsschlag verlangsamte sich, und das Kribbeln auf ihrer Haut ließ nach.

Und während die Gefühle sich normalisierten, klärte sich auch der Verstand. Bald sah Lindsay ein, dass sie gerade zu weit gegangen war. Sich mit Seth Bannion auf ein Liebesverhältnis einzulassen, hieße das Schicksal herauszufordern. Die Karten waren in diesem Spiel von Anfang an nicht gleichmäßig verteilt.

Zugegeben, an der augenblicklichen Lage der Dinge war sie nicht unschuldig, aber wenn sie sich noch weiterhin so gehen lassen würde, gäbe es für sie bald ein schlimmes Erwachen.

Wie ist es nur möglich, dachte sie, dass ich ihm so verfallen bin? Ich kenne ihn doch erst ein paar Wochen.

Zögernd machte sie einen Schritt auf die Stelle zu, an der immer noch ihre Hemdbluse lag, blieb aber stehen, als sie in der Spiegelwand eine Bewegung hinter sich wahrnahm. Wieder begegneten ihre Augen Seths begehrendem Blick. Kleine kalte Nadelstiche schienen an ihrem Rücken hochzulaufen.

Schnell bückte sie sich nach der Bluse und drehte sich zu ihm um. Sie wusste, dass sie jetzt nicht daran vorbeikam, einiges klarzustellen.

„Es gibt ein Problem", erklärte Seth knapp. „Ich muss nach Hause, um einige Zahlen zu überprüfen." Er kam auf sie zu. „Komm mit zu mir."

Seth ließ keinen Zweifel über die Bedeutung dieser Aufforderung, und in der Einfachheit und Direktheit, mit der er ihr seinen Wunsch mitteilte, lag etwas überwältigend Verführerisches.

Betont sorgfältig zog Lindsay ihre Bluse wieder an. „Nein, ich kann nicht. Ich habe noch zu arbeiten, und dann …"

„Lindsay." Er unterbrach sie mit diesem einen Wort und legte ihr die Hand an die Wange. „Ich möchte mit dir schlafen. Ich möchte mit dir aufwachen."

Der lange Seufzer schien tief aus ihrem Inneren zu kommen. „Ich habe dir schon einmal gesagt, dass ich nicht gewöhnt bin, so ohne Weiteres mit jemandem ins Bett zu steigen", erklärte sie entschlossen und sah ihm dabei fest in die Augen. „Ich gebe zu, dass ich mich zu dir mehr hingezogen fühle als je zu einem anderen Mann, und, offen gestanden, weiß ich noch nicht recht, was ich dagegen tun kann."

Seths Hand glitt von ihrer Wange zur Kehle. „Glaubst du, du könntest mir das so einfach mitteilen und mich dann allein nach Hause schicken?"

Lindsay schüttelte den Kopf und versuchte, ihn zurückzudrängen. „Ich sage es dir, weil ich leider immer das Herz auf der Zunge habe." Eine senkrechte Falte erschien zwischen ihren Augenbrauen. „Ich will dir nur klarmachen, dass ich nichts tun werde, bevor ich nicht absolut sicher bin, es wirklich zu wollen. Und ich werde nicht mit dir schlafen." Ihre Stimme klang entschlossen.

„Das wirst du doch!" Er packte sie fester. „Wenn nicht heute Nacht, dann morgen. Und wenn nicht morgen, dann übermorgen!"

„Da wäre ich an deiner Stelle nicht so sicher!" Lindsay schüttelte seine Hände ab. „Ich mag es nicht, wenn man mir sagt, was ich tun soll. Ich treffe meine eigenen Entscheidungen."

„Du hast deine Entscheidung schon getroffen, als ich dich zum ersten Mal geküsst habe. Heuchelei passt nicht zu dir."

„Heuchelei?" Lindsay hielt einen Augenblick den Atem an vor Empörung. „Wie kannst du es wagen, mir gegenüber dieses Wort in den Mund zu nehmen? Ich bin also eine Heuchlerin, weil ich deinen Antrag nicht annehme!"

„Ich glaube wirklich, ‚Antrag' ist in diesem Fall nicht ganz der korrekte Ausdruck."

113

„Ich streite mich nicht mit dir wegen einer albernen Definition! Und jetzt tu mir den Gefallen und geh! Ich habe noch zu tun!"

Er handelte schnell. Mit einem fast groben Griff schwang er sie zu sich herum. „Stoß mich nicht zurück, Lindsay!"

Sie versuchte wieder, von ihm loszukommen. „Lass mich! Du kannst mich zu nichts zwingen!"

„Lindsay! Wir wollen uns doch nicht streiten!"

„Du streitest!" Sie stieß ihn heftig von sich. „Ich habe nicht vor, mich in die Schlange deiner unzähligen Geliebten einzureihen! Sollte ich mich einmal entschließen, mit dir ins Bett zu gehen, werde ich es dich früh genug wissen lassen. In der Zwischenzeit wird sich unsere Unterhaltung auf Ruth beschränken!"

Seth sah sie lange an. Ihre Wangen hatten sich mit tiefer Röte überzogen, und ihr Atem ging schnell. Die Andeutung eines Lächelns spielte um seinen Mund.

„Jetzt siehst du fast aus wie vor ein paar Wochen, als du die Dulcinea getanzt hast – sprühend vor Leidenschaft. Wir werden ein anderes Mal darüber reden." Bevor Lindsay es verhindern konnte, gab er ihr einen langen, festen Kuss. „Bald."

Sie ging zum Klavier, nahm seine Jacke und hielt sie ihm hin. „Und was Ruth betrifft …" Zögernd hatte sie den Satz angefangen und brachte ihn nicht zu Ende.

Er zog seine Jacke über, ließ Lindsay aber dabei keine Sekunde aus den Augen.

„Bald", wiederholte er und ging zur Tür.

8. KAPITEL

Sonntags machte Lindsay nie Pläne. Es genügte, wenn sie sich sechs Tage in der Woche an feste Zeiten halten musste, sei es, um für die Schule zu arbeiten oder sich um ihre Mutter zu kümmern. Die Sonntage hielt sie sich frei.

Es war schon ziemlich spät, als sie an diesem Morgen hinunterging. Der Duft von frisch aufgebrühtem Kaffee zog sie in die Küche. Schon bevor sie die Tür öffnete, hörte sie den ungleichen Schritt ihrer Mutter.

„Guten Morgen." Lindsay umarmte Mary und gab ihr einen herzlichen Kuss auf die Wange. Dann fiel ihr Blick auf das neue Jackenkleid ihrer Mutter. „Du hast dich ja schon am frühen Morgen fein gemacht", bemerkte sie erfreut. „Gut siehst du aus!"

Mary griff ein wenig verlegen mit der Hand nach der gepflegten Frisur. „Carol wollte heute Mittag mit mir im Country-Club essen. Wie findest du mein Haar?"

„Sehr hübsch. Aber die Männer werden ohnehin nur nach deinen Beinen sehen. Sie sind fantastisch!"

Mary lachte. Lindsay hatte sie seit Jahren nicht mehr lachen gehört und war ganz glücklich darüber. „Das hat dein Vater auch immer gesagt."

Weil Marys Stimme schon wieder ein wenig traurig klang, legte Lindsay ihr schnell den Arm um die Schulter und bat: „Bitte nicht, Mutter, es war so schön, dich endlich wieder lachen zu hören. Vater würde sich wünschen, dass du immer fröhlich bist." Sie zog ihre Mutter an sich.

Mary klopfte ihrer Tochter liebevoll den Rücken. „Komm, lass uns Kaffee trinken. Meine Beine mögen ja noch ganz gut sein, aber leider sind sie mit diesen Hüften verbunden, und die werden immer noch zu schnell müde."

Lindsay wartete, bis ihre Mutter vorsichtig am Küchentisch Platz genommen hatte, und ging zum Schrank. Sie wusste, dass es jetzt darauf ankam, ihre Mutter bei Laune zu halten.

„Gestern habe ich noch sehr lange mit dem Mädchen gearbeitet, von dem ich dir neulich erzählte, Ruth Bannion." Lindsay goss Kaffee ein, bevor sie Milch aus dem Kühlschrank holte und ihrer Mutter davon in den Kaffee schüttete. Sie selbst bevorzugte den Kaffee schwarz. „Sie ist wirklich eine große Ausnahme", fuhr sie fort und setzte sich zu Mary. „Ich habe sie für die Rolle der Carla in der *Nussknacker-Suite* vorgesehen. Sie ist ein scheues, introvertiertes Mädchen, das nur aufzutauen scheint, wenn es tanzt."

Nachdenklich betrachtete sie die kleinen Schauminseln auf ihrem Kaffee. „Ich möchte sie so gern nach New York zu Nick schicken, aber ihr Onkel lässt nicht mit sich darüber reden." Nicht bevor ein halbes Jahr vergangen ist, dachte sie grimmig. Dickköpfig und unflexibel ist er! „Sind eigentlich alle Männer so störrisch wie Maulesel?", fragte sie ihre Mutter und schimpfte laut, weil sie sich an ihrem heißen Getränk die Zunge verbrannt hatte.

„Die meisten", kam die trockene Antwort. „Seltsamerweise scheinen sich die meisten Frauen sogar von diesen Mauleseln angezogen zu fühlen." Mary hatte ihren Kaffee noch nicht angerührt. „Und dir scheint es ja nicht viel anders zu gehen."

Lindsay sah kurz auf und konzentrierte sich sofort wieder auf ihre Tasse. „Schon möglich. Weißt du, er ist anders als die Männer, mit denen ich sonst zu tun hatte. Bei ihm dreht sich nicht alles ums Tanzen. Er ist viel in der Welt herumgekommen, unwahrscheinlich selbstbewusst und manchmal sogar arrogant. Ich kenne nur noch einen einzigen Mann, der genauso selbstsicher ist, und das ist Nick."

Bei dem Gedanken an Nick Davidov erhellte sich ihr Gesicht. „Aber Nick hat ein leidenschaftliches Temperament. Eben ein russisches. Er wirft mit Gegenständen um sich, schreit und stöhnt. Doch selbst seine schlechte Laune scheint nach einer bestimmten Choreografie abzulaufen. Seth ist anders. Er schnappt ganz einfach zu und reißt dich in Stücke."

„Und das gefällt dir so an ihm."

Lindsay blickte auf und lachte. Zum ersten Mal seit langer Zeit unterhielt sie sich mit ihrer Mutter über etwas, was sie selbst beschäftigte und nicht mit Tanzen zu tun hatte.

„Ja", stimmte sie zu. „So verrückt es klingt, es ist tatsächlich so. Aber er gehört nicht zu den Männern, die Autorität verlangen, ohne sie zu besitzen – wenn du verstehst, was ich damit sagen will." Diesmal nippte Lindsay ein wenig vorsichtiger an ihrem Kaffee. „Ruth betet ihn an. Man merkt es, wenn sie ihn ansieht. Sie wirkt übrigens längst nicht mehr so verloren wie früher, und ich bin sicher, dass es auf ihn zurückzuführen ist."

Lindsays Stimme bekam einen weichen Klang. „Er ist sehr einfühlsam, weißt du, und er kann seine Gefühle unwahrscheinlich gut kontrollieren. Ich glaube, selbst wenn er eine Frau liebt, würde er noch versuchen, nicht zu viel an Gefühl zu investieren ... Ich bin jedenfalls wütend auf ihn, weil er so störrisch ist und mich Ruth nicht zu Nick schicken lässt. Ein Jahr Training in New York, und ein Engagement bei einer guten Truppe wäre ihr sicher. Das habe ich ihm letztens auch gesagt, aber ..."

„Wem? Nick?", fragte Mary erstaunt.

Lindsay hätte sich ohrfeigen können. Auf keinen Fall hatte sie Nicks Anruf ihrer Mutter gegenüber erwähnen wollen, um nicht wieder die Rede auf das Thema zu bringen, das dauernd zu Missstimmigkeiten zwischen ihnen führte.

„Wann hast du mit ihm gesprochen, Lindsay?"

„Vor ein paar Tagen. Er rief im Studio an."

„Warum?" Marys Frage kam ruhig, aber sie ließ sich nicht abweisen.

„Ach, er wollte sich nur erkundigen, wie es mir geht. Und nach dir hat er auch gefragt." Die Blumen, die Carol vor einigen Tagen mitgebracht hatte, verwelkten in der Vase auf dem Tisch. Lindsay stand auf und trug sie fort. „Er mochte dich schon immer sehr gern."

Mary beobachtete ihre Tochter, wie sie die verwelkten Blumen in den Mülleimer warf. „Er hat dich gebeten, zurück-zukommen."

Lindsay stellte die leere Vase ins Spülbecken und begann sie abzuwaschen. „Er hat mir erzählt, dass er ein Ballettstück schreibt."

„Und er will, dass du einen Hauptpart darin übernimmst. Was hast du ihm gesagt?"

Lindsay schüttelte den Kopf. „Oh Mutter, bitte! Lass uns nicht mehr darüber reden. Es bringt doch nichts."

Einen Augenblick lang hörte man nur das Wasser in den Spül-stein laufen. Lindsay hielt ihre Hände unter den warmen Strahl.

„Ich werde wahrscheinlich mit Carol nach Kalifornien fahren."

Überrascht – nicht nur von der Ankündigung, sondern noch mehr von Marys Ruhe – drehte Lindsay sich um, ohne den Wasserhahn abzudrehen. „Das wäre ja herrlich. Du wür-dest dem scheußlichen Winter entgehen."

„Dabei dachte ich nicht nur an den Winter. Es soll für im-mer sein."

„Für immer?" Lindsays Gesicht spiegelte ihre Verwirrung wider. Hinter ihr spritzte das Wasser gegen die Vase. Sie langte mit der Hand nach dem Hahn und drehte ihn ab. „Ich glaube, ich habe dich nicht richtig verstanden."

„Carol hat Verwandte dort." Mary stand auf, um sich mehr Kaffee einzugießen. Als Lindsay ihr dabei helfen wollte, wies sie sie mit einer protestierenden Handbewegung zurück. „Ein Cousin von ihr hatte in Erfahrung gebracht, dass eine Blumen-handlung zum Verkauf stand. Ein sehr gut gehendes Geschäft in einmaliger Lage. Carol hat es gekauft."

„Sie hat es gekauft? Aber wann denn? Sie hat mir kein Wort davon erzählt. Andy hat auch nichts davon erwähnt, als ich ihn sah."

„Sie wollte nicht darüber reden, bis alles unter Dach und Fach war", erklärte Mary und fuhr fort: „Sie möchte, dass ich ihr Teilhaber werde."

„Ihr Teilhaber? In Kalifornien?" Lindsay strich sich verwirrt mit der Hand über die Stirn.

„So wie bisher kann es mit uns nicht weitergehen, Lindsay." Mary hinkte mit ihrem Kaffee an den Tisch zurück. „Gesundheitlich geht es mir so gut, wie es den Umständen entsprechend nur möglich ist. Es besteht kein Grund mehr für dich, mich ständig zu verwöhnen und dir obendrein noch Sorgen um mich zu machen. Ja, das tust du", fügte sie hinzu, als Lindsay den Mund zu einem Protest öffnete. „Seit ich aus dem Krankenhaus zurückgekommen bin, habe ich gewaltige Fortschritte gemacht."

„Ich weiß. Du hast ja recht. Aber Kalifornien?" Sie sah ihre Mutter hilflos an. „Es ist so weit weg …"

„Es wird für uns beide das Beste sein. Carol hat mich darauf aufmerksam gemacht, dass ich versucht habe, Druck auf dich auszuüben. Sie hat vollkommen recht."

„Mutter …"

„Nein, nein. Das ist schon so, und es würde so bleiben, wenn wir uns weiter so nahe auf der Pelle sitzen." Mary atmete einmal tief aus und ein und fuhr mit warmer Stimme fort: „Es wird Zeit für uns beide, wieder ein eigenes Leben zu leben. Ich habe mir immer nur eines gewünscht – für dich gewünscht –, und ich werde wohl nie aufhören, es zu wünschen."

Sie nahm Lindsays Hand und betrachtete die langen, schlanken Finger. „Träume lassen sich nicht so schnell abschalten. Mein ganzes Leben lang habe ich geträumt – zuerst für mich, dann für dich. Vielleicht war es falsch. Weißt du, manchmal habe ich in letzter Zeit gedacht, dass du meine Krankheit als Entschuldigung dafür brauchst, nicht mehr zurückzukehren."

Sie ließ sich durch Lindsays Kopfschütteln nicht beirren. „Du hast für mich gesorgt, als ich dich brauchte, und ich werde dir ewig dankbar dafür sein – wenn ich es auch nicht immer gezeigt habe. Aber jetzt bin ich nicht mehr auf Pflege und Fürsorge angewiesen. Im Gegenteil, du darfst mir nicht das Gefühl geben, ein Krüppel und zu nichts mehr nütze zu sein. Willst du mir einen letzten, großen Gefallen tun?" Mary sah Lindsay bittend an.

Lindsay wartete schweigend.

„Denk bitte noch einmal darüber nach, wo du jetzt stehst. Überlege dir, ob es nicht doch richtiger wäre, nach New York zurückzukehren."

Lindsay brachte keinen Ton heraus. Sie nickte nur und umarmte ihre Mutter.

Sie hatte darüber nachgedacht, lange und gründlich. Das war vor zwei Jahren gewesen. Damals hatte sie ihren Entschluss gefasst. Aber sie hatte genickt, weil sie das Band, das sie heute zum ersten Mal seit langer Zeit wieder zwischen sich und ihrer Mutter gespürt hatte, nicht zerstören wollte.

„Wann willst du abreisen?"

„In drei Wochen."

Lindsays Arme fielen herunter. „Du und Carol, ihr werdet ein fantastisches Gespann sein." Plötzlich fühlte sie sich verloren, allein und verlassen. „Ich geh ein bisschen spazieren", sagte sie schnell, bevor Mary ihr die Rührung ansehen konnte. „Ich möchte ein wenig nachdenken."

Lindsay liebte Spaziergänge am Strand, besonders wenn der Winter nicht mehr fern war. Ein verschlissener, aber immer noch warmer Lammfellmantel schützte sie vor dem schneidend kalten Wind, und so wanderte sie, die Hände in den Taschen vergraben, an der Küste entlang.

Es roch nicht nur nach Meer, Lindsay glaubte den salzigen Geschmack auf der Zunge zu schmecken. Sie stemmte sich gegen den Wind und fühlte, wie ihre Gedanken sich allmählich klärten.

Niemals hatte sie erwartet, ihre Mutter könnte Cliffside einmal für immer verlassen, und sie war sich immer noch nicht klar darüber, was sie bei dem Gedanken an eine Trennung von Mary empfand.

Eine Möwe strich ganz nah an ihr vorüber. Lindsay blieb

stehen und sah zu, wie der Vogel sich auf einem der Felsblöcke niederließ.

Drei Jahre, dachte sie. Drei Jahre lang bin ich Tag für Tag an meine Mutter und meinen Beruf gefesselt gewesen. Ich habe mich daran gewöhnt. Wie werde ich es ertragen, plötzlich aus einem festen Tagesablauf herausgerissen zu werden?

Sie beugte sich herunter und nahm einen glatten flachen Stein aus dem Sand. Er hatte die Größe eines Silberdollars und war sandfarben mit schwarzen Flecken. Sie rieb ihn sauber und steckte ihn in die Manteltasche. Dort hielt sie ihn in der Hand.

Sie rief sich die letzten drei Jahre in Cliffside ins Gedächtnis zurück und die drei Jahre vorher in New York. Zwei verschiedene Welten, dachte sie und zog die Schultern ein wenig hoch. Bestehe ich vielleicht auch aus zwei verschiedenen Personen?

Sie warf den Kopf in den Nacken und erblickte hoch über sich auf der Klippe Cliff House. Es war vielleicht dreihundert Meter von ihr entfernt, aber sein Anblick wärmte ihr das Herz.

Es wird immer da sein, solange ich lebe, dachte sie. Hier ist etwas, auf das ich mich verlassen kann. Sie blickte zu den im Sonnenschein schimmernden Fenstern auf und freute sich über den Rauch, der aus den Schornsteinen stieg. Genauso habe ich es mir früher immer vorgestellt, überlegte sie.

Dann bemerkte Lindsay eine Gestalt, die den geschlungenen Pfad herunterkam. Jetzt war sie auf der Treppe, die zum Strand führte. Ohne es zu wollen, lächelte sie.

Warum nur hat er diese Wirkung auf mich? fragte sie sich und schüttelte den Kopf. Warum freue ich mich jedes Mal so schrecklich, wenn ich ihn sehe? Wie selbstsicher er geht. Keine überflüssigen Bewegungen. Ohne die geringste Anstrengung. Ich wünschte, ich könnte mit ihm tanzen. Jetzt. Etwas Langsames, Zärtliches.

Sie seufzte und sagte sich, es sei höchste Zeit, wegzurennen. Sie rannte. Ihm entgegen.

Seth sah sie kommen. Ihr Mantel hatte sich geöffnet, ihr

Haar flatterte hinter ihr wie eine gelbe Woge. Die Kälte hatte ihre Wangen gerötet. Ihr Körper wirkte schwerelos, wie sie, den Sand kaum mit den Füßen berührend, daherlief, und er wurde lebhaft an den Abend erinnert, als er sie ganz für sich allein hatte tanzen sehen. Ohne sich dessen bewusst zu werden, blieb er stehen.

Als sie ihn erreichte, leuchteten ihre Augen, und sie streckte ihm die Hände entgegen.

„Hallo!", rief sie atemlos, stellte sich auf die Zehenspitzen und hauchte ihm einen Kuss auf die Lippen. „Bin ich froh, dich zu sehen. Ich habe mich so verlassen gefühlt." Ihre Finger verschränkten sich ineinander.

„Ich habe dich vom Haus aus gesehen."

„Wirklich?" Sie dachte: Er sieht jünger aus mit dem windzerzausten Haar. „Wie hast du mich auf die Entfernung erkannt?"

Er brauchte nicht lange über die Antwort nachzudenken. „An deinem Gang."

„Ein schöneres Kompliment kannst du einer Tänzerin nicht machen. Bist du deshalb heruntergekommen?" Es tat gut, seine Hand zu halten und bei ihm zu sein. „Wolltest du mich treffen?"

„Ja. Warum sonst?"

„Ich bin froh darüber", sagte sie warm. „Ich brauche jemanden, mit dem ich reden kann. Willst du mir zuhören?"

„Schieß los."

In schweigender Übereinstimmung gingen sie weiter am Ufer entlang.

„Solange ich zurückdenken kann, war Tanzen mein Leben", begann Lindsay. „Ich kann mich an keinen Tag ohne Unterricht, an keinen Morgen ohne die Übung an der *barre* erinnern. Für meine Mutter, die als Tänzerin nicht sehr erfolgreich gewesen war, war es ungeheuer wichtig, dass ich es weiter bringen würde als sie. Sie empfand es als eine besonders glückliche Fügung des Schicksals, dass ich Talent zum

Tanzen hatte. Dass ich Tänzerin wurde, war für uns beide auf verschiedene Art wichtig, aber das gemeinsame Ziel verband uns eng miteinander."

Lindsay sprach leise, aber Seth konnte sie trotz der lauten Brandung gut verstehen.

„Als ich mein erstes Engagement erhielt, war ich kaum älter als Ruth. Es war ein hartes Leben. Der Konkurrenzkampf, das harte Training, der Stress. Schon morgens früh fing es an, wenn man die Augen öffnete – *barre*, Unterricht, Proben, wieder Unterricht, sieben Tage in der Woche. Wenn man vorankommen will, existiert nichts anderes. Selbst wenn man den Schritt zur Solotänzerin schafft, ändert sich nichts daran, denn immer steht jemand hinter dir und will auf deinen Platz. Versäumst du nur einmal den Unterricht, rächt sich dein Körper dafür. Beim nächsten Training gehorcht er nicht. Die Muskeln schmerzen, die Waden, die Füße. Das ist der Preis, den man zahlen muss, um diese unnatürlichen Bewegungen zu beherrschen."

Sie atmete die würzige Brise ein und hielt ihr Gesicht dem kalten Wind entgegen. „Aber ich war glücklich. Ich hätte mir kein schöneres Leben vorstellen können. Es ist schwer zu beschreiben, was man fühlt, wenn man vor dem ersten Solo hinter den noch geschlossenen Vorhängen steht und auf den Auftritt wartet. Man muss selbst tanzen, um es nachempfinden zu können. Und dann, auf der Bühne, ist aller Schmerz vergessen. Bis zum nächsten Tag. Dann fängt es wieder von vorne an."

Lindsay drückte Seths Hand. „Solange ich mein Engagement hatte, ging ich ganz in meiner Arbeit auf. Ich brauchte nichts anderes und dachte kaum noch an Cliffside oder irgendjemanden, der dort wohnte. Wir begannen gerade mit den Proben zum *Feuervogel*, als meine Eltern verunglückten."

Lindsay machte eine kleine Pause. Obgleich ihre Stimme leiser wurde, verlor sie nichts von ihrer Klarheit. „Ich liebte meinen Vater. Er war ein unkomplizierter, liebevoller Mann. Und doch hatte ich im letzten Jahr in New York sicher kein

Dutzend Mal an ihn gedacht. Hast du schon einmal etwas getan oder, besser gesagt, nicht getan, für das du dich immer, wenn du dich daran erinnerst, hasst? Etwas, das nicht mehr zu ändern ist? Etwas, von dem du träumst und das dich morgens um drei Uhr aufweckt?"

Seth schlang einen Arm um Lindsays Taille und zog sie näher zu sich. „Ein paar Mal."

„Meine Mutter war lange im Krankenhaus." Lindsay lehnte einen Augenblick ihren Kopf an seine Schulter, denn das Sprechen fiel ihr jetzt schwerer, als sie erwartet hatte. „Sie lag im Koma. Dann wurde sie mehrmals operiert, und danach folgte die stationäre Behandlung. Es war eine lange, schwere Zeit für sie. Ich musste mich um vieles kümmern, Papiere besorgen, Finanzielles regeln. Dabei fand ich heraus, dass meine Eltern eine zweite Hypothek auf unser Haus aufgenommen hatten, um meine ersten Jahre in New York zu finanzieren."

Nur mühsam gelang es Lindsay, nicht in Tränen auszubrechen. „Da war ich einzig und allein mit mir selbst und meinen Ambitionen beschäftigt gewesen, während sie sich für mich in Schulden gestürzt hatten."

„Sie haben es ganz bestimmt gern getan, Lindsay. Und du hattest Erfolg. Sie waren sicher sehr stolz auf dich."

„Ja, ich glaube schon, dass sie stolz auf mich waren. Aber ich habe damals das Geld von ihnen genommen, ohne mir auch nur die geringsten Gedanken darüber zu machen. Nicht einmal bedankt habe ich mich dafür."

„Wie konntest du dich für etwas bedanken, von dem du nichts wusstest?"

„Ich wünschte, ich könnte es auch von diesem logischen Standpunkt aus sehen. Nun", fuhr sie fort, „als ich nach Cliffside zurückkam, eröffnete ich meine Schule, um bei Verstand zu bleiben und um Geld zu verdienen. Die Krankenhaus- und Arztkosten waren hoch. Zu diesem Zeitpunkt dachte ich noch nicht daran, für immer in Cliffside zu bleiben."

„Aber dann hast du deine Pläne geändert."

Lindsay ging jetzt langsamer, und Seth passte sich ihrem Tempo an. „Ein Monat nach dem anderen verging. Als meine Mutter endlich aus dem Krankenhaus nach Hause kam, brauchte sie immer noch Pflege. Ich weiß nicht, was wir ohne Andys Mutter getan hätten. Sie teilte sich ihre Arbeitszeit im Laden so ein, dass sie bei Mutter sein konnte, wenn ich Unterricht gab. Nur so war es mir möglich, die Schule weiter zu betreiben. Dann, eines Tages, musste ich einen Entschluss für die Zukunft fassen. Es war inzwischen sehr viel Zeit vergangen, und niemand konnte sagen, wann meine Mutter wieder geheilt sein würde."

Einen Moment gingen sie schweigend nebeneinander her.

„Ich gab es auf, an eine Rückkehr nach New York zu denken. In Cliffside war ich zu Hause, hier hatte ich meine Freunde und meine Schule. Das tägliche Training einer professionellen Tänzerin unterscheidet sich sehr vom Unterrichten. Sie muss eine bestimmte Diät einhalten und ein sehr geregeltes Leben führen. Das war bei mir schon lange nicht mehr der Fall gewesen, und so hatte ich eigentlich bereits aufgehört, eine professionelle Tänzerin zu sein."

„Aber deine Mutter wollte das nicht akzeptieren."

Überrascht blieb Lindsay stehen. „Woher weißt du das?"

Er schob eine Haarsträhne von ihrer Wange. „Das war nicht schwer zu erraten."

„Drei Jahre, Seth! Sie sieht die Dinge einfach nicht realistisch. Bald werde ich sechsundzwanzig. Wie kann ich zur Bühne zurückkehren und mit Mädchen in Ruths Alter konkurrieren? Und selbst wenn ich es könnte, warum soll ich wieder damit anfangen, meine Muskeln und Füße zu quälen und dauernd zu hungern? Ich weiß nicht einmal, ob ich es fertigbringen würde. Ich habe die Bühne geliebt, das stimmt, aber meine Schule liebe ich auch."

Lindsay sah versonnen zu, wie die hohen Wellen der Brandung an einem der Felsen zerschellten. „Jetzt will meine Mutter für immer von hier fortziehen, um ein neues Leben anzufangen und – darüber bin ich mir völlig klar – um mich zu einer Entscheidung zu zwingen. Zu einer Entscheidung, die längst gefallen ist."

„Und nun tut es dir leid, dass sie weggeht und du dich nicht mehr um sie kümmern kannst."

„Ich fürchte, genau da liegt mein Problem." Lindsay lehnte sich einen Moment an ihn. Seine Nähe gab ihr Trost. „Aber ich möchte vor allem, dass sie glücklich ist, wirklich glücklich. Ich liebe sie. Nicht in derselben unkomplizierten Weise, in der ich meinen Vater geliebt habe, aber genauso herzlich. Ich weiß nur nicht, ob ich jemals so sein kann, wie sie es wünscht."

„Wenn du glaubst, du könntest deine vermeintliche Schuld ihr gegenüber abtragen, indem du das tust, was sie sich wünscht, so irrst du dich. So einfach ist es nicht."

„Aber Kinder sollten doch ihren Eltern irgendwie das, was sie für sie getan haben, zurückzahlen."

„Warum? Sie tun ihren eigenen Kindern dafür Gutes." Seine Stimme klang ruhig und kontrolliert. „Wann will deine Mutter abreisen?"

„In drei Wochen."

„Dann lass dir mit der endgültigen Entscheidung Zeit, bis sie fort ist. Im Augenblick stehst du noch zu sehr unter Druck. Lass deine Gefühle ein wenig zur Ruhe kommen."

„Ich wusste doch, dass du mir einen guten Rat geben würdest." Lindsay sah ihn dankbar an. „Normalerweise habe ich es gar nicht gern, wenn mir jemand sagt, was ich tun soll. Aber diesmal ist es für mich eine Erleichterung." Sie schlang die Arme um Seth und schmiegte sich an ihn. „Bitte, halt mich einfach fest. Ach, ist es schön, wenn man sich auf jemanden verlassen kann."

In seinen Armen wirkte sie sehr klein und schutzbedürftig. Er legte seine Wange auf ihren Kopf, und so standen sie schweigend da. Nur das Kreischen der Möwen und das Rauschen der Wellen waren zu hören.

„Du riechst nach Seife und Leder", murmelte Lindsay

schließlich. Sie hob ihr Gesicht und sah ihm in die Augen. Ich könnte mich in ihn verlieben, dachte sie. Er ist der erste Mann, in den ich mich wirklich verlieben könnte. „Ich weiß, dass es verrückt klingt", sagte sie, „aber ich möchte jetzt gern, dass du mich küsst."

Sie küssten sich zart und lösten sich voneinander, um sich anzusehen. In den Augen des anderen spiegelte sich das eigene Begehren, und Seth nahm ihren Mund wieder in Besitz – nicht heftig, sondern sanft und liebevoll.

Lindsay klammerte sich an ihn und erkannte, dass ihre Sehnsucht nach ihm stärker war, als sie es hatte zugeben wollen. Einen kurzen Augenblick lang gab sie sich ganz der Tiefe ihres Gefühls hin. Am liebsten hätte sie ihm ihre Liebe gestanden. Aber dann stieß sie ihn zurück und schüttelte den Kopf.

„Ich hätte besser fortlaufen sollen, statt dich an jenem ersten Abend vor der Haustür zu küssen", sagte sie und atmete schwer.

Seth legte die Hand um ihr Kinn und hob ihr Gesicht. „Die Erkenntnis kommt ein wenig zu spät."

In Lindsays Augen erkannte er immer noch ihre Erregung, und als er sie leicht zu sich zurückzog, sträubte sie sich nicht.

„Vielleicht hast du recht." Sie legte ihre Hände an seine Brust. „Jedenfalls habe ich dich eben sogar um einen Kuss gebeten."

„Wenn jetzt Sommer wäre", murmelte Seth und ließ seinen Finger von Lindsays Kinn zum Hals gleiten, „würden wir hier ein Picknick veranstalten. Nachts, wenn es dunkel ist. Mit kaltem Wein. Wir würden uns lieben und am Strand schlafen, bis die Sonne über dem Wasser aufginge."

Lindsay fühlte wieder die Schwäche in den Knien, die drohende Gefahr ankündigte. „Oh ja, das wäre schön", seufzte sie und fügte entschlossen hinzu: „Aber jetzt sollte ich wirklich davonlaufen."

Sprach's und rannte auf einen Felsen zu. Während sie daran hochkletterte, rief sie außer Atem über die Schulter zurück: „Weißt du, warum ich den Strand um diese Jahreszeit am liebsten habe?"

„Weil du Herausforderungen nun mal magst", rief Seth zurück, der hinter ihr hergelaufen war und nun am Fuß des Felsens stand.

Sie sah von oben zu ihm hinunter. „Stimmt! Du liebst sie übrigens auch, wenn ich mich recht erinnere. Ich habe gelesen, du seist ein sehr guter Fallschirmspringer!" Er hielt ihr seine Hand entgegen, und sie sprang leichtfüßig zu ihm in den Sand. „Ich würde es niemals fertigbringen, aus einem Flugzeug zu springen, es sei denn, es stünde gerade auf dem Flugplatz."

„Ich dachte, du seiest mutig."

„Aber nicht lebensmüde!"

„Ich könnte aus dir eine perfekte Fallschirmspringerin machen", erklärte er und zog sie in seine Arme.

„Einverstanden! Wenn ich aus dir vorher einen Tänzer machen darf. Übrigens, stand nicht in einer der Zeitungen auch, du hättest einer italienischen Gräfin den freien Fall beigebracht?"

„Ich fange an zu glauben, dass du ein viel zu gutes Gedächtnis hast."

Lindsay versuchte, sich aus seinen Armen zu winden, aber er lockerte den Griff um keinen Millimeter. „Ich wundere mich nur, dass du bei so viel gesellschaftlichen Aktivitäten noch zum Bauen kommst."

Er lächelte breit und sah plötzlich sehr jungenhaft aus. „Ein schwer arbeitender Mensch muss sich ab und zu ein Vergnügen gönnen."

Bevor Lindsay die spitze Bemerkung loswurde, die ihr auf der Zunge lag, wurde sie abgelenkt. Ein Mädchen im roten Mantel kam auf sie zugelaufen.

„Das ist Ruth!", rief sie.

Ruth winkte schon von Weitem. Ihr Haar hing zerzaust über den Mantelkragen.

„Sie ist wirklich ein hübsches Mädchen", meinte Lindsay

und sah Seth an. Zu ihrem Erstaunen bemerkte sie seinen nachdenklichen Gesichtsausdruck. „Seth? Ist etwas nicht in Ordnung?", fragte sie besorgt.

„Ich muss wahrscheinlich für ein paar Wochen verreisen und mache mir Sorgen um Ruth. Sie ist immer noch so verletzlich."

„Du hältst sie für schwächer, als sie in Wirklichkeit ist."

Lindsay hatte plötzlich das Gefühl, etwas verloren zu haben. Verreisen musste er also. Für ein paar Wochen. Wohin? Sie sah Ruth entgegen und zwang sich, jetzt nicht weiter darüber nachzudenken. „Du hast ihr so viel Halt gegeben, dass ein paar Wochen bei Ruth keinen Schaden anrichten werden."

Bevor Seth antworten konnte, war Ruth schon bei ihnen angelangt.

„Hallo, Miss Dunne."

Seit Lindsay sie zum ersten Mal gesehen hatte, wirkte Ruth wesentlich entspannter. Im Augenblick glänzten ihre Augen vor Begeisterung, und ihre Wangen hatten eine gesunde Röte.

Eifrig wandte sie sich ihrem Onkel zu. „Onkel Seth, ich komme gerade von Monika. Ihre Katze hat vor einem Monat Junge bekommen."

Lindsay lachte. „Ich glaube fast, Monika ist für den gesamten Katzennachwuchs in dieser Gegend allein verantwortlich."

„Nicht ganz allein", berichtigte Seth.

„Sie hatte vier", fuhr Ruth fort, „und eins davon … ich meine …" Sie sah von Seth zu Lindsay und nagte an der Unterlippe. Schweigend öffnete sie den Verschluss ihres Mantels und ließ das winzige orangefarbene Fellbündel sehen.

Lindsay schrie auf vor Entzücken, streckte die Hand aus und nahm das junge Kätzchen. „Oh, ist das süß! Wie soll es denn heißen, Ruth?"

„Nijinsky", erklärte Ruth und sah ihren Onkel bittend an. „Ich werde es oben auf meinem Zimmer halten, damit es

129

Worth nicht im Weg ist. Es ist doch so klein und macht bestimmt keine Mühe."

Lindsay bemerkte, wie Ruths Augen leuchteten. Ihr Gesichtsausdruck war so lebhaft wie sonst nur während des Unterrichts.

„Mühe? So ein kleines Ding macht doch keine Mühe. Sieh nur, was für ein niedliches Gesicht es hat." Damit reichte Lindsay das Kätzchen Seth. Der hob mit einem Finger den kleinen Kopf. Nijinsky miaute und kuschelte sich in die große Hand.

„Drei gegen einen", meinte Seth und kraulte die weichen Ohren, „das kann man nicht gerade fair nennen." Er gab Ruth das Kätzchen zurück und strich ihr über das Haar. „Aber mit Worth rede ich selbst. Das ist besser."

„Onkel Seth!" Ruth warf ihrem Onkel die Arme um den Hals und gab ihm einen dicken Kuss. „Dank! Miss Dunne, ist er nicht wunderbar, mein Vater könnte nicht lieber zu mir sein."

„Wer? Nijinsky oder Seth?"

Ruth kicherte. Lindsay hatte noch nie erlebt, dass Ruth sich wie ein typisches junges Mädchen gab. Es war das allererste Mal.

„Alle beide! Jetzt bringe ich ihn lieber nach Hause!" Sie steckte das Pelzbündel wieder unter ihren Mantel und rannte davon. „Ich werde ein bisschen Milch aus dem Kühlschrank stibitzen!", rief sie zurück.

„Jetzt ist sie glücklich", meinte Lindsay, als sie hinter Ruth hersah. „Das hast du gut gemacht. Sie glaubt, sie hätte dich überredet."

Seth lächelte. „Hat sie das denn nicht getan?"

Lindsay berührte seine Wange mit der Hand. „Ich finde es schön, dass du so viel Verständnis für sie hast. Aber jetzt muss ich gehen."

„Lindsay!" Er hielt sie zurück. „Lass uns heute Abend zusammen essen. Nur essen! Aber ich möchte mit dir zusammen sein!"

„Seth, wir wissen beide, dass es nicht beim Essen bliebe. Wir würden beide mehr wollen."

„Wäre das so schlimm?", fragte er und versuchte, sie an sich zu ziehen, aber sie wehrte sich dagegen.

„Ja. Ich muss erst über uns nachdenken, und das kann ich nicht, wenn ich mit dir zusammen bin. Ich brauche ein wenig Zeit."

„Wie lange?"

„Ich weiß nicht." Plötzlich hatte sie Tränen in den Augen. Verwundert wischte sie sie fort.

„Lindsay." Seths Stimme klang weich und zärtlich.

„Nein, sprich nicht in diesem Ton zu mir! Schrei mich an! Wenn du mich anschreist, fällt es mir leichter, vernünftig zu sein!"

Sie bedeckte ihr Gesicht mit den Händen und rang um Fassung. Plötzlich wusste sie, warum sie weinte. „Ich muss gehen, Seth. Bitte, lass mich gehen. Ich will allein sein. Ich glaube, es ist besser so."

Er sah aus, als würde er sie nicht loslassen. Doch dann sagte er: „Also gut. Aber Geduld ist nicht gerade meine Stärke, Lindsay, denk daran."

Sie antwortete nicht, sondern drehte sich um und floh. Und sie wusste, dass es keinen Zweck mehr hatte zu fliehen, denn sie hatte erkannt, dass sie Seth liebte.

9. KAPITEL

Am frühen Nachmittag fuhren sie zum Flughafen. Andy saß am Steuer, Lindsay neben ihm und ihre beiden Mütter auf den hinteren Sitzen. Der große Kofferraum war zum Bersten voll mit Gepäck.

Selbst nachdem sie ihrer Mutter drei Wochen lang beim Packen geholfen hatte, nachdem die Kisten schon vorausgeschickt waren und das Haus, in dem sie aufgewachsen war, zum Verkauf stand, konnte Lindsay immer noch nicht fassen, dass Mary für immer nach Kalifornien ging. Erst als das Haus verkauft war, begriff sie, dass die Trennung unvermeidbar war.

Während sich ihre Mutter und Carol auf der Fahrt miteinander unterhielten, dachte Lindsay: Alles, was ich brauche, kann ich in dem freien Zimmer in der Schule unterbringen. Das ist am bequemsten für mich. Und für Mutter ist es bestimmt das Beste, wieder auf eigenen Füßen zu stehen.

In der Ferne sah sie eine Düsenmaschine zur Landung ansetzen und wusste, dass es bis zum Flughafen nicht mehr weit sein konnte. Lindsay beobachtete das Flugzeug, während sie ihren bedrückenden Gedanken nachhing.

Seit dem Tag, an dem Mary ihr Vorhaben, nach Kalifornien zu ziehen, verkündet hatte, war es Lindsay nicht besonders gut gegangen. Zu viele Gefühle waren auf sie eingestürmt. Zwar hatte sie versucht, Abstand zu gewinnen, die Emotionen so lange zur Seite zu schieben, bis sie in der Lage wäre, vernünftig zu denken, aber es war ihr nicht gelungen.

Nachts quälten sie schlechte Träume, und, was noch schlimmer war, tagsüber wurde sie oft unversehens von einer Traurigkeit überfallen, die es ihr unmöglich machte, konzentriert zu arbeiten. Woher diese Traurigkeit kam, darüber fürchtete sie sich nachzudenken, wusste aber, dass nicht allein die bevorstehende Abreise ihrer Mutter, sondern auch ihre Liebe zu Seth schuld daran waren.

Obgleich sie versuchte, nicht mehr an ihn zu denken,

konnte sie nicht einmal ein Zimmer betreten, in dem sie mit ihm zusammen gewesen war, ohne an ihn erinnert zu werden.

Warum musste ich mich ausgerechnet in einen solchen Mann verlieben? fragte sie sich, in einen Mann, der eine Geliebte nach der anderen gehabt hat und allen gefühlsmäßigen Bindungen immer wieder geschickt ausgewichen ist? Zugegeben, auf sein Verhältnis zu Ruth trifft das nicht zu. Aber Ruth ist auch seine Nichte, die Tochter seines verstorbenen Bruders. Ihr gegenüber hatte er Verpflichtungen. Ich bin nicht gerecht, sagte sie sich dann. Sein Verständnis für Ruth, das Bedürfnis, ihr ein Heim und Sicherheit zu geben, hatten nichts mit Verpflichtung zu tun.

Andys Stimme riss Lindsay aus ihren Gedanken und brachte sie in die Gegenwart zurück. Er hatte den Wagen bereits in einer Parklücke vor dem Eingang des Flughafenterminals abgestellt, und Mary und Carol waren schon ausgestiegen.

„Die Flugtickets haben wir ja schon. Wir müssen nur noch einchecken", verkündete Carol gerade.

„Vergiss nicht, dass ihr einen Haufen Gepäck aufgeben müsst", erinnerte Andy, öffnete den Kofferraum und fing an, einen Koffer nach dem anderen neben sich aufzubauen. Dann besorgte er einen Gepäckwagen, um das Ganze damit zur Abfertigung zu bringen.

Carol machte Mary ein Zeichen, mit ihr zu kommen, und Lindsay folgte den beiden, nachdem sie den Kofferraum zugeschlagen und den Schlüssel abgezogen hatte.

Bevor Carol die Eingangstür zur Abflughalle erreicht hatte, drehte sie sich zu Lindsay um und rief: „Wetten, dass es heute Nacht schneit?"

„Und ihr seid dann schon im sonnigen Kalifornien und probiert eure neuen Badeanzüge an", antwortete Lindsay und stemmte sich gegen den kalten Wind.

Andy hatte das gesamte Gepäck schon vor der Abfertigungstheke aufgereiht, als die drei Frauen dort ankamen. Mit gerunzelter Stirn zählte er die Koffer.

„Gib nur gut auf die Gepäckscheine acht", riet er seiner Mutter. „Am besten, du tust sie ins Portemonnaie."

„Ja, Andy." Vergnügt zwinkerte Carol Lindsay zu, aber Andy bemerkte nichts davon. Er fuhr fort, seiner Mutter ernsthafte Ratschläge zu geben.

„Vergiss nicht anzurufen, sobald ihr in Los Angeles angekommen seid."

„Nein, Andy."

„Ihr müsst eure Uhr drei Stunden zurückstellen."

„Ich werde daran denken, Andy."

„Und lasst euch nicht von fremden Männern ansprechen!"

„Wir werden versuchen, sie vorher näher kennenzulernen."

Andy grinste, lachte dann laut auf und drückte seine Mutter an sich.

Lindsay sah Mary an und fühlte mit einem Mal einen dicken Kloß im Hals. Tränen stiegen ihr in die Augen, als sie ihrer Mutter um den Hals fiel und schluchzend flüsterte: „Ich liebe dich! Alles, was ich möchte, ist, dass du glücklich wirst, sehr glücklich."

„Lindsay!" Auch Marys Stimme klang verdächtig nach Tränen. Sie schob ihre Tochter an den Schultern ein wenig von sich und sah sie an. Lindsay konnte sich nicht daran erinnern, dass ihre Mutter sie jemals so konzentriert angesehen hatte, es sei denn, als Tänzerin. „Auch ich liebe dich, Lindsay. Ich weiß, dass ich Fehler gemacht habe, aber ich habe immer nur dein Bestes gewollt, oder jedenfalls das, was ich dafür hielt."

Lindsay brachte keinen Ton heraus. Mary küsste sie auf beide Wangen und wandte sich dann Andy zu, um sich auch von ihm zu verabschieden.

Carol nahm die Gelegenheit wahr, Lindsay auf Wiedersehen zu sagen. Sie flüsterte ihr zu: „Und lass deinen jungen Mann nicht zu lange warten! Das Leben ist so kurz!"

Darauf ging sie mit Mary in die Wartehalle, die zum Abfluggate führte.

Als Lindsay sich zu Andy umdrehte, hingen immer noch Tränenspuren an ihren Wimpern. Er hakte sich bei ihr unter.

„Ich komme mir vor, als hätte ich gerade meine Mutter verloren", sagte Lindsay. „Verrückt, nicht?"

„Ja, aber ich komme mir genauso vor. Was meinst du, sollen wir einen Kaffee trinken?"

Lindsay schüttelte den Kopf. „Ich möchte ein Eis. Ein großes Eis mit viel Sahne. Das ist im Augenblick das Richtige für mich. Und ich lade dich ein!"

Schon am späten Nachmittag zeigte sich, dass Carol mit ihrer Wettervorhersage recht gehabt hatte. Eine Stunde bevor die Sonne unterging, begann es zu schneien.

Die Schülerinnen, die zum Abendunterricht erschienen, verkündeten die Neuigkeit. Lindsay lief zur Eingangstür und sah die ersten Schneeflocken fallen.

Seltsam, dachte sie, dass der erste Schnee immer ein so großes Ereignis ist. Er bringt uns zum Träumen. Später wachen wir dann meist unsanft auf, wenn wir Schnee schaufeln müssen, wenn die Straßen zugeschneit und die Wasserleitungen eingefroren sind.

Während der ersten Unterrichtsstunde dachte sie immer wieder an ihre Mutter und Carol. Bei deren Ankunft in Los Angeles würde es dort noch hell und wahrscheinlich noch warm sein. Jedenfalls viel wärmer als in Cliffside.

In der Pause, während sich die Schülerinnen ihre Spitzenschuhe anzogen, ging Lindsay noch einmal an die Tür. Ein kalter Wind blies ihr den Schnee ins Gesicht.

Es schneite jetzt sehr stark. Schon lagen ungefähr zehn Zentimeter Schnee auf der Straße. Wenn das so weiterging, käme bald der Verkehr zum Stocken.

Lindsay fand, es sei zu riskant, die Mädchen so lang im Studio zu halten.

„Heute fällt der Spitzenunterricht aus", verkündete sie. „Diejenigen von euch, die nicht mit dem Wagen gekommen

135

sind, müssen sofort zu Hause anrufen, damit sie abgeholt werden."

Nach kurzer Zeit fuhren Mütter und Väter vor, um ihre Töchter in den Wagen zu verfrachten. Einige der Kleinen wurden von den Großen im Auto mitgenommen und zu Hause abgesetzt. Schließlich waren nur noch Lindsay, Monika und Ruth zurückgeblieben.

Lindsay fragte: „Hast du deinem Onkel Bescheid gesagt? Nicht dass er sich Sorgen macht."

„Ich übernachte heute bei Monika. Aber ich habe ihn trotzdem angerufen und gesagt, er solle sich wegen des Schnees keine Sorgen machen, wir würden gleich losfahren."

„Gut." Lindsay setzte sich und zog eine Cordhose über ihre Legwarmers. „Ich fürchte, in einer Stunde haben wir den schönsten Blizzard. Bis dahin möchte ich auf jeden Fall zu Hause sein und es mir mit einer Tasse heißer Schokolade gemütlich machen."

„Hmm, klingt gut", meinte Monika, die gerade den Reißverschluss ihres daunengefütterten Parkas schloss und die Kapuze über den Kopf zog. „Seid ihr fertig?"

Ruth nickte und schloss sich den beiden anderen Frauen an, als diese das Studio verließen. „Was meinen Sie, Miss Dunne, haben wir morgen wieder Unterricht?"

Sie mussten sich kräftig gegen den Wind stemmen, um zu ihren Autos zu kommen.

„Hör dir nur an, wie ehrgeizig sie ist, Lindsay. Kann einfach nicht genug kriegen, die Kleine", rief Monika.

In schweigendem Einverständnis gingen alle drei zuerst zu Monikas Wagen, um ihn aus dem Schnee zu graben. Dabei benutzten sie abwechselnd den kräftigen Besen, den Lindsay in kluger Voraussicht aus dem Studio mitgebracht hatte. Bald war das Auto schneefrei, und nun sollte auch Lindsays Wagen startklar gemacht werden. Aber bevor es dazu kam, schrie Monika laut auf.

„Oh, verflixt! Seht euch das an. Hier, der Reifen. Platt! Und dabei hat Andy mich noch gewarnt. Er hat mir gezeigt, wie verdächtig dünn eine Stelle aussah. Aber ich konnte natürlich nicht auf ihn hören!"

„Reg dich erst einmal ab", meinte Lindsay. „Später hast du noch genug Zeit, dir Vorwürfe zu machen. Was ist schon Großartiges passiert? Ich bringe euch nach Hause."

„Aber Lindsay, das ist ein riesiger Umweg für dich."

„Hast recht", erklärte Lindsay. „Dann werdet ihr wohl den Ersatzreifen montieren müssen. Also dann bis morgen." Sie schwang den Besen auf die Schulter und machte sich auf den Weg zu ihrem eigenen Wagen.

„He, Lindsay!"

Monika packte Ruth bei der Hand und rannte hinter Lindsay her. Auf dem Weg nahm sie ein bisschen Schnee vom Boden, formte einen Ball daraus und warf ihn nach Lindsays Mütze.

Lindsay schüttelte den Schnee ab und drehte sich lachend wieder um.

„Na, habt ihr es euch doch noch anders überlegt?" Sie sah den ängstlichen Ausdruck auf Ruths Gesicht und setzte hinzu: „Die Arme hat wirklich gedacht, ich ließe euch hier stehen." Großzügig überreichte sie Monika den Besen. „Nun aber an die Arbeit, bevor wir hier vollständig einschneien."

Kaum fünf Minuten später fand sich Ruth zwischen Lindsay und Monika eingezwängt auf dem Vordersitz. Draußen wirbelten dicke Schneeflocken gegen die Windschutzscheibe.

„Also dann los!", rief Lindsay und startete.

„Wir haben einmal einen Schneesturm in Deutschland erlebt", erzählte Ruth, die sich so klein wie möglich machte, um Lindsay nicht beim Fahren zu behindern. „Drei Tage lang waren wir in einem Dorf eingeschneit, und wir mussten auf dem Fußboden schlafen."

„Hast du noch mehr so nette Gutenachtgeschichten?" Monika schloss die Augen, um den Schnee nicht zu sehen.

„Einmal wären wir fast in eine Lawine geraten."

„Na, fantastisch!"

„Bei uns hat es seit Jahren keine mehr gegeben", stellte Lindsay fest.

„Wo bleiben denn die Schneepflüge?" Monika sah ängstlich auf die Straße.

„Die waren schon da. Man sieht nur kaum noch etwas davon", erwiderte Lindsay und schaltete vorsichtig in den dritten Gang. „Sieh doch mal, ob die Heizung richtig an ist. Meine Füße sind immer noch kalt."

Ruth prüfte den Hebel. „Angestellt ist sie, aber bis jetzt kommt nur kalte Luft aus dem Gebläse. Oh, sehen Sie nur, man kann unser Haus von hier aus sehen, trotz des Schnees. Onkel Seth hat in seinem Arbeitszimmer Licht brennen. Natürlich, wo denn auch sonst. Er arbeitet an einem großen Projekt für Neuseeland. Ich habe Bilder von seinem Entwurf gesehen. Ganz toll."

Monika hatte die Augen wieder geschlossen, während Ruth daherplapperte.

Vorsichtig bog Lindsay in die Straße ein, die zu Monikas Haus führte. „Er scheint in letzter Zeit aber sehr beschäftigt zu sein."

„Das kann man wohl sagen. Die meiste Zeit schließt er sich in seinem Arbeitszimmer ein." Ruth lehnte sich vor, um noch einmal die Heizung zu prüfen. Dieses Mal spürte sie schon die Wärme. „Mögen Sie den Winter auch so gern?", fragte sie begeistert.

Monika stöhnte auf. „Nun hör dir dieses Mädchen an!"

Lindsay lachte und lenkte den Wagen langsam in die Einfahrt.

Monika seufzte erleichtert auf. „Bin ich froh, wenn ich endlich im Haus bin! Willst du nicht über Nacht bei uns bleiben, Lindsay? Die Straßen sind ja in einem beängstigenden Zustand."

„So schlecht sind sie nun auch wieder nicht", wehrte Lindsay ab. Die Heizung funktionierte jetzt, und ihr war es endlich warm genug. „In fünfzehn Minuten bin ich zu Hause, macht euch keine Sorgen."

„Bis dahin werde ich keine ruhige Minute haben."

„Tut mir leid. Ich werde dich sofort anrufen, wenn ich angekommen bin."

„Sofort! Versprich es mir", verlangte Monika.

„Ich werde mir nicht einmal die Schuhe abstreifen, bevor ich ans Telefon eile!"

„Gut." Monika kletterte aus dem Auto und wartete im dichten Schnee auf Ruth. „Fahr vorsichtig, Lindsay."

„Natürlich. Gute Nacht, Ruth."

„Gute Nacht, Lindsay."

Ruth schlug die Hand vor den Mund, weil sie „Lindsay" gesagt hatte anstatt „Miss Dunne". Aber Monika war es anscheinend nicht aufgefallen, denn sie hatte schon die Haustür aufgeschlossen.

Lindsay setzte den Wagen aus der Einfahrt zurück und machte sich auf den Heimweg. Sie stellte das Radio an. Monika hatte recht, dachte sie, die Straßen sind wirklich schrecklich.

Obgleich die Scheibenwischer mit Höchstgeschwindigkeit arbeiteten, konnte Lindsay kaum drei Meter weit sehen. Ihr Wagen kroch förmlich den Weg entlang, und sie konzentrierte sich darauf, nicht ins Rutschen zu kommen.

Sie war eine gute Fahrerin und kannte die Straßen, aber heute war ihr nicht sehr behaglich zumute.

Warum habe ich Monikas Einladung nicht angenommen? dachte sie. Jetzt komme ich in ein dunkles, verlassenes Haus und werde mich sehr einsam fühlen.

Einen Augenblick zögerte sie weiterzufahren und dachte daran, umzukehren. Bevor sie sich jedoch entschieden hatte, tauchte plötzlich vor ihr auf der Straße ein großer schwarzer Schatten auf. Sie erkannte einen Hund und versuchte instinktiv, zur Seite auszuweichen, um das Tier nicht zu überfahren. Der Wagen kam ins Schleudern, drehte sich um die eigene

Achse. In ihrer Angst wollte Lindsay leicht bremsen und gegensteuern. Vergebens. Es krachte.

Lindsay durchzuckte ein scharfer Schmerz, und dann wurde es dunkel um sie.

Formen rannen ineinander, wichen zurück und begannen sich von Neuem zusammenzuschließen.

Langsam kehrte Lindsays Bewusstsein zurück. Als Erstes erkannte sie Seth, der sich mit besorgter Miene über sie beugte. Sie spürte seine Finger an ihrer Schläfe, dort, wo sich der Schmerz konzentrierte. Ihr Mund fühlte sich trocken an, und als sie zu sprechen versuchte, klang ihre Stimme krächzend.

„Was machst du denn hier?"

Er hatte die Augenbrauen finster zusammengezogen. Jetzt hob er eines ihrer Augenlider und sah ihr prüfend in die Pupille.

„Ich hatte dich eigentlich immer für einigermaßen vernünftig gehalten."

Lindsay war noch zu benommen, um zu merken, dass er wütend war. Sie versuchte, sich aufzurichten, aber Seths Hand hielt sie an der Schulter zurück. Sie entdeckte, dass sie auf dem Sofa in seinem Wohnzimmer lag.

Im Kamin prasselte ein Feuer, es roch nach verbranntem Holz, und die Flammen warfen dunkle Schatten, denn der Raum wurde nur von zwei kleinen Lampen beleuchtet.

Lindsays Kopf ruhte auf einem handbestickten Kissen, und sie bemerkte, dass sie immer noch ihren Mantel anhatte. Sie versuchte zu begreifen, wie sie hierhergekommen war.

„Der Hund!", rief sie plötzlich. „Habe ich den Hund überfahren?"

„Was für einen Hund meinst du?"

„Den Hund, der mir fast in den Wagen gerannt wäre. Ich glaube, ich konnte noch ausweichen. Aber genau kann ich mich nicht daran erinnern."

„Willst du damit sagen, du bist gegen einen Baum gefahren, um einem Hund auszuweichen?"

Wenn Lindsay klar bei Verstand gewesen wäre, hätte sie endlich gemerkt, wie zornig Seth war. Aber sie griff nur mit der Hand an die Schläfe und meinte: „Bin ich vor einen Baum gefahren? Mir kam es eher wie ein ganzer Wald vor."

„Bleib still liegen!", befahl Seth und verließ das Zimmer.

Lindsay richtete sich mühsam zu einer sitzenden Position auf. Zuerst drehte sich alles um sie, und die Schläfen schmerzten noch mehr, aber dann wurde es besser. Befriedigt lehnte sie den Kopf gegen die Sofalehne und schloss die Augen. Langsam kam die Erinnerung an das, was geschehen war, zurück.

„Ich sagte doch, du sollst still liegen!"

Lindsay schlug die Augen auf und lächelte Seth matt an. „Es geht mir besser, wenn ich den Kopf nicht so tief liegen habe. Wirklich. Was ist das?"

Seth hatte ihr ein Glas in die Hand gedrückt und ein paar Tabletten.

„Hier, Aspirin", stieß er zwischen den Zähnen hervor. „Nimm sie!"

Sein Ton passte Lindsay überhaupt nicht, aber sie fühlte sich zu schwach, um zu widersprechen. Seth achtete genau darauf, dass sie die Tabletten herunterschluckte, bevor er aufstand und einen Brandy ins Glas goss.

„Warum, zum Teufel, bist du nicht bei Monika geblieben?"

Lindsay zuckte mit der Schulter. „Wenn ich mich recht erinnere, hatte ich mich das gerade selbst gefragt, als der Hund vor mir auftauchte."

„Und dann hast du bei glatter Straße gebremst, um ihn nicht zu überfahren!"

Jetzt merkte selbst Lindsay, wie wütend er war. „Nein, ich versuchte nur, zur Seite zu fahren. Aber im Endeffekt läuft es wohl auf dasselbe hinaus. Ich konnte einfach nicht anders. Ich

141

habe ihn doch nicht überfahren? Und mir ist ja weiter nichts passiert."

„Weiter nichts passiert?" Seth drückte ihr brüsk den Brandy in die Hand. „Kannst du dir vorstellen, was passiert wäre, wenn Ruth mich nicht angerufen hätte, um mir zu sagen, du hättest sie zu Monika gefahren?"

„Seth, ich bin wohl immer noch nicht ganz klar im Kopf. Ich begreife nicht, was du willst. Bitte, erklär mir doch alles einmal der Reihe nach."

„Trink zuerst einen Schluck. Du bist immer noch ganz blass."

Er wartete, bis sie gehorchte, und goss sich selbst einen Drink ein. „Ruth rief mich an, um mir zu sagen, dass ich mir keine Sorgen zu machen brauche, sie sei gut bei Monika angekommen. Du hättest sie mit deinem Wagen gebracht und darauf bestanden, von dort aus zu dir nach Hause zu fahren", erklärte er dann.

„Nicht eigentlich darauf bestanden", fing Lindsay an zu widersprechen, sah dann aber Seths finstere Miene und trank lieber noch einen Schluck von ihrem Brandy. Eigentlich hatte sie sich ja auf eine heiße Schokolade gefreut. Aber der Alkohol wärmte auch.

„Monika war natürlich besorgt um dich. Sie sagte mir, du seiest gerade wieder weggefahren, und bat mich, da ich doch von hier oben aus einen so guten Blick über die Straße hätte, nach dir Ausschau zu halten. Wir dachten uns, dass bei diesem Wetter nicht viele Wagen unterwegs sein würden." Er machte eine Pause, um selbst zu trinken, und bemerkte befriedigt, dass etwas Farbe in Lindsays Wangen zurückgekehrt war. „Nachdem ich aufgehängt hatte, ging ich sofort ans Fenster. Ich sah auch tatsächlich deine Rücklichter. Sie bewegten sich in eigenartigen Linien hin und her, beschrieben einen Kreis und standen dann still."

Er setzte sein Brandyglas hart auf den Tisch. „Wenn Ruth mich nicht angerufen hätte, würdest du dich immer noch bewusstlos da unten in deinem Wagen befinden! Gott sei Dank hattest du wenigstens so viel Verstand, deinen Sicherheitsgurt anzulegen. Wer weiß, was sonst noch alles passiert wäre!"

„Du tust gerade, als wäre ich mit voller Absicht gegen den Baum gefahren!"

„Es genügt vollkommen, dass du wegen eines Hundes …"

„Seth! Ich bemühe mich sehr, dir dankbar dafür zu sein, dass du mich aus dem Wagen geholt und hier raufgebracht hast. Aber du machst es mir nicht gerade leicht."

„An deiner Dankbarkeit bin ich nicht interessiert!"

„Gut. Also Schluss damit." Lindsay erhob sich und kämpfte erneut gegen den Schwindel an. „Ich möchte Monika anrufen, damit sie sich keine Sorgen mehr macht."

„Das habe ich schon erledigt." Seth sah, dass ihr die Farbe wieder aus dem Gesicht gewichen war. „Ich sagte ihr, du seiest hier, weil mit deinem Wagen etwas nicht in Ordnung wäre. Warum sollte ich den Mädchen einen Schrecken einjagen? Leg dich wieder zurück, Lindsay."

„Das war sehr umsichtig von dir. Vielleicht bist du so nett und fährst mich jetzt zu ihnen."

Seth packte sie bei den Schultern und drückte sie auf das Sofa zurück. „Das glaubst du doch selbst nicht! Keiner von uns beiden wird bei diesem Unwetter noch einmal nach draußen gehen, das ist zu gefährlich!"

Lindsay reckte das Kinn vor. „Ich werde auf keinen Fall hierbleiben."

„Ich fürchte, du hast keine andere Wahl."

Wütend kreuzte Lindsay die Hände über der Brust. „Dann hast du Worth sicher schon befohlen, einen netten kleinen Raum im Kerker für mich zurechtzumachen!"

„Das hätte ich bestimmt getan", erwiderte Seth, „wenn nicht zufällig in New York wäre, wo er etwas für mich zu erledigen hat. Wir sind ganz allein im Haus."

Lindsay versuchte, Haltung zu bewahren. „Nun, das macht

nichts. Ich kann morgen zu Fuß zu Monika laufen. Heute Nacht darf ich vermutlich Ruths Zimmer benutzen?"

„Du vermutest richtig!"

Sie erhob sich, etwas langsamer und vorsichtiger als zuvor, und ignorierte den zunehmenden Druck in ihrem Kopf. „Dann gehe ich jetzt nach oben."

„Es ist noch keine neun Uhr." Er brauchte die Hand nur leicht auf ihre Schulter zu legen, damit sie stehen blieb. „Bist du denn schon müde?"

„Nein, ich …" Hatte ich mir nicht vorgenommen zu denken, bevor ich rede? fragte sie sich. Nun war es zu spät.

„Komm, zieh erst einmal deinen Mantel aus." Ohne eine Antwort abzuwarten, machte er sich an den Knöpfen zu schaffen. „Ich war so damit beschäftigt, dich wieder zu Bewusstsein zu bringen, dass ich gar nicht daran gedacht habe." Er schob ihr den Mantel über die Schultern und berührte leicht die Schwellung an ihrer Schläfe. „Tut es noch weh?"

„Nicht sehr." Lindsays Puls raste. Sie versuchte erst gar nicht, dem Schock die Schuld daran zuzuschreiben, sondern gab sich selbst gegenüber zu, dass ihre Gefühle schon wieder in Unordnung gerieten. Sie sah ihn an. „Danke."

Seth lächelte, nahm ihre Hände und küsste ihre Handflächen. Dann glitten seine Lippen zu den Handgelenken. „Dein Puls geht immer noch sehr unregelmäßig."

„Was meinst du wohl, warum?", murmelte sie.

Seth lachte erfreut und ließ ihre Hände los. „Hast du schon gegessen?"

„Gegessen?" Lindsay war mit ihren Gedanken ganz woanders.

„Ob du schon gegessen hast? Zu Abend gegessen?"

„Oh, nein. Ich war den ganzen Nachmittag im Studio."

„Dann setz dich hin. Ich sehe mal nach, ob Worth etwas Essbares im Kühlschrank gelassen hat."

„Ich komme mit! Keine Sorge", kam sie seinem Einspruch zuvor, „wir Tänzer sind hart im Nehmen. Mir geht es gut."

Er sah sie einen Augenblick zweifelnd an. Dann nickte er. „Gut, aber du machst keinen Schritt." Schon hatte er sie hochgehoben und trug sie auf den Armen. „Du darfst ruhig schimpfen, wenn es dir Spaß macht."

Lindsay dachte gar nicht daran. Sie fand es herrlich, so verwöhnt zu werden, und lehnte sich genüsslich an ihn. „Hast du denn schon gegessen?", murmelte sie.

Seth schüttelte den Kopf. „Nein. Zuerst habe ich gearbeitet, und dann habe ich es vor lauter Aufregung vergessen."

„Gedankt habe ich dir schon. Ich werde mich nicht auch noch entschuldigen. Wenn der Hund nicht gewesen wäre …"

Seth stieß die Küchentür mit dem Fuß auf. „Du hättest so gescheit sein sollen, bei Monika zu übernachten."

„Wie vernünftig und logisch du mal wieder bist! Wäre ich bei Monika geblieben, würde ich mich jetzt nicht hier befinden und könnte mich nicht von dir verwöhnen lassen. Was wirst du mir zum Abendbrot servieren?"

„Ich habe noch nie jemanden wie dich kennengelernt", bemerkte Seth halb anerkennend und halb bewundernd.

„Soll das ein Kompliment sein oder das Gegenteil?"

Er schüttelte nachdenklich den Kopf. „Darüber bin ich mir selbst noch nicht im Klaren."

Lindsay sah ihm zu, wie er zum Kühlschrank ging. Warum liebe ich ihn nur so? Warum ausgerechnet ihn, fragte sie sich wohl zum hundertsten Mal. Und was soll jetzt werden? Soll ich ihm gestehen, dass ich ihn liebe? Aber vielleicht will er dann nichts mehr mit mir zu tun haben. Er hat Angst vor Bindungen. Oh, wäre ich ihm doch nie begegnet!

„Lindsay?"

Sie schreckte zusammen, als Seth sie ansprach. „Entschuldige, ich habe gerade über etwas nachgedacht."

„Sieh mal, hier ist eine Platte mit Roastbeef, und außerdem gibt es noch Spinatsalat und Käse."

„Hört sich wunderbar an. Ich decke schnell den Tisch, und du bringst alles her. Kein Widerspruch! Mir geht es ausgezeichnet. Ich habe einen Riesenhunger."

Nach dem Essen fragte Seth: „Fühlst du dich stark genug, ins Wohnzimmer zurückzugehen? Dann werde ich den Kaffee hinübertragen."

„Ich will es versuchen", antwortete Lindsay, stand auf und öffnete die Tür für Seth.

Er sah sie bewundernd an. „Kaum zu glauben, wie schnell du dich wieder erholt hast", meinte er. „Wenn ich daran denke, wie dein Wagen zugerichtet ist, grenzt es fast an ein Wunder, dass du schon wieder so munter bist."

„Bitte, sprich jetzt nicht von meinem Wagen, wenn du nicht willst, dass ich anfange zu heulen." Sie setzte sich auf das Sofa und forderte Seth mit einer Geste auf, das Tablett mit dem Kaffee vor sie hinzustellen. „Ich werde eingießen. Du nimmst Sahne, nicht wahr?"

„Mmm."

Seth warf noch ein Stück Holz in den Kamin. Ein paar Funken sprühten heraus, bevor die Flammen aufzüngelten. Als er an den Tisch zurückkam, goss Lindsay gerade für sich selbst ein.

„Ist dir warm genug?"

„Oh ja! Das Feuer ist herrlich. Aber dieser Raum ist sogar ohne Feuer warm." Sie lehnte sich behaglich zurück und sah sich um. „Als Teenager habe ich immer davon geträumt, hier zu sitzen. Ein Unwetter draußen, ein Feuer im Kamin und mein Liebster an meiner Seite."

Die Worte waren ihr einfach herausgerutscht. Als ihr bewusst wurde, was sie da gesagt hatte, errötete sie tief vor Verlegenheit.

„Ich hätte nie gedacht, dass du erröten könntest." Seth schien darüber entzückt zu sein.

Lindsay rückte schnell ein wenig von ihm ab. „Wahrscheinlich habe ich Fieber."

„Lass mich mal fühlen." Sanft berührte er ihre Schläfe mit den Lippen. „Nein, ich glaube, es ist alles in Ordnung." Er

146

befühlte ihren Hals. „Auch der Puls scheint sich normalisiert zu haben."

„Seth …"

Er schob die Hand unter ihren Pullover und streichelte ihren Rücken. Dann wanderten seine Finger zu der Stelle oberhalb ihres T-Shirts, wo er die nackte Haut spüren konnte. „Dieser dicke Pullover muss dir doch viel zu warm sein."

„Nein, ich …"

Bevor sie ihn davon abhalten konnte, hatte er ihr den Pullover einfach über den Kopf gezogen. „So, das ist schon besser."

Seth massierte ihre nackten Schultern, bis Lindsay glaubte, jeden einzelnen Nerv zu fühlen. Dann ließ er sie plötzlich los und trank einen Schluck aus seinem Glas, ließ sie dabei aber nicht aus den Augen.

„Wovon hast du sonst noch als Teenager geträumt?"

„Ich träumte davon, mit Nick Davidov zu tanzen."

„Ein Traum, der Wirklichkeit geworden ist." Er beugte sich vor. „Weißt du, was mich im Augenblick am meisten an dir fasziniert?"

„Meine überwältigende Schönheit?"

„Deine Füße."

„Meine Füße!" Sie lachte ungläubig und blickte unwillkürlich auf ihre Schuhe.

„Sie sind so klein." Er nahm ihre Füße und legte sie auf seinen Schoß. „Fast wie die eines Kindes. Jedenfalls habe ich mir die Füße einer Tänzerin immer anders vorgestellt."

„Ich kann mich beim Spitzentanzen sogar auf drei Zehen abstützen. Die meisten müssen auf einem oder auf zweien stehen. Seth! Aber was soll denn das?", lachte sie, als er ihr die Schuhe auszog.

Dann liebkosten seine Hände ihre Fußsohle, und sie sog scharf den Atem ein, weil, so unglaublich es war, diese Geste ihr Begehren weckte.

„Sie sehen so zart und zerbrechlich aus", fuhr Seth fort und legte die andere Hand über den Rist, „und doch müssen sie sehr stark sein. Und sensibel." Wieder sah er ihr in die Augen, hob den Fuß dabei an die Lippen und küsste ihn.

Lindsay konnte ein leises Aufstöhnen nicht unterdrücken. „Weißt du, was du mit mir machst?", wisperte sie. Es war an der Zeit, das, was unvermeidlich war zwischen ihnen, anzunehmen.

Als Seth seinen Kopf hob, drückte sein Blick Triumph aus. „Ich weiß, dass ich dich will. Ich will dich so sehr, Lindsay. Und du willst mich auch."

Wenn es nur so einfach wäre, dachte sie. Wenn ich ihn nur nicht so liebte. Dann könnten wir miteinander schlafen, einander genießen ohne Bedauern. Aber ich liebe ihn. Und was wird aus mir nach dieser Nacht? Ich werde dafür bezahlen müssen. Furcht zog ihr die Kehle zusammen.

„Halt mich fest!" Lindsay flüchtete sich an seine Brust und umschlang ihn mit den Armen. „Bitte, halt mich fest!"

Für immer und ewig, fügte sie schweigend hinzu. Es gibt niemanden auf der Welt außer dir. Es gibt kein Morgen, kein Gestern.

Sie bog ihren Kopf zurück, um ihn anzusehen. Dann fuhr sie mit den Fingerspitzen zart die Kurven seines Gesichts entlang, als wolle sie sich dessen Form für immer einprägen. „Nimm mich, Seth. Nimm mich jetzt", bat sie leise.

Sie hatten keine Zeit mehr für Zärtlichkeiten. Die Leidenschaft besaß ihre eigenen Regeln. Seths Mund verschloss ihre Lippen hart und begehrend, noch bevor sie zu Ende gesprochen hatte. Sein Hunger steigerte ihren eigenen. Aber Seth hatte sich gut unter Kontrolle. Da gab es keine Ungeschicklichkeit, als er sie auszog. Und er half ihr, als sie nicht mit seinen Hemdknöpfen zurechtkam.

Lindsay spürte seine breite Brust, seine muskulösen Schultern. Begierig erforschte sie mit ihren Händen, mit den Fingern seinen nackten Körper. Sie klammerte sich an Seth. Er gehörte ihr. In diesem Augenblick konnte niemand ihn ihr fortnehmen. Es gab nichts zwischen ihnen.

Sie beide bewegten sich nur langsam, kosteten die unerträg-
liche Sehnsucht nacheinander völlig aus. Ihre Energie war
endlos, stammte aus dem Drang, zu geben und zu nehmen,
und ihre Lust steigerte sich. Sie verloren sich in Ekstase und
wurden schließlich eins.

10. KAPITEL

Lindsay träumte. Sie lag in den Armen ihres Mannes und hörte ihr Baby schreien. Sie kuschelte sich tiefer in seine warme Armbeuge und öffnete nur widerwillig die Augen.

Seth lächelte sie an.

„Es ist schon Morgen", murmelte sie und rekelte sich wohlig im Bett, während er sie küsste. „Ich muss aufstehen und nach ihm sehen." Immer noch hörte sie das Wimmern des Babys.

„Hmm", machte er nur und knabberte an ihrem Ohr. Dann fuhr er mit der Zunge über die zarte Haut dahinter, und Erinnerungen an die vergangene Nacht kehrten zurück.

„Seth, ich muss aufstehen. Es schreit."

Seth griff über sie hinweg nach etwas, das auf dem Boden lag, und legte es ihr auf den Bauch. Lindsay blinzelte verwirrt, als Nijinsky kläglich miaute. Der Traum zerrann. Einen Augenblick blieb sie still liegen und holte tief Atem.

„Was ist mit dir?", fragte Seth und streichelte ihr Haar.

„Nichts." Sie griff nach dem Kätzchen und strich über sein warmes Fell. „Ich habe geträumt. Etwas völlig Verrücktes."

„Du hast geträumt." Er gab ihr kleine Küsse auf die Schulter. „Hast du von mir geträumt?"

Lindsay drehte ihm den Kopf zu, bis sie in seine Augen sehen konnte. „Ja", antwortete sie leise, „von dir."

Er zog ihren Kopf zärtlich in die Beuge zwischen Hals und Schulter. Nijinsky tapste über sie hinweg zum Fußende, wo er sich ein paar Mal herumdrehte, bevor er sich auf der Daunendecke zusammenrollte. „Was hast du denn von mir geträumt?"

Sie schmiegte sich noch enger an ihn. „Das ist ganz allein mein Geheimnis."

Und während seine Hände ihre Schultern und Arme streichelten, dachte sie: Ich gehöre zu ihm, aber er weiß es nicht. Ich darf es ihm nicht einmal gestehen.

Sie starrte aus dem Fenster und sah, dass es immer noch schneite, wenn auch nicht mehr so stark wie gestern. Es gibt nur uns beide, erinnerte sie sich, bis es aufhört zu schneien. Und ich liebe ihn so verzweifelt.

Sie schloss die Augen und legte die Hand auf seine Brust. Dann drückte sie ihre Lippen an seinen Hals. Nicht an morgen denken, befahl sie sich. Genieße das Zusammensein mit ihm, solange es möglich ist.

Ihre Küsse hatten keine Ähnlichkeit mit denen der vergangenen Nacht. Die verzweifelte Begierde fehlte. Sie hatten keine Eile, denn das Wissen, dass ihre Sehnsucht erfüllt würde, verstärkte die Vorfreude.

„Deine Hände", murmelte Seth und küsste jeden einzelnen ihrer Finger, „deine Hände sind etwas Besonderes. Wenn du tanzt, scheinen sie ein eigenes Leben zu besitzen." Er spreizte seine Hand über ihre Handfläche.

Lindsays Haar fiel über ihre Schultern auf seine Brust. Im sanften Licht des Morgens wirkte es wie Silber. Ihre Haut hatte die Farbe rosig angehauchten Elfenbeins. Sie wirkte sehr zart. Ihre Augen glänzten lebhaft. Lindsay stützte sich auf ihrem Ellbogen ab und beugte sich über ihn, um mit ihren Lippen zart über seinen Mund zu streifen. Ihr Puls jagte, als sie merkte, wie ihr Verlangen stärker wurde.

„Ich mag dein Gesicht", flüsterte sie und hauchte kleine Küsse auf seine Wangen, Augenlider und Ohren. „Es ist so stark. Weißt du, dass ich dich zum Fürchten fand, als ich dich zum ersten Mal gesehen habe?" Bei der Erinnerung lächelte sie in sich hinein.

„War das, bevor oder nachdem du mir fast in den Wagen gerannt bist?" Eine Hand liebkoste ihren Rücken, die andere spielte in ihrem Haar.

„Ich bin dir nicht fast in den Wagen gerannt." Lindsay zupfte an seinem Kinn. „Du bist viel zu schnell gefahren. Nun gib es endlich zu. Du sahst schrecklich groß aus, als ich vor dir in der Pfütze saß."

151

Lindsay hatte sein Gesicht zwischen ihre Hände genommen und streichelte es mit ihren Lippen. Er umschlang fest ihren Körper und drehte sie ohne Hast so, dass er über ihr lag. Sein Kuss sagte ihr, dass auch er nun nicht mehr warten wollte, und sie ergaben sich ihrem Verlangen, das wie eine warme Woge über ihnen zusammenschlug.

In Jeans und ein warmes Flanellhemd von Ruth gekleidet, lief Lindsay die breite Treppe hinunter. Es war ziemlich kühl im Haus, fand sie. Der Kamin im Wohnzimmer war wohl über Nacht ausgegangen, und so beschloss sie, zuerst einmal ein Feuer im Küchenherd zu machen.

Sie summte eine fröhliche Melodie, als sie die Küchentür aufstieß, und sah zu ihrer Überraschung, dass Seth ihr zuvorgekommen war. Es duftete schon köstlich nach Kaffee.

„Hallo!", rief sie, lief auf ihn zu und schlang die Arme um seinen Nacken. „Ich dachte, du wärst noch oben."

„Ich kam runter, als du an Ruths *barre* einige Übungen ausgeführt hast." Er zog sie an sich. „Hunger?"

„Ich glaube schon." Lindsay hätte jubeln können vor Freude darüber, hier mit ihm zusammen zu sein. „Wer von uns beiden macht das Frühstück?", rief sie übermütig.

Er knuffte sie spielerisch in die Rippen. „Wir beide zusammen. Was hast du denn gedacht?"

„Dann hoffe ich nur, dass du Cornflakes und Bananen hast. Das ist meine Spezialität."

Seth lächelte breit. „Kannst du nicht irgendetwas aus Eiern zaubern?"

„Oh, meine Ostereier sind bezaubernd."

„Gut", entschied er, „dann mache ich die Rühreier. Weißt du, wie man mit einem Toaster umgeht?"

„Ich kann's ja mal versuchen."

Der Toaster stand auf der Arbeitsfläche vor dem Fenster. Der Garten wirkte wie ein Bühnenbild. Unberührt lag der Schnee auf dem Rasen, und die Spitzen der Büsche und Sträu-

cher, die Seth hatte pflanzen lassen, bogen sich unter der weißen Last. Und immer noch schneite es.

„Lass uns nach draußen gehen", sagte Lindsay impulsiv.
„Sieh nur, wie wunderbar der Garten aussieht!"

„Zuerst wird gefrühstückt. Hinterher müssen wir sowieso
mehr Kaminholz hereinholen."

„Der vernünftige Seth", spöttelte Lindsay und rümpfte
die Nase. „Immer so unwahrscheinlich praktisch." Sie schrie
übertrieben auf, als er sie leicht am Ohrläppchen zog.

„Architekten müssen praktisch sein, sonst würden ihre
Häuser den Leuten auf den Kopf fallen."

„Aber die Häuser, die du baust, sehen für meinen Geschmack absolut nicht praktisch aus." Sie beobachtete ihn,
wie er Eier, Butter und Speck aus dem Kühlschrank nahm.
„Sie sind schön. Nicht wie die Kästen aus Stahl und Glas, die
den Städten ihren eigenen Charakter rauben."

„Schönheit kann auch praktisch sein." Er kam mit den
Zutaten für die Rühreier an den Tisch zurück. „Oder, besser
ausgedrückt: Praktisches kann auch schön sein."

„Ja, aber ich stelle es mir schwierig vor, Häuser zu bauen,
die funktionell sind und gleichzeitig architektonisch reizvoll."

„Wenn es nicht schwierig wäre, machte es nicht so viel
Spaß."

Lindsay nickte. Das konnte sie verstehen. „Wirst du mir
nachher deine Entwürfe für das Neuseeland-Projekt zeigen?"
Sie nahm das Toastbrot aus dem Brotkasten. „Ich habe noch
nie den Entwurf eines Hauses gesehen."

„Wird gemacht, Madam!" Er schlug die Eier in eine bunt
bemalte Schüssel.

Sie bereiteten das Frühstück zu und setzten sich an den
hübsch gedeckten Tisch. Lindsay fühlte sich in der Küche zu
Hause. Der Duft von Kaffee, Toast und gebratenen Eiern ließ
die Atmosphäre von Behaglichkeit aufkommen.

Ganz bewusst wollte Lindsay den heutigen Morgen in ihrer Erinnerung eingraben, damit sie in Zukunft noch davon zehren konnte.

Nachdem sie gegessen und die Küche wieder in Ordnung gebracht hatten, zogen sie sich warm an und gingen nach draußen.

Lindsay versank bis zu den Knien im Schnee. Lachend gab Seth ihr einen leichten Stoß, dass sie hinüberfiel und bis zu den Schultern in der Schneewehe verschwand.

„Am besten binde ich dir ein Glöckchen um den Hals, damit ich immer weiß, wo du zu finden bist!", rief Seth.

Mühsam befreite Lindsay sich aus dem Schneehaufen und tat, als wäre sie wütend. „Brutaler Mensch", schimpfte sie und lächelte gleichzeitig.

„Das Brennholz liegt da drüben auf dem Stapel", verkündete Seth, nahm ihre Hand und zog sie hinter sich her.

Zum Schein sträubte sie sich zuerst, bevor sie ihm folgte.

Es war, als wären sie auf einer Insel. Der Schnee hüllte sie ein und dämpfte die Geräusche, sodass sie kaum die Brandung hören konnten. Lindsay hatte Ruths Stiefel an. Obgleich sie ihr bis an die Knie reichten, drang von oben her immer mehr Schnee in die Schäfte. Die Kälte hatte Lindsay die Wangen gerötet, aber sie spürte sie nicht.

In diesem Augenblick wünschte sie sich, ein Maler zu sein, um die Schönheit um sich herum festzuhalten. Wenn doch die Zeit stillstünde, dachte sie. Ein größeres Glück wird es für mich nie geben.

„Du siehst traurig aus", sagte Seth und zog sie in seine Arme. „Woran denkst du? Machst du dir Sorgen um deine Mutter?"

„Nein, nein. Ich bin nur so glücklich, dass es fast wehtut."

Er sah ihr in die Augen, beugte ihren Kopf nach hinten und küsste sie. Lindsay spürte dann plötzlich, wie er erzitterte. Er riss sie hoch, nahm sie auf die Arme und ging auf das Haus zu.

„Seth, wir sind beide voller Schnee. Wenn wir so ins Haus gehen, wird alles nass", versuchte sie, ihn zurückzuhalten.

„Na und?"

Sie waren in der Halle, und sie strich sich die Haare aus den Augen.

„Seth, wo willst du denn hin?"

„Nach oben."

„Du bist verrückt!" Sie versuchte, sich loszustrampeln, während Seth sie die Treppe hochtrug. „Was meinst du, was Worth sagen wird, wenn wir die Teppiche voll Schnee machen?"

„Er wird's überstehen." Seth ging unbeirrt auf sein Schlafzimmer zu, stieß die Tür auf und legte Lindsay auf das Bett.

„Seth!" Sie richtete sich auf den Ellbogen auf.

„Es ist wohl besser, wenn du das nasse Zeug ausziehst." Er zog ihr die Stiefel aus und begann ihr den Mantel aufzuknöpfen.

„Du bist wirklich verrückt", rief sie lachend, als er ihr den Mantel auszog und auf den Boden warf.

„Schon möglich", stimmte er zu und zog ihr die nassen Socken von den Füßen. Dann massierte er ihre kalten Zehen. Er merkte ihre Reaktion auf seine Berührung.

„Seth, sei nicht albern." Aber ihre Stimme war bereits heiser.

Mit einem Lächeln küsste er ihre Füße und beobachtete sie, als sich ihre Augen verdunkelten. Er erhob sich und nahm sie in die Arme.

„Der Teppich ist trocken", sagte er, während er sie vor dem Kamin niederließ.

Genießerisch langsam knöpfte er ihre Bluse auf, öffnete sie und presste seine warmen Lippen auf ihre Haut. Kleine Flammen des Entzückens durchzuckten Lindsay. Sie wand sich unter ihm, wünschte sich, er würde sich beeilen. Endlich zog er ihr die Bluse über die Schulter und entkleidete sie ganz.

„Ich will dich mehr als je zuvor", murmelte er an ihrer Brust.

155

„Dann nimm mich", sagte sie und drängte sich an ihn.
„Nimm mich sofort!"

Das Telefon weckte Lindsay.

Verschlafen bemerkte sie, dass Seth aufstand und den Hörer abnahm. Sie streckte sich behaglich im Bett aus und hatte nur den einen Wunsch: nie mehr aufzustehen, nie mehr der Realität des Lebens entgegenzusehen.

Ohne zu hören, was Seth sagte, glaubte sie zu wissen, mit wem er sprach.

Mit einem Blick zum Fenster stellte sie fest, dass es aufgehört hatte zu schneien, während sie schliefen. Und nun ruft Ruth an, wusste Lindsay, um Seth zu sagen, sie käme nach Hause.

Nimm dich zusammen, befahl sie sich, als Seth zurückkam und sie prüfend ansah, und es gelang ihr tatsächlich, gleichmütig auszusehen.

„Kommt sie nach Hause?", fragte sie ruhig.

„Ruth und Monika wollten gleich abfahren. Sieht so aus, als wären die Straßenräumer früh aufgestanden. Die Hauptstraße soll frei sein."

„Nun", meinte Lindsay und warf die Daunendecke zurück, „dann wird es wohl höchste Zeit für mich, aufzustehen."

Am liebsten hätte sie geweint, doch sie kämpfte dagegen an und sammelte, nach außen hin gelassen, ihre Kleider ein. Ich muss vernünftig sein, mahnte sie sich. Seth wird mich hassen, wenn ich jetzt eine Szene mache.

So redete sie einfach, ohne nachzudenken, vor sich hin, während sie sich anzog.

„Es ist doch erstaunlich, wie schnell die Straßen geräumt werden. Hoffentlich haben die Räumer meinen Wagen nicht ganz unter dem Schnee begraben. Wahrscheinlich muss ich ihn abschleppen lassen. Aber das ist ja eine Kleinigkeit." Sie zog den Pulli über den Kopf. „Ich muss Ruths Bürste ausborgen", fuhr sie fort und zog das lange Haar aus dem Rollkragen.

156

Seth sagte gar nichts, sondern blickte sie nur an.

„Warum siehst du mich so an?", fragte sie. „Warum sagst du denn nichts?"

„Ich warte darauf, dass du aufhörst zu reden."

Lindsay schloss die Augen. Nun hatte sie wohl doch alles verdorben und einen Narren aus sich gemacht. Er war ein Mann von Welt, war an Affären und vorübergehende Beziehungen gewöhnt. „Bitte entschuldige. Ich weiß nicht, wie man sich in einer derartigen Situation benimmt."

Er streckte die Hand nach ihr aus.

„Nein, bitte nicht!" Sie trat einen Schritt zurück. „Ich kann jetzt nicht."

„Lindsay." Der Ärger in seiner Stimme half ihr, die Tränen zurückzuhalten.

„Bitte, gib mir ein paar Minuten Zeit", stieß sie hervor, „bevor ich mich noch mehr blamiere."

Sie drehte sich um, rannte aus dem Zimmer und knallte die Tür hinter sich zu.

Fünfzehn Minuten später stand Lindsay in der Küche und goss für Nijinsky Milch in eine kleine Schüssel. Sie hatte das Haar gebürstet, das Gesicht mit kaltem Wasser gekühlt und sich ein wenig beruhigt.

Dieser Gefühlsausbruch war reichlich übertrieben gewesen, fand sie nun. Sie starrte durch das Küchenfenster in den verschneiten Garten. Warum kann ich nicht mit dem, was ich gehabt habe, zufrieden sein? fragte sie sich. Eine andere Frau würde seine Geliebte bleiben und sich sicher nicht verletzt fühlen.

Eine andere Frau würde nicht mehr von ihm verlangen, wo sie doch schon so viel von ihm bekommen hatte, dachte Lindsay und beschloss, so zu tun, als wäre sie eine andere Frau, um weiterleben zu können.

Obgleich Seth bei seinem Eintritt kein Geräusch gemacht hatte, wusste sie, dass er gekommen war. Sie brauchte eine

Sekunde, bis sie fähig war, sich umzudrehen und ihm entgegenzusehen.

Er hatte eine dunkelbraune Cordhose angezogen. Dazu trug er einen V-Pullover über einem blassblauen Hemd. Die lässige Kleidung stand ihm gut, fand Lindsay und sah ihn bewundernd an.

„Ich mache uns schnell einen Kaffee. Du trinkst doch eine Tasse?", sagte sie bewusst freundlich.

„Ja, aber erst möchte ich noch etwas anderes."

Er kam auf sie zu und schloss sie in seine Arme. Lindsay entzog sich ihm sanft und machte sich an der Kaffeemaschine zu schaffen.

„Ich bin froh, dass wir hier eingeschneit waren. Es war nett, mit dir zusammen zu sein." Das sagte sie in sehr neutralem Ton.

Seth schwieg. „Und?", fragte er endlich und schob die Hände in die Taschen.

Lindsay nahm die Kanne und goss Kaffee in zwei Tassen. Die eine reichte sie Seth, an der anderen nippte sie selbst und verbrannte sich leicht die Zunge. Der Kaffee war noch reichlich heiß.

„Und was?", wiederholte sie fragend.

Sein Gesichtsausdruck änderte sich. Eine steile Falte erschien zwischen seinen Brauen. „Ist das alles, was du zu sagen hast?"

Lindsay fuhr mit der Zunge über die Lippen und zuckte die Schulter. „Ich weiß nicht, was du damit meinst."

„Da ist etwas in deinen Augen", murmelte er und suchte ihren Blick. „Aber ich weiß nicht, was es ist. Warum sagst du mir nicht, was du fühlst, Lindsay?"

Lindsay starrte in ihre Kaffeetasse und trank einen kleinen Schluck. „Seth, meine Gefühle sind so lange meine Angelegenheit, bis ich sie dir freiwillig offenbare."

„Ich dachte, das hättest du schon getan."

Ich hätte nie gedacht, dass es so schwer ist, vernünftig zu sein, dachte Lindsay, nahm ihre ganze Kraft zusammen und antwortete leichthin: „Wir sind doch beide erwachsene Menschen. Wir haben unseren Spaß miteinander gehabt, und nun ...“

„Und wenn mir das nicht genug ist?“

Hoffnung und Furcht ließen ihr Herz wie rasend klopfen. Mühsam brachte sie hervor: „Nicht genug? Was willst du damit sagen?“

Er sah ihr tief in die Augen. „Wenn du es nicht fühlst, kann ich es dir wohl auch nicht mit Worten klarmachen.“

Enttäuscht setzte Lindsay ihre Kaffeetasse hart auf. „Warum fängst du an, mir etwas zu offenbaren, wenn du es dann doch nicht tust?“

„Das habe ich mich gerade selbst gefragt.“ Er zögerte noch einen Moment, nahm dann ihr Gesicht zwischen seine Hände. „Lindsay ...“

Die Küchentür wurde aufgestoßen, und Ruth rief: „Hallo, ihr beiden!“

Dann merkte sie, dass sie im ungelegenen Augenblick erschienen war, und wollte sich schnell wieder zurückziehen, aber Monika ging schon an ihr vorbei auf Lindsay zu.

„Wie geht es dir? Bist du wieder ganz in Ordnung? Wir haben deinen Wagen gesehen.“ Monika war noch immer ihre Sorge um Lindsay anzumerken. „Ich hätte dich nicht wegfahren lassen dürfen.“

„Mir geht es sehr gut“, erklärte Lindsay und gab Monika zur Beruhigung einen Kuss auf die Wange. „Wie sehen denn die Straßen jetzt aus?“

„Ganz gut.“ Sie nickte mit dem Kopf zu Ruth hinüber. „Unsere Kleine kann es nicht abwarten, dass der Ballettunterricht wieder stattfindet.“

„Oh, so wichtig ist das nicht“, fiel Ruth ihr schnell ins Wort. Sie sah Lindsay wissend an. „Fühlen Sie sich wirklich wieder gut, Miss Dunne?“

Lindsay langte nach ihrer Kaffeetasse und lächelte Ruth zu. „Ja, mach dir keine Gedanken.“

„Ich sollte wohl besser den Abschleppdienst anrufen", erklärte Seth. Er hatte, seit die beiden Mädchen gekommen waren, bis jetzt geschwiegen.

„Oh, das ist nicht nötig …"

„Ich sagte, dass ich mich darum kümmere. Und vorher fahre ich euch drei zum Studio, wenn ihr fertig seid."

Damit ließ er die drei Frauen stehen und verließ abrupt die Küche.

11. KAPITEL

Auf der Fahrt zum Studio saßen Monika und Ruth hinten im Wagen. Ruth war sich der Spannung zwischen Lindsay und ihrem Onkel sehr bewusst, und weil sie beide gern hatte, tat sie ihr Bestes, um die Atmosphäre ein wenig zu lockern.

„Wird Worth heute Abend zurück sein?"

Seth blickte in den Rückspiegel nach hinten. „Morgen früh."

„Dann mache ich dir heute Abend Coque au vin", verkündete Ruth und lehnte sich über die Lehne des vorderen Sitzes.

„Das ist eine Spezialität von mir. Aber wir werden ziemlich spät essen müssen."

„Du musst morgen früh zur Schule."

„Onkel Seth", sagte sie leicht vorwurfsvoll, „ich bin kein Kind mehr. Ich bin siebzehn!"

Da sie gerade in den Parkplatz vor der Schule einbogen, beugte sie sich vor, um aus dem Fenster zu sehen. Irgendjemand hatte sich bemüht, einen Weg vor dem Studio freizuschaufeln. Lindsay konnte sich denken, dass es die Nachbarskinder gewesen waren.

„Es scheint Besuch für Sie gekommen zu sein", meinte Ruth, die den schnittigen ausländischen Wagen auf dem Platz bemerkt hatte.

Lindsay warf desinteressiert einen Blick hinüber. „Ich kann mir nicht denken …"

Mitten im Satz hielt sie inne. Ihre Augen weiteten sich. Langsam, als könne sie nicht glauben, was sie sah, stieg sie aus dem Wagen. Dann erkannte sie den Mann, der im schwarzen pelzbesetzten Mantel die Treppe vom Studio herunterkam.

„Nikolai!"

Während sie seinen Namen rief, rannte sie ihm schon entgegen und warf sich in seine Arme.

Nick lachte, hielt sie ein wenig von sich ab und küsste sie

161

auf die Wange. Er war zu sehr auf Lindsay konzentriert, um zu bemerken, dass Ruth ihren Onkel aufgeregt in die Seite stieß und „Davidov" flüsterte.

„Hallo, mein Vögelchen", rief er begeistert.

Lindsay konnte zuerst gar nichts sagen. Sie drückte nur ihr Gesicht an seine Schulter. Dann nahm Nick sie bei den Armen und hielt sie ein wenig von sich ab, und Lindsay sah, dass er sich kaum verändert hatte, seit sie ihn zum letzten Mal gesehen hatte.

Er wirkte immer noch sehr jungenhaft. Seine Wimpern waren fast zu lang und dicht für einen Mann. Der Mund war fest und großzügig geschwungen und sein dunkelblondes Haar lockig. Er machte sich nie die Mühe, es zu kämmen, sondern pflegte nur mit den Fingern hindurchzufahren, wodurch es immer zerzaust wirkte. Und Nick wusste genau, wie gut ihm das stand. Er war knapp eins achtzig groß, also auch von der Statur her ein sehr passender Partner für Lindsay.

„Oh Nick, du hast dich überhaupt nicht verändert."

„Aber du, du hast dich verändert." Er lachte sie strahlend an. „Du bist zwar immer noch mein Vögelchen, meine *ptitschka*, aber wie kommt es, dass du noch schöner geworden bist?"

„Ach Nick, wenn du wüsstest, wie sehr ich dich vermisst habe!" Lindsay küsste ihn auf die Augen und auf den Mund. „Nun sag mir aber, wie du so plötzlich hierhergekommen bist."

„Du warst nicht zu Hause, also bin ich hierhergefahren. Ich sagte dir, ich komme im Januar, nicht? Ich bin nur ein bisschen früher gekommen, das ist alles. Aber wo hast du deine guten Manieren gelassen, *ptitschka*?"

„Oh, entschuldigt bitte, aber ich war so überrascht ... Seth, Ruth, das ist Nikolai Davidov. Nick, darf ich dich mit Seth und Ruth Bannion bekannt machen? Ruth ist die Schülerin, von der ich dir erzählt habe."

Ruth starrte Lindsay überrascht an und wurde dunkelrot vor Freude.

„Es ist mir ein Vergnügen, Freunde von Lindsay kennenzulernen." Er schüttelte Seth die Hand. Dann fragte er: „Sind Sie nicht zufällig der Architekt Seth Bannion?"

„Doch."

Nick klopfte ihm vor Vergnügen auf die Schulter. „Ah, das ist gut! Ich habe gerade ein Haus, das Sie entworfen haben, in Kalifornien gekauft. Es steht am Strand und hat viele Fenster, sodass man das Meer im Wohnzimmer hat."

Er ist so überschwänglich, dachte Lindsay, so ganz anders als Seth, und doch besteht eine gewisse Ähnlichkeit zwischen beiden.

„Ich kann mich an das Haus erinnern. In Malibu, nicht wahr?"

„Ja, ja, in Malibu", rief Nick offensichtlich entzückt. „Man nannte es ehrfurchtsvoll ein Frühwerk von Bannion, so als wären Sie schon lange tot."

Seth lächelte. „Das steigert den Marktwert."

Auch Seth kann sich Nicks Charme nicht entziehen, dachte Lindsay.

Nikolai lachte zustimmend. Er hatte gerade den Blick bemerkt, mit dem Lindsay Seth angesehen hatte, und dachte: Also aus dieser Richtung weht der Wind. Dann wandte er seine Aufmerksamkeit Ruth zu.

„Also das ist die junge, begabte Tänzerin, von der du mir erzählt hast." Er nahm ihre beiden Hände. Eine Schönheit, dachte er. Dunkel. Feingliedrig. Wenn man sie richtig schminkt, wird sie exotisch wirken. Und ihre Größe ist gerade richtig.

„Mr Davidov", stotterte Ruth. Dass der große Nikolai Davidov vor ihr stand und mit ihr redete, konnte sie immer noch nicht recht fassen.

Er tätschelte beruhigend ihre Hände und meinte: „Sie müssen mir sagen, ob Lindsay sich immer so unmöglich benimmt. Wie lange lässt sie normalerweise ihre Freunde draußen in der Kälte stehen?"

163

„Oje! Ich bin wirklich schlimm. Doch du hast mich mit deinem plötzlichen Erscheinen so umgeworfen, dass du von mir kaum normales Verhalten erwarten kannst." Lindsay zog hastig die Schlüssel aus der Tasche und öffnete die Tür. „Aber ich kann nur wiederholen: Du hast dich kein bisschen verändert!"

Nikolai trat hinter ihr ins Studio. Er zog seine Handschuhe aus und schlug damit gedankenverloren in die eine Hand, während er sich überall im Raum umsah.

„Sehr gut", erklärte er dann und nickte zustimmend. „Das hast du ausgezeichnet gemacht, Vögelchen. Hast du schon einen Stellvertreter gefunden für die Zeit, wenn du in New York bist?"

„Nick." Lindsay schluckte. „Ich habe nicht behauptet, ich käme nach New York zurück."

„Unsinn." Mit einer Handbewegung wischte er ihren Widerspruch beiseite. „In zwei Tagen muss ich nach New York zurück, weil ich den *Feuervogel* tanze. Im Januar fange ich dann mit den ersten Proben für mein eigenes Ballett an." Während er sprach, zog er seinen Mantel aus, unter dem er einen einfachen blauen Jogginganzug trug. „Mit dir als Ariel kann es nur ein Erfolg werden."

„Nick …"

„Aber zuerst will ich dich tanzen sehen", überging er ihren Protest. „Wer weiß, ob du mir nicht vor Schwäche zusammenbrichst."

Lindsay warf den Kopf in den Nacken. „Ehe ich zusammenbreche, Nick Davidov, gehst du schon lange am Krückstock!"

„Na, na, da bin ich aber gar nicht so sicher. Sagen Sie, Mr Bannion, kennen Sie mein Vögelchen gut?"

Seth sah Lindsay an, bis sie errötete. „Ziemlich gut. Warum?"

„Weil Sie mir dann sicher sagen können, ob sie ihre Muskeln noch so gut beherrscht wie ihr Mundwerk. Es ist wichtig für mich zu wissen, wie viel Zeit ich brauche, um sie wieder auf Vordermann zu bringen."

Lindsay wusste genau, dass er sie herausforderte, und sie konnte nicht anders, als die Herausforderung anzunehmen. „Mich braucht niemand auf Vordermann zu bringen."

„Okay!" Er nickte. „Dann vergiss die Spitzenschuhe nicht, wenn du dich umgezogen hast."

Lindsay drehte sich auf dem Absatz um und knallte die Tür hinter sich zu. Nick zwinkerte Seth und Ruth zu.

„Sie kennen sie recht gut", meinte Seth.

Nikolai grinste. „Wie mich selbst. Wir sind gar nicht so sehr verschieden." Er langte in eine der großen Taschen seines Mantels, holte ein Paar Ballettschuhe hervor und setzte sich auf einen Stuhl, um sie anzuziehen.

„Kennen Sie Lindsay schon lange?" Nick wusste genau, dass er sich mit dieser neugierigen Frage ein wenig zu viel erlaubte, und er war nicht überrascht, dass Seth unwillig die Stirn runzelte und nicht sofort antwortete. Aber er ist der Mann, der Lindsay von ihrem Beruf abhalten könnte, dachte Nick, und darum muss ich wissen, was in ihm vorgeht.

„Ein paar Monate", antwortete Seth schließlich und schob die Hände in die Taschen. „Sie haben in New York einige Zeit mit ihr zusammengearbeitet?" Es war mehr eine Feststellung als eine Frage.

„Ich hatte nie eine bessere Partnerin. Aber davon durfte ich jetzt nicht reden. Ich muss sie wütend machen, damit sie für mich tanzt", erklärte er.

Lindsay kam zurück, nachdem sie sich umgezogen hatte, das Kinn hielt sie immer noch hoch erhoben.

„Du hast zugenommen", war das Erste, was Nick sagte.

„Ich wiege knapp 92 Pfund", verteidigte sich Lindsay.

„Fünf Pfund müssen weg", erklärte Nick ungerührt, als er zur *barre* schritt. „Ich bin Tänzer und kein Gewichtheber."

„Wenn du meinst, ich würde für dich hungern, dann hast du dich gewaltig geirrt."

165

„Du vergisst wohl, dass ich jetzt der Direktor des Ensembles bin."

„Und du vergisst, dass ich nicht mehr zu deinem Ensemble gehöre!"

„Ach, das bedeutet nichts. Wir werden schnell einen schönen Vertrag machen."

„Wir lassen euch jetzt am besten allein", machte sich Seth bemerkbar.

„Oh bitte", kam Nick Lindsays Antwort zuvor, „Sie müssen bleiben!"

„Ja", bemerkte Lindsay leicht boshaft, „Nick würde nie ohne Publikum tanzen."

„Bitte, Onkel Seth!" Ruth hängte sich an seinen Arm. Die Augen waren vor Begeisterung ganz dunkel.

„Also gut."

Während sie ein paar Bewegungen zum Aufwärmen der Muskeln ausführten, flüsterte Nick Lindsay ins Ohr: „Wie lange liebst du ihn schon?" Lindsay sah ihn überrascht an. „Du konntest mir noch nie etwas vormachen, Vögelchen. Ein Freund sieht oft mehr als ein Liebhaber."

„Ich weiß es selbst nicht. Manchmal habe ich das Gefühl, ich hätte ihn schon immer gekannt."

„Und deine Augen sind traurig." Er legte ihr eine Hand auf die Wange. „Komm, mach ein frohes Gesicht. Erinnerst du dich an den zweiten *pas de deux* aus *Romeo und Julia*?"

Lindsay sah ihn voller Zuneigung an. „Natürlich. Wir haben ihn endlos geübt."

Nick legte die Schallplatte auf. „Dann lass uns anfangen! Tanzen wir wie in alten Zeiten!"

Ruth sah Nick und Lindsay fasziniert zu. Obgleich alles so einfach aussah, wusste sie aus eigener Erfahrung, wie schwierig die Schritte waren und welches Können dazugehörte, mit einer so unwahrscheinlichen Leichtigkeit zu tanzen.

Als zum Schluss Romeo und Julia auf dem Boden knieten, sich nur mit den Fingerspitzen berührten und sich auch einige

Sekunden, nachdem die Musik zu Ende war, nicht bewegten, hielt Ruth immer noch den Atem an.

Nick zog Lindsay lächelnd zu sich herüber. „Nein, du brichst nicht zusammen, mein Vögelchen. Komm mit mir. Ich brauche dich."

„Oh Nick."

Erschöpft legte sie den Kopf an seine Schulter. Sie hatte vergessen, wie herrlich es war, mit ihm zu tanzen. Ihre Gefühle befanden sich in Aufruhr. Sie liebte Seth und dachte sehnsuchtsvoll an das verschneite Haus auf dem Berg. Doch sie liebte auch den Tanz. Wie sehr, das war ihr eben wieder klar geworden. Sie klammerte sich an Nick wie an einen Rettungsanker.

„Sie waren wunderbar", flüsterte Ruth, die vor Begeisterung kaum sprechen konnte. „Sie waren beide wundervoll, nicht wahr, Onkel Seth?"

Dessen Gesicht war ausdruckslos. „Ich habe noch nie zwei Menschen sich in so vollkommener Harmonie bewegen sehen." Er nahm seinen Mantel. „Ich muss jetzt gehen."

Ruths Protest schnitt er ab, indem er ihr die Hand auf die Schulter legte. „Vielleicht darf Ruth noch bleiben? Es ist ja nur noch eine Stunde, bis der Unterricht beginnt."

„Natürlich." Lindsay empfand die Kälte in seiner Stimme schmerzhaft. In einer hilflosen Gebärde hob sie die Hände. „Seth …"

„Ich hole Ruth heute Abend ab", fuhr Seth fort, als hätte er sie nicht gehört. „Es hat mich gefreut, Sie kennenzulernen, Mr Davidov."

„Das Vergnügen war ganz auf meiner Seite."

Nikolai merkte, wie Lindsay sich verkrampfte, als Seth die Tür hinter sich ins Schloss warf. „Lindsay …" Er legte ihr die Hand auf die Schulter, doch sie schüttelte wütend den Kopf.

„Nein. Bitte, lass mich. Ich muss ein paar Telefongespräche führen." Sie rannte aus dem Zimmer.

Nick seufzte und wandte sich an Ruth, die ihn mit großen Augen ansah.

„Sehr emotional, diese Tänzerinnen. Also, dann kommen Sie bitte her und lassen Sie mich sehen, warum Lindsay Sie zu mir schicken will."

„Ich soll ... Ich soll Ihnen vortanzen?" Ruth hatte das Gefühl, ihre Beine wären aus Blei und sie könnte sich nicht von der Stelle regen.

Nick ging zum Plattenspieler. „Ja, wie soll ich sonst erfahren, was Sie können. Ziehen Sie Ihre Schuhe an!"

Das ist kein Traum, sagte sich Ruth, es ist Wirklichkeit. Das Gefühl war in ihre Beine zurückgekehrt, sie hatte aufgehört zu zittern und sogar den Mut gefunden, ein paar Schritte an der *barre* zu machen.

Nick forderte sie sachlich auf, sich in der Mitte des Raums aufzustellen. „Ich werde Ihnen Anweisungen geben, die Sie exakt ausführen sollen."

Ruth schluckte und versuchte, sich einzureden, es ginge um eine ganz gewöhnliche Übung. Aber sie brachte es kaum fertig, die Hand von der *barre* zu lösen.

Davidov merkte, wie nervös das Mädchen war, und lächelte ihr aufmunternd zu. „Nun kommen Sie schon! Ich beiße doch nicht."

Während Ruth sich aufstellte, schaltete er den Plattenspieler ein.

Lindsay hatte recht mit ihrer Beurteilung, das sah er schon nach den ersten Bewegungen. Aber er gab weiterhin ruhig seine Befehle und schaute Ruth konzentriert zu.

Nachdem sie sich erst beruhigt hatte, ließ sich Ruth von der Musik davontragen und tanzte eine *arabesque*, ein *soubresaut* und einige kleine schnelle *pirouettes*. Als er ihr keine Instruktionen mehr gab, sondern eine neue Platte auswählte, wartete Ruth geduldig, bis er das gefunden hatte, was er suchte.

„Die *Nussknacker-Suite*, das übt Lindsay doch sicher mit euch für Weihnachten ein?"

„Ja."

„Dann sind Sie die Carla." Er gab ihr schnell die Schritt-

168

kombination an, kreuzte die Arme über der Brust und sagte:
„Also los!"

Lindsay hörte in ihrem Büro Nicks Anweisungen und die Musik. Sie hatte aufgehört zu weinen, doch der tiefe Schmerz in ihrem Innern wollte nicht weichen.

Sie war so sicher gewesen, dass sie das Ende der Romanze mit Seth ohne Bedauern und ohne Tränen hinnehmen könnte. Aber nun war sie zutiefst verletzt.

Wie gut, dass ich mich ihm wenigstens nicht an den Hals geworfen und ihm meine Liebe gestanden habe, dachte sie. Aber kann ich je aufhören, ihn zu lieben, fragte sie sich verzweifelt. Wie soll das gehen? Wenn ich ihn jetzt anrufen würde, könnte er mir dann erklären, warum er das Studio so brüsk verlassen hat?

Sie wollte nach dem Telefon greifen, doch dann nahm sie die Hand wieder zurück. Hatte sie sich nicht schon genug zum Narren gemacht?

Lindsay stand auf, lehnte ihr Gesicht an die kalte Fensterscheibe und sah einigen Kindern zu, die im Schnee tollten. Das Leben geht weiter, dachte sie, und ich muss irgendwie damit fertigwerden. Die Musik aus dem Nebenzimmer erinnerte sie daran, dass sie nur Trost beim Tanz finden würde.

Sie verließ ihr Büro und öffnete leise die Studiotür. Weder Nick noch Ruth bemerkten ihr Kommen. Mit einem Lächeln auf dem Gesicht befolgte Ruth Nicks Kommandos. Lindsay kannte ihn gut genug, um ihm anzusehen, wie sehr ihm das gefiel, was ihm hier vorgeführt wurde.

Die Musik ging zu Ende, und Ruth ließ ihre Arme sinken. Sie wartete auf neue Instruktionen. Aber Nick stellte den Plattenspieler ab.

Als Davidov sie anlächelte, dachte Ruth: Jetzt kommen sie, die freundlichen Worte, mit denen er mir beibringt, ich sei nur mittelmäßig.

„Mr Davidov …", wollte sie ihm zuvorkommen.

169

„Lindsay hatte recht", unterbrach er sie. „Wenn Sie nach New York kommen, werde ich Sie unterrichten."

„Sie?" Ruth wusste nicht, ob sie ihren Ohren trauen konnte.

„Ja, ich", wiederholte Nick amüsiert. „Ich verstehe nämlich ein bisschen was vom Tanzen."

„Oh, Mr Davidov, ich meinte ... ich dachte doch nur ..."

Nikolai nahm ihre Hand und drückte sie. „Sie müssen noch viel lernen. Vor allem Spitzentanzen und den *pas de deux*. Aber was ich gesehen habe, war gut."

„Also meine beste Schülerin hat dir gefallen." Lindsay war zu den beiden getreten.

„Hast du etwa daran gezweifelt?"

„Nein." Sie lächelte Ruth zu. „Aber ich bin sicher, Ruth hat daran gezweifelt. Du kannst einem schon Furcht einjagen, weißt du?"

„Unsinn! Ich benehme mich immer so sanft wie ein Heiliger."

„Du schwindelst! Wie immer."

„Schwindeln gehört zu meinem Charme."

Lindsay fühlte, wie sie sich langsam bei der Unterhaltung entkrampfte. Seine Freundschaft würde ihr helfen, das wusste sie.

„Ich glaube, du könntest jetzt eine Tasse Tee gebrauchen", sagte sie zu Ruth. „Wenn ich mich recht erinnere, habe ich innerlich gezittert wie Espenlaub, als ich Nick vortanzen musste, und damals war er noch nicht der ‚große Davidov'. Ich meine, er war schon groß, aber die Leute hatten es noch nicht herausgefunden", fügte sie verschmitzt lächelnd hinzu.

Ruth nahm spontan Lindsays Hand. „Danke", sagte sie strahlend und fragte Nick: „Möchten Sie auch eine Tasse Tee, Mr Davidov?"

„Gibt es russischen Tee?"

„Ich fürchte, nein", bedauerte Lindsay.

„Dann vielleicht etwas Wodka?"

„Du hast auf der ganzen Linie Pech, du Armer. Ich war eben auf russischen Besuch nicht vorbereitet."

„Oh, in Gesellschaft zweier so schöner Damen schmeckt mir auch normaler Tee, was immer das sein mag. Später werden wir zum Dinner ausgehen, und dann werden wir feiern wie in alten Zeiten, Vögelchen."

Während Nick die Schallplatte wieder forträumte, verließ Ruth den Raum.

„Ein außergewöhnlich reizendes Mädchen", bemerkte er. „Zu deinem Urteil kann ich dir nur gratulieren."

„Und du wirst sehen, wie hart sie arbeiten wird. Du wirst ihr ein Engagement geben und …"

Er nahm sie bei der Hand. „Ich brauche dich, Lindsay! Komm, sieh mich an. Dieser Architekt …"

„Nein, nein! Sprich bitte nicht von ihm."

„Na gut. Dann frage ich dich: Glaubst du, ich würde dich bitten, zu unserer Truppe zurückzukommen und die bedeutendste Rolle in meinem ersten Ballett zu übernehmen, wenn ich nur den geringsten Zweifel an deinem Können hätte?"

Lindsay wollte etwas sagen, aber er fuhr fort: „Bevor du darauf antwortest, denk darüber nach."

„Ich weiß nicht", murmelte Lindsay mit gesenktem Kopf. „Ich weiß wirklich nicht, was ich glauben soll, und ich weiß nicht, was ich tun soll."

„Wir werden später darüber reden. Jetzt musst du dich entspannen, bevor der Unterricht anfängt."

„Oh Nick, ich bin so froh, dass du hier bist!"

„Gut", erklärte er und umarmte sie. „Dann darfst du mich heute Abend zum Essen einladen."

12. KAPITEL

Einen Tag nach Weihnachten spazierte Monika durch den Park. Die Luft war kalt, die Äste der Bäume bogen sich unter der Last des Schnees, und der Sonne gelang es nur hin und wieder für einen Augenblick, die dunkle Wolkendecke zu durchdringen.

Der Spielplatz lag verlassen da. Monika wischte den Schnee von einer Schaukel und setzte sich auf das Holzbrett. Sie war deprimiert. Und das hatte mit ihrem Verhältnis zu Lindsay und Andy zu tun.

Monika war wie vom Schock getroffen, als sie merkte, dass aus ihrer Teenagerschwärmerei für Andy tiefe Liebe geworden war. Sie hatte in ihm einen Helden gesehen, seit er zum ersten Mal mit ihrem Bruder zu ihnen nach Hause gekommen war. Er hatte in seinem Rugby-Dress einen überwältigenden Eindruck auf sie gemacht. Er dagegen bemerkte die kleine Schwester – sie war damals dreizehn – seines Freundes kaum, da er schon damals ganz verrückt nach Lindsay war.

Während Lindsays Abwesenheit von Cliffside hatte Monika Andy angehimmelt wie ein liebeskranker Teenager. Er jedoch strich ihr höchstens einmal abwesend über das Haar. Dann kam Lindsay zurück. Andy hatte inzwischen nicht einmal gemerkt, dass aus der kleinen Monika eine Frau geworden war. Und Lindsay ihrerseits merkte nicht, dass Andy immer noch in sie verliebt war.

Monika lehnte sich auf der Schaukel zurück und stieß sich stärker mit den Füßen ab.

„Hallo!"

Sie drehte den Kopf zur Seite und sah erstaunt, während sie mit der Schaukel an ihm vorbeiflog, Andy lächelnd neben sich stehen. Sie bremste ihren Schwung ab und rief zurück: „Hallo!"

„Du bist ja schon früh unterwegs am Samstag." Er hielt die Kette der Schaukel mit einer Hand. „Wie hast du Weihnachten verlebt?"

„Gut, danke. Eigentlich wie immer. Du bist aber auch schon früh unterwegs."

Andy zuckte mit der Schulter und setzte sich neben Monika auf die Schaukel. Monikas Herz machte einen kleinen Sprung.

„Musste unbedingt mal frische Luft schnappen", erklärte er. „Gibst du immer noch Klavierunterricht?"

Monika nickte. „Ich habe gehört, du willst dein Blumengeschäft erweitern."

„Stimmt. Ich habe jetzt eine Abteilung für Zimmerpflanzen."

Monika sah auf seine Hände und dachte, wie schon häufig vorher: Seltsam, dass diese großen Hände so zart mit Blumen umgehen können. „Machst du denn heute dein Geschäft nicht auf?"

„Doch. Heute Nachmittag für ein paar Stunden. Es sieht nicht so aus, als würde es sich lohnen bei dem Wetter."

Eine kleine Pause entstand. Monika war es warm trotz der kalten Dezemberluft. „Hast du schon jemals daran gedacht, von Cliffside fortzuziehen?"

„Daran gedacht schon. Aber ich werde es wohl nie tun."

„Dann geht es dir genau wie mir." Monika hatte unterdessen mit dem Fuß einen kleinen Ball ausgegraben. Sie stand auf und hob ihn aus dem Schnee. „Ich kann mich noch gut daran erinnern, wie du mit meinem Bruder in unserem Garten Rugby geübt hast. Manchmal wart ihr so gnädig und habt mich mitmachen lassen." Sie warf den Ball spielerisch in die Luft.

„Du warst gar nicht schlecht – für ein Mädchen", lachte Andy. Jetzt war ihm schon viel wohler zumute als noch vor wenigen Minuten, als er es zu Hause einfach nicht mehr ausgehalten hatte. Monikas Gesellschaft hatte oft diese Wirkung auf ihn.

Er schnappte nach dem Ball. „Machen wir ein Spiel?"

„Okay." Monika stellte sich in einiger Entfernung auf. Andy schleuderte den Ball, und sie fing ihn gekonnt auf.

„Nicht übel!", rief er. „Als Fänger warst du schon immer ganz gut. Aber du würdest den Ball nie ins Tor bringen."

„Dann pass nur fein auf!", schrie Monika, rannte mit dem Ball unter dem Arm auf ihn zu und schlug einen Haken, bevor er sie berühren konnte.

Ihre Technik überraschte Andy, aber seine Reflexe waren immer noch sehr gut. Er raste hinter ihr her, bekam sie bei der Taille zu packen und riss sie mit sich zu Boden. Beide stürzten in den Schnee, Andy auf Monika.

Erschrocken bemerkte Andy, wie rot Monikas Gesicht unter der Schneeschicht war.

„Oh, verflixt! Tut mir leid, Monika! Hast du dir wehgetan?" Er fing an, ihr den Schnee vom Gesicht zu wischen. „Entschuldige bitte. Ich habe einfach nicht nachgedacht."

Sie schüttelte nur den Kopf. Er lag halb über ihr und sah sie so bestürzt an, dass sie über seinen besorgten Gesichtsausdruck lächeln musste. Ihre Blicke trafen sich, und dann gab Andy einem plötzlichen Impuls nach und küsste sie leicht auf die Lippen. Und dann gleich noch einmal.

„Tut dir bestimmt nichts weh?"

„Oh Andy!" Monika warf ihre Arme um seinen Nacken und rollte sich auf ihn. Sie presste ihren Mund auf seinen, und dieser Kuss ließ keinen Zweifel an ihren Gefühlen. Schnee rieselte in Andys Kragen, aber er kümmerte sich nicht darum, sondern zog ihren Kopf noch näher zu sich heran, als wolle er sie nie mehr loslassen.

„Ich liebe dich", flüsterte sie mit erstickter Stimme, während sie sein Gesicht mit Küssen bedeckte. „Ich liebe dich so sehr, Andy."

Zuerst schien es, als wollte Andy für immer im Schnee liegen bleiben, doch dann setzte er sich auf. Er wiegte Monika in seinen Armen, sah ihr in die Augen und küsste sie noch einmal.

„Komm, lass uns zu mir nach Hause gehen."

Lindsay fuhr auf ihrem Weg nach Cliff House an Monika und Andy vorbei und winkte ihnen zu. Aber die beiden waren so mit sich selbst beschäftigt, dass sie es nicht bemerkten.

Bis kurz vor Weihnachten war Seth in Neuseeland gewesen. Er hatte Lindsay vor seiner Abreise nicht angerufen und ihr später auch nicht geschrieben. Lindsay hatte zwar nicht damit gerechnet, aber gehofft hatte sie doch darauf, von ihm zu hören. Nun wusste sie, dass die glücklichen Stunden mit ihm endgültig der Vergangenheit angehörten und sie nicht mehr hoffen sollte.

Aber sie durfte Ruth nicht vergessen. Ihretwegen musste sie noch einmal mit ihm sprechen, denn für deren Zukunft war es unbedingt nötig, dass sie nach New York durfte. Lindsay wollte sie mitnehmen, da sie nach ihrer Unterhaltung mit Nick mehr denn je davon überzeugt war, dass keine Zeit mehr vergeudet werden durfte. Lindsay hatte sich vorgenommen, die Unterhaltung mit Seth rein sachlich zu führen, ihn von der Notwendigkeit einer speziellen Ausbildung für seine Nichte zu überzeugen und sich von ihren eigenen Gefühlen nichts anmerken zu lassen.

Als sie vor Cliff House aus dem Wagen stieg, klammerte sie sich an ihre Handtasche, um das Zittern ihrer Hände zu verbergen. Sie wartete einen Augenblick, bevor sie auf den Klingelknopf drückte, und nahm sich vor, sich nicht von Erinnerungen überwältigen zu lassen.

Es dauerte nicht lang, bis Worth die Tür öffnete.

„Guten Morgen, Miss Dunne", sagte er formell, und seiner Stimme war keine Überraschung wegen des frühen Besuchs anzumerken.

„Guten Morgen, Mr Worth. Ist Mr Bannion zu Hause?"

„Er arbeitet, glaube ich, Miss." Worth trat höflich einen Schritt zurück und ließ Lindsay eintreten. „Wollen Sie bitte im Wohnzimmer warten? Ich sehe nach, ob er zu sprechen ist."

„Ja, danke, das ist nett von Ihnen."

„Wollen Sie inzwischen ablegen?"

Wortlos schlüpfte Lindsay aus dem Mantel und übergab ihn Worth. Das Feuer prasselte im Kamin, und sofort erinnerte sie sich schmerzlich der Zärtlichkeiten, die sie und Seth ausgetauscht hatten.

„Miss?"

„Ja? Oh, Entschuldigung, ich habe nicht verstanden, was Sie sagten."

„Möchten Sie eine Tasse Tee trinken, während Sie hier warten?"

„Nein, vielen Dank."

Lindsay ging zum Fenster. Ich muss mich zusammennehmen, bevor ich Seth sehe, ermahnte sie sich. Und gleichzeitig fühlte sie sich den Erinnerungen, die nun auf sie einströmten, hilflos ausgeliefert.

„Lindsay."

Sie drehte sich um. Von allen Gefühlen, die sie überfluteten, war das der Freude am stärksten. Sie konnte nicht anders, als lächelnd auf ihn zuzugehen und ihm ihre Hände entgegenzustrecken.

„Seth! Wie schön, dich wiederzusehen!"

Er nahm ihre Hand und drückte sie heftig, ließ sie aber sofort wieder los. „Du siehst gut aus."

Das sagte er in so beiläufigem Ton, dass ihr die Worte, die ihr auf der Zunge gelegen hatten, nicht über die Lippen kamen.

„Danke." Sie trat an den Kamin. „Ich hoffe, ich störe dich nicht zu sehr."

„Nein." Seth blieb, wo er stand. „Du störst mich nicht, Lindsay."

„Ist in Neuseeland alles nach Wunsch verlaufen?", zwang sie sich zu fragen. „Ich glaube, das Klima ist dort ganz anders."

„Ein bisschen schon", stimmte er zu und kam ein wenig näher, hielt aber immer noch gebührenden Abstand. „Anfang des Jahres muss ich wieder hin. Für ein paar Wochen. Dann werden die restlichen Dinge wohl geregelt sein. Ruth erzählte mir, dass du euer Haus verkauft hast."

„Ja. Ich bin in die Schule gezogen. Das ist für mich bequemer. Es hat sich einiges geändert, nicht wahr?"

Er neigte zustimmend den Kopf.

176

„Es wird auch leichter für meine Vertreterin sein, dort zu wohnen, wenn ich in New York bin."

„Du gehst nach New York." Seine Stimme klang so scharf, dass Lindsay leicht zusammenzuckte.

„Nächsten Monat." Sie wischte mit der Hand über die Fensterscheibe, um irgendetwas zu tun. „Dann fangen die Proben zu Nicks Ballett an. Ich habe mich schließlich doch überreden lassen."

„Verstehe." Seth war nun ruhig und sachlich. „Du hast dich also entschlossen, zurückzugehen."

„Nur für eine Vorstellung." Sie bemühte sich, genauso ruhig zu sprechen wie Seth. „Die Premiere wird vom Fernsehen übertragen. Und da ich Nicks bekannteste Partnerin war, habe ich eingewilligt, mitzumachen. Wenn wir beide zusammen auftreten, wird sein Stück mehr Aufsehen erregen."

„Eine Vorstellung", meinte Seth nachdenklich. „Glaubst du wirklich, dass du danach aufhören kannst?"

„Ja, natürlich. Es gibt eine Reihe von Gründen für mich, nicht für immer auf die Bühne zurückzukehren. Aber diese Vorstellung ist wichtig für Nick."

„Glaubst du wirklich, dass du hinterher wieder unterrichten kannst? Ich habe dich mit Davidov tanzen sehen. Du bist in eine andere Welt getaucht."

„Das mag sein. Aber Tanzen und auf der Bühne stehen ist nicht dasselbe. Ich habe auf der Bühne gestanden. Ich kenne das Rampenlicht. Ich brauche es nicht mehr."

„Das sagt sich so leicht. Aber wenn du wieder vor dem Publikum gestanden hast, sieht es vielleicht ganz anders aus."

„Nein. Ich komme wieder nach Cliffside. Willst du wissen, warum?"

Er sah sie lange an, bevor er sein Gesicht abwandte. „Nein, ich glaube, das möchte ich nicht. Was wäre, wenn ich dich bäte, nicht zu gehen?"

„Nicht zu gehen?" Sie kam auf ihn zu und legte ihre Hand auf seinen Arm. „Warum sollte ich nicht gehen?"

177

Seth rührte sie nicht an, blickte ihr nur in die Augen. „Weil ich dich liebe und dich nicht verlieren will."

Lindsays Augen weiteten sich. Dann war sie in seinen Armen. „Küss mich", bat sie. „Küss mich, bevor ich aufwache."

Sie küssten sich, und Lindsay klammerte sich an ihn, als fürchte sie, der Traum könne vergehen.

Sie barg ihr Gesicht an seiner Schulter, und er strich ihr über den Rücken, über die Wangen und flüsterte: „Ich habe mich so danach gesehnt, dich wieder zu fühlen. In manchen Nächten habe ich nicht schlafen können und immer nur an dich gedacht."

„Oh Seth, ich kann es immer noch nicht glauben." Sie fuhr ihm mit beiden Händen durch das Haar. „Sag es mir noch einmal!"

Er küsste ihre Schläfe und zog sie an sich. „Ich liebe dich." Sie spürte, wie sich sein Körper entspannte, und hörte ihn seufzen. „Das habe ich noch nie einer Frau gesagt."

„Nicht einmal der italienischen Gräfin oder der französischen Filmschauspielerin?"

Er blieb ernst. „Eine Frau wie dich habe ich mein ganzes Leben lang nicht gefunden. Ich wusste eigentlich gar nicht, dass es so etwas wie dich gibt. Du warst vielleicht eine Überraschung!" Nun lachte er.

Zärtlich küsste sie seine Handfläche. „Als ich wusste, dass ich dich liebe, hatte ich Angst, weil mir klar wurde, dass ich nicht mehr ohne dich leben konnte. Und ich habe immer noch Angst. Halt mich! Bitte, halt mich fest."

Ihre Lippen fanden sich zu einem Kuss inniger Hingabe.

„Und dann hast du zu mir gesagt, die Nacht mit mir sei sehr nett gewesen", sagte Seth leise. „Ich dachte, ich könnte nicht mehr atmen. Ich liebte dich und wusste nicht, was ich tun sollte."

„Hast du denn nicht gemerkt, dass ich gelogen habe?"

„Später, im Wagen, habe ich es mir gedacht. Aber dann sah ich dich mit Davidov tanzen, und je länger ich zuschaute, desto mehr schienst du mir zu entgleiten."

„Aber so war es nicht, Seth." Um ihn zum Schweigen zu bringen, legte sie ihre Finger leicht auf seine Lippen. „So war es ganz und gar nicht."

„Nein? Er bot dir ein Leben an, das ich nicht mit dir teilen konnte. So bin ich gegangen. All die Wochen habe ich mich von dir ferngehalten. Doch in dem Augenblick, als ich dich vor mir stehen sah, wusste ich, dass ich dich nicht gehen lassen konnte."

„Aber das hast du falsch verstanden. Ich kehre ja nicht zurück, weil ich dieses Leben wieder will."

„Ich möchte nicht, dass du gehst! Ich bitte dich, gar nicht zu gehen." Seine Finger krampften sich um ihre Arme.

Sie sah ihn einen Augenblick an. „Und wenn ich dich bäte, nicht nach Neuseeland zu fliegen?"

Brüsk wandte er sich ab. „Das ist nicht dasselbe. Hier geht es um meinen Job, und ich bin in ein paar Wochen zurück." Als er sie wieder ansah, ballte er die Hände in den Hosentaschen. „Wo gäbe es denn Platz für mich und unsere Kinder, wenn du Primaballerina wärst?"

„Aber ich werde nicht wieder Primaballerina. Ich will es gar nicht. Ich werde nicht einmal offiziell zu Nicks Balletttruppe gehören. Ich bin nur Gast für eine einzige Vorstellung."

Jetzt war es Lindsay, die sich abwandte. „Es ist so wichtig für Nick, und er ist mir ein so guter Freund. Ich muss es ihm zuliebe tun. Und ich muss es tun, um dieses wichtige Kapitel meines Lebens mit etwas Schönem zu beenden. Es soll nicht der Tod meines Vaters sein, der meine Karriere als Tänzerin beendet hat, deswegen muss ich noch einmal auf die Bühne."

Schweigen. Dann Seths leise Worte: „Du wirst also gehen, gleichgültig, wie ich mich fühle."

„Ich gehe und bitte dich, mir zu vertrauen. Und ich bitte dich, Ruth mit mir kommen zu lassen."

„Nein!"

„Aber Nick hat auch gesagt, dass sie mit ihm arbeiten soll. Sie braucht das Training und ..."

„Nein! Du verlangst zu viel von mir. Du hast mir beschrieben, welch hartes Leben ihr bevorsteht, wenn sie Tänzerin wird. Solange ich für sie verantwortlich bin, wird sie hierbleiben."

„Aber in ein paar Monaten wird sie mündig. Du bringst sie in eine Lage, in der sie sich gegen dich entscheiden muss."

„Dich kann ich nicht zurückhalten. Du musst tun, was du für richtig hältst. Aber Ruths Leben sollst du nicht zerstören."

„Also das glaubst du von mir, dass ich Ruths Leben zerstören will!" Lindsay war kreidebleich geworden.

„Ich weiß nicht, was ich denken soll. Ich verstehe dich nicht."

„Bitte, lass mich gehen." Jetzt war Lindsays Stimme ganz ruhig, obgleich sie innerlich zitterte.

Als Seth sie losließ, blieb sie eine Weile vor ihm stehen und musterte ihn. „Alles, was ich dir gesagt habe, ist wahr. Alles. Würdest du Worth bitten, mir meinen Mantel zu bringen? Ich glaube, wir haben uns nichts mehr zu sagen."

13. KAPITEL

Die Tage waren hart und machten die Nächte leichter zu ertragen. Lindsay arbeitete schwer. Unterricht, Proben und wieder Unterricht. Die Muskeln gewöhnten sich wieder an Schmerzen und Krämpfe. Der Januar ging in den Februar über. Die tägliche Routine war so, wie sie auch früher gewesen war: unerträglich.

Nick war ein guter Freund, aber als Tänzer unerbittlich in seinen Forderungen. Auch wenn Lindsay erschöpft war, kannte er kein Pardon, sondern forderte das Letzte von ihr, wie er es auch von sich selbst verlangte. Oft schrie er sie an, und sie schrie zurück.

Nur einmal, als sie einen besonders schlimmen Tag hinter sich hatte, ihre Füße blutig getanzt waren und ihre Muskeln nicht mehr gehorchen wollten, brach sie bei einer Probe in Tränen aus und lief von der Bühne weg in den Umkleideraum. Dort ließ sie sich auf eine Bank fallen und schluchzte bitterlich.

„Lindsay." Nick berührte sie an der Schulter.

„Nick, ich fühle mich so miserabel. Ich habe noch nie eine Probe geschmissen. Bitte, sei mir nicht böse."

„Ich kann dir doch nicht böse sein, mein Vögelchen. Wir lieben uns doch. Ich schreie dich an, und du schreist mich an, aber was wäre ich ohne dich?" Sie lachte unter Tränen und küsste ihn. „Es ist nicht die Probe. Ich habe dich schon oft erschöpft erlebt. Du bist traurig, Vögelchen, gib es doch endlich zu. Es ist dieser Architekt, nicht wahr? Willst du nicht endlich darüber reden?"

„Nein", antwortete sie und gleich darauf, als sie sah, wie er die Augenbrauen hochzog: „Ja." Sie musste ihm die Wahrheit sagen. „Er sagt, er liebt mich. Aber Liebe ist wohl nicht genug. Er vertraut mir nicht. Verstehen, Vertrauen – eins geht doch nicht ohne das andere."

Nikolai wartete geduldig, bis sie fortfuhr: „Er konnte sich nicht damit abfinden, dass ich wieder nach New York fahren wollte, weil er nicht glaubte, dass ich nur für eine Vorstellung zurückgekommen bin, und er verlangte, dass ich bei ihm bleibe."

„Das war sehr egoistisch."

„Er ist ein egoistischer Mann."

„Aber vielleicht ist Liebe immer ein bisschen egoistisch. Ich weiß es nicht."

„Aber das Schlimmste war, dass er glaubte, ich wolle Ruths Leben zerstören, weil ich sie zu dir bringen wollte. Er sagte, das Dasein einer Tänzerin sei unmenschlich, und er wünsche sich kein solches Leben für Ruth."

„Du musst verstehen, dass er anders fühlt als wir." Nick dachte eine Weile nach und versuchte, den Eindruck, den Seth Bannion auf ihn selbst gemacht hatte, mit dem zu verbinden, was er gerade gehört hatte. „Ich glaube, er ist sehr verletzt", sagte er schließlich. „Er hat nur so gesprochen, weil er dich liebt. Du wirst ihn wiedersehen, wenn die Premiere vorüber ist. Du wirst mit ihm sprechen, und er wird verstehen."

„Ich weiß nicht. Ich könnte es nicht ertragen, wenn er wieder solche Dinge sagt."

„Warte nur, Vögelchen. Du wirst sehen, dass Davidov immer recht hat. Und nun geh und wasch dein Gesicht. Es ist Zeit, wieder auf der Bühne zu erscheinen."

Lindsay beobachtete sich selbst prüfend im Spiegel, während sie an der *barre* übte. Von der *attitude* erhob sie sich langsam auf die Spitzen. Ihr Geist befahl, und ihr Körper folgte. Es gelang ihr nur mühsam, das Zittern ihrer Knie zu unterdrücken. Als sie sich zu einem langsamen *grand plié* beugte und wieder aufrichtete, wurde sie von einer Bewegung im Spiegel abgelenkt. Ärgerlich über die Störung sah sie zur Tür und schrie auf.

„Ruth!"

Ruth stürzte auf sie zu und fiel ihr in die Arme.

Noch vor einigen Monaten schreckte sie zurück, wenn ich

sie nur anfasste, dachte Lindsay. Wie anders sie geworden ist.

„Lass mich dich ansehen, Ruth." Lindsay nahm ihr Gesicht zwischen die Hände. „Du siehst großartig aus."

„Ich habe Sie so vermisst, ganz schrecklich vermisst!"

„Aber wie kommst du hierher? Seth? Ist Seth mit dir gekommen?"

„Nein, er ist zu Hause." Ruth sah, wie ein Schatten über Lindsays Gesicht fiel. „Er konnte im Augenblick seine Arbeit nicht verlassen. Ich bin mit dem Zug gekommen und bleibe hier, um Ballett zu studieren."

„Du bleibst? Ich kann es einfach nicht glauben!"

„Doch, es ist wahr. Ich hatte ein langes Gespräch mit Onkel Seth, bevor er nach Neuseeland fuhr. Er hatte meinem Studium gegenüber große Bedenken und Vorbehalte. Ich nehme an, Sie wissen das?"

„Ja", antwortete Lindsay leise.

„Sicher, er wollte nur mein Bestes. Es war schwer für ihn, mich gehen zu lassen. Doch er hat sich großartig verhalten. Er hat den ganzen Schriftkram erledigt und mit der Schule gesprochen und eine Familie für mich gefunden, bei der ich hier in New York wohnen kann. Ich darf sogar Nijinsky hier bei mir haben."

Ruth ging an die *barre* und machte in Jeans und Straßenschuhen ein paar Bewegungen. „Es ist einfach toll hier. Und Mr Davidov will mir jeden Tag Unterricht geben!"

„Du hast Nick schon gesehen?"

„Ja, gleich, als ich ankam. Er sagte mir, ich könnte Sie hier finden, und er versprach, ich dürfte bei der Premiere zuschauen. Ist das nicht aufregend?" Ruth drehte vor Freude gleich drei *pirouettes* hintereinander. Dann sah sie, wie Lindsay die Augen schloss und sich an der Wand abstützte. „Onkel Seth kommt mich bald besuchen", sagte sie, weil sie ahnte, warum Lindsay traurig war. „Er ist nicht glücklich."

„Er wird dich vermissen."

183

„Das ist nicht der Grund, warum er so unglücklich ist."

Bei diesen Worten öffnete Lindsay fragend die Augen. „Hat er etwas gesagt? Hat er dir eine Nachricht für mich mitgegeben?"

Ruth schüttelte den Kopf, und Lindsay schloss die Augen wieder.

Die Premiere sollte eine Wohltätigkeitsaufführung werden, und es wurden Stars und alles, was Rang und Namen hatte, erwartet. Das Ballett würde vom Fernsehen übertragen werden und der Reinerlös begabten jungen Tänzern zu einer Ausbildung verhelfen. Je mehr Publicity, desto mehr Spenden würden eingehen. Das war einer der Gründe, warum Lindsay Nick und sich selbst einen großen Erfolg wünschte.

Als Lindsay am Tage des großen Ereignisses in ihrer Garderobe saß, um sich für den Auftritt zurechtzumachen, erreichte sie ein Anruf ihrer Mutter, die entzückt darüber war, dass Lindsay nun doch noch einmal auf der Bühne stehen würde. Zu Lindsays Freude sagte sie aber, sie sei beruflich so eingespannt, dass sie leider nicht kommen könne, sie würde jedoch die Vorstellung im Fernsehen verfolgen. Lindsay glaubte aus dem Gespräch herauszuhören, dass ihre Mutter in ihrem neuen Leben Befriedigung gefunden zu haben schien.

Sie schminkte sich, froh darüber, dass die Videokameras sie wenigstens nicht bis in ihre Garderobe verfolgt hatten, und machte anschließend Atemübungen, bevor sie sich auf den Weg zur Bühne begab. Ihr Auftritt kam nach der Eröffnung des Balletts durch die Forest-Gruppe.

Noch hinter der Kulisse trat Ruth zu ihr, um ihr wortlos die Hand zu halten. Seltsam, dachte Lindsay, dass ich nach all den Jahren immer noch Lampenfieber habe. Ihr Mund war so trocken, dass sie kaum schlucken konnte, und ihr Magen schmerzte. Sie hatte das Gefühl, sie müsse sich jeden Moment übergeben.

Aber dann richteten sich die Scheinwerfer auf sie, und alle Nervosität war mit einem Schlag wie weggeblasen. Sie lief auf die Bühne und wurde mit großem Applaus vom Publikum empfangen. Lindsay hörte das Klatschen nicht. Für sie existierte nur die Musik.

Dieser Auftritt war kurz, wenn auch sehr anstrengend, und als sie hinter die Bühne kam, glänzten Schweißtropfen auf ihren Augenbrauen. Jemand tupfte ihr das Gesicht trocken und legte neues Make-up auf, während sie Nicks ersten Auftritt verfolgte. Binnen weniger Sekunden hatte er wie immer das Publikum fasziniert.

Alles geht gut, dachte Lindsay erleichtert.

Dann kam die letzte Szene. Die Musik war jetzt gedämpft. Lindsay trug ein fließendes blaues Gewand, das bis zu den Knien reichte. Sie war Ariel und musste sich entscheiden, ob sie ihre Unsterblichkeit ihrer Liebe zu dem Prinzen opfern wollte. Sie tanzte allein im Mondlicht, das durch die Bäume des Waldes fiel, und dachte daran, wie sie ihr Leben inmitten der Blumen und Pflanzen geliebt hatte. Nun sollte es vergänglich werden, wollte sie den Mann, den sie liebte, nicht verlieren. Die Wahl war schmerzlich, und sie sank weinend zu Boden, als der Prinz den Wald betrat. Er kniete neben ihr nieder und berührte ihr Gesicht mit der Hand.

Anschließend folgte der große *pas de deux*, in dem Ariel ihre Liebe zum Ausdruck bringt und der Prinz seine Angst, sie zu verlieren. Sie fühlt sich zu ihm hingezogen, gleichzeitig fürchtet sie auch, sterblich zu werden. Als der Tag anbricht, muss sie sich entscheiden. Der Prinz streckt seine Hand nach ihr aus, aber sie wendet sich ab. Unsicher. Verängstigt.

Er glaubt, sie verloren zu haben, und will sie verlassen, doch im letzten Augenblick ruft sie ihn zurück. Die ersten Sonnenstrahlen fallen durch die Bäume, als sie ihm entgegenläuft. Er reißt sie in seine Arme und trägt sie von der Bühne.

Als der Vorhang sich schloss, hielt Nick sie immer noch an sich gedrückt. Er sah ihr in die Augen und sagte einfach: „Danke." Dann küsste er sie so sanft, als wolle er einem Freund Lebewohl sagen.

„Nick." Ihre Augen füllten sich mit Tränen.

„Horch", forderte er sie auf und wies auf den Vorhang. „Hörst du, wie das Publikum tobt? Wir können es nicht warten lassen."

Blumen. Menschen. Lindsays Garderobe war so voll, dass kaum jemand sich bewegen konnte. Champagner wurde herumgereicht. Lindsay beantwortete Fragen, nahm Glückwünsche entgegen und lächelte unaufhörlich, bis ihre Wangen schmerzten.

Als es Ruth gelang, sich zu ihr durchzukämpfen, bat Lindsay: „Bleib in meiner Nähe, bitte. Ich bin immer noch nicht wieder ganz da. Ich brauche dich."

„Oh Lindsay." Ruth warf ihre Arme um Lindsays Nacken. „Du warst wundervoll. Ich habe nie etwas Schöneres gesehen!"

Glücklich darüber, dass Ruth sie beim Vornamen genannt hatte, lachte Lindsay und erwiderte die Umarmung. Dann stand Nick plötzlich neben ihr. Er sah, dass sie am Ende ihrer Kraft war, und lud die Anwesenden zu einer Feier in ein nahe gelegenes Restaurant ein.

„Ihr müsst *ptitschka* – mein Vögelchen – jetzt allein lassen, damit sie sich anziehen kann", sagte er jovial und klopfte einem der Herren auf den Rücken. „Und verwahrt uns genug Champagner und Kaviar! Aber russischen!"

Innerhalb weniger Minuten waren nur noch Lindsay, Ruth und Nick in der Garderobe.

„Fandest du deine Lehrerin gut heute Abend?"

Ruth lächelte. „Hinreißend!"

„Das finde ich auch." Er nickte. „Ruth, würdest du uns bitte einen Augenblick allein lassen? Diese Dame hier und ich, wir haben noch etwas zu besprechen."

„Natürlich", antwortete Ruth und wollte sich sofort zurückziehen.

„Warte", rief Lindsay, nahm eine einzelne Rose von ihrem

Toilettentisch und reichte sie dem Mädchen. „Für eine zu-
künftige Primaballerina."

Ruth konnte nichts sagen. Ihre Augen glänzten verdächtig,
als sie das Zimmer verließ.

„Was für ein gutes Herz mein Vögelchen hat", flüsterte
Nick, nahm ihre Hand und küsste sie.

„Du wirst sie schon in zwei, drei Jahren herausbringen,
nicht wahr, Nick?"

Er nickte. „Sie gehört zu denjenigen, die es schaffen." Er sah
ihr in die Augen. „Nie werde ich mit einer besseren Partnerin
tanzen als mit dir, *ptitschka*. Ich liebe dich."

„Ich liebe dich auch, Nick."

„Willst du mir heute Abend noch einen Gefallen tun?"

„Wie könnte ich dir etwas abschlagen." Sie lächelte und
lehnte sich in ihrem Stuhl zurück.

„Da ist jemand, der dich gerne noch heute Abend sprechen
möchte."

Sie sah ihn mit komischer Verzweiflung an. „Ich hoffe nur,
es ist nicht noch ein Reporter! Aber ich empfange, wen immer
du willst, solange du nur nicht von mir verlangst, zu diesem
Empfang zu gehen."

„Gut, du bist entschuldigt." Nach einer Verbeugung ging
er zur Tür, von wo aus er noch einmal zurückblickte.

Lindsay blieb erschöpft in ihrem Stuhl sitzen. Sie hatte sich
abgeschminkt und das Haar aus dem Gesicht nach hinten
gebürstet, sodass es über den Rücken fiel. Aus den Augen
leuchtete noch die Erregung der vergangenen Stunden. Nick
sagte nichts mehr, sondern ging schweigend hinaus.

Lindsay schloss wiederum kurz die Augen, und fast im
selben Augenblick überfiel sie ein innerliches Zittern. Der
Hals wurde eng und trocken, wie eben, vor ihrem Auftritt.
Plötzlich wusste sie, wer da sein würde, wenn sie die Augen
wieder öffnete.

Sie erhob sich, als Seth langsam die Tür hinter sich schloss,
als wäre er darauf bedacht, ihr nicht zu schnell zu nahe zu kom-

187

men. Sie war jetzt hellwach, als hätte sie einen erfrischenden Schlaf hinter sich. Mit einem Mal roch sie den Duft der vielen Blumen in ihrer Garderobe und sah ihre bunte Blumenpracht.

Seths Gesicht war dünner geworden. Er stand sehr aufrecht da, und seine Augen schauten ernst. Und sie wusste, dass ihre Liebe zu ihm nie nachgelassen hatte.

„Hallo." Sie versuchte ein kleines Lächeln. Abendkleidung steht ihm gut, dachte sie, während sie ihre Finger ineinander verschränkte, wusste jedoch, dass er genauso gut in Jeans und Flanellhemd aussah. Es gibt so viele Seths in dem einen Mann, überlegte sie, und ich liebe sie alle.

„Du warst überwältigend", sagte er, trat einen Schritt näher und sah sie an, als wolle er sich ihr Bild für alle Ewigkeit einprägen. „Aber ich glaube, das hast du heute Abend schon oft gehört."

„Ich kann es gar nicht oft genug hören", erwiderte sie, „und vor allem nicht von dir." Am liebsten wäre sie zu ihm gegangen. Aber in seinen Augen las sie etwas, das sie davon zurückhielt. „Ich hatte ja keine Ahnung, dass du kommen würdest."

„Ich bat Ruth, dir gegenüber nichts zu erwähnen. Vor der Vorstellung wollte ich nicht zu dir kommen, weil ich fürchtete, es könnte deine Konzentration beeinflussen."

„Du hast Ruth geschickt … Das hat mich sehr glücklich gemacht."

„Ich musste schließlich einsehen, dass meine Meinung falsch war." Er trat an den Toilettentisch, nahm eine einzelne Rose und betrachtete sie. „Du hattest recht. Sie gehört hierher. Ich hatte auch noch in anderer Beziehung unrecht."

„Und ich hätte dich nicht drängen dürfen." Lindsay löste die Finger und verschränkte sie aufs Neue in einer hilflosen Gebärde. „Ruth brauchte genau das, was du ihr gegeben hast. Sie hätte sich innerlich nicht so entwickelt, wenn die Monate mit dir nicht gewesen wären. Sie ist überhaupt nicht mehr verschlossen oder verkrampft, und ich habe den Eindruck, dass sie bei dir sehr glücklich ist."

„Und du?" Er sah auf und suchte ihren Blick. „Bist du auch glücklich?"

Sie öffnete den Mund zu einer Erwiderung, fand aber keine Worte und wandte sich zur Seite. Vor ihr auf dem Toilettentisch stand eine halb volle Flasche Champagner und ihr bisher unangerührtes Glas. Sie nahm das Glas, trank einen Schluck und hatte sogleich das Gefühl, die Enge in ihrem Hals hätte nachgelassen.

„Möchtest du auch ein bisschen Champagner? Sieht so aus, als wäre noch genug davon da."

„Ja", sagte er. „Gern."

Nervös sah sich Lindsay nach einem zweiten sauberen Glas um. „Wie dumm", meinte sie und drehte ihm den Rücken zu. „Es stehen überall so viele Gläser herum, aber keines scheint unbenutzt zu sein."

„Macht nichts. Ich trinke aus deinem mit." Er legte ihr eine Hand auf die Schulter und drehte sie sanft zu sich herum. Dann schloss er seine Finger über den ihren, die das Glas hielten, und trank, wobei er ihr tief in die Augen sah.

„Du hast nichts falsch gemacht." Ihre Stimme brach fast, als sie das Glas senkte. „Gar nichts."

Seine Finger schlossen sich fester um ihre. „Vergib mir nicht zu schnell, Lindsay." Der enge Kontakt, der gerade noch zwischen ihnen bestanden hatte, zerbrach, als er ihr das Glas aus der Hand nahm und auf den Tisch stellte. „Ich habe schlimme Dinge gesagt."

„Nein, nein. Die sind längst vergessen." Ihre Augen füllten sich mit Tränen.

„Aber ich kann sie nicht vergessen. Ich hatte plötzlich solche Angst, dich zu verlieren, dass ich dich verletzen und aus meinem Leben stoßen wollte."

„Ich bin nie aus deinem Leben verschwunden."

Sie hätte ihn gerne berührt, aber er wandte sich ab. „Wenn man dich liebt, Lindsay, kommt man nie mehr von dir los. Du bist so warm, so selbstlos. Ich habe nie jemanden wie dich gekannt."

Als er sich umdrehte, las sie Rührung in seinen Augen. In diesem Moment versuchte er nicht, seine Gefühle zu verbergen. „Ich brauche dich, Lindsay, ich kann ohne dich nicht mehr sein. Und ausgerechnet du bist mir entglitten."

„Aber das stimmt doch nicht." Sie war in seinen Armen, ehe er weiterreden konnte. Als er sich versteifte, hob sie ihm das Gesicht entgegen und legte ihre Lippen auf seinen Mund. Seth reagierte, indem er sie heftig an sich riss und sie küsste wie ein Verdurstender, der endlich die rettende Quelle gefunden hatte.

„Seth, oh Seth! In den letzten drei Monaten war ich wie tot. Bitte, verlass mich nie mehr."

Er legte seine Wange auf ihr Haar und atmete den zarten Duft ein, der von ihr ausging. „Du hast mich verlassen", murmelte er.

„Ich werde es nie wieder tun." Sie sah ihn aus großen Augen an. „Nie mehr. Ich verspreche es."

„Lindsay." Er nahm ihr Gesicht zwischen seine Hände und schluckte. „Ich kann nicht … Ich kann dich nicht bitten, mit mir zu kommen. Nicht, nachdem ich dich heute Abend auf der Bühne gesehen habe."

„Du brauchst mich um gar nichts zu bitten." Sie legte ihre Hände um seine Handgelenke, als wolle sie ihn zwingen, ihr zu glauben. „Warum kannst du das denn nicht verstehen? Ich will doch dieses Leben hier nicht. Ich will keine Ballerina sein. Nicht mehr. Was ich will, was ich brauche, bist du! Du und ein Heim und eine Familie."

Er sah ihr fragend in die Augen und schüttelte den Kopf. „Es fällt mir schwer, das zu glauben. Der Applaus war überwältigend. Das Publikum brachte dir stehend Ovationen."

Sie lächelte. „Seth, wenn du wüsstest, wie viel Kraft mich diese drei Monate gekostet haben. Ich musste mir das Letzte abverlangen und habe härter gearbeitet als je in meinem Leben, um diese eine Vorstellung zu geben. Ich bin müde.

Ich möchte nach Hause. Heirate mich. Teile dein Leben mit mir."

Mit einem Seufzer legte er seine Stirn an ihre. „Bis jetzt hat mir noch niemand einen Heiratsantrag gemacht."

„Gut, dann bin ich eben die Erste."

„Und die Letzte", murmelte er zwischen Küssen.

– ENDE –

Nora Roberts

Tanz der Liebenden

Roman

Aus dem Amerikanischen von
Sonja Sajlo-Lucich

1. KAPITEL

Es würde perfekt werden. Sie würde es miterleben können. Jeder Schritt, jede Szene, jedes einzelne Detail würde genau so sein, wie sie es sich vorgestellt hatte. Ihr Traum würde Wirklichkeit werden.

Sich mit weniger als dem Perfekten zufriedenzugeben war Zeitverschwendung. Und Verschwendung war etwas, das für Kate Kimball nicht infrage kam.

Mit fünfundzwanzig hatte sie mehr gesehen und erlebt, als die meisten Menschen in ihrem ganzen Leben erlebten. Als die anderen jungen Mädchen kichernd Jungen angehimmelt oder sich über die neueste Mode unterhalten hatten, war sie nach Paris und Rom gereist, hatte glitzernde Kostüme getragen und außergewöhnliche Dinge vollbracht.

Sie hatte für Könige getanzt und mit Fürsten diniert. Sie hatte Champagner im Weißen Haus getrunken und im Bolschoitheater Triumphe gefeiert.

Sie würde ihrer Familie ewig dankbar sein, ihrer großen und weit verstreuten Familie, die ihr all das ermöglicht hatte. Alles, was sie war und hatte, verdankte sie ihr.

Jetzt war es an der Zeit, dass sie es sich selbst verdiente und ihr Leben eigenständig meisterte.

Das Tanzen war ihr Traum gewesen, seit sie denken konnte. Ihre fixe Idee, wie ihr Bruder Brandon es immer genannt hatte. Ganz unrecht hatte er damit nicht. Aber an einer fixen Idee war nichts Schlechtes, solange es die richtige Idee war und man auch bereit war, hart dafür zu arbeiten.

Der Himmel wusste, wie hart sie gearbeitet hatte.

Zwanzig Jahre Training, Studium, Tortur und Erfüllung. Zwanzig Jahre Schweiß und Spitzenschuhe. Zwanzig Jahre Opfer, für sie und ihre Eltern. Sie wusste, wie schwer es für ihre Eltern gewesen war, die Jüngste, das Nesthäkchen, mit siebzehn nach New York gehen zu lassen. Trotzdem hatten sie sie immer unterstützt und ermutigt.

Zwar war klar, dass die Familie über Kate wachen würde, als sie die hübsche kleine Stadt in West Virginia verließ. Aber Kate wusste, dass ihre Eltern ihr vertrauten, sie liebten und an sie glaubten und sie auch so hätten gehen lassen.

Kate hatte trainiert und gearbeitet, und sie hatte getanzt. Für sich und für ihre Familie. Als sie in die Company aufgenommen worden war und zum ersten Mal auf der Bühne gestanden hatte, war ihre Familie dabei gewesen. Als sie zum ersten Mal als Primaballerina aufgetreten war, hatten ihre Eltern es miterlebt.

Sechs Jahre lang hatte sie im Rampenlicht gestanden, hatte die Euphorie verspürt, wenn die Musik durch ihren Körper floss, wenn sie die Klänge fühlte, eins wurde mit der Musik. Sie war durch die ganze Welt gereist, hatte die Giselle getanzt, die Aurora verkörpert, war die Julia gewesen. Dutzende von Rollen, und sie wollte keinen Moment missen.

Eigentlich war niemand überraschter gewesen als Kate selbst, als sie den Entschluss gefasst hatte, der Bühne den Rücken zu kehren. Für diese Entscheidung gab es nur einen plausiblen Grund.

Sie wollte nach Hause.

Sie wollte endlich anfangen zu leben. Sosehr sie das Tanzen auch liebte – ihr war klar geworden, dass das Ballett begonnen hatte, sie zu verschlingen, jeden anderen Teil ihres Lebens gierig auffraß. Unterricht, Proben, Training, Tourneen, Medienrummel. Die Karriere einer Tänzerin brachte wesentlich mehr mit sich als nur Spitzenschuhe und Rampenlicht. Zumindest war das bei Kate der Fall gewesen.

Sie sehnte sich nach einem richtigen Leben – und nach einem Zuhause. Und sie wollte etwas von dem, was sie hatte erfahren dürfen, an andere weitergeben. Mit ihrer Ballettschule würde sie dieses Ziel erreichen können.

Sie würden kommen, sagte sie sich immer wieder. Sie würden allein schon deshalb kommen, weil sie Kate Kimball hieß. Dieser Name war ein Begriff in der Welt des Balletts. Und dann würden sie kommen, weil die Schule selbst sich einen Namen gemacht haben würde.

Zeit für einen neuen Traum, dachte sie, als sie sich in dem großen leeren Raum um die eigene Achse drehte. Die „Kimball School of Dance" war ihre neue Leidenschaft. Ihre fixe Idee. Es würde genauso erfüllend und perfekt werden wie ihr alter Traum.

Und es würde ebenso viel harte Arbeit, Anstrengung und Entschlossenheit verlangen, um in die Tat umgesetzt werden zu können.

Die Hände in die Hüften gestützt, betrachtete sie die schmutzig grauen Wände, die einst weiß gewesen waren. Sie würden wieder weiß sein, um den Konterfeis der Großen den passenden Hintergrund zu bieten. Nurejew, Barischnikow, Fonteyn, Davidov, Bannion.

Die beiden Längswände mit den Ballettstangen würden mit Spiegeln verkleidet werden. Die professionelle Eitelkeit war unerlässlich, so wie das richtige Atmen. Ein Tänzer musste sich zu jeder Zeit sehen können – jede kleine Bewegung, jedes Beugen, jede Drehung. Nur so erreichte man Perfektion.

Eigentlich sind es eher Fenster als Spiegel, dachte Kate. Der Tänzer sieht dem Tanz zu wie durch eine Glasscheibe.

Die alte Decke musste repariert oder ersetzt werden, je nachdem, was erforderlich war. Und das alte Heizungssystem … Sie rieb sich fröstelnd die Arme. Da musste auf jeden Fall ein neues her. Die Böden würden abgeschliffen und neu versiegelt werden, bis sie glatt und schimmernd den perfekten Untergrund böten. Blieben noch Elektro- und Sanitärinstallationen.

Ihr Großvater hatte als Tischler gearbeitet, bis er sich zur Ruhe gesetzt hatte. Na ja, fast zur Ruhe gesetzt, dachte sie liebevoll. Er würde die kleineren Arbeiten wohl nie aufgeben können. Aber sie würde ihn fragen, sich informieren, bis sie alles verstand und der Firma, die sie beauftragen würde, genau erklären konnte, was sie sich vorstellte.

Sie schloss die Augen. Sie konnte alles ganz genau vor sich

sehen. Ihr hochgewachsener, gertenschlanker Körper sank fließend in ein tiefes *plié*, bis sie auf den Fersen zu sitzen kam. Sie richtete sich auf, sank wieder hinunter.

Sie hatte ihr Haar heute Morgen nur ungeduldig hochgesteckt, um schnell aus dem Haus zu kommen und sich das anzusehen, was bald das Ihre sein würde. Durch die Bewegung lockerten sich die Haarnadeln, ein paar Strähnen des seidigen schwarzen Haares lösten sich und fielen ihr bis auf die Hüften – ein wildromantisches Bild, das ihrem Image auf der Bühne gerecht wurde.

Ein verträumtes Lächeln zauberte einen warmen Schimmer auf ihr Gesicht. Die dunkle Haut und die hohen Wangenknochen hatte sie von ihrer Mutter geerbt, von ihrem Vater die grauen Augen und das energische Kinn.

Eine sehr interessante Kombination, sehr romantisch. Die Zigeunerin, die Meerjungfrau, die Elfenkönigin. Es hatte Männer gegeben, die nur auf ihr Äußeres geachtet hatten und sie für romantisch und zerbrechlich hielten. Mit der Stärke, die sich darunter verbarg, hatten sie nicht gerechnet.

Was ein Fehler war. Ein kapitaler Fehler.

„Irgendwann einmal wirst du aus dieser Stellung nicht mehr hochkommen, und dann wirst du deine restlichen Tage als herumhüpfender Frosch fristen müssen."

Kate riss die Augen auf und sprang hoch. „Brandon!" Sie rannte durch den Raum und warf sich ihrem Bruder mit einem Aufschrei in die Arme. „Was machst du hier? Wann bist du angekommen? Ich dachte, du wärst in Puerto Rico, um Baseball zu spielen? Wie lange bleibst du?"

Er war kaum zwei Jahre älter als sie. Früher, als sie noch Kinder gewesen waren, hatte er seinen Geburtsvorteil immer ausgenutzt und sie gequält. Nicht wie ihre gemeinsame Halbschwester Frederica, die älter war als sie beide. Sie hatte ihr Alter nie wie eine Keule über den Häuptern der jüngeren Geschwister geschwungen. Trotzdem – Kate liebte Brandon mit jeder Faser ihres Seins.

„Welche von den Fragen soll ich zuerst beantworten?" Lachend hielt er sie ein Stückchen von sich ab, um sie mit dunklen, amüsiert funkelnden Augen zu betrachten. „Immer noch dünn wie ein Strohhalm."

„Und in deinem Kopf gibt es immer noch nichts anderes als Stroh. Hi." Sie drückte einen herzhaften Kuss auf seine Lippen. „Mom und Dad haben nichts davon gesagt, dass du kommst."

„Sie wussten es nicht. Ich habe gehört, dass du dich hier niederlassen willst. Da dachte ich mir, ich sollte besser mal nachsehen, damit du keinen Unsinn machst." Er sah sich in dem heruntergekommenen Raum um und rollte mit den Augen. „Mir scheint, ich bin zu spät gekommen."

„Es wird wunderbar werden."

„Vielleicht. Aber im Moment ist es eine Bruchbude." Er legte den Arm um ihre Schultern. „So, die Königin des Balletts wird also Lehrerin."

„Ich werde eine gute Lehrerin sein. Aber lass dich etwas fragen: Wieso bist du nicht in Puerto Rico?"

„Bin ausgerutscht. Sehnenzerrung."

„Oh Gott! Wie schlimm ist es? Warst du beim Arzt? Musst du …"

„Liebe Güte, Katie! So schlimm ist es auch wieder nicht. Ich muss zwei Monate aussetzen und mich schonen. Wenn die Frühjahrssaison beginnt, bin ich wieder dabei. Außerdem habe ich so ausreichend Zeit, hier herumzuhängen und dir das Leben zur Hölle zu machen."

„Das ist wenigstens etwas. Komm, ich zeig dir alles." Dann konnte sie auch gleich herausfinden, wie er mit der Verletzung lief. „Meine Wohnung liegt direkt hier drüber."

„So wie die Decke aussieht, wohnst du vielleicht schon bald ein Stockwerk tiefer."

„Die Decke hält, keine Angst", beruhigte sie ihn. „Im Moment sieht alles noch schlimm aus, aber ich habe schon Pläne."

„Du hast immer Pläne."

Aber er begleitete sie, wobei er sein rechtes Bein leicht nachzog, um es nicht zu belasten. Er ging mit ihr durch einen engen Korridor mit abbröckelndem Putz und vorbei an bloßgelegten Ziegelsteinen. Er folgte ihr eine knarrende Treppe hinauf, die zu einem Biotop für Mäuse, Spinnen und anderes Kriechgetier geworden war, über das er lieber nicht weiter nachdenken wollte.

„Kate, dieses Haus …"

„Hat Potenzial", unterbrach sie ihn entschlossen. „Und ist geschichtsträchtig. Es stammt noch aus der Zeit vor dem Bürgerkrieg."

„Sieht mehr danach aus, als stamme es aus der Steinzeit." Er war ein Mensch, der die Dinge in einer gewissen Ordnung liebte. Klar aufgeteilt, verständlich. Wie ein Spielfeld. „Hast du überhaupt eine Ahnung, wie viel du hier reinstecken musst, bevor es einigermaßen bewohnbar wird?"

„Ja, habe ich. Wenn ich einen Bauunternehmer beauftrage, werde ich eine genaue Kostenvorstellung haben. Brand, es gehört mir. Weißt du noch, wie wir als Kinder, du und Freddie und ich, hier vorbeigegangen sind? Ich habe mir immer gewünscht, dass es einmal mir gehören würde."

„Sicher weiß ich das noch. Es war mal eine Bar oder so was, nicht wahr? Und dann irgendein Handwerksladen und dann …"

„Dieses Haus war schon vieles", warf Kate ein. „Es hat um 1800 als Schenke angefangen. Aber noch niemand hat hier etwas Erfolgreiches aufgezogen. Oh, wie habe ich mir als Kind gewünscht, hier zu leben, durch all die Räume zu toben und aus den hohen Fenstern zu schauen."

Ein leichter Hauch zog über ihre Wangen, ihre Augen wurden groß und dunkel. Ein sicheres Zeichen, dachte Brandon, dass sie sich festgebissen hat.

„Weißt du, es ist etwas anderes, wenn man sich solche Dinge als Achtjährige wünscht, als wenn man diese Schutthalde dann als Erwachsener kauft."

„Ja, natürlich ist es anders. Als ich letzten Frühling zu Hause war, stand es zum Verkauf. Seither musste ich immer wieder daran denken." Sie konnte es genau vor sich sehen, das schimmernde Holz, die sauberen, soliden Wände … „Selbst als ich nach New York zurückgekehrt war, ging es mir nicht mehr aus dem Kopf."

„Dir wirbeln doch ständig die verrücktesten Sachen im Kopf herum."

Sie tat diese Bemerkung mit einem Schulterzucken ab. „Es gehört mir. In dem Augenblick, als ich es betrat, wusste ich, dass es meins ist. Hast du so ein Gefühl schon mal gehabt?"

Hatte er. Als er zum ersten Mal auf ein Spielfeld gelaufen war. Wenn er es recht bedachte – die meisten vernünftigen Leute würden ihm gesagt haben, dass die Vorstellung, sich mit Ballspielen den Lebensunterhalt zu verdienen, ein Kindertraum sei. Seine Familie hatte das nicht getan. So wie sie auch Kates Traum vom Ballett nie belächelt hatten.

„Ja, ich glaube schon", gab er zu. „Aber es ist alles irgendwie so schnell. Ich bin von dir gewöhnt, dass du alles sehr wohlüberlegt angehst."

„Glaub mir, das hat sich nicht geändert", erwiderte sie fröhlich. „Als ich mich von der Bühne zurückzog, wusste ich, dass ich unterrichten würde. Ich wusste, dass ich dieses Haus als Schule aufziehen will. Meine Schule. Und vor allem wollte ich wieder zu Hause sein." Kate lächelte ihrem Bruder zu.

„Na schön." Er zog sie zu sich heran und küsste sie auf die Schläfe. „Dann werden wir es auch schaffen. Aber jetzt lass uns verschwinden. Es ist eiskalt hier drinnen."

„Die neue Heizung steht ganz oben auf meiner Liste."

Ein letztes Mal ließ er argwöhnisch den Blick durch den Raum schweifen. „Das wird eine ziemlich lange Liste werden."

Gemeinsam spazierten sie durch die frostige Dezemberluft, wie sie es schon früher als Kinder getan hatten. Über unebene

Bürgersteige und geplatzte Gehwegplatten, unter den großen alten Bäumen, die ihre kahlen Äste in den bleigrauen Himmel streckten. Kate schnupperte. Schnee lag in der Luft.

Die Schaufenster der Geschäfte waren weihnachtlich dekoriert, mit rotbackigen Weihnachtsmännern, fliegenden Rentieren, kugelrunden Schneemännern und bunten Lichterketten. Aber das schönste Schaufenster war das des Spielzeugladens – Miniaturschlitten, große Teddybären, wunderschöne Puppen, rote Feuerwehrautos, Schlösser, gebaut aus Holzklötzen …

Die Türglocke ertönte sanft, als die beiden den Laden betraten.

Kunden wanderten umher, besahen die Waren. In einer Ecke hämmerte ein Zweijähriger wild mit dem Klöppel auf ein Xylofon, und hinter dem Tresen packte Annie Maynard gerade einen Stoffhund mit langen Schlappohren in eine Geschenkschachtel ein.

„Eines meiner Lieblingstiere", sagte sie zu der wartenden Kundin. „Ihre Nichte wird sich gar nicht mehr von ihm trennen wollen."

Als sie die rote Schleife um die Schachtel band, rutschte ihre Brille ein wenig auf der Nase herunter. Blinzelnd sah sie über den Brillenrand …

„Brandon!", rief sie aus. Dann, über die Schulter: „Tash, komm und sieh, wer hier ist! Oh, komm her und gib mir einen Kuss, du umwerfender Kerl, du!"

Als er gehorsam hinter den Tresen trat und sie auf die Wange küsste, wedelte sie sich mit der Hand Luft zu. „Seit fünfundzwanzig Jahren bin ich jetzt schon verheiratet, und bei diesem Jungen komme ich mir glatt wieder wie ein Backfisch vor. Aber jetzt lass mich deine Mutter holen."

„Das übernehme ich", schmunzelte Kate. „Nutz du die Zeit und flirte noch ein bisschen mit Brandon."

„Ja, dann …" Annie blinzelte Kate zu. „Beeil dich nicht zu sehr."

Ihrem Bruder hatten die Frauen schon zu Füßen gelegen,

da war er höchstens fünf gewesen. Nein, das stimmte nicht. Schon als Baby waren ihm alle verfallen gewesen, korrigierte sie sich, während sie durch die Regale nach hinten ging. Das hatte nicht unbedingt etwas mit seinem Aussehen zu tun, auch wenn er wirklich traumhaft aussah. Es war auch nicht nur sein Charme, denn Brandon konnte ganz schön muffelig sein, wenn ihm danach war. Kate hatte schon vor langer Zeit entschieden, dass es einfach an den Pheromonen lag. Manche Männer betraten eben einen Raum, und alle Frauen schmolzen dahin. Natürlich nur Frauen, die für so etwas empfänglich waren. Sie hatte nie zu diesen Frauen gehört. Ein Mann musste schon mehr zu bieten haben als Aussehen, Charme und Sex-Appeal, um ihr Interesse zu erregen. Sie hatte zu viele aufwendig verpackte Geschenke gesehen, die, sobald man sie öffnete, keinen Inhalt vorzuweisen hatten.

Dann bog sie um die Ecke mit den Spielzeugautos. Und ihr passierte genau das, worüber sie gerade in Gedanken noch so hämisch gelästert hatte: Sie schmolz dahin.

Er war umwerfend. Nein, der Ausdruck war zu platt, zu weiblich. „Attraktiv" traf es auch nicht, war außerdem zu typisch männlich. Er war einfach …

Mann.

Knapp ein Meter neunzig und einzigartig verpackt. Als Tänzerin schätzte sie einen gut modellierten Körper. Dieser Vertreter der Spezies Mann, der im Moment konzentriert die Modellautos studierte, hatte seinen Körper in enge, ausgewaschene Jeans, ein Flanellhemd und eine Jeansjacke verpackt. Seine Stiefel sahen derb und viel getragen aus. Wer hätte ahnen können, dass Arbeitsschuhe so sexy sein konnten?

Dann war da noch dieses Haar – dunkelblond, mit helleren Strähnen, Massen davon, die um ein glatt rasiertes, markantes, klassisches Gesicht fielen. Ein voller Mund, das Einzige, was sanft und weich an ihm war. Eine gerade Nase, ein klar geschnittenes Kinn, wie von Meisterhand gemeißelt. Und seine Augen …

Nun, seine Augen konnte sie nicht sehen, zumindest nicht die Farbe. Aber die langen dichten Wimpern.

Irgendwie hatte sie das Gefühl, diese Augen müssten blau sein. Ein dunkles, intensives Blau.

Als er die Hand nach einem Spielzeugauto ausstreckte, starrte sie auf seine Finger. Lange, schlanke, kräftige Finger …

Du lieber Himmel!

Und während sie es sich noch einen Moment lang gestattete, sich ihrer Fantasie zu ergeben – einer wirklich harmlosen kleinen Fantasie ohne Konsequenzen! –, lehnte sie sich leicht zurück und warf prompt eine Ansammlung von Spielzeugautos aus dem Regal.

„Hoppla!" Immerhin holte das Klappern sie aus ihrer Fantasiewelt zurück in die Wirklichkeit. Lachend ging sie in die Hocke, um die Autos aufzuheben. „Ich hoffe, es gab keine Verletzten."

„Hier ist ein Notarztwagen, falls es nötig werden sollte." Er tippte auf ein rot-weiß gestreiftes Modellauto und ging neben ihr in die Knie, um ihr beim Aufheben zu helfen.

„Danke. Wenn wir schnell genug aufräumen, bevor die Cops hier sind, komme ich vielleicht mit einer Verwarnung davon." Er roch genauso gut, wie er aussah. Herb und würzig. Männlich eben. Sie rutschte ein wenig herum, ihre Knie berührten sich. „Kommen Sie öfter hierher?"

„Ja, schon." Er sah in ihr Gesicht. Lange, gründlich. Kate bemerkte das Aufflackern von Interesse. „Männer entwachsen dem Spielzeug eigentlich nie."

„Das habe ich mir sagen lassen. Womit spielen Sie denn am liebsten?"

Er zog die Augenbrauen hoch. Einem Mann passierte es nicht oft, dass er an einem Mittwochnachmittag in einem Spielzeugladen einer schönen – und provozierenden – Frau begegnete. Fast hätte er gestottert, dann tat er etwas, das er seit Jahren nicht mehr getan hatte: Er sprach, ohne vorher nachzudenken.

„Kommt ganz auf das Spiel an. Und Sie?"

Sie lachte und steckte die Haarsträhne hinters Ohr, die sie an der Wange kitzelte. „Ich spiele alle Spiele gern – solange ich gewinne."

Sie wollte sich aufrichten, aber er war schneller. Er drückte diese ellenlangen Beine durch und hielt ihr die Hand hin. Sie nahm sie, und zu ihrem Entzücken war diese Hand genauso fest und stark, wie sie sie sich vorgestellt hatte.

„Nochmals danke. Ich heiße Kate."

„Brody." Er hielt ihr ein winziges blaues Auto hin. „An einem neuen Wagen interessiert?"

„Nein, heute nicht. Ich schaue mich nur mal um, bis ich gefunden habe, was ich suche …" Sie verzog die Lippen zu einem Lächeln, amüsiert, aufreizend.

Brody musste sich zusammennehmen, um keinen Pfiff aus-zustoßen. Natürlich hatten schon andere Frauen versucht, sich an ihn heranzumachen, aber noch nicht so eindeutig. Und da war ja auch noch diese selbst auferlegte Enthaltsamkeit. Wie lange dauerte die eigentlich schon an? Viel zu lange, auf jeden Fall.

„Kate." Er lehnte sich an ein Regal, ihr zugewandt. Schon seltsam, wie schnell die Gesten zurückkamen, wie der Körper sich an die Bewegungen erinnerte, als hätte es nie eine Unter-brechung gegeben. „Warum gehen wir nicht …"

„Katie! Ich wusste ja nicht, dass du herkommen wolltest." Natasha Kimball eilte durch den Laden auf sie zu und schob dabei einen großen Spielzeugbetonmischer vor sich her.

„Ich habe dir eine Überraschung mitgebracht."

„Ich liebe Überraschungen. Aber erst einmal … Hier, Brody, der ist Montag reingekommen, ich habe ihn direkt für Sie zurückgestellt."

„Großartig." Der provozierende Ausdruck in seinen Au-gen verschwand und machte einem herzlichen Lächeln Platz. „Der ist perfekt. Jack wird aus dem Häuschen sein."

„Davon wird er auch lange etwas haben, nicht nur bis eine Woche nach Weihnachten. Der Hersteller achtet auf Qualität.

Haben Sie sich schon mit meiner Tochter bekannt gemacht?"

Brodys Blick glitt von dem Betonmischer zu Kate. „Tochter?", wiederholte er. Das war also die Ballerina. Das passte.

„Ja, wir hatten einen Unfall mit den Spielzeugautos." Kate hielt ihr Lächeln aufrecht. Sicher hatte sie sich diese plötzliche Distanz nur eingebildet. „Jack ... ist das Ihr Neffe?"

„Mein Sohn."

„Oh." Das durfte ja wohl nicht wahr sein! Der Mann hatte vielleicht Nerven. Dieser verheiratete Mann! Er hatte mit ihr geflirtet. Wer damit angefangen hatte, war egal. Schließlich war sie nicht verheiratet! „Das Geschenk wird ihm ganz sicher gefallen", sagte sie kühl und wandte sich zu ihrer Mutter um. „Mama ..."

„Kate, ich habe Brody von deinen Plänen erzählt. Ich dachte mir, er könnte sich mal das Haus ansehen."

„Aber warum denn, um alles in der Welt?!"

„Brody ist Bauunternehmer. Und ein wunderbarer Tischler. Er hat das Studio deines Vaters letztes Jahr ausgestattet. Außerdem hat er mir versprochen, sich meiner Küche anzunehmen." Sie lachte ihn an, ihre Augen tanzten wie dunkles Gold. „Meine Tochter will immer nur das Beste. Deshalb habe ich automatisch an Sie gedacht."

„Danke."

„Nein, wirklich. Ich weiß, Sie liefern beste Arbeit zu einem fairen Preis." Sie drückte leicht seinen Arm. „Spence und ich wären dankbar, wenn Sie sich das Gebäude ansehen könnten."

„Ich bin doch noch gar nicht richtig angekommen, Mama. Lass uns nichts überstürzen. Allerdings bin ich in dem Gebäude auf etwas sehr Beunruhigendes gestoßen. Das steht jetzt vorn bei Annie und macht ihr schöne Augen."

„Wie ...? Brandon! Warum hast du das denn nicht gleich gesagt!"

Als Natasha aufgeregt davoneilte, wandte Kate sich an Brody.

„Nett, Sie kennengelernt zu haben."

„Ganz meinerseits. Rufen Sie mich an, wenn ich vorbeikommen soll."

„Ja, sicher." Sie stellte das kleine blaue Auto zurück ins
Regal. „Ihr Sohn wird über diesen Wagen begeistert sein. Ist
er Ihr einziges Kind?"

„Ja, es gibt nur Jack."

„Sicher hält er Sie und Ihre Frau genügend auf Trab. Also,
wenn Sie mich dann entschuldigen wollen …"

„Jacks Mutter ist vor vier Jahren gestorben. Aber ja, es
stimmt, mich hält er auf jeden Fall in Atem. Und lassen Sie in
Zukunft Vorsicht walten, wenn Sie an eine Kreuzung kommen, Kate." Damit klemmte er sich den Betonmischer unter
den Arm und ließ Kate stehen.

„Na toll", zischelte Kate mit angehaltenem Atem. „Das
kann ja heiter werden."

Der Nachmittag war ihr gründlich verdorben.

Das Beste an einem eigenen Geschäft, nach Brodys Meinung,
war die Tatsache, dass man seine Prioritäten selbst setzen
konnte. Sicher, es gab da genügend Dinge, die einem Kopfschmerzen bereiteten – die Verantwortung, der Papierkram,
die Organisation und Planung der einzelnen Jobs und nicht
zuletzt die Tatsache, dass man sicherstellen musste, dass es
überhaupt Jobs zu organisieren gab –, aber dieser eine Faktor
machte alles wieder wett.

Denn in den letzten sechs Jahren hatte es für ihn nur eine
Priorität gegeben. Und die hieß Jack.

Nachdem Brody den Betonmischer unter einer schwarzen
Plane auf seinem Pick-up verstaut hatte, bei einer Baustelle
vorbeigefahren war, um zu kontrollieren, dass seine Arbeiter
weiterkamen, bei einem Lieferanten telefonisch gut Wetter gemacht hatte, um eine Materiallieferung vorzuziehen, und dann
bei einem potenziellen Kunden einen Kostenvoranschlag für
eine Badezimmerrenovierung abgegeben hatte, machte er sich
auf den Weg nach Hause.

Montags, mittwochs und freitags ließ er es sich nicht nehmen, zu Hause zu sein, bevor der klapprige Schulbus sich die Straße hinaufquälte. An den anderen beiden Schultagen – und falls es sich nicht vermeiden ließ – ging Jack zu seinem besten Freund Rod Skully nach Hause und verbrachte dort eine oder zwei Stunden, bis Brody ihn abholte.

Brody schuldete Beth und Jerry Skully viel. Die freundlichen Nachbarn passten auf Jack auf, wenn zu Hause niemand war. In den zehn Monaten, seit Brody wieder nach Shepherdstown zurückgekehrt war, wurde ihm jeden Tag wieder bewusst, welche Vorteile es hatte, in einer Kleinstadt zu leben.

Heute, mit dreißig, fragte er sich, warum der junge Mann, der er vor zehn Jahren gewesen war, diese Stadt nicht schnell genug hatte verlassen können. Wie wäre sein Leben wohl verlaufen, wenn er geblieben wäre?

Aber es war gut so gewesen, entschied er in Gedanken. Wenn er nicht von hier weggegangen wäre, hätte er Connie nicht kennengelernt. Und dann gäbe es Jack nicht.

Der Kreis war fast geschlossen. Wenn die Kluft zwischen ihm und seinen Eltern auch noch nicht überbrückt war – er machte eindeutig Fortschritte. Besser gesagt, Jack war verantwortlich für die Fortschritte. Sein Vater trug dem Sohn vielleicht etwas nach, aber dem Enkel konnte er nicht widerstehen.

Er hatte gut daran getan, nach Hause zu kommen. Brody sah auf den dichten Wald, durch den sich die Straße wand. Die ersten Schneeflocken rieselten vom grauen Himmel. Hügel – felsig und zerklüftet – erhoben sich in der Landschaft, so wie es ihnen gefiel.

Es war eine gute Gegend, um einen Jungen großzuziehen. Viel besser als die Stadt. Es tat ihnen beiden gut, an einem Ort neu anzufangen, wo Jack Familie hatte.

Brody bog in die Seitenstraße ab und stellte den Motor ab. Der Schulbus würde gleich kommen, Jack würde herausspringen, zum Pick-up herübergerannt kommen und die Fahrerkabine mit überschäumender Energie und aufgeregten Erzählungen füllen, was an diesem Tag alles passiert war.

Schade, dachte Brody, dass er mit einem Sechsjährigen nicht teilen konnte, was an seinem Tag so passiert war.

Schließlich konnte er seinem Sohn schlecht sagen, dass sich zum ersten Mal seit Langem wieder Interesse an einer Frau in ihm regte. Es war auch kein leichtes Regen gewesen, eher so etwas wie ein Schlag mit voller Wucht. Er konnte Jack nicht sagen, dass er nahe – sehr nahe – daran gewesen war, sich darauf einzulassen.

Schließlich war es so verdammt lange her.

Und mal ehrlich, was hätte es geschadet? Eine attraktive Frau, die ganz offensichtlich kein Problem damit hatte, den ersten Schritt zu tun. Ein bisschen flirten, ein paar zivilisierte Verabredungen, danach ein wenig nicht ganz so zivilisierter Sex. Jeder bekam, was er wollte, niemand wurde verletzt.

Er fluchte mit zusammengebissenen Zähnen und rieb sich den verspannten Nacken.

Irgendjemand wurde immer verletzt.

Trotzdem, vielleicht wäre es das Risiko wert gewesen … wenn es sich bei der Frau nicht um Natasha und Spencer Kimballs ach so perfekte und wohlbehütete Tochter gehandelt hätte.

Diesen Weg war er schon einmal gegangen. Er hatte nicht vor, sich noch einmal auf so etwas einzulassen.

Er wusste viel über Kate Kimball. Primaballerina, Liebling der High Society und gefeierter Star der Kunstszene. Mal ganz abgesehen von der Tatsache, dass er sich lieber jeden Zahn einzeln ziehen lassen würde, als sich in eine Ballettvorstellung zu setzen. Während seiner viel zu kurzen Ehe mit Connie hatte er ausreichend Erfahrung mit der sogenannten kultivierten Gesellschaftsschicht sammeln können.

Connie war die Ausnahme gewesen. Einzigartig. Völlig natürlich und offen in einer Welt von Pomp und Prunk, wo Schein mehr galt als Sein. Trotzdem war es schwer gewesen.

Er war nicht sicher, ob sie es geschafft hätten, aber er wollte es glauben.

Sosehr er sie auch geliebt hatte, eine Lektion hatte er gelernt: Es war einfacher, wenn der Schuster bei seinen Leisten blieb. Noch einfacher war es allerdings, wenn ein Mann sich gar nicht erst auf eine ernste Beziehung mit einer Frau einließ.

Nur gut, dass er noch rechtzeitig unterbrochen worden war, bevor er seinem Impuls nachgegeben und Kate Kimball um eine Verabredung gebeten hatte. Dass er herausgefunden hatte, wer sie war, bevor dieser erste kleine Flirt zu mehr geführt hatte.

Noch besser war es, dass er sich rechtzeitig an seine Prioritäten erinnert hatte. Durch die Vaterschaft war der arrogante und oft rücksichtslose Junge zum Mann gereift, war endlich erwachsen geworden.

Er hörte das Tuckern des alten Busses und setzte sich grinsend auf. Es gab keinen Ort auf der Welt, wo Brody O'Connell jetzt lieber sein würde.

Der gelbe Bus hielt an, der Fahrer winkte freundlich, Brody winkte zurück. Und dann schoss sein Junge wie der Blitz aus der Tür.

Jack war ein kompakter kleiner Kerl, nur seine Füße ... es würde ein paar Jahre dauern, bis er in diese Füße hineingewachsen war. Er legte den Kopf zurück und fing eine Schneeflocke mit der Zunge auf. Sein fröhliches Gesicht war rund, seine Augen so grün wie die seines Vaters, sein Mund, weich und voll, zeigte noch die Unschuld der Jugend.

Brody wusste, sobald Jack seine rote Skimütze abziehen würde – was er immer bei der ersten Gelegenheit tat –, würden die wirren blonden Haare wie ein Sonnenblumenfeld aufleuchten.

Während er seinen Sohn betrachtete, fühlte Brody, wie sein Herz vor Liebe überschäumte und diese Liebe seinen Körper durchflutete. Und schon wurde die Tür des Pick-ups aufgerissen, und ein eifriger kleiner Junge mit zu großen Füßen kletterte herein.

„Hi, Dad! Es schneit. Vielleicht haben wir ja bald zwei Meter Schnee, und dann fällt die Schule aus, und dann können wir eine Million Schneemänner bauen und Schlitten fahren." Er hüpfte aufgeregt auf dem Sitz auf und ab. „Können wir, Dad?" Die Augen des Jungen glänzten, während er die weiße Landschaft betrachete.

„Sobald der Schnee zwei Meter hoch liegt, fangen wir mit dem ersten der Million Schneemänner an."

„Versprochen?"

Ein Versprechen, das wusste Brody, war eine ernste Angelegenheit. „Versprochen."

„Toll! Rate mal, was!"

Brody ließ den Motor an und fuhr die Straße hinauf. „Was denn?"

„Bis Weihnachten sind es nur noch fünfzehn Tage. Miss Hawkins hat gesagt, morgen sind es nur noch vierzehn, und das sind nur noch zwei Wochen."

„Das bedeutet wohl, dass fünfzehn weniger eins vierzehn macht."

„Wirklich?" Jack dachte darüber nach. „Na schön. Also, Weihnachten ist in zwei Wochen, und Großmutter sagt doch immer, dass die Zeit so schnell vergeht. Also eigentlich ist dann doch jetzt schon fast Weihnachten."

„Fast." Brody hielt den Wagen vor dem alten zweistöckigen Bauernhaus an. Irgendwann würde er das ganze Haus wieder bewohnbar gemacht haben. Auch wenn es noch etwas dauern mochte.

„Siehst du, das sage ich doch. Also, wenn praktisch schon Weihnachten ist, kann ich dann jetzt mein Geschenk haben?"

„Hmm." Brody schürzte die Lippen, runzelte die Stirn und schien über den Vorschlag nachzudenken. „Weißt du, das war gut. Doch, wirklich gut, Jack. Nein."

„Ooch."

Brody musste über das enttäuschte Gesicht lachen. Er zog seinen Sohn zu sich. „Aber wenn du mich ganz feste drückst, mache ich dir O'Connells Spezial-Pizza zum Abendessen."

„Einverstanden!" Jack schlang seinem Vater die Arme um den Nacken.

Brody war endgültig nach Hause gekommen.

2. KAPITEL

*N*ervös?" Spencer Kimball beobachtete seine Tochter, wie sie Kaffee in eine Tasse einschenkte. Sie sah makellos aus, die schwarze Lockenfülle zu einem Pferdeschwanz gebändigt, der ihr über den Rücken fiel. Der graue Hosenanzug verlieh ihr eine Eleganz, die ihr scheinbar angeboren war. Ihr Gesicht – Gott, sie war das Ebenbild ihrer Mutter! – wirkte gefasst.

Ja, sie sah makellos aus und wunderschön. Und erwachsen. Warum nur tat es so weh, seine Babys erwachsen werden zu sehen?

„Sollte ich nervös sein? Noch Kaffee?"

„Ja, bitte. Immerhin ist heute Stichtag", fügte er hinzu, während sie seine Tasse vollschenkte. „Kaufvertragstag. In ein paar Stunden wirst du Hausbesitzerin sein, mit allen Freuden und Kopfschmerzen, die so etwas mit sich bringt."

Sie setzte sich und knabberte lustlos an ihrem Frühstückstoast. „Ich freue mich darauf. Ich habe mir alles sehr genau überlegt. Ich bin mir bewusst, dass es ein Risiko ist, so viel von meinen Rücklagen zu investieren. Aber finanziell bin ich abgesichert, für die nächsten fünf Jahre sind die Kosten für mich tragbar."

Er nickte und musterte sie genau. „Du hast den Geschäftssinn deiner Mutter geerbt." Kate strich sich eine widerspenstige Haarlocke aus dem Gesicht.

„Hoffentlich. Ich hoffe auch, dass ich dein Talent zum Unterrichten geerbt habe. Ich bin Künstlerin, das Kind zweier Menschen, die ebenfalls Künstler sind. In New York habe ich manchmal unterrichtet, das hat mich auf den Geschmack gebracht." Sie schenkte Milch in ihren Kaffee. „Ich baue mein Geschäft in meiner Heimatstadt auf, wo ich ausreichend Kontakte habe."

„Richtig."

Sie legte den Toast beiseite und nahm die Kaffeetasse. „Der

Name Kimball wird hier respektiert, und mein Name ist in Künstlerkreisen hoch angesehen. Ich habe zwanzig Jahre lang Tanz studiert, habe mich durch Tausende von Trainingsstunden gequält und geschwitzt. Ich sollte eigentlich in der Lage sein, selbst Anleitungen zu geben."

„Zweifellos."

Sie seufzte. Es hatte keinen Zweck. Ihren Vater würde sie nie täuschen können, er kannte sie in- und auswendig. „Na schön. Du weißt doch, wie es ist, wenn man Schmetterlinge im Bauch hat?"

„Allerdings."

„Nun, bei mir sind es im Moment Frösche. Dicke fette Frösche, die ständig auf und ab hüpfen. So nervös war ich nicht einmal bei meinem ersten Solo-Auftritt."

„Weil du nie an deinem Talent gezweifelt hast. Hier wagst du dich auf neues Gebiet." Er nahm ihre Hand und drückte sie ermutigend. „Du hast das Recht auf Frösche, Liebling. Ehrlich gesagt, ich würde mir mehr Sorgen machen, wenn du nicht nervös wärst."

„Aber du machst dir Sorgen, nicht wahr? Dass ich einen Riesenfehler begehe."

„Nein, keinen Fehler. Ich denke nur daran, dass das Heimweh nach der Bühne in ein paar Monaten vielleicht zu stark wird. Dass dir die Company und das Leben, das du bisher geführt hast, fehlen werden. Übrigens, ein Vater hat auch ein Recht auf Frösche. Ein Teil von mir wünscht sich, du hättest dir mehr Zeit für diesen Entschluss gelassen, ein anderer ist einfach nur glücklich, dich wieder zu Hause zu haben."

„Sag deinen Fröschen, sie können sich beruhigen. Wenn ich mich einmal entschieden habe, dann bleibe ich auch dabei."

„Ich weiß." Das war ja auch genau das, worüber er sich Sorgen machte. Aber das sagte er nicht laut.

Sie biss in ihren Toast und lächelte leicht. Sie wusste genau, wie sie ihn ablenken konnte. „Also, erzähl mir von den Renovierungsplänen für die Küche."

Er verzog das Gesicht. „Damit habe ich nichts zu tun." Er fuhr sich mit der Hand durch das volle ergraute Haar. „Deine Mutter hat sich in den Kopf gesetzt, alles zu ändern. Das muss neu und das muss neu … Und Brody macht alles mit. Sag mir, was stimmt nicht an dieser Küche?"

„Vielleicht hat es etwas damit zu tun, dass hier alles schon über zwanzig Jahre alt ist?"

„Na und?" Spencer hob seine Kaffeetasse in ihre Richtung. „Diese Küche ist perfekt, so wie sie ist. Gemütlich, alles funktioniert … Aber er musste ihr ja diese Musterkataloge zeigen."

Kate grinste in sich hinein. Ihr Vater fühlte sich hintergangen, das war eindeutig. Aber sie verstand ihn. „Dieser hinterlistige Kerl."

„Und dann reden sie über Rundbögen und Erkerfenster. Wir haben ein Fenster." Er zeigte empört auf das Fenster über der Spüle. „Damit ist nichts verkehrt. Man kann doch hinaussehen, oder nicht? Und dieser Junge setzt ihr Flausen in den Kopf über Granitarbeitsplatten und Eichenverkleidung."

„Eichenverkleidung, sehr sexy." Lachend stützte sie die Ellenbogen auf den Tisch. „Erzähl mir was über diesen O'Connell."

„Er macht gute Arbeit. Aber das heißt nicht, dass er meine Küche auseinandernehmen muss."

„Lebt er schon lange hier?"

„Er ist hier aufgewachsen. Seinem Vater gehört ‚Ace Plumbing'. Brody ging nach Washington, als er ungefähr zwanzig war. Hat dort erfolgreich ein Bauunternehmen aufgezogen."

Okay, dachte Kate. Wenn ich mehr wissen will, muss ich die Sprache schon selbst drauf bringen. „Ich habe gehört, er hat einen kleinen Sohn."

„Ja, Jack. Ein hübscher kleiner Bengel. Brodys Frau ist vor ein paar Jahren gestorben. An Krebs, glaube ich. Ich denke, er will den Jungen in der Nähe der Familie großziehen, deshalb ist er vor ungefähr einem Jahr zurückgekommen. Hat hier seine Firma eröffnet und sich mittlerweile einen guten Namen erarbeitet. Er wird gute Arbeit bei dir leisten."

„Falls ich mich für ihn entscheiden sollte."

Sie fragte sich, wie Brody wohl mit einem Werkzeuggürtel aussehen mochte, aber dann ermahnte sie sich, dass diese Frage nicht dazu beitrug, eine Geschäftsbeziehung mit einem Bauunternehmer zu etablieren.

Trotzdem ... sie wettete, er würde großartig damit aussehen.

Es war vollbracht. Die Frösche in ihrem Magen hüpften zwar noch immer recht aufgebracht, aber sie war die stolze Besitzerin eines großen, wunderbaren, heruntergekommenen Gebäudes in der hübschen College-Stadt Shepherdstown, West Virginia.

Ein Gebäude, das nur wenige Minuten zu Fuß von dem Haus entfernt lag, in dem sie aufgewachsen war. In wenigen Minuten konnte sie sowohl im Spielzeugladen ihrer Mutter als auch im College, an dem ihr Vater lehrte, sein.

Sie war von Familie, Freunden und Nachbarn umgeben.

Oh Gott!

Jeder hier kannte sie, jeder würde ihr über die Schulter schauen, ob sie auch schaffte, was sie sich vorgenommen hatte, oder mit ihren Plänen auf die Nase fallen würde. Oh, warum nur hatte sie sich nicht eine Stadt in Utah oder New Mexico ausgesucht, um ihre Schule zu eröffnen? Irgendeinen Ort, wo niemand sie kannte und wo niemand etwas von ihr erwartete?

Weil sie ihre Schule hier eröffnen wollte. Weil dies hier ihr Zuhause war. Und weil sie nirgendwo anders sein wollte. Deshalb.

Ich werde nicht auf die Nase fallen, schwor Kate sich, als sie den Wagen parkte. Sie würde es schaffen, weil sie persönlich jedes Detail überwachen würde. Sie würde alles Schritt für Schritt angehen, so hatte sie auch ihren bisherigen Weg zurückgelegt, der sie hierhergeführt hatte. Vorsichtig, mit Bedacht und Sorgfalt. Dafür würde sie wie ein Tier schuften.

Sie durfte ihre Eltern nicht enttäuschen.

Wichtig war jetzt, dass dieses Gebäude ihr gehörte – und der Bank – und dass sie den nächsten Schritt machte.

Sie ging die Treppe hinauf – ihre Treppe! –, trat auf den leicht durchhängenden Absatz und schloss die Tür zu ihrer Zukunft auf.

Es roch nach Staub und Spinnweben.

Nun, das würde sich bald ändern. Oh ja, sehr bald sogar, sagte sie sich, als sie ihre Handtasche abstellte. Es würde nach Sägespänen und frischer Farbe und dem Schweiß der Bauarbeiter riechen.

Jetzt musste sie nur noch die Mannschaft anheuern.

Sie ging durch den großen Raum und hörte den Widerhall ihrer Schritte. Dann sah sie die kleine Stereoanlage in der Mitte des Zimmers stehen. Verdutzt nahm sie die Grußkarte mit der Ballerina hoch, die obenauf lag, und lächelte, als sie die Handschrift ihrer Mutter erkannte.

Herzlichen Glückwunsch, Katie!
Ein kleines Einweihungsgeschenk, damit du immer Musik um dich hast.
In Liebe, Mom, Dad und Brandon

„Ach ihr!" Kate schossen vor Rührung die Tränen in die Augen. Sie ging in die Hocke und schaltete die Stereoanlage ein.

Es war eine der Kompositionen ihres Vaters, eine ihrer Lieblingsmelodien. Sie erinnerte sich daran, wie stolz sie gewesen war, als sie zum ersten Mal zu dieser Melodie in New York auf der Bühne getanzt hatte.

Kimball tanzt, zu einer Komposition von Kimball, dachte sie und schleuderte die Schuhe von den Füßen.

Zuerst langsam, behutsam, eine lange Ausführung. Die Muskeln zitterten, aber sie hielten durch. Dann ein Knie einknicken, Richtungsänderung, langsam, im Takt. Jetzt tiefer, eine Serie leichter Pirouetten, fließend, nicht ruckartig.

Kate bewegte sich durch den Raum. Die einstudierten Schritte kamen ihr ohne Anstrengung ins Gedächtnis. Die Musik erfüllte den Raum, ihren Geist, ihren Körper.

Jetzt schneller, sich steigern von selbstvergessener Romantik zu Leidenschaft. *Arabesque*, schnell, leichte Drehung, dreifache Pirouette, *ballottes*.

Euphorie floss durch ihre Adern. Das Band, das ihr Haar zusammengehalten hatte, rutschte herab und landete auf dem Boden. *Grande jeté*. Noch mal. Und noch mal. Ein Gefühl wie Fliegen. Für immer in der Schwerelosigkeit verharren.

Dann wieder auf dem Boden, eine schnelle Folge von Drehungen. *Fouetté*. Stand! Wie eine Statue, einen Arm in die Luft, den anderen nach hinten.

„Wahrscheinlich müsste ich jetzt Rosen werfen, aber ich habe leider keine mitgebracht."

Ihr Atem kam schnell, doch jetzt wäre er ihr fast gestockt, als die Worte sie aus ihrer eigenen Welt herausrissen. Unwillkürlich drückte sie sich die Hand aufs Herz und starrte Brody an.

Er stand in der Tür, die Hände in den Taschen, einen Werkzeugkasten zu seinen Füßen.

„Das können Sie später noch machen. Rote Rosen, die liebe ich besonders", brachte sie heraus. „Himmel, Sie haben mich zu Tode erschreckt."

„Tut mir leid. Die Tür war nicht verschlossen, und Sie haben mein Klopfen nicht gehört." Oder hätte es nicht gehört, wenn er denn daran gedacht hätte zu klopfen.

Aber als er sie von der Straße aus durch das Fenster gesehen hatte, hatte er an gar nichts mehr gedacht. Er war einfach hereingekommen, verblüfft, fasziniert. Eine Frau, die sich so bewegen konnte, musste einen Mann faszinieren. Er war sicher, sie wusste das.

Jetzt ging sie zur Anlage und stellte die Musik ab. „Ich wollte dieses Haus einweihen. Allerdings sieht es besser aus, wenn Kostüme und Licht stimmen. Also", sie warf sich das lange Haar über die Schulter zurück, „was kann ich für Sie tun, Mr O'Connell?"

Er kam in den Raum hinein und hob das Haarband auf. „Das haben Sie verloren."

„Danke." Sie steckte es sich in die Tasche.

Er wünschte, sie würde ihr Haar wieder zusammenbinden. Seine Reaktion auf ihr Aussehen behagte ihm ganz und gar nicht. Sie sah so erhitzt und lebendig und … erreichbar aus. „Mir scheint, Sie haben mich nicht erwartet."

„Nein, aber ich habe nichts gegen das Unerwartete." Vor allem nicht, wenn es mit umwerfenden grünen Augen und diesem kleinen sexy Stirnrunzeln ausgestattet war.

„Ihre Mutter bat mich, hier vorbeizuschauen, um das Gebäude mal unter die Lupe zu nehmen."

„Aha. Also noch ein Einweihungsgeschenk."

„Wie bitte?"

„Nichts." Sie neigte den Kopf ein wenig zur Seite. Tänzer konnten viel an der Körpersprache eines Menschen ablesen, wie ein Psychiater. Und Brodys Körper sprach eine eindeutige Sprache. Er war steif und in Verteidigungsstellung, sehr darauf bedacht, sicheren Abstand zu wahren. „Mache ich Sie nervös, O'Connell, oder mögen Sie mich einfach nur nicht?"

„Weder noch. Dazu kenne ich Sie nicht gut genug."

„Wollen Sie mich besser kennenlernen?"

Sein Magen verkrampfte sich plötzlich. „Hören Sie, Miss Kimball …"

„Schon gut, regen Sie sich nicht gleich auf." Sie winkte ab. Zu schade aber auch, dachte sie. Sie zog es vor, offen zu sein. Er scheinbar nicht. „Ich finde Sie attraktiv, und ich hatte den Eindruck, dass Sie auch nicht uninteressiert seien. Ich habe mich wohl geirrt." Abwartend und ein wenig nervös musterte Kate ihr Gegenüber.

„Ist es eigentlich eine Angewohnheit von Ihnen, sich fremden Männern im Laden Ihrer Mutter an den Hals zu werfen?"

Sie blinzelte, ein kurzes Aufflackern von Wut und Verletztsein. Dann zuckte sie die Schultern. „Autsch, das saß."

„'tschuldigung." Angewidert von sich selbst, hob er beide Hände. „Das war unangebracht. Vielleicht ärgern Sie mich doch, aber das ist nicht Ihre Schuld. Ich bin aus der Übung, wenn es um ... herausfordernde Frauen geht. Sagen wir einfach, ich bin nicht auf der Suche nach irgendwelchen Komplikationen, okay?"

„Tja, das ist wirklich ein Schlag. Schwer zu verkraften. Ich hatte nämlich schon die Ringe ausgesucht. Aber ich werde es wohl überleben."

Seine Mundwinkel zogen sich nach oben. „Autsch."

Er hat ein wunderbares Lächeln, wenn er es denn mal benutzt, dachte Kate. Schade, dass er so empfindlich ist. „Nun, da wir alle Unklarheiten aus dem Weg geräumt haben ... also, was halten Sie davon?" Sie drehte sich mit ausgebreiteten Armen einmal um die eigene Achse.

Das war jetzt sein Territorium, er konnte sich entspannen. Mit fachmännischem Blick betrachtete er seine Umgebung. „Ein herrliches altes Gebäude, sehr viel Atmosphäre und noch mehr Potenzial. Solide Fundamente, für die Ewigkeit gebaut."

Ihr Ärger verflog vollends. „Genau das habe ich auch gedacht. O'Connell, ich liebe Sie."

Jetzt war es an ihm zu blinzeln. Er trat unwillkürlich einen Schritt zurück, als Kate hell auflachte.

„Sie sind wirklich aus der Übung. Keine Panik, ich werde mich nicht in Ihre Arme stürzen, Brody, auch wenn die Vorstellung sehr reizvoll ist. Aber Sie sind der erste Mensch, der genauso denkt wie ich. Jeder andere hält mich für verrückt, weil ich so viel Zeit und Geld in dieses Haus stecken will."

Er konnte sich nicht entsinnen, dass er sich je bei einer Frau so oft in so kurzer Zeit wie ein Idiot vorgekommen war. Mürrisch steckte er die Hände wieder in die Taschen. „Es ist eine gute Investition – auf langfristige Sicht und nur, wenn Sie es richtig machen."

„Oh, das habe ich vor. Was sollte Ihrer Meinung nach als Erstes in Angriff genommen werden?"

„Das Heizungssystem. Hier drinnen friert es ja."

Sie grinste zufrieden. „Vielleicht kommen wir doch besser miteinander aus als gedacht. Der Heizkessel steht im Keller. Wollen Sie ihn sich ansehen?"

Sie ging mit ihm zusammen hinunter. Das hatte er nicht erwartet. Auch nicht, dass sie mit keiner Wimper zuckte, als Mäuse über den Boden huschten und sie auf die Hautreste einer Schlange stießen, die sich offenbar an den Nagern gütlich getan hatte.

Seiner Erfahrung nach stießen Frauen – nun, zumindest die sehr weiblichen Vertreter ihres Geschlechts – bei solchen Gelegenheiten schrille Schreie aus und schüttelten sich angeekelt. Kate dagegen zog nur die Nase kraus und kritzelte eilig etwas auf den Notizblock, den sie mitgenommen hatte.

Es war schummrig hier unten, die Luft abgestanden und der Heizkessel ein Fall für den Schrott.

Er setzte sie unverzüglich über die schlechten Neuigkeiten in Kenntnis, zählte Optionen auf, wägte Vor- und Nachteile der verschiedenen Alternativen wie elektrische Heizpumpen, Gas und Öl ab. Lieferte eine Auflistung von Leistungsfähigkeit sowie Installierungs- und voraussichtlichen monatlichen Betriebskosten.

Er hätte genauso gut Chinesisch sprechen können, man sah es ihr an. Deshalb schlug er vor, Broschüren und Informationsmaterial an ihren Vater zu schicken.

„Mein Vater ist Komponist und Universitätsprofessor", erinnerte sie ihn mit unterkühlter Höflichkeit. „Glauben Sie wirklich, nur weil er einen anderen Chromosomensatz hat als ich, würde er mehr verstehen?"

Brody dachte darüber nach. „Nun ... ja."

„Sie irren. Lassen Sie mir die entsprechenden Informationen zukommen. Es muss ein System sein, das die alten Radiatoren speisen kann, die Rohre liegen ja bereits. Ich will das

Haus so wohnlich und attraktiv wie möglich machen, dabei aber den ursprünglichen Charakter erhalten. Außerdem will ich zusätzliche Wärmequellen installieren lassen. Das heißt, die Kamine müssen überprüft und, falls nötig, repariert werden."

Ihr nüchterner Ton gefiel ihm nicht, auch wenn er gegen den Inhalt nichts einzuwenden hatte. „Sie sind der Boss."

„Gut, dass Sie da mit mir übereinstimmen."

„Sie haben Spinnweben im Haar, Boss."

„Sie auch. Dieser Keller muss sauber gemacht werden, und so authentisch der Lehmboden auch sein mag, ich will Estrich haben. Und ein Kammerjäger muss her. Elektroinstallationen und anständiges Licht. Das alles hier unten ist verschenkter Platz. Man kann es als Abstell- und Lagerfläche benutzen."

„Gut." Er zog Notizblock und Bleistift hervor und begann sich Notizen zu machen.

Sie stieg die Treppe hinauf und rüttelte an dem Geländer. „Die Treppe muss nicht schön sein, aber sicher."

Er schrieb etwas auf den Block. „Sie werden eine sichere Treppe bekommen, das garantiere ich."

„Gut. Jetzt zeige ich Ihnen, was ich mir für das Erdgeschoss vorgestellt habe."

Sie wusste genau, was sie wollte. Für seinen Geschmack ein wenig zu genau. Er konnte sich hier keine Ballettschule vorstellen, sie offensichtlich schon. Sie hatte alles genauestens geplant. Küche, Duschräume, Garderobe, Abstellkammer, bis hin zu der Bank, die unter dem Fenster eingebaut werden sollte.

„Ist das nicht ein bisschen übertrieben für eine Kleinstadt-Tanzschule?"

Sie zog nur eine Augenbraue in die Höhe. „Nein, sondern den Anforderungen entsprechend. Und jetzt zu den beiden Duschräumen."

„Wenn Sie das Ganze geräumiger machen wollen, kann ich die Wand herausschlagen."

„Tänzer müssen eine Menge Abstriche machen, was ihr persönliches Schamgefühl anbelangt, aber lassen Sie uns die Grenze bei Gemeinschaftsduschen ziehen."

„Gemeinschaftsduschräume." Er ließ den Notizblock sinken. „Sie wollen auch Jungen unterrichten?" Er grinste breit von einem Ohr zum anderen. „Kommen Sie, Sie glauben doch nicht, dass Sie irgendwelche Jungen hier reinkriegen, die Pirouetten drehen."

„Schon mal was von Barischnikow gehört? Davidov?" Sie war zu sehr an solche Kommentare gewöhnt, um beleidigt zu sein. „Ich gehe jede Wette ein, dass ein professioneller Tänzer jeden Sportler schlägt, wenn es um Kondition und Muskelkraft geht."

„Und wer trägt das Tutu?"

Sie seufzte. Ja, sie war sich im Klaren darüber gewesen, dass sie in dieser ländlichen Gegend gegen eine solche Sichtweise zu kämpfen haben würde. „Nur zu Ihrer Information – männliche Tänzer sind echte Männer. Mein erster Freund war ein *premier danseur*, der höher springen konnte als Michael Jordan, wenn er den Ball einlegt. Aber Jordan trägt ja keine engen Gymnastikhosen, sondern diese süßen knappen Boxershorts."

„Trainingshosen", verbesserte Brody verbissen.

„Ach so. Tja, es ist wohl alles Auslegungssache, nicht wahr? Die Duschräume bleiben getrennt. Neue Armaturen, neue Böden, alles weiß. Und jeweils ein niedriges Waschbecken, für die Kinder. Klar?"

„Klar."

„Gut, dann einen Stock höher." Sie deutete auf die Treppe am Ende des Korridors. „Meine Wohnung."

„Sie werden hier wohnen? Über der Schule?"

„Ich werde hier wohnen, leben, atmen, schlafen, essen und arbeiten. Nur so lässt sich ein Konzept erfolgreich verwirklichen. Ich habe genaue Vorstellungen, was meinen Wohnraum angeht."

Oh ja, die hat sie, dachte Brody eine Stunde später. Sehr genaue Vorstellungen, und sehr gute. Vielleicht konnte er ihre Vision nicht teilen, was das Erdgeschoss anging, aber hier oben konnte er ihr in fast allem zustimmen.

Und während er mit ihr umherging, spürte er, wie die bekannte Vorfreude sich aufbaute. Etwas, das seit Generationen bestand, den eigenen Stempel aufzudrücken und gleichzeitig zu bewahren, was bewahrt werden konnte.

Es hatte eine Zeit gegeben, da hatte er nur seine Stunden abgearbeitet. Erledige den Job, kassiere das Geld. Der Stolz und das Verantwortungsgefühl waren erst langsam gewachsen. Und die Freude, die Zufriedenheit, die ihn dazu trieben, sein Bestes zu geben, seine handwerklichen Fähigkeiten zu perfektionieren – mehr zu bauen als nur Räume und Gebäude.

Ein Leben zu errichten.

Hier konnte er das. Und er wollte es. Wollte es so sehr, dass er sogar bereit war, Kate Kimball und seine irritierende Reaktion auf sie in Kauf zu nehmen.

Er hoffte – falls er den Auftrag bekam –, dass sie nicht zu den Kunden gehörte, die ständig auf der Baustelle herumlungerten. Zumindest nicht, wenn sie dieses verdammte Parfum aufgelegt hatte.

Und dann waren sie im Badezimmer. Die alte Eisenwanne sollte bleiben, integriert werden in weiße Armaturen und weiße und blaue Fliesen. Aber sie stimmte zu, sich noch andere Muster anzusehen.

Sie hatte auch feste Vorstellungen für die Küche, aber hier widersprach er ihr.

„Haben Sie vor, hier richtig zu kochen, oder wollen Sie sich nur ein paar Fertigmahlzeiten aufwärmen?"

„Kochen. Ob Sie's glauben oder nicht, ich kann's."

„Dann brauchen Sie eine durchgehende Arbeitsfläche." Brody deutete auf das Fenster. „Das Spülbecken sollte unter dem Fenster angebracht sein, nicht da drüben an der Wand. Da steht der Kühlschrank, der Herd hier. Dann haben Sie alles in

Reichweite und müssen nicht ständig durch den Raum rennen, wenn Sie etwas brauchen. Zeit- und Raumverschwendung."

„Ja, aber hier …"

„Da kommt der Vorratsschrank hin", unterbrach er sie. In seinem Kopf nahm der Raum Gestalt an. „Dann haben Sie hier die gesamte Schrankzeile. Regale hier … Wenn es richtig ausgemessen ist", er holte einen Zollstock hervor und nahm Maß, „bleibt Platz für eine Frühstücksbar und ein paar Hocker zum Sitzen. Sitz- und Arbeitsplatz anstatt ungenutzter Raum."

„Ich hatte eigentlich vor, einen Tisch …"

„Um einen Tisch müssen Sie ständig herumtanzen. Der nimmt nur Platz weg."

„Ja, vielleicht." Sie dachte an heute Morgen, als sie mit ihrem Vater am Küchentisch gesessen hatte. An die vielen anderen Gelegenheiten, bei denen sich ihre Familie um den Tisch versammelt hatte. Sentimental, entschied sie. Und in diesem Fall unpraktisch.

„Lassen Sie mich alles ausmessen, dann zeichne ich Ihnen einen Vorschlag auf. Sie können es sich ja dann überlegen."

„Na gut. Das hier hat sowieso jede Menge Zeit. Das Erdgeschoss ist mit bedeutend wichtiger."

„Es wird etwas dauern, bis ich einen Kostenvoranschlag erstellt habe. Aber von dem, was ich bisher gesehen habe, kann ich Ihnen jetzt schon sagen, dass Sie sich auf eine sechsstellige Summe einstellen sollten. Und mindestens vier Monate Arbeit."

Sie hatte sich Ähnliches ausgerechnet, aber es von jemand anderem ausgesprochen zu hören, versetzte ihr trotzdem einen kleinen Schock. „Gut. Machen Sie eine Kalkulation. Und die Zeichnungen, was auch immer. Sollte ich mich entscheiden, Ihnen den Auftrag zu erteilen, wann können Sie anfangen?"

„Mit Materialbestellung und Lieferung … wahrscheinlich Anfang des Jahres."

„Das ist Musik in meinen Ohren. Okay, Mr O'Connell,

zeigen Sie mir Ihren Kostenvoranschlag, und wir sehen, ob wir ins Geschäft kommen."

Sie überließ ihn sich selbst, damit er in Ruhe ausmessen und rechnen konnte, ging nach unten und trat auf die schmale Veranda an der Hausfront. Der kleine Vorgarten war eine Schande, vermooster Rasen, erfrorenes Unkraut und ein hässlicher dicker Baumstumpf, der einmal ein großer alter Ahornbaum gewesen sein musste. Auf der anderen Straßenseite stand ein renovierter Altbau mit mehreren Apartments. Jetzt zur Mittagszeit war kein Leben in den Wohnungen zu entdecken.

Noch mal hunderttausend, dachte sie. Das war machbar. Sie hatte kein extravagantes Leben geführt. Und sie hatte tatsächlich den Geschäftssinn ihrer Mutter geerbt. Ihre Gagen waren gut angelegt, sie hatte ein angenehmes Polster im Rücken.

Sollte es für ihren Geschmack zu knapp werden, konnte sie immer noch ein paar Gastspiele mit der Company geben. Diese Tür stand ihr glücklicherweise offen.

Wenn sie es genau bedachte, wäre das sogar vernünftig, nicht nur in finanzieller Hinsicht. Sie war daran gewöhnt zu arbeiten, brauchte Beschäftigung. In den kommenden Wochen und Monaten konnte sie nichts anderes tun als warten und zusehen, wie die Renovierung Schritt für Schritt vorankam.

Der Trip nach New York war unkompliziert. Sie konnte bei ihrer Familie unterkommen. Training, Proben, Aufführung, wieder nach Hause. Ja, das war vielleicht sogar die beste Lösung.

Aber noch nicht. Erst wollte sie sehen, wie ihr Plan sich anließ.

„Kate?" Brody trat zu ihr, ihren Mantel in der Hand. „Es ist kalt hier draußen."

„Ja, ein wenig. Ich hatte gehofft, es würde zu schneien anfangen. Gestern sah es so aus."

„Solange es keine zwei Meter Schnee werden."

„Wie?"

„Nichts." Er legte ihr den Mantel um die Schultern und zog ihr automatisch die Haare unter dem Stoff hervor. Es gibt so verdammt viel davon, dachte er. Weiche, seidige, endlos lange Haare.

Seine Finger verfingen sich in dieser Pracht, als sie sich umdrehte und in seine Augen sah. Ah, also doch interessiert, dachte sie und fühlte das angenehme Flattern im Bauch.

„Warum gehen wir nicht um die Ecke in das kleine Café? Sie können mir einen Kaffee ausgeben." Sie trat näher an ihn heran, bewusst. Ein Test, für sie und für ihn. „Wir können über … Arbeitsplatten reden."

Sie hatte eine verheerende Wirkung auf ihn. Nebelte seinen Verstand ein, machte ihm das Atmen schwer, ganz zu schweigen von dem, was sich in seiner Lendengegend abspielte. „Sie machen sich schon wieder an mich heran."

Ihr Lächeln war sehr sinnlich und sehr weiblich. „Natürlich."

„Sie sind wahrscheinlich die schönste Frau, die mir je begegnet ist."

„Das ist eine Laune der Natur, aber da ich meiner Mutter ähnlich sehe, bedanke ich mich in ihrem Namen. Wissen Sie, Ihr Mund gefällt mir besonders." Sie ließ ihren Blick darauf verweilen. „Irgendwie zieht er mich immer wieder an."

Seine Kehle war rau und staubtrocken. Verflucht, was war mit den Frauen passiert, seit er aus dem Spiel ausgeschieden war? Seit wann verführten sie Männer am helllichten Tag auf der Veranda eines baufälligen Gebäudes?

Er fühlte den schneidenden Dezemberwind im Gesicht und die Hitze, die durch seine Adern schoss. „Sehen Sie …" Mit einem schnellen Griff packte er sie bei den Armen. Der Mantel rutschte von ihren Schultern, Brody spürte die durchtrainierten Muskeln ihrer Arme durch den Stoff ihres Jacketts.

„Das tue ich doch die ganze Zeit." Ihr Blick hielt ihn gefangen. So männlich, dachte sie. Und so frustriert. „Mir gefällt, was ich sehe."

Ihre Augen waren grau, geheimnisvoll und undurchdringlich wie dichter Rauch. Er brauchte jetzt nur seinen Kopf zu beugen, oder besser, er würde sie hochheben, bis ihre sinnlichen weichen Lippen mit diesem selbstzufriedenen Lächeln mit seinem Mund auf einer Höhe waren …

Er hatte die ungute Ahnung, dass er genauso gut eine Hochspannungsleitung berühren könnte. Der Effekt wäre der gleiche – tödlich.

„Ich sagte Ihnen bereits, dass ich nicht interessiert bin." Er wollte sich abwenden, hatte jedoch nicht mit der Hartnäckigkeit einer Kate Kimball gerechnet.

„Stimmt. Aber Sie haben gelogen." Um es ihm zu beweisen, stellte sie sich auf die Zehenspitzen und biss ihn leicht in die Unterlippe. Der Griff seiner Hände an ihren Armen wurde schraubstockartig. „Sehen Sie?", flüsterte sie. „Sie sind interessiert. Sie wollen es nur nicht sein."

„Das kommt aufs Gleiche heraus." Er ließ sie los und nahm seinen Werkzeugkasten. Verdammt, seine Hände zitterten!

„Der Meinung bin ich nicht, aber ich will auch nicht drängen. Ich würde mich gern mit Ihnen treffen, wenn es Ihnen irgendwann passt. Da wir ähnliche Ansichten über das Haus haben und mir viele Ihrer Ideen gefallen, hoffe ich, dass wir in der Zwischenzeit gut zusammenarbeiten werden."

Er stieß zischend den Atem aus. Kalt und klar wie ein Januartag, dachte er. Während er gereizt, völlig überhitzt und durcheinander war.

„Sie sind ein harter Brocken, Kate."

„Ich weiß. Aber ich werde mich nicht dafür entschuldigen, dass ich so bin, wie ich bin. Ich erwarte Ihren Kostenvoranschlag und die Unterlagen, über die wir gesprochen haben. Sollten Sie noch mehr ausmessen müssen, wissen Sie ja, wo Sie mich erreichen können."

„Ja, das weiß ich."

Sie rührte sich nicht, blieb auf der Veranda und sah ihm nach, als er zu seinem Wagen ging und davonfuhr. Er wäre

228

erstaunt gewesen, hätte er gehört, wie heftig sie den Atem aus-stieß. Überrascht, wenn er gesehen hätte, wie sie sich langsam auf die Stufen setzte.

Sie war keineswegs so kalt und klar wie ein Januartag. Im Gegenteil, sie brauchte den Wind, um abzukühlen. Und um die Frösche in ihrem Bauch zur Ruhe zu bringen.

Brody O'Connell, dachte sie. War es nicht seltsam und fas-zinierend, dass ein Mann, den sie nur zweimal getroffen hatte, eine solche Wirkung auf sie ausübte? Sie war Männern gegen-über nicht schüchtern, aber sie war wählerisch. Der Freund, den sie Brody so offen ins Gesicht geschleudert hatte, war ei-ner jener drei Männer, die sie in ihr Leben – und in ihr Bett – gelassen hatte. Männer, für die sie tiefe Gefühle gehegt hatte.

Und doch … Schon nach dem zweiten Treffen – eigentlich war es ja erst ein richtiges Treffen gewesen, gestand sie sich ein – wollte sie Brody in ihrem Bett haben.

Also würde sie jetzt ganz logisch und sachlich vorgehen. Erst einmal musste sie sich beruhigen, wieder einen klaren Kopf bekommen. Dann würde sie sich überlegen, wie sie Brody am besten dorthin bekam, wo sie ihn haben wollte.

3. KAPITEL

Jack saß an dem Doppelschreibtisch, den er und sein Dad „ihr Büro" nannten, und schrieb eifrig in Druckbuchstaben das Alphabet auf. Das war sein Job, genau wie sein Dad auf der anderen Seite seine Arbeit erledigte.

Allerdings sahen das Millimeterpapier, die Lineale und Zirkel viel interessanter aus als dieses Alphabet. Aber Dad hatte ihm versprochen, wenn er erst alle Buchstaben aufgeschrieben hatte, würde er auch ein Blatt von dem Millimeterpapier bekommen.

Dann würde er ein riesengroßes Haus darauf malen, so wie ihr Haus, und die alte Scheune auch, die Dads Werkstatt war. Und natürlich mit viel Schnee drumherum. Zwei Meter Schnee und Millionen und Trillionen von Schneemännern.

Und einen Hund.

Grandpa und Grandma hatten einen Hund, Buddy. Buddy war schon alt, aber es machte Spaß, mit ihm zu spielen. Eines Tages, wenn Jack groß sein würde, dann würde er einen eigenen Hund bekommen. Er würde ihn Mike nennen und Ball mit ihm spielen, und abends würde Mike dann bei ihm im Bett schlafen.

Jack sah auf, um seinen Vater zu fragen, ob er nicht schon groß genug für einen Hund sei, aber sein Vater hatte eine tiefe Falte auf der Stirn. Nein, er war nicht wütend. So sah er immer aus, wenn er arbeitete. Wenn man ihn dann unterbrach, egal mit welcher Frage, kam immer die gleiche Antwort: „Nicht jetzt."

Aber das Alphabet war so langweilig. Er wollte das Haus malen oder mit seinen Autos oder am Computer spielen. Oder mal draußen nachsehen, ob es nicht schon schneite.

Er rutschte auf seinem Stuhl hin und her. Sein Fuß traf die Schreibtischwand. Er rutschte weiter. Noch ein Tritt gegen das Holz.

„Jack, lass den Schreibtisch in Ruhe."

„Muss ich denn das ganze Alphabet schreiben?"

„Ja."

„Warum?"

„Darum."

„Aber ich bin doch schon bei P."

„Wenn du die restlichen Buchstaben nicht auch noch machst, wirst du nie Wörter mit den Buchstaben lernen können, die du jetzt nicht schreibst."

„Warum?"

„‚Warum' wirst du zum Beispiel nie schreiben können."

„W-A-R-U-M."

Jack seufzte, ein sehr schwerer Seufzer für einen Sechsjährigen. Also schrieb er die nächsten drei Buchstaben, dann hob er wieder vorsichtig den Kopf. „Dad."

„Hm?"

„Dad, Dad, Dad. D-A-D."

Brody sah auf. Jack grinste ihn breit an. „Ganz schön neunmalklug, mein Sohn. Woher hast du nur dein vorlautes Mundwerk?"

„Grandma sagt, das habe ich von dir geerbt. Darf ich sehen, was du da malst? Du hast gesagt, das ist für die tanzende Lady."

„Ja, das ist für die Tänzerin, und nein, du darfst es erst sehen, wenn du deine Arbeit fertig hast." Wie gerne hätte er eine Pause gemacht und mit seinem Sohn gespielt, ihn sich über die Schulter geworfen und mit ihm herumgetobt. Aber wenn man einem Kind Verantwortung beibringen wollte, musste man mit gutem Beispiel vorangehen und Verantwortung zeigen.

„Was passiert, wenn du es nicht fertig machst?"

„Nichts." Jack zog einen Schmollmund.

„Eben."

Jack seufzte noch mal und beugte sich wieder über sein Alphabet. Er sah nicht, dass sein Vater sich das Grinsen verkneifen musste.

Ob sein Vater ihn je so angesehen hatte? Wahrscheinlich, dachte Brody. Aber er hatte es sich nie anmerken lassen. Bob

231

O'Connell war auch nicht der Typ Vater gewesen, der mit seinem Sohn auf dem Wohnzimmerteppich herumgerollt war oder rumgeblödelt hatte. Bob O'Connell war zur Arbeit gegangen, nach Hause gekommen und hatte erwartet, dass jeden Abend pünktlich um sechs das Essen auf dem Tisch stand. Er hatte vorausgesetzt, dass sein Sohn die ihm aufgetragenen Pflichten erfüllte und aufs Wort folgte, ohne Fragen zu stellen. Und er hatte nie daran gezweifelt, dass sein Sohn in seine Fußstapfen trat.

Brody nahm an, dass er seinen Vater in jedem einzelnen Punkt enttäuscht hatte. So wie sein Vater ihn enttäuscht hatte. Seinem Sohn würde er das nie antun.

„Z! Z! Z!" Jack wedelte wild mit dem Blatt umher. „Fertig!"

„He, halt still, damit ich es mir ansehen kann." Weit davon entfernt, sauber und ordentlich zu sein, aber immerhin, es war vollbracht. „Gut gemacht. Willst du jetzt Zeichenpapier?"

„Kann ich dir nicht bei deinem Bild helfen?"

„Sicher." Na, dann würde er eben heute Abend eine Stunde dranhängen, das war ihm die Zeit mit seinem Sohn wert. Er zog Jack auf seinen Schoß. „Also, hier haben wir die Wohnung über der Schule."

„Warum tragen die eigentlich immer so komische Sachen, wenn sie tanzen?"

„Keine Ahnung. Woher weißt du eigentlich, dass sie komische Sachen tragen?"

„Ich habe ein Cartoon gesehen, da haben Elefanten solche Röcke getragen. Und sie haben auf ihren Zehenspitzen getanzt. Haben Elefanten Zehenspitzen?"

„Sicher." Hatten sie die? „Wir können ja mal in unserem schlauen Buch nachschlagen, später. Hier, nimm den Bleistift und zieh eine gerade Linie, hier direkt am Rand."

Vater und Sohn arbeiteten zusammen, die große Hand führte die kleine über das Papier. Als Jack zu gähnen begann, drückte Brody den blonden Kopf an seine Schulter und erhob sich vorsichtig.

„Ich bin aber gar nicht müde, Dad", behauptete Jack noch, als seine Lider schon schwer wurden.

„Ich weiß. Aber wenn du aufwachst, sind es nur noch fünf Tage bis Weihnachten."

„Kann ich dann ein Geschenk haben?"

Brody lächelte still in sich hinein und sog tief den Duft seines Sohnes ein.

Nachdem er Jack zu Bett gebracht hatte, kam er wieder herunter und brühte sich eine Kanne frischen Kaffee auf. Mit Sicherheit ein Fehler. Der Kaffee würde ihn lange wach halten.

Er stand am Fenster und sah hinaus in die Dunkelheit, nippte an der schwarzen heißen Flüssigkeit. Das Haus war so still, wenn Jack schlief. Dabei gab es Zeiten, in denen der Junge so viel Krach und Chaos um sich herum verbreitete, dass man den Eindruck haben konnte, es gäbe nie wieder einen Moment voller Ruhe und Frieden.

Und wenn es dann still war, fehlte Brody der Lärm. Dieses Elterndasein war eine ziemlich vertrackte Sache.

Aber jetzt fühlte er eine innere Unruhe in sich, die er schon lange nicht mehr verspürt hatte. Als alleinerziehender Vater, der sich um das Haus und den Neuaufbau des Geschäfts kümmern musste, war ihm nicht viel Zeit geblieben.

Die Zeit hatte er immer noch nicht. Allein hier am Haus gab es so viel zu tun, dass er für … ja, wahrscheinlich den Rest seines Lebens würde er damit beschäftigt sein. Er hätte etwas Kleineres kaufen sollen, etwas, das weniger Arbeit verlangte, etwas Praktischeres. Das musste er sich von seinem Vater anhören, seit der den Preis herausgefunden hatte.

Tja, aber er hatte sich eben sofort in dieses Anwesen verguckt. Jack übrigens auch. Und so weit funktioniert es ja auch, dachte er jetzt, als er sich in der renovierten Küche mit den hohen Glasschränken und der Granitarbeitsplatte umsah. Sicher, langsam müsste er sich mal um die anderen Räume kümmern, was er bis jetzt vor sich hergeschoben hatte, aber dazu musste er Zeit und Muße haben.

Trotzdem, diese Unruhe hatte weder etwas mit seiner Arbeit noch mit den Plänen für das Haus zu tun.

Sondern mit Kate Kimball.

Er hatte weder Zeit noch Lust, sich mit ihr einzulassen.

Zugegeben, Lust hätte er schon … Er fuhr sich frustriert durchs Haar. Hatte er je ein solches Verlangen nach einer Frau verspürt? Wahrscheinlich, er konnte sich nur nicht daran erinnern. Konnte sich nicht daran erinnern, sich je so nach jemandem verzehrt zu haben.

Und dieses Gefühl ärgerte ihn maßlos.

Es lag einfach nur daran, dass es schon so lange her war. Und weil sie so provozierend war. Und so schön.

Aber er war kein Kind mehr, das nach einem hübschen Spielzeug griff, ohne an die Folgen zu denken. Er konnte nicht mehr einfach das tun, was ihm gerade einfiel. Und das war auch in Ordnung so.

Erledige die Arbeit, nimm das Geld mit und halte Abstand, ermahnte er sich in Gedanken. Und hör endlich auf, ständig an ihren makellosen, durchtrainierten Körper zu denken. Es sei denn, du bist auf Probleme aus … Er starrte noch eine Weile in die Nacht hinaus, ehe er die Schultern straffte und sich abwandte.

Er schenkte sich noch eine Tasse Kaffee ein, wohl wissend, dass der ihn die ganze Nacht wach halten würde, und ging zurück an seinen Schreibtisch.

Als Kate am nächsten Nachmittag die Tür öffnete, stand Brody auf der Schwelle. Ihr Entzücken darüber wurde abgelenkt durch den kleinen Jungen mit den lachenden Augen, der neben ihm stand.

„Oh. Hallo, du Hübscher."

„Ich bin Jack."

„Hallo, hübscher Jack. Ich heiße Kate. Kommt doch rein."

„Ich wollte nur den Kostenvoranschlag vorbeibringen, und

die Zeichnungen." Brody hielt ihr die Unterlagen entgegen, eine Hand fest auf Jacks Schulter. „Meine Visitenkarte liegt bei. Wenn Sie Fragen oder Anmerkungen haben, können Sie mich anrufen."

„Warum sehen wir die Papiere nicht jetzt gleich zusammen durch? Das spart Zeit. Oder haben Sie es eilig?" Sie sah ihn gar nicht an, während sie redete, sondern strahlte Jack an. „Brrr! Es ist richtig kalt da draußen, was? Kalt genug für heiße Schokolade und Kekse."

„Und Marshmallows?"

„In diesem Haus ist es verboten, heiße Schokolade ohne Marshmallows anzubieten." Sie streckte die Hand aus, und Jack nahm sie, um sie ins Haus zu ziehen.

„Kate, hören Sie …"

„Ach kommen Sie, O'Connell, seien Sie kein Spielverderber. Also, hübscher Jack, in welcher Klasse bist du denn? In der fünften? Sechsten?"

„Nein." Der Junge kicherte. „In der ersten."

„Nein, so ein Zufall! Gerade heute gibt's bei uns ein Spezialangebot für blonde Jungen in der ersten Klasse. Du hast freie Wahl – Makronen, Butterkekse oder Chocolat Chip Cookies?"

„Kann ich von jedem eins haben?"

„Jack …"

„Ah, endlich ein Mann nach meinem Geschmack." Kate ignorierte Brody völlig, reichte ihm nur Jacks Jacke, Fäustlinge und Mütze und nahm den Jungen bei der Hand.

„Sind Sie die tanzende Lady?"

Sie lachte und ging mit ihm Richtung Küche. „Ja, die bin ich." Über die Schulter schenkte sie Brody ein vielsagendes Lächeln. Erwischt, dachte sie. „Die Küche ist dahinten."

„Ich weiß, wo die verdammte Küche ist", knurrte er.

„Dad hat ‚verdammt' gesagt", verkündete Jack keck.

„Ich hab's auch gehört. Vielleicht sollte er deshalb keine Kekse bekommen."

„Erwachsene dürfen ruhig ‚verdammt' sagen, Aber sie dürfen nicht Sch…"

„Jack!"

„Trotzdem sagt er das manchmal. Und einmal", fuhr Jack verschwörerisch flüsternd fort, „da hat er sich mit dem Hammer auf die Hand gehauen, und dann hat er ganz viele Schimpfwörter gesagt, alle auf einmal."

„Wirklich?" Kate war hingerissen von dem Jungen. „Hintereinander oder durcheinander?" Sie zog einen Stuhl für ihn hervor.

„Alle ganz durcheinander. Und ganz oft." Jack grinste strahlend. „Kann ich drei Marshmallows haben?"

„Aber sicher. Hängen Sie die Jacke doch da drüben an den Haken, Brody." Sie schenkte ihm ein strahlendes Lächeln, dann machte sie sich daran, heiße Schokolade zuzubereiten.

Und zwar richtige, nicht dieses Fertigzeug aus der Tüte, wie Brody auffiel. Viel echte Schokolade, frische Milch. „Wir wollen Sie nicht aufhalten", sagte er.

„Das tun Sie nicht, ich habe Zeit. Ich habe meiner Mutter heute Morgen im Laden geholfen, im Moment ist unheimlich viel los. Brandon übernimmt die Nachmittagsschicht. Das ist der Baseballhandschuh meines Bruders", sagte sie zu Jack, der sofort hastig seine Hand zurückzog.

„Ich wollte nur mal sehen."

„Ist schon in Ordnung. Du kannst ihn ruhig mal nehmen, Brandon hat bestimmt nichts dagegen. Magst du Baseball?"

„Ich spiele T-Ball, und nächstes Jahr, wenn ich alt genug bin, darf ich in die Bambini-Liga."

„Brand hat auch schon als kleiner Junge mit T-Ball angefangen, und dann war er bei den Bambini. Jetzt spielt er in der Nationalliga, für die L. A. Kings." Kate lächelte dem Jungen zu.

Jacks grüne Augen wurden rund und groß. „So richtig echt?"

„So ganz richtig echt." Zu Jacks Entzücken stülpte sie ihm den Handschuh über. „Wenn deine Hand groß genug ist, spielst du ja vielleicht auch."

„Mannomann, ein echter Baseballhandschuh von einem richtigen Baseballspieler, Dad!"

„Wow, das ist echt cool." Brody gab auf. Er konnte niemanden auf Distanz halten, der seinem Sohn ein solches Erlebnis verschaffte. Er wuschelte Jack durchs Haar und lächelte Kate an. „Darf ich auch drei Marshmallows haben?"

„Aber sicher."

Der Junge ist ein Goldstück, dachte Kate, während sie heiße Schokolade zubereitete und Kekse auf einen Teller legte. Sie hatte eine Schwäche für Kinder.

Das Band zwischen Vater und Sohn war nicht zu übersehen. Unverbrüchlich, absolut reißfest und voller Liebe. Am liebsten hätte sie beide dafür umarmt.

„Lady?"

„Sag Kate zu mir." Sie stellte einen Becher dampfende Schokolade vor Jack hin. „Vorsicht, es ist heiß."

„Kate, warum tragt ihr eigentlich so komische Sachen, wenn ihr tanzt? Dad hat gesagt, er hat keine Ahnung."

Innerlich stöhnte Brody auf. Die verschiedenen Kekse auf dem Teller beanspruchten plötzlich seine ganze Aufmerksamkeit.

Kate stellte die anderen Becher auf den Tisch und setzte sich dann. „Das sind Kostüme. Sie helfen uns dabei, die Geschichte zu erzählen, die wir tanzen."

„Wie kann man denn eine Geschichte mit Tanzen erzählen? Ich kenne nur Geschichten mit Wörtern."

„Es ist genauso wie das Erzählen, nur eben mit Musik und Bewegungen. Wenn du ‚Jingle Bells' hörst, nur die Musik, woran denkst du dann?"

„An Weihnachten. Bis dahin sind es nur noch fünf Tage."

„Richtig. Und wenn du zu dem Lied tanzen würdest, dann wären die Bewegungen schnell und fröhlich. Du denkst dabei an Schlittenfahrten und Schneeballschlachten. Aber wenn du ‚Stille Nacht, heilige Nacht' hörst, dann würdest du dich langsam und feierlich bewegen, nicht wahr?"

„Ja, wie in der Kirche."

Der Junge ist clever, dachte sie. „Genau. Irgendwann kommst du einmal bei meiner Schule vorbei, dann zeige ich dir, wie man eine Geschichte mit Tanz erzählen kann."

„Dad wird vielleicht deine Schule bauen."

„Ja, vielleicht."

Sie öffnete den Ordner, den er mitgebracht hatte. Interessant, dass sie den Kostenvoranschlag achtlos beiseitelegt und direkt zu den Planzeichnungen übergeht, dachte Brody. Offene Möglichkeiten sind wichtiger als Einschränkungen. Brody rutschte mit seinem Stuhl näher heran, um mit ihr gemeinsam die Zeichnungen durchzugehen.

Sie roch besser als die Kekse und die Schokolade, und das sollte was heißen.

„Das gefällt mir." Sie wandte ihm ihr Gesicht zu. Hielt seine Augen mit ihrem Blick fest. „Es gefällt mir sogar ausgesprochen gut."

„Ich habe auch ein paar Linien gemalt", ließ sich Jack vernehmen.

„Du hast gute Arbeit geleistet", sagte sie lächelnd zu ihm, dann studierte sie wieder die Zeichnungen, während Brody versuchte, die Knoten in seinem Magen zu lösen.

Sie sah alles genau durch, machte Anmerkungen, teilte die Blätter auf in „abgelehnt", „gut" und „möglich".

Sie war beeindruckt. Beeindruckt von seinen Ideen, von seiner Gründlichkeit, seinem Können. Bessere Pläne hätte sie von einem Architekten nicht bekommen können.

Schließlich legte sie die Zeichnungen beiseite und nahm den Kostenvoranschlag auf. Ging mit dem Finger die Zahlenreihen durch. Und schluckte.

„Nun, hübscher Jack." Sie legte das Blatt auf den Tisch zurück. „Du und dein Dad, ihr habt den Auftrag."

Jack stieß ein Triumphgeheul aus, und da niemand es ihm verboten hatte, nahm er sich noch einen Keks.

Brody war sich nicht bewusst gewesen, dass er die Luft

angehalten hatte. Bis seine Lungen die überschüssige Luft unbedingt ausstoßen wollten. Er riss sich zusammen und ließ den Atem langsam weichen, achtete darauf, dass er nicht nach Luft schnappte. Das hier war sein größter Auftrag, seit er nach Virginia zurückgekommen war.

Das bedeutete, dass er und seine Männer über den Winter ihr Auskommen hatten. Er brauchte niemanden saisonbedingt zu entlassen oder Kurzarbeit einzuführen. Der Gewinn würde ihm endlich Raum zum Atmen geben.

Und mal ganz abgesehen von den praktischen Erwägungen – es hatte ihn gepackt, er wollte dieses Gebäude in die Finger kriegen, es wieder herrichten und in altem Glanz erstrahlen lassen. Der einzige Haken an der Sache war, dass er dabei besagte Finger von Kate lassen musste.

„Danke, dass Sie uns anheuern."

„Ich werde Sie daran erinnern, wenn ich Sie in den Wahnsinn treibe."

„Das haben Sie von Anfang an getan. Haben Sie einen Stift?"

Sie lächelte, stand auf, um ihn zu holen. Dann stützte sie sich auf den Tisch und setzte ihre Unterschrift auf die Auftragsbestätigung. „Sie sind dran." Sie reichte ihm den Kugelschreiber, nahm ihn wieder zurück, sah zu Jack.

„Jack?"

„Hm?" Er hatte Krümel am Kinn. Als er den strengen Blick seines Vaters sah, verbesserte er sich sofort. „Ich meine, ja, bitte, Ma'am?"

„Kannst du deinen Namen schreiben?"

„In Druckbuchstaben. Ich kenne das ganze Alphabet, und Dad und Jack und ein paar andere Wörter kann ich auch schon schreiben."

„Gut. Dann komm her und unterschreibe auch." Sie neigte leicht den Kopf. „Schließlich hast du mitgezeichnet. Du willst doch auch angeheuert werden, oder?"

„Klar!" Er sprang vom Stuhl, verteilte mehr Krümel. Die

Zunge fest zwischen die Lippen gepresst, schrieb er mit äußerster Sorgfalt seinen Namen unter den seines Vaters.

»Sieh nur, Dad, das bin ich!«

»Ja, ich seh's.« Erschüttert und bewegt sah Brody zu Kate auf. Was zum Teufel sollte er jetzt tun? Sie hatte ihn an seinem schwächsten Punkt getroffen.

»Jack, geh dir die Hände waschen.«

»Aber die sind doch gar nicht dreckig.«

»Wasch sie dir trotzdem.«

»Du findest das Bad am Ende des Korridors, Jack«, sagte Kate sanft. »Zähl die Türen auf der Seite, wo deine Hand ist, mit der du schreibst. Es ist die zweite.«

Jack murrte vor sich hin, aber er hüpfte aus dem Raum.

Brody stand auf. Sie wich nicht zurück. Nein, natürlich nicht, dachte er. Also stießen sie kurz zusammen, und sein Körper war sofort in höchster Alarmbereitschaft.

»Das war sehr nett von Ihnen. Sie haben ihm das Gefühl gegeben, dass er dazugehört.«

»Aber er gehört doch dazu, das ist so offensichtlich.« Aber da war noch etwas, das sie loswerden musste. »Das war keine ausgeklügelte Taktik von mir, Brody.«

»Ich sagte, es war nett.«

»Schon, aber Sie haben sich auch gefragt, ob ich nicht eine Strategie verfolge. Brody, ich will mit Ihnen schlafen, und ich bin sehr zielorientiert, wenn ich etwas erreichen will. Aber ich würde nie Ihren Sohn benutzen, um das zu bekommen, was ich haben will.«

Sie nahm seinen leeren Becher und wollte sich umdrehen. Brody legte eine Hand an ihren Arm. »Na schön, vielleicht habe ich mich das gefragt. Also entschuldige ich mich dafür.«

»Fein.«

Er drehte sie zu sich herum. »Die Entschuldigung ist ernst gemeint, Kate.«

Endlich entspannte sie sich. »Okay, akzeptiert. Jack ist

großartig und wunderbar. Es ist unmöglich, nicht sofort von ihm hingerissen zu sein."

„Er hat mich völlig um den Finger gewickelt."

„Ja. Und er vergöttert Sie. Das kann jeder sofort sehen. Ich mag Kinder, und ich bewundere liebevolle Eltern. Das macht Sie nur noch interessanter für mich."

„Kate, ich werde nicht mit Ihnen schlafen." Er hielt ihren Arm nicht mehr fest, sondern ließ seine Hand langsam herabgleiten.

Sie lächelte nur. „Das sagen Sie jetzt so."

„Ich werde diesen Job hier nicht verkorksen, indem ich die Dinge und mein Leben verkompliziere. Ich kann es mir nicht leisten ..."

Er wollte etwas sagen. Etwas Wichtiges. Entschiedenes. Aber da legte sie ihre Hände auf seine Brust, ließ sie bis zu seinen Schultern hochgleiten.

„Sie sind einfach nur noch nicht so weit", murmelte sie und bot ihm ihren Mund.

Er konnte nicht anders, er überbrückte den Abstand zwischen ihren Lippen. Lichter flimmerten jäh in ihm auf, als er ihre Lippen berührte, blitzartige Explosionen von Glanz und Hitze.

Er wollte sie bei den Schultern greifen und von sich fortschieben. Es wäre ein Leichtes für ihn, sie auf Armeslänge von sich abzuhalten. Er würde es tun. Später.

Aber jetzt, in diesem Moment, wollte er sich in diesem grandiosen Gefühl verlieren.

Es war wunderbar, unwiderstehlich. Er war unwiderstehlich. Und er kann küssen, dachte sie mit einem zufriedenen kleinen Seufzer. Als hätte er nie etwas anderes getan, als wäre das alles, was er je tun wollte. Sein Mund war weich und warm, seine Hände fest und stark. Gab es überhaupt etwas Faszinierenderes an einem Mann als Stärke? Stärke des Körpers und des Herzens.

Sie hatte das Gefühl, dass ihre Gedanken tausend Pirouetten drehten. Er machte das mit ihr. Und sie wollte den Puls, der hart und fest den Rhythmus schlug, schneller werden lassen. Wollte es mehr, als sie vorausgesehen hatte. Begeistert von der wunderbaren Mischung aus Erregung, Vorfreude und Verlangen legte sie ihren Kopf in den Nacken.

„Das war schön", sagte sie leise und spielte mit ihren Fingern in seinem Haar. „Warum wiederholen wir das nicht?"

Oh, er wollte es, wollte sie gleich hier bis zum Ende des Weges führen. Aber sein Sohn war nur ein paar Schritte weiter und planschte aufgeregt quietschend mit Wasser. „Ich kann nicht."

„Wir haben doch gerade bewiesen, dass du es kannst."

„Ich werde es aber nicht tun." Jetzt hielt er sie tatsächlich auf Armeslänge von sich ab. Ihre Augen waren dunkel vor Verlangen, ihr Mund weich und leicht gerötet. „Verflucht, du kannst einem Mann wirklich den Verstand rauben."

„Scheinbar nicht ganz. Aber es ist ein Anfang."

Er ließ sie los. Das war immer noch am sichersten. Und trat einen Schritt zurück. „Es ist lange her, seit ich … dieses Spiel gespielt habe."

„So etwas verlernt man nie. Vielleicht hast du länger auf der Bank gesessen, aber warum gehen wir nicht gemeinsam aus und beginnen mit deinem Training?"

„Ich habe mir beide Hände gewaschen", verkündete Jack stolz von der Tür und hüpfte herein. „Darf ich noch einen Keks haben?"

„Nein." Er konnte den Blick nicht von ihr wenden. Schien nichts anderes tun zu können, als sie anzustarren. Überrascht. Erstaunt. Fasziniert. „Wir müssen gehen, Jack. Bedanke dich bei Kate."

„Danke, Kate."

„Gern geschehen, Jack. Komm mich doch mal wieder besuchen, ja?"

Er grinste sie an, während sein Vater ihm die Jacke überzog. „Gibt es dann auch wieder heiße Schokolade?"

„Ganz bestimmt."

Sie begleitete die beiden zur Tür und sah zu, wie sie in den Pick-up stiegen. Jack winkte ihr übermütig zu. Brody sah sich nicht einmal um. Mit gemischten Gefühlen blickte Kate dem Auto hinterher.

Ein vorsichtiger Mann, dachte sie. Sie konnte es ihm nicht verübeln. Wenn sie die Verantwortung für ein so wunderbares Kind hätte, würde sie auch vorsichtig sein.

Doch jetzt, da sie den Sohn kennengelernt hatte, war sie noch mehr an dem Mann interessiert. Er war ein guter Vater, ein wachsamer, fürsorglicher Vater. Jack war ein gesunder, offener und glücklicher Junge.

Es konnte nicht einfach sein, ein Kind allein zu erziehen. Aber Brody O'Connell tat es. Und er machte es offensichtlich gut. Sie respektierte das. Bewunderte es.

Vielleicht war sie ein bisschen vorschnell vorgegangen, hatte zu hastig auf reine Chemie reagiert. Sie strich leicht mit einem Finger über ihren Mund und erinnerte sich an das Gefühl und den Geschmack seiner Lippen. Kein Wunder, dass sie so vorgeprescht war.

Aber vielleicht war es angebracht, sich etwas mehr Zeit zu lassen. Es konnte nichts schaden, ihn erst besser kennenzulernen.

4. KAPITEL

*E*rdbeben", sagte Kate. „Schneestürme", hielt Brandon dagegen.

„Smog."

„Schneeschaufeln." Sie warf ihr langes Haar zurück. „Das Schauspiel der wechselnden Jahreszeiten."

Er zog spielerisch an ihrem Haar. „Endloser Strand und Sonnenschein."

Seit Jahren schon stritten sie sich über die Vor- und Nachteile von Ost- und Westküste. Im Moment benutzte Kate diese Debatte, um sich vom Trennungsschmerz abzulenken. In einer Stunde würde Brandon abfahren.

Das ist nur nachweihnachtliche Melancholie, versicherte sie sich selbst. Erst die ganze Aufregung, die Vorbereitungen, dann das friedliche Fest im Kreis der Familie. Danach waren die Kimballs zwei Tage in New York gewesen, um all die vielen Familienmitglieder zu besuchen.

Jetzt war es kurz vor Silvester. Freddie, ihre Schwester, war in New York bei ihrem Mann Nick und den Kindern. Und Brandon auf dem Weg zurück nach Los Angeles.

Sie überblickte die saubere, ruhige Straße, während sie weitergingen, und lächelte dünn. „Verkehrschaos."

„Blondinen mit Traumkörpern in offenen Cabrios."

„Du bist ja sooo leicht zu beeindrucken."

„Stimmt." Er schlang den Arm um ihren Nacken und nahm sie in den Schwitzkasten. „Aber genau das liebst du doch an mir. He, guck mal. Da stehen Männer und schwere LKWs vor deinem Haus."

Sie sah die Straße hinunter. Ein ganzer Konvoi von Baufahrzeugen und Männer, die Material abluden. Brody verschwendet wirklich keine Zeit, dachte sie.

Sie gingen um das Haus herum, stiegen über Bauschutt und kleine Hügel gefrorenen Wintergrases zum Hintereingang, von wo der Lärm erklang. Hier schien das Zentrum der Aktivitäten zu liegen. Ein Radio plärrte – ein Country-Song –, und es roch nach Schmutz, nach Schweiß und seltsamerweise nach Mayonnaise.

Kate umrundete eine Schubkarre und lugte die Hintertreppe hinunter. Eine dicke Holzbohle diente als Rampe. Orangefarbene Verlängerungskabel schlängelten sich an der Wand in den Keller hinunter. Überall hingen Baulampen, an Nägeln oder Haken. Die nackten Glühbirnen warfen grelles Licht und ließen den Keller wie eine archäologische Ausgrabungsstätte wirken.

Kate erblickte Brody. Er trug schmutzige Jeans und schwere Stiefel und nagelte gerade ein Brett an. Obwohl es so kalt war, dass der Atem in der Luft stand, hatte er seine Jacke ausgezogen. Kate konnte jeden einzelnen Muskel unter dem Hemd erkennen, während er sich bewegte.

Sie hatte recht gehabt. Er sah großartig aus in Arbeitskleidung.

Einer der Arbeiter schaufelte Erde in eine Schubkarre. Jack war auch da. Mit einer kleinen Kinderschippe grub und schaufelte er und war ganz konzentriert bei der Sache.

Jack war es, der sie zuerst bemerkte. Er hüpfte aufgeregt umher. „Ich grabe deinen Keller aus! Dafür kriege ich einen Dollar. Zu Weihnachten habe ich einen Betonmischer geschenkt bekommen. Soll ich ihn dir zeigen? Bitte, du musst ihn sehen!!"

„Ja, gern."

Sie stand schon auf der Rampe, als Brody ihr entgegenkam und ihr den Weg versperrte. „Du bist nicht passend angezogen, um hier unten im Dreck zu wühlen."

Sie sah auf ihre Wildlederstiefel. „Wo du recht hast, hast du recht. Hast du eine Minute Zeit?"

„Jack", rief er seinem Sohn zu. „Lass uns eine kleine Pause machen."

Brody blinzelte gegen die helle Wintersonne, als er nach oben kam, Jack im Schlepptau.

245

„Das ist mein Bruder Brandon. Brand, Brody O'Connell und Jack."

„Nett, Sie kennenzulernen." Brody hob lieber nur die lehmverkrustete Hand zum Gruß. „Ich habe Sie spielen sehen. Ein wahres Vergnügen."

„Danke. Das Gleiche kann ich auch über Ihre Arbeit sagen."

„Bist du der Baseballspieler?" Jack starrte ehrfurchtsvoll zu Brandon auf.

„Der bin ich." Brandon ging in die Hocke. „Magst du Baseball?"

„Und wie! Ich habe deinen Handschuh gesehen. Ich habe auch einen. Und einen Schläger und einen Ball und überhaupt alles."

Kate wusste, dass Brandon vorerst mit Jack beschäftigt war, sie konnte die beiden ruhig sich selbst überlassen. „Ich wusste nicht, dass du direkt mit der Arbeit anfangen willst", sagte sie zu Brody.

„Ich dachte mir, wir sollten die warmen Tage ausnutzen. Wir können schon mal den Keller ausheben und Beton gießen, bevor der nächste Frost kommt."

Warm ist relativ, dachte sie und schüttelte sich leicht. „Ich wollte mich auch nicht beschweren. Wie war euer Weihnachten?"

„Schön." Er trat beiseite, damit ein Arbeiter die volle Schubkarre über die Rampe hinaufschieben konnte. „Und bei euch?"

„Wunderbar. Wie ich sehe, hast du deinen Bautrupp aufgestockt. Ist der eine Dollar pro Tag mit in der Kalkulation aufgeführt?"

„Es sind Ferien", sagte er kurz angebunden. „Dann bleibt mein Sohn bei mir. Er kennt die Regeln, und den Männern steht er nicht im Weg."

Bei seinem brüsken Ton hob sie die Augenbrauen. „Puh, sind wir aber empfindlich heute!"

246

Brody stieß den Atem aus. „'tschuldigung. Aber es gibt immer wieder Kunden, die es nicht mögen, wenn ein Kind mit auf der Baustelle ist."

„Ich gehöre nicht zu diesen Kunden."

„He, O'Connell, können Sie diesen Jungen für eine Weile entbehren?"

Brody drehte sich um und sah, dass Brandon Jack bei der Hand hielt. „Nun …"

„Wir haben was zu erledigen, bei uns zu Hause. Ich bringe ihn wieder vorbei, wenn ich zum Flughafen fahre. Eine halbe Stunde?"

„Bitte, bitte, bitte, Dad. Darf ich?"

„Ich …"

„Mein Bruder ist ein Idiot, aber man kann ihm vertrauen", sagte Kate mit einem liebevollen Lächeln.

Nein, dachte Brody, ich bin hier der Idiot. Weil er jedes Mal das Zittern kriegte, wenn Jack mit jemandem mitging. „Einverstanden. Aber wasch dir vorher die Hände."

Jack spurtete los. „Ich brauche nur eine Minute. Bin gleich wieder zurück! Warte bloß so lange, ja?"

„Vielleicht mache ich auf dem Weg zum Frühjahrstraining hier einen Zwischenstopp." Nun war also die Zeit des Abschieds gekommen.

„Das wäre schön." Nein, sie würde nicht heulen, das hatte sie sich geschworen. „Und halt dich von den Blondinen mit den perfekten Körpern fern."

„Kommt gar nicht infrage!" Brandon nahm sie in die Arme und drückte sie an sich. „Du wirst mir fehlen", flüsterte er ihr ins Ohr.

„Du mir auch." Dann trat sie wieder zurück. „Pass auf dein Bein auf, Bruderherz."

„He, du redest hier mit Superman. Pass du nur auf dich auf. Komm, Jack, lass uns gehen." Er nahm Jack bei der sehr nassen und nur wenig saubereren Hand, nickte Brody zu und zog ab.

„Dein Bruder hat eine Verletzung?"

„Eine Sehnenzerrung." Sie seufzte. „Tja, dann will ich dich nicht weiter von der Arbeit abhalten."

Sie hielt das Lächeln aufrecht, bis sie bei der Frontseite des Hauses angekommen war. Dann setzte sie sich auf die Stufen der Vordertreppe und ließ den Tränen freien Lauf.

Als Brody zehn Minuten später zu seinem Wagen ging, saß sie immer noch dort. Die meisten Tränen waren getrocknet und hatten Spuren auf ihren Wangen hinterlassen, eine hing noch in ihren Wimpern.

„Was ist los?"

„Nichts."

„Du hast geweint."

Sie schnüffelte und zuckte mit den Schultern. „Na und?"

Er wollte es dabei belassen. Aber jetzt hatte er vergessen, was er aus seinem Wagen holen wollte. Er war noch nie gegen Tränen angekommen. Er ging zu ihr und setzte sich neben sie. „Was ist passiert?"

„Nichts. Ich hasse nur Abschiede. Wir würden uns nicht verabschieden müssen, wenn er es sich nicht in den Kopf gesetzt hätte, dreitausend Meilen weit entfernt in Kalifornien zu leben. Trottel!"

Ihr Bruder also. „Nun …" Weil eine neue Träne über ihre Wange lief, zog er ein Taschentuch aus der Hosentasche. „Er arbeitet doch dort."

„Entschuldigung, aber im Moment bin ich nicht sonderlich aufnahmebereit für logische Argumente." Unwirsch zog sie ihm das Taschentuch aus der Hand, das er ihr hinhielt. „Danke."

„Keine Ursache."

Sie tupfte die Tränen weg und starrte mit leerem Blick auf die andere Straßenseite. „Hast du Geschwister?"

„Nein."

„Willst du einen Bruder? Ich verkaufe ihn, zum Schleuderpreis." Sie seufzte und lehnte sich zurück. „Meine Schwester ist in New York, mein Bruder in L. A., und ich sitze hier in

248

West Virginia. Ich hätte nie geglaubt, dass wir mal so weit verstreut leben würden."

„Für mich sah es nicht so aus, als wärt ihr euch fremd geworden."

Kate sah ihn an. Von einer Sekunde auf die andere wurde ihr Blick klar. „Du hast recht. Das war genau das, was ich jetzt hören musste. Also." Sie gab ihm das Taschentuch zurück. „Bring mich auf andere Gedanken. Erzähl, wie habt ihr Weihnachten verbracht? Die laute Version, mit Familie und allem?"

„Jack macht genug Lärm für alle. Er hat mich um fünf Uhr morgens aus dem Bett geholt." Bei der Erinnerung musste Brody lächeln. „So gegen zwei hätte ich ihn fast festgebunden, weil er vor lauter Aufregung herumhüpfte wie ein Gummiball."

„Hat er bis zum Weihnachtsessen durchgehalten?"

„So eben. Wir sind zu seinen Großeltern gefahren." Das Lächeln auf seinem Gesicht erstarb. „Wir leben zwar in der gleichen Stadt, aber man könnte sagen, wir sind Tausende von Meilen voneinander entfernt."

„Das tut mir leid."

„Aber sie vergöttern Jack. Das allein zählt."

Und warum zum Teufel hatte er überhaupt damit angefangen? Vielleicht weil es seit seiner Jugend an ihm nagte. Vielleicht weil sein Vater auch heute noch alles kritisierte, was er, Brody, tat und tun wollte.

„Ich lasse die Erde, die wir aus dem Keller holen, an der Hinterseite des Hauses aufschütten. Vielleicht willst du ja dort im Frühjahr einen Garten anlegen."

„Das ist eine gute Idee."

„Also …" Er stand auf. „Ich mache mich wieder an die Arbeit, sonst kürzt mein Boss mir noch den Lohn."

„Brody …" Sie wusste nicht, was genau sie hatte sagen wollen oder wie sie es sagen sollte. Und dann war der Moment vorbei, denn Brandon bog mit seinem schnittigen Leihwagen um die Ecke.

249

„Dad!" Jack machte sich aus dem Sicherheitsgurt frei, kaum dass der Wagen stand. „Stell dir vor! Brand hat mir seinen Baseballhandschuh geschenkt. Und einen Baseball, auf dem er selbst unterschreibt hat."

„Unterschrieben", verbesserte Brody automatisch, dann fing er den Blitz ab, der sein Sohn war. „Lass mal sehen." Der Handschuh und der Ball waren warm, so fest hatte Jack die beiden Sachen gehalten. „Das ist etwas ganz Besonderes, und du musst auch ganz besonders darauf aufpassen."

„Das werde ich! Ganz bestimmt! Danke, Brand! Können wir die Sachen den anderen zeigen?"

„Aber sicher." Brody hob Jack auf seine Hüfte. „Danke für alles", sagte er zu Brandon.

„Keine Ursache. Und Jack, immer daran denken: die Augen fest auf den Ball gerichtet."

„Das mache ich. Bye!"

„Gute Reise", fügte Brody hinzu und drehte sich um, damit sein Sohn seine Schätze den anderen zeigen konnte.

Kate lehnte sich an das offene Wagenfenster. „Vielleicht bist du ja doch nicht so ein Unmensch."

„Der Junge ist großartig." Er kniff Kate leicht ins Kinn. „Und der Vater ist auch nicht schlecht, was? Du hast ein Auge auf ihn geworfen, gib's zu."

„Nein!" Dann lachte sie. „Beide Augen." Sie beugte sich in den Wagen und küsste ihren Bruder auf die Wange. „Kümmere du dich um deine kalifornischen Supermädels. Ich ziehe kernige Kerle vom Land vor."

„Benimm dich."

„Wohl kaum."

Er lachte, hob die Hand zum Abschied und startete den Motor. „Bis dann, Schönheit."

Sie trat zurück und winkte. „Bis dann, Bruderherz."

An Silvester blieb der Spielzeugladen geschlossen, das war Tradition. Diesen Tag verbrachte Natasha in der Küche, um

die Unzahl an Gerichten vorzubereiten, die sie am Neujahrs-
tag bereitstellen würde, wenn Familie, Freunde und Nachbarn ins Haus strömten.

„Brand hätte für die Party bleiben sollen."

„Das hätte ich mir auch gewünscht." Natasha rührte die
Aprikosen für das Kompott, die in einem Topf auf dem Herd
köchelten. „Jetzt schmoll nicht, Katie. Es gab Zeiten, da hat
deine Arbeit dich auch von uns ferngehalten."

„Ich weiß." Kate rollte den Kuchenteig fester als nötig aus.
„Der Blödmann fehlt mir einfach, das ist alles."

„Mir auch."

Auf dem Herd dampften Töpfe, im Ofen brutzelte ein
riesiger Schinkenbraten. Natasha musste daran denken, wie
vor Jahren noch drei Kinder um sie herumgeschwirrt waren.
Drei sich zankende, kichernde, Unsinn machende Geschwister. Damals waren ihre Nerven oft überstrapaziert gewesen.

Eine wundervolle Zeit.

Jetzt war nur Kate da, die Kuchenteig ausrollte.

„Du bist unruhig." Natasha klopfte den Kochlöffel ab und
legte ihn beiseite.

„Ich plane."

„Ja, ich weiß." Sie schenkte zwei Tassen Tee ein und brachte
sie zum Tisch. „Setz dich."

„Mama, ich …"

„Setz dich. Du bist genau wie ich", fuhr Natasha fort, während sie beide sich setzten. „Pläne, Ziele, immer irgendwas,
das erreicht werden muss. Das ist so wichtig für uns. Immer
müssen wir den nächsten Schritt im Voraus kennen, müssen
wissen, was als Nächstes passiert. Damit wir immer die Zügel
in der Hand behalten." Nur nie etwas dem Zufall überlassen.

„Was ist daran verkehrt?"

„Nichts. Es war schwer, hierherzukommen und den Laden zu eröffnen. Schwer, meine Familie zu verlassen. Aber
ich wollte es so. Ich ahnte ja nicht, dass ich deinen Vater hier
treffen würde. Das war nicht geplant."

„Das war Schicksal."

„Genau." Natasha lächelte. „Du und ich, wir machen immer Pläne, überlegen, wägen ab. Und doch glauben wir an das Schicksal. Vielleicht war es das Schicksal, das dich hierher zurückgebracht hat."

„Bist du enttäuscht?" Die Frage war heraus, bevor Kate nachgedacht hatte. Und beide, Mutter und Tochter, waren erleichtert, dass es endlich ausgesprochen worden war.

„Warum sollte ich enttäuscht sein? Von dir? Wie kommst du darauf?"

„Mama." Kate spielte mit ihrer Tasse, suchte nach den passenden Worten. „Ich weiß, wie viel du und Dad geopfert habt, um …"

„Moment!" Natashas dunkle Augen funkelten auf. „Das Wort ‚Opfer' hat nichts, aber auch gar nichts im Zusammenhang mit meinen Kindern zu suchen."

„Ich wollte sagen, du und Dad, ihr habt so viel für mich getan, habt mich unterstützt, wo ihr konntet, als ich so unbedingt tanzen wollte. Bitte, Mama, lass mich aussprechen", hob Kate an, als Natasha sie unterbrechen wollte. „Es hat mich die ganzen Jahre beschäftigt. All die Jahre. Die Stunden, die Kostüme, die Schuhe, die Reisen. Ihr habt mich nach New York gehen lassen, obwohl Dad mich lieber auf dem College gesehen hätte. Ihr habt mir das ermöglicht, was ich am meisten brauchte. Das wusste ich immer. Ich wollte, dass ihr stolz auf mich sein könnt."

„Aber wir sind doch stolz auf dich! Wie kommst du nur auf so unsinnige Gedanken?"

„Ich weiß, dass ihr stolz auf mich wart. Ich konnte es sehen. Es fühlen, als ich auf der Bühne tanzte und wusste, dass ihr im Publikum saßt. Und jetzt werfe ich all das weg."

„Nein, du hast es nur zurückgestellt. Kate, glaubst du wirklich, wir sind nur stolz auf dich, wenn du tanzt? Nur stolz auf die Künstlerin, auf das Talent?"

Plötzlich traten ihr Tränen in die Augen, sie konnte es

nicht verhindern. „Ich mache mir nur Sorgen, ihr könntet enttäuscht sein, weil ich das alles aufgebe, um zu unterrichten."

„Ach Katie. Beantworte mir eine Frage: Willst du eine gute Lehrerin sein?"

„Ja, unbedingt."

„Gut, dann wirst du es auch sein, und wir werden stolz auf die Lehrerin sein. Und in der Übergangszeit, zwischen der Tänzerin und der Lehrerin, sind wir stolz auf dich. Stolz, weil du weißt, was du willst, stolz, weil du dich dafür einsetzt. Stolz, weil du eine wunderbare junge Frau bist, mit einem großen Herzen und einem starken Willen. Nur wenn du daran zweifelst, Katie, würdest du mich enttäuschen."

„Ich werde nicht zweifeln. Niemals. Oh …" Sie blinzelte die Tränen fort. „Ich weiß auch nicht, was mit mir los ist. In letzter Zeit muss ich ständig losheulen."

„Du änderst dein Leben, da sind emotionale Spannungen zu erwarten. Außerdem hast du zu viel Zeit, um zu grübeln und dir Sorgen zu machen. Katie, warum gehst du nicht mal mit deinen alten Freunden hier aus? Heute Abend müssen doch überall Partys stattfinden. Warum bist du zu Hause bei Mama und rollst Kuchenteig aus?"

„Weil ich gern bei Mama in der Küche hocke."

„Kate …"

„Ja, schon gut. Natürlich habe ich daran gedacht. Aber die meisten meiner Freunde sind verheiratet oder treten zumindest als Pärchen auf. Ich trete allein auf und … es ist auch nicht so, als würde ich nach etwas suchen. Verstehst du?"

„Aha. Und warum … suchst du nichts?"

„Weil ich schon etwas gesehen habe, das mir gefällt."

„Ah! Und wer?"

„Brody O'Connell."

Natasha nippte an ihrem Tee. „Ein attraktiver Mann." Kleine Pünktchen begannen in ihren Augen zu tanzen. „Sogar sehr attraktiv. Und sehr sympathisch. Ja, ich mag ihn."

„Sag mal, Mama … du hast ihn nicht zufällig zum Haus geschickt, um uns zu verkuppeln, oder?"

„Nein. Aber das hätte ich, wäre ich auf die Idee gekommen. Also? Warum bist du heute Abend nicht mit Brody O'Connell unterwegs, um Silvester zu feiern?"

„Er hat Angst vor mir." Kate lachte, als ihre Mutter unwillig schnaubte. „Sagen wir lieber, er fühlt sich in meiner Gegenwart unwohl. Ich bin vielleicht ein winziges bisschen zu forsch aufgetreten."

„Du?" Natasha riss gespielt ungläubig die Augen auf. „Meine kleine schüchterne Katie?"

„Schon gut, schon gut." Kate lachte. „Zugegeben, ich bin zu schnell und zu heftig vorgeprescht. Als wir uns zum ersten Mal im Spielzeugladen über den Weg liefen, kaufte er gerade das Weihnachtsgeschenk für Jack. Wir haben geflirtet, ich dachte, wir wären auf derselben Wellenlänge."

„Im Spielzeugladen also", murmelte Natasha nachdenklich. Sie und Spence waren sich auch im Laden zum ersten Mal begegnet, als er eine Puppe für seine Tochter Freddie kaufte.

Ein Wink des Schicksals, dachte sie. So etwas konnte man nie voraussehen.

„Ja. Und weil er diesen Laster für seinen Sohn kaufte, nahm ich an, dass er verheiratet sei. Deshalb war ich sauer auf ihn, eben weil er auf meinen Flirt eingegangen ist."

„Natürlich." Das wurde immer besser. Natasha schmunzelte in sich hinein.

„Dann fand ich heraus, dass er nicht verheiratet ist, und ging zum Angriff über", murmelte Kate erbost. „Er ist auch interessiert, er will es nur nicht zugeben."

„Er ist einsam, Katie."

Kate sah auf. Der Funke, der ihr Temperament hätte entzünden können, erlosch. „Ja, ich weiß. Aber er zieht sich bewusst von mir zurück. Vielleicht macht er das bei jedem Menschen, außer bei Jack."

„Mir gegenüber ist er immer freundlich und offen. Allerdings, als ich ihn einlud, morgen vorbeizukommen, ist er mir ausgewichen. Du solltest ihn überreden", entschied Natasha und stand auf. „Genau. Geh zu ihm, nimm eine Schüssel von den Kichererbsen mit, das bringt Glück im neuen Jahr, und überrede ihn, dass er morgen herkommt."

„Ist es nicht etwas unverschämt, am Silvesterabend uneingeladen bei einem Mann vor der Haustür aufzutauchen?" Dann begann Kate zu grinsen. „Ach, es ist absolut perfekt! Danke, Mama."

„Das wäre also erledigt." Natasha tunkte den Finger in die Schüssel mit der Kuchenfüllung und schleckte ihn ab. „Dann werden dein Vater und ich den Silvesterabend in Ruhe allein verbringen."

Brody nippte an seinem Bier und wünschte sich, er hätte das letzte Stück Pizza nicht mehr gegessen. Er lag ausgestreckt auf der Couch, zusammen mit Jack, im Zentrum des Chaos, das einst ein Wohnzimmer gewesen war. Irgendein grottenschlechter Science-Fiction-Film flimmerte über den Bildschirm, etwas mit gigantischen außerirdischen Augäpfeln.

Er liebte diese schlechten B-Movies. Er konnte einfach nichts dafür.

Noch zwei Stunden, dann würde er umschalten und sich ansehen, wie die Menschen auf dem Times Square das neue Jahr einzählten. Jack hatte unbedingt aufbleiben wollen, um mitzuzählen.

Also hatte er alles Mögliche angeschleppt und angestellt, um sich wach zu halten. Deshalb sah es im Wohnzimmer auch aus, als wäre eine Bombe eingeschlagen. Aber gegen Müdigkeit hatte ein kleiner Junge eben keine Chance. Irgendwann hatte er sich in Brodys Arm gekuschelt und war fest eingeschlafen.

Brody würde ihn zehn Minuten vor Mitternacht aufwecken, bis dahin würde er in dieser Stellung auf dem Sofa durchhalten. Wenn Jack einmal größer war, würde es solche Momente nicht mehr geben.

Brody nahm noch einen Schluck Bier und sah zu, wie der riesige rollende Augapfel einen Menschen vor sich herjagte.

Und wäre fast an die Decke gesprungen, als es an der Haustür klingelte.

Leise fluchend ließ er Jack vorsichtig auf die Couch gleiten, um aufzustehen. Die Chance, dass jemand nach zehn Uhr abends bei ihm an der Tür klingelte, war etwa genauso groß wie die einer Invasion der Erde durch außerirdische Augäpfel.

Er stieg über Spielzeuge, Socken, Schuhe und ging zur Tür. Wahrscheinlich jemand mit einer Panne, der das Telefon benutzen wollte. Jeder, den er kannte, feierte heute Abend.

Scheinbar doch nicht jeder, dachte er, als er die Tür aufzog und Kate draußen stehen sah.

„Hi. Ich dachte, ich schau mal vorbei, ob du zu Hause bist. Meine Mutter schickt dir das hier."

Ihm wurde eine kleine Schüssel mit Kichererbsen in die Hand gedrückt. „Deine Mutter?"

„Ja. Du hast ihre Gefühle verletzt, weil du morgen angeblich zu beschäftigt bist, um vorbeizukommen."

„Ich habe nicht gesagt, dass ich zu beschäftigt bin. Ich ..." Was zum Teufel hatte er gesagt? Er hatte sich eine Ausrede einfallen lassen, ja, aber was war das noch gleich gewesen?

„Die Kichererbsen sind Glücksbringer", fuhr Kate fort. „Mama hofft von ganzem Herzen, dass du deine Meinung änderst und doch noch kommst. Es werden auch viele Kinder da sein, Jack wird also genügend Spielkameraden finden. Ist er noch auf? Ich will nur Hallo sagen."

Sie schob sich an ihm vorbei und schlüpfte ins Haus. Er war viel zu verwirrt, um sie aufhalten zu können. Dann kam Bewegung in ihn. Hastig lief er hinter ihr her ins Wohnzimmer und hob unterwegs Socken und Spielzeug und Papierschnipsel auf.

„Oh, lass nur", winkte sie ab. „Ich weiß, wie es in einem

Haus mit Kindern aussieht. Ich bin in einem groß geworden. Was für ein wunderschöner Baum."

Die Arme voll mit Kram, starrte er auf den Weihnachtsbaum. Er hatte den Baum im Wohnzimmer ihrer Eltern gesehen. Erlesene Dekorationen, geschmackvoll platziert. Der Baum, den Jack und er zusammen geschmückt hatten, sah dagegen aus, als hätten betrunkene Weihnachtswichtel Hand angelegt.

„Wir hatten mal einen, der sah ganz genauso aus. Freddie, Brand und ich haben Mama so lange genervt, bis sie uns den Baum hat schmücken lassen. Wir haben ein schreckliches Durcheinander angerichtet, aber es war einfach großartig." Die Erinnerung daran zauberte ein Lächeln auf ihre Lippen.

Im offenen Kamin knisterte ein Scheit. Kate ging hinüber und wärmte sich die Hände. Über eine Stunde hatte sie mit Anziehen und Fertigmachen zugebracht. Schließlich musste es so wirken, als hätte sie überhaupt nicht auf ihr Äußeres geachtet. Der dunkelviolette Pullover passte hervorragend zu der grauen Hose, in ihren Ohren blinkten kleine Goldkreolen auf, ihr Haar hatte sie offen gelassen, nachdem sie eine lange hitzige Diskussion mit sich geführt hatte, um zu dieser Entscheidung zu gelangen.

Er dagegen hatte bestimmt keine zehn Minuten darauf verwandt, um in Jeans und Sweatshirt so hinreißend auszusehen.

„Ein wunderbares Haus", sagte sie jetzt. „Alles Naturstein, nicht? Muss toll für Jack sein, durch die Räume rennen zu können. Aber er braucht noch einen Hund."

„Ja, er hat schon damit angefangen, mich in dieser Richtung zu bearbeiten." Was sollte er jetzt tun? Mit ihr? „Richte deiner Mutter bitte meinen Dank für die Erbsen aus."

„Danke ihr doch selbst." Kate drehte sich um und erblickte den schlafenden Jack. Ein Arm hing von der Couch herunter. „Hat's nicht geschafft, bis Mitternacht durchzuhalten, was?" Automatisch ging sie hinüber, legte den Arm wieder aufs Kissen und deckte Jack mit der Decke zu.

257

„Ja …"

Er sieht verdutzt aus, dachte Kate. Verdutzt und durcheinander und ratlos und zum Anbeißen, wie er dasteht, die Schüssel mit den Kichererbsen immer noch in der Hand, die Arme voller Spielzeug. „Oh, ich liebe diesen Film", sagte sie leichthin und schaute auf den Fernseher. „Vor allem die Stelle, wenn sie die Tür öffnen und ihnen die ganzen Augäpfel und diese langen Tentakel entgegenkommen. Warum bietest du mir nicht einen Drink an? Das macht man so."

„Ich hab nur Bier da."

„Oh, oh, eine Kalorienbombe. Na schön, dann werde ich eben sündigen." Sie ging zu ihm und nahm ihm die Schüssel ab. „Wo ist die Küche?"

„Die ist …" Sie hatte Parfum aufgelegt. Ein unheimlich aufregendes Parfum. Noch nie war ein so verführerisch weiblicher Duft durch diesen Raum gezogen. Er deutete mit dem Kopf nach links und ließ ein Spielzeugauto auf seinen Fuß fallen.

„Ich finde sie schon. Soll ich dir ein Bier mitbringen?"

„Nein, ich …" Herrgott noch mal! Er riss sich aus dieser Trance, legte den Kram ab und folgte ihr. „Hör mal, Kate, du hast mich zu einem schlechten Zeitpunkt erwischt …" Diese Situation behagte ihm ganz und gar nicht!

„Wow, sieh sich nur einer diese Decke an. Renovierst du alles selbst?"

„Wenn ich die Zeit dazu habe, ja. Jetzt aber mal wirklich, Kate …" Er fluchte leise vor sich hin, als sie in die Küche trat.

„Wow!" Sie sah sich in dem Raum um. Granitarbeitsplatte, Schieferboden, Schränke aus heller Eiche und ein bildschöner Kachelofen. „Das muss viel Arbeit gewesen sein." Sie ging zur Anrichte und brach sich ein Stück von der übrig gebliebenen Pizza ab. Knabberte daran. „Mmh, gut."

Die betrunkenen Wichtel waren blutige Anfänger gewesen im Vergleich zu der Horde wilder Affen, die durch die Küche getobt waren. „Normalerweise sieht es hier nicht so wüst aus."

258

„Du hast eine Party mit deinem Sohn gefeiert, hör endlich auf, dich dafür zu entschuldigen. Steht das Bier im Kühlschrank?"

„Ja … ja." Ach, zum Teufel damit! „Wieso bist du nicht auf irgendeiner Feier?"

„Bin ich doch. Ich bin nur etwas später gekommen." Sie reichte ihm die Bierflasche. „Öffnest du sie bitte für mich?" Dann schnüffelte sie. „Es riecht nach Popcorn."

„Davon ist leider nichts mehr übrig."

„Tja, das hat man davon, wenn man zu spät kommt." Sie lehnte sich an die Anrichte, trank von dem Bier. „Sollen wir uns auf die Couch setzen, den Rest des Films ansehen und Kehraus machen?"

„Ja. Nein."

„Also, was denn nun?"

Sie lachte über ihn. Er sollte eigentlich wütend sein, stattdessen war er erregt. „Irgendwie drängelst du dich immer dazwischen."

„Und? Was willst du dagegen tun?"

Ohne den Blick von ihr zu nehmen, ging er auf sie zu. Nahm ihr die Flasche aus der Hand. Stellte sie weg.

Silvesterabend, dachte er. Das Alte auskehren, das Neue hereinlassen …

„Also dann." Ihr Puls hämmerte, als sie die Hände über seine Brust gleiten ließ, aber er hielt sie fest.

„Nein, jetzt bin ich dran." Er beugte den Kopf. Wollte ihre Lippen berühren …

„Dad?"

„Oh Gott!" Es war wie ein tiefes, leises Aufstöhnen, als er sich von ihr zurückzog.

Jack stand in der Tür und rieb sich die Augen. „Dad, was machst du da?"

„Nichts." Dieses Nichts, das er mit Kate tat, würde ihn höchstwahrscheinlich umbringen.

„Ehrlich gesagt, dein Dad wollte mich gerade küssen."

259

Brody erstarrte, dann wandte er sich seiner Besucherin zu.

„Kate!" Er sagte es in dem gleichen Tonfall, den er benutzt hatte, um Jack zu ermahnen.

„Nö, glaub ich nicht." Jack schaute mit verschlafenen Augen·von einem zum anderen. Die Haare standen ihm wirr in alle Richtungen, die Wangen waren vom Schlaf gerötet. „Dad küsst nie Mädchen."

„Wirklich nicht?" Bevor Brody zurückweichen konnte, hatte Kate ihn am Hemdkragen gepackt. „Warum denn nicht?"

„Na, weil es Mädchen sind", kam es weise von Jack. „Mädchen zu küssen ist eklig."

„So?" Sie ließ den Vater los, winkte den Sohn mit dem Zeigefinger heran. „Komm mal her, du Naseweis."

„Wieso?"

„Damit ich dich küssen kann."

„Iih! Nein!" Er riss die Augen auf, lachte.

„Na schön." Sie zog ihren Mantel aus, warf ihn Brody zu und schob die Ärmel des Pullovers hoch. „So, mach dich auf was gefasst!"

Sie griff nach ihm, gab ihm genug Zeit, um aufzuschreien und loszurennen. Für ein paar Minuten spielte sie so Fangen mit ihm und überraschte Brody damit, wie leichtfüßig sie es vermied, auf Spielzeug zu treten. Jack quiekte vor Vergnügen und rannte weiter.

Schließlich fing sie ihn ab und fiel mit ihm auf die Couch, während der Junge lachend um Hilfe schrie.

„Und jetzt die schrecklichste Strafe überhaupt!" Sie pflanzte kleine Küsschen auf seine Wangen, seine Nasenspitze, seine Stirn. „Sag: ‚Mmh, gut.'"

„Niemals!" Jack war atemlos, vor Lachen und Vergnügen.

„Sag: ‚Gut, gut, gut', oder ich höre nie wieder auf!"

„Ich geb auf! Okay, gut, gut, gut!"

„Na also." Sie setzte sich auf, holte tief Luft. „Das war's."

Jack kroch auf ihren Schoß. Sie war nicht so weich wie Grandma, auch nicht so hart wie Dad. Sie war anders, und ihr

Haar war weich und kitzelte ihn. „Bleibst du bis Mitternacht, wenn das neue Jahr kommt?"

„Ich würde gerne bleiben." Sie sah zu Brody. „Wenn dein Dad nichts dagegen hat."

Einige Schlachten, so dachte er, waren verloren, bevor sie überhaupt begonnen hatten.

„Ich hole uns noch ein Bier."

5. KAPITEL

*U*nd jetzt ...“ Frederica Kimball LeBeck zog ihre Schwester in deren Schlafzimmer und schloss die Tür hinter sich. Die somit erreichte Privatsphäre würde vielleicht fünf Minuten andauern, so hoffte sie zumindest. „Schieß los. Ich will alles wissen, von Anfang an.“

„Sicher, wenn du willst. Also, es fing mit einem Urknall im Universum an ...“

„Haha. Ich meinte Brody O'Connell.“ Freddie war acht Jahre älter als Kate und – ganz anders als ihre durchtrainierte dunkelhaarige jüngere Schwester – klein, grazil und blond. Sie ließ sich auf das Bett fallen. „Mama sagt, du hast ihn ins Visier genommen.“

„Er ist doch kein Karnickel.“ Kate ließ sich neben ihre Schwester fallen. „Aber verdammt attraktiv, was?“

„Doch, mir gefallen vor allem die breiten Schultern. Also, was genau geht da ab?“

„Nun, er ist Witwer und zieht seinen Sohn allein groß. Hast du Jack gesehen? Ein Pfundskerlchen!“

„Den kann man nicht übersehen. Endlich hat Max mal jemanden, der ihm ebenbürtig ist“, sagte sie und bezog sich damit auf ihren eigenen Sechsjährigen. „Die beiden zeigen sich gerade gegenseitig, wie toll sie Videospiele können.“ Freddie verdrehte scherzhaft die Augen und grinste ihrer Schwester zu.

„Gut. Vielleicht taut Brody dann auch endlich auf.“

„Oh, dem wird gar nichts anderes übrig bleiben. Grandpa und Onkel Mik haben ihn sich vorgenommen. Die beiden haben ihn zur Tür hinausgeschoben, damit sie sich alle zusammen dein Haus ansehen und männliche Fachsimpeleien von sich geben können.“

„Sehr gut.“

„Also, ist es nur Chemie oder mehr?“

„Nun, die Chemie hat den Anfang gemacht. Du weißt doch,

meine Hormone reagieren immer auf große, muskulöse Männer – und ihre Werkzeuggürtel."

Freddie platzte glucksend heraus, und Kate studierte die Decke. „Gut möglich, dass da mehr draus wird. Er ist so … ach, ich weiß nicht … irgendwie einfach nett. Solide, verantwortungsbewusst und ein sehr liebevoller Vater. Und so süß schüchtern. Was ihn zu einer Herausforderung macht."

„Und jeder weiß, dass du einer Herausforderung nicht widerstehen kannst."

„Genauso wenig wie du. Aber jedes Mal, wenn ich ihn mit Jack zusammen sehe, dann fühle ich dieses … dieses kleine Ziehen." Sie deutete auf ihren Magen. „Hier drin. Verstehst du?"

Freddie dachte an ihr eigenes Ziehen, das sie bei ihrem Mann Nick gefühlt hatte. „Bist du dabei, dich in ihn zu verlieben?"

„Um das zu sagen, ist es noch zu früh. Aber er gefällt mir, in all den Dingen, die wichtig sind. Was ein guter Ausgleich zu dieser wilden Anziehungskraft ist." Sie hob ein Bein und zielte mit den Zehen auf die Lampe. „Ich würde ihn zu gern mal allein erwischen und ihm die Kleider vom Leib reißen. Aber mit ihm kann man sich auch gut unterhalten. Letzte Nacht haben wir gemeinsam diesen dummen Film mit den außerirdischen Augäpfeln gesehen und uns bestens amüsiert."

„Oh, den Film liebe ich."

„Das meine ich ja. Es war richtig gemütlich." Und himmlisch, dachte sie und rekelte sich genüsslich. „Auch wenn er mir das Blut schneller durch die Adern jagt, es ist nett, einfach mit ihm auf der Couch zu sitzen und sich einen alten Film anzusehen. Wenn ich mich mit anderen Männern getroffen habe, dann hieß es immer Ausgehen, Tanzen, Vernissage, Kunstgalerie. Niemand wäre auf die Idee gekommen, einfach mal einen Abend zu Hause zu verbringen und auszuspannen. Ich muss sagen, es gefällt mir."

„Eine Kleinstadt, eine Ballettschule, eine kleine Romanze mit einem Tischler … das passt zu dir, Katie."

Sie war entzückt, dass Freddie ebenso dachte, und rollte sich träge auf die andere Seite. „Ja, nicht wahr?"

Yuri Stanislaski, ein Baum von einem Mann mit wallender eisgrauer Mähne, stand mitten in dem Raum, der dazu ausersehen war, ein Ballettstudio zu werden.

„Das ist ein guter Raum. Viel Platz. Meine Enkelin hat ein Auge für den Wert von Platz. Starkes Fundament." Er ging zur Wand und hieb mit der geballten Faust dagegen. „Solides Gerüst."

Mikhail, Yuris ältester Sohn, stand am Fenster. „Sie wird ihre Kindheit hier wieder aufleben lassen. Das wird ihr guttun. Außerdem", er drehte sich zum Fenster und lächelte, „werden die Leute sie tanzen sehen. Das ist gute Werbung. Meine Nichte ist ein cleveres Mädchen, das habe ich schon immer gesagt."

Schritte ertönten auf den Treppen. Brody hatte den Überblick verloren, er wusste nicht, wie viele mitgekommen waren. Er nahm an, dass die meisten von den Jüngeren zu Mik gehörten, aber es war schwierig, sie genau zuzuordnen, vor allem weil es so viele waren und wirklich alle so verdammt gut aussahen.

Er war nicht an große Familien gewöhnt, und die Stanislaski-Familie, so schien es ihm zumindest, war so groß, wie Familien eben sein konnten, ohne dass sie aus allen Nähten platzten.

„Papa! Komm mal hoch, das musst du dir einfach ansehen. Dieses Haus ist uralt. Einfach großartig!"

„Mein Sohn Griff", erklärte Mik und schmunzelte. „Er liebt alte Dinge. Dieses Haus muss wie ein Paradies für ihn sein!"

„Dann auf nach oben." Yuri gab Brody einen freundschaftlichen Schlag auf den Rücken, der einen Elefanten umgehauen hätte. „Wir werden ja sehen, was Sie aus diesem Haus machen, damit meine kleine Katie zufrieden ist. Sie ist hübsch, meine Kleine, nicht wahr?"

„Ja", erwiderte Brody vorsichtig.

„Und stark."

„Äh …" Er wusste nicht, wie sicher der Grund war, auf dem er sich hier bewegte, und schaute Hilfe suchend zu Mik. Der aber schenkte ihm nur ein strahlendes Lächeln. „Ja, sieht so aus."

„Hat auch ein solides Gerüst." Yuri lachte herzhaft auf und zwinkerte seinem Sohn zu. Ohne Zweifel handelte es sich hier um einen weiteren Familienscherz.

Brody war sich immer noch nicht so ganz klar, was geschehen war. Eigentlich hatte er nur ganz kurz bei den Kimballs vorbeischauen wollen. Ein Höflichkeitsbesuch, weil Natasha so nett gewesen war und an ihn und Jack gedacht hatte.

Und dann war er einfach mitgerissen worden. Nein, „verschlungen" beschrieb es besser. Er bezweifelte, dass er je so viele Menschen auf engstem Raum gesehen hatte. Und die meisten waren auf die eine oder andere Weise miteinander verwandt. Für Brody war diese Tatsache fast schon unglaublich.

Da seine eigene Familie nur aus ihm, Jack und seinen Eltern bestand – und drei Tanten und sechs Cousins und Cousinen irgendwo im Süden –, hatte ihn die schiere Anzahl der Stanislaskis erschlagen. Ehrlich gesagt war ihm unklar, wie sie überhaupt in der Lage waren, sich alle Namen zu merken.

Sie waren fröhliche, gut aussehende, lebenslustige Menschen, die unzählige Fragen stellten, Geschichten erzählten und Meinungen hatten. Das Haus war so angefüllt mit Menschen, Essen, Musik und Drinks, dass er, obwohl er fast bis acht Uhr abends geblieben war, in dem ganzen Trubel nur Minuten mit Kate hatte sprechen können. Man hatte ihn zu dem alten Haus gezerrt, ihn über seine Planung ausgefragt, darüber, wie er die Renovierung angehen würde – aber er war nicht dumm genug, um zu glauben, dass es sich bei diesem Verhör nur um die Bauarbeiten gedreht hatte.

Kates Familie hatte ihn unter die Lupe genommen. Connies Familie hatte das Gleiche getan, wenn auch nicht so gut gelaunt und nicht mit diesem Sinn für Humor und dieser Begeisterung. Aber unterm Strich kam es auf das Gleiche heraus.

War dieser Typ auch gut genug für ihre Prinzessin? In Connies Fall war die Antwort ein eindeutiges Nein gewesen. Und diese gegenseitige Abneigung hatte alles überschattet, was danach gekommen war.

Die Stanislaskis hatten ihr Urteil noch nicht gefällt. Glaubte er zumindest. Nichts, was er auch getan hatte, um so taktvoll wie möglich durchblicken zu lassen, dass er gar nicht vorhatte, ihre Ballerina aus ihren Spitzenschuhen zu werfen, hatte Wirkung gezeigt. Sie hatten ihn trotzdem weiter umzingelt und ausgefragt. Auf nette Weise, höflich. Oder direkt und offen, ohne auch nur einen Deut an Zurückhaltung.

Das war genug gewesen, um einem Mann bewusst zu machen, wie glücklich er sich schätzen konnte, dass er alleinstehend war. Und ihn in dem Entschluss zu festigen, es auch zu bleiben.

Jetzt waren die Feiertage vorbei. Dem Himmel sei Dank! Er konnte sich wieder auf die Arbeit konzentrieren, sich daran erinnern, dass Kate Kimball eine Kundin war. Nicht eine Geliebte.

Eine ganze Woche lang karrte er Bauschutt zum Haus hinaus, verstärkte und glich Wände aus, prüfte und ersetzte Rohrleitungen.

Sie ließ sich nicht ein einziges Mal blicken.

Jeden Tag, wenn er auf der Baustelle war, wartete er darauf, dass sie jeden Moment hereinspazieren und sich erkundigen würde, wie es voranging. Und jeden Abend, wenn er sein Werkzeug auf den Pick-up lud, fragte er sich, was sie wohl vorhaben mochte.

Offensichtlich war sie beschäftigt. Zu beschäftigt, um sich um das Haus zu kümmern. Ihr Interesse war also doch nicht so groß gewesen, wie sie vorgegeben hatte. An dem Haus nicht und an ihm auch nicht.

Deshalb war es umso besser, dass er sich nicht auf einen Flirt eingelassen hatte. Wahrscheinlich zog sie die halbe Nacht um die Häuser, um die andere Hälfte im Bett irgendeines gelackten New Yorkers zu verbringen. Es würde ihn nicht überraschen. Kein bisschen. Es würde ihn auch nicht überraschen, wenn sie schon wieder daran dachte, das Haus abzustoßen und den Staub der Kleinstadt von ihren Spitzenschuhen zu schütteln.

Was ihn allerdings überraschte, war, dass er sich plötzlich auf der Treppe zum Haus ihrer Eltern wiederfand und laut an die Haustür pochte.

Er tigerte unruhig auf der Veranda auf und ab. Sie war doch diejenige gewesen, die jedes Detail genauestens durchgesprochen haben wollte, oder? Er ging zur Tür zurück, hämmerte noch mal dagegen. Sie konnte doch wenigstens eine Woche lang so tun, als sei sie noch interessiert, oder?

Er ging zurück, trat vor, wieder zurück. Was zum Teufel machte er hier eigentlich? Was er hier veranstaltete, war ja lächerlich. Es ging ihn nicht das Geringste an, was sie tat, mit wem und wo, solange sie die Rechnungen bezahlte.

Er atmete tief durch und hatte sich fast schon wieder beruhigt, als die Tür geöffnet wurde.

Da stand sie, mit schweren Lidern und wirrem Haar, ihr Gesicht leicht gerötet. Wie eine Frau, die gerade aus dem Bett geglitten war und vorhatte, direkt dorthin zurückzukehren.

Verflucht!

„Brody?"

„Tut mir leid, dass ich dich geweckt habe. Es ist ja auch erst vier Uhr nachmittags."

Sie war zu verschlafen, um die Stichelei herauszuhören. „Schon in Ordnung. Wenn ich nachmittags mehr als eine Stunde schlafe, bin ich die ganze Nacht hellwach. Komm rein. Ich brauche erst mal einen Kaffee."

Sie ließ die Tür offen, weil sie davon ausging, dass er ihr folgen würde, und ging in die Küche. Sie hörte, wie die Tür zuschlug, dachte sich aber nichts dabei. In diesem Haus wurden ständig Türen geöffnet und wieder geschlossen.

„Ich bin erst vor ein paar Stunden zurückgekommen." Sie setzte Kaffee auf, versuchte die Kaffeemaschine mit ihrem Willen dazu zu bringen, schneller zu laufen. Um ihre verspannten Muskeln zu lockern, verfiel sie automatisch in die Grundposition. „Wie laufen die Dinge mit meinem Haus?"

Brody runzelte verärgert die Stirn! Diese Frau war einfach unglaublich! „Wechselt dein Interesse generell von heiß auf eiskalt?"

„Hmm?" Wechsel, dritte Position. Auf die Spitzen. Kaffeebecher aus dem Schrank holen.

„Du warst seit einer Woche nicht mehr auf der Baustelle. Wie kommt das?"

„Ich war nicht in der Stadt. Du trinkst ihn schwarz, oder? Ein Notfall, in New York."

Sofort wandelte sich sein Ärger in Sorge. „Jemand aus deiner Familie?"

„Oh nein, denen geht es bestens." Sie bog den Rücken zurück, drehte sich ein wenig zur Seite, verzog vor Schmerzen das Gesicht. „Könntest du vielleicht mal ... diese Stelle dahinten, die bringt mich noch um ..."

Sie drehte den Arm auf den Rücken, versuchte, den schmerzenden Muskel unter dem Schulterblatt zu erreichen. „Wenn du nur eine Minute deinen Daumen da hineindrücken könntest ... Ein bisschen tiefer ... ah, ja, da. Oh, so ist es gut. Fester. Hör nur nicht auf ..." Sie schloss die Augen und lehnte den Kopf zurück. „Oh ja, ja, mehr ... Oh!"

„Zum Teufel damit!" Die Erregung hatte seine Selbstbeherrschung besiegt. Er riss Kate herum, presste sie an die Anrichte und drückte verlangend seine Lippen auf ihren Mund. Wie lange hatte er sich nach diesem Augenblick gesehnt!

Hitze schwappte über sie wie eine Welle, Lichter blitzten vor ihren geschlossenen Augen auf. Ihre Lippen öffneten sich, um einen erstaunten Aufschrei auszustoßen, doch er nutzte die Gelegenheit, um den Kuss zu vertiefen. Sie hob die Hände an seine Brust, bemühte sich, ihm zu folgen, wohin er sie mitnahm.

Sie war zwischen dem Küchenschrank und seinem harten Körper gefangen. All ihre Müdigkeit war mit einem Schlag verflogen, sie dachte nicht mehr an schmerzende Muskeln, nur noch an diesen Feuerball der Emotionen, der sie mitriss.

Frustration, Verlangen, Lust, Wut. All die Gefühle, die er so sorgfältig unter Verschluss gehalten hatte, seit dem Moment, als er sie zum ersten Mal gesehen hatte. Jetzt waren alle Dämme gebrochen, und die Leidenschaft sprudelte hervor. Er nahm, was er sich bisher versagt hatte. Nahm ihren Mund in Besitz, um seinen Hunger zu stillen. Und als sie seine Schultern fasste und zu zittern begann, nahm er mehr.

Sie waren beide atemlos, als sie sich voneinander lösten. Für einen langen Moment starrten sie einander nur an, seine Hände in ihrem Haar vergraben, ihre Finger in seine Schultern verkrallt. Und dann lagen ihre Münder wieder aufeinander, ein wilder, leidenschaftlicher Kampf von Lippen und Zungen und Zähnen. Sie nestelte fiebrig an seinem Hemd, er ließ seine Hände unter ihr T-Shirt gleiten. Verzweifelt, schwer atmend, hinweggeschwemmt von Lust, wollten sie mehr vom anderen spüren. Er schlug mit dem Rücken gegen den Kühlschrank, er spürte es nicht. Er drehte und schob sie, ohne sie loszulassen, bis sie an den Küchentisch anstieß. Fasste ihre Hüfte, wollte sie auf diese Tischplatte hieven …

„Katie, rieche ich da etwa frischen Kaffee?"

Spencer Kimball blieb wie angewurzelt in der Tür zur Küche stehen. Er griff sich unwillkürlich ans Herz, als er erblickte, wie sich sein kleines Mädchen um seinen Tischler rankte.

Sie fuhren auseinander, wie schuldbewusste Kinder, die auf frischer Tat bei einem Streich ertappt wurden.

Für Sekunden, die sich bis in die Unendlichkeit zu dehnen schienen, rührte sich niemand, niemand sprach ein Wort.

„Ich ... äh ..." Du lieber Himmel, war alles, was Spencer denken konnte. „Ich bin ... im Musikzimmer." Er zog sich überstürzt zurück.

Brody fuhr sich aufgewühlt durchs Haar. „Oh Gott! Jemand reiche mir ein Gewehr, damit ich mich erschießen kann."

„So was haben wir nicht." Sie musste sich an einer Stuhllehne festhalten, der Raum drehte sich immer noch um sie. „Mein Vater ist sich durchaus im Klaren darüber, dass ich ab und zu mal Männer küsse."

Brody ließ die immer noch zitternden Hände sinken. „Ich war auf dem besten Wege, wesentlich mehr zu tun, als dich nur zu küssen."

„Ich weiß." Schließlich hämmerte ihr Puls immer noch laut wie eine Kesselpauke. Und sie sah auch die Hitze der Leidenschaft in diesen wunderbaren Augen vor sich. „Wirklich zu schade, dass Dad heute Nachmittag keinen Unterricht gibt."

Brody stieß zischend den Atem aus, drehte sich auf dem Absatz um und holte ungeduldig ein Glas aus dem Schrank, um kaltes Leitungswasser hineinlaufen zu lassen. Für einen kurzen Moment überlegte er, ob er es sich über den Kopf gießen sollte, entschied sich dann aber doch, es in großen Schlucken zu trinken. Es brachte ihn zwar lange nicht auf Normaltemperatur, aber es kühlte ihn immerhin ein wenig ab. „Das wäre nicht passiert, wenn du mich nicht wütend gemacht hättest."

„Dich wütend gemacht?", wiederholte sie. Gerne hätte sie ihm das wirre Haar glatt gestrichen, um es dann wieder zu zerwühlen. „Wie das?"

„Und dann verleitest du mich dazu, dich anzufassen, und gibst auch noch diese kleinen Sexlaute von dir."

Sie brauchte jetzt keinen Kaffee, sie brauchte einen Drink! „Das waren keine ‚Sexlaute'." Sie holte eine Flasche Weißwein aus dem Kühlschrank. „Das waren Muskellockerungs-Laute. Na ja, ich muss zugeben, sie können sich sicherlich ähnlich anhören. Und hol mir endlich ein verdammtes Weinglas aus dem Schrank, denn jetzt bin ich wütend."

„Du?" Er riss die Schranktür wieder auf und schob ihr ein Weinglas in die Hand. „Du setzt dich für eine ganze Woche nach New York ab, ohne auch nur einen Ton zu sagen!"

„Entschuldige, aber du irrst." Ihre Stimme war kalt wie Eis. „Meine Eltern wussten ganz genau, wo ich war." Sie schenkte sich Wein ein und setzte die Flasche unsanft auf der Anrichte ab. „Mir war nicht bewusst, dass ich meinen Terminkalender mit dir absprechen muss."

„Du hast mich für einen Auftrag angeheuert, oder? Ein ziemlich großer und komplexer Auftrag, bei dem du – wie du selbst verlangt hast – über jeden Schritt informiert werden willst. Und es hat sich so ergeben, dass in dieser Woche einige Schritte unternommen wurden. Und gerade dann bist du weg! Ohne ein Wort zu sagen!"

„Es ging nicht anders." Sie nahm einen großen Schluck Wein und bemühte sich darum, ihr Temperament im Zaum zu halten. „Bei Problemen oder Fragen hättest du jederzeit meine Eltern kontaktieren können. Sie hätten dir auch meine Nummer geben können. Warum hast du sie nicht gefragt?"

„Weil …" Irgendein Grund musste sich doch finden lassen. „Weil meine Kunden normalerweise alt genug sind, um mir eine Nachricht zu hinterlassen, wo sie zu erreichen sind, und nicht erwarten, dass ich ihnen hinterherjage."

„Das ist eine wirklich lahme Ausrede, O'Connell", tat sie spöttisch ab, auch wenn es sie getroffen hatte. „Na schön. Dann sagen wir doch einfach ganz klar: In Zukunft wirst du dich an meine Eltern wenden, solltest du mich nicht erreichen können."

„Fein!" Er vergrub die Hände in den Hosentaschen.

„Genau!" Das ist ja lächerlich, dachte sie. Sie hatte nichts gegen einen anständigen Streit, aber nicht, wenn es um Lappalien ging. „Hör zu, ich musste nach New York. Als ich die Company verließ, habe ich unserem Direktor versprochen, dass ich einspringe, wenn Not am Mann ist. Ich halte meine Versprechen. Einige Tänzer sind ausgefallen, Grippe. Wir tanzen mit Verletzungen, wir tanzen, wenn wir krank sind, aber manchmal geht es eben nicht mehr. Ich habe ihm eine Woche versprochen, bis die meisten sich wieder erholt hatten." Sie lehnte sich gegen die Anrichte. „Mein Partner und ich sind nicht mehr aneinander gewöhnt. Außerdem habe ich drei Monate nicht mehr getanzt, ich bin nicht mehr in Form – was endlose Trainingsstunden und Proben bedeutete. Ich hatte also wirklich keine Zeit, mir Gedanken um ein Projekt zu machen, das ich in gute Hände gegeben habe. Ich war auch nicht davon ausgegangen, dass zu einem so frühen Punkt schon irgendwelche Fragen auftauchen, vor allem nicht, nachdem wir die Dinge vor Kurzem erst ausführlich besprochen haben. Ich hoffe, das reicht dir als Erklärung."

„Ja, das reicht. Kann ich ein Messer haben?"

„Wozu?"

„Du hast kein Gewehr, also werde ich mir die Kehle aufschlitzen."

„Warte lieber damit, bis du bei dir zu Hause bist. Meine Mutter wird über Blutflecken in der Küche nicht begeistert sein."

„Und dein Vater sieht es wohl kaum gerne, wenn seine Tochter auf dem Küchentisch Sex hat."

„Kann ich nicht sagen. Das Thema wurde nie zwischen uns angeschnitten."

„Ich hatte nicht vor, dich so zu packen."

„So." Sie bot ihm ihr Glas an. „Wie wolltest du mich denn sonst packen?"

„Lass es." Er nahm und trank. „Du merkst doch selbst, wie kompliziert das Ganze wird. Der Job, du, ich, Sex."

„Ich habe ein ausgeprägtes Organisationstalent und bin sehr gut im Zuordnen und Einteilen. Manche halten das für meine größte Stärke, andere behaupten, es nervt."

„Das kann ich mir vorstellen." Er gab ihr das Glas zurück. „Kate."

Sie lächelte. „Brody."

Er lachte leise, steckte die Hände wieder in die Taschen und begann im Raum auf und ab zu tigern. „Ich hab vieles in meinem Leben verbockt. Mit Connie, meiner Frau, und Jack. Und ich habe alles darangesetzt, dass sich das ändert. Jack ist gerade mal sechs. Ich bin alles, was er hat. Das wird immer das Wichtigste für mich sein."

„Wenn es nicht so wäre, würde ich wesentlich weniger von dir halten. Dann würde ich mich wohl auch nicht so zu dir hingezogen fühlen."

Er drehte sich um und studierte ihr Gesicht. „Ich werde nicht schlau aus dir."

„Vielleicht solltest du deinen Terminkalender so planen, dass dir Zeit bleibt, über dieses Problem nachzudenken."

„Vielleicht sollten wir uns einfach ein Zimmer in irgendeinem Motel buchen und einen Nachmittag lang so tun, als gäbe es keine Probleme."

Er war überrascht, dass sie lachte. „Das ist eine Alternative. Ich persönlich würde gern beides tun. Aber für den Moment werde ich es dir überlassen, welche der beiden Möglichkeiten wir zuerst in Angriff nehmen."

„Vielleicht sollten wir …" Er sah auf die Küchenuhr und fluchte leise. „Ich muss Jack abholen. Komm morgen Mittag zur Baustelle. Dann gebe ich dir zum Lunch ein Sandwich aus, und du kannst dir ansehen, wie weit wir gekommen sind."

„Ja, gern." Sie neigte leicht den Kopf. „Willst du mir nicht einen Abschiedskuss geben?"

„Lieber nicht. Dein Vater hat vielleicht doch ein Gewehr im Haus, und du weißt nur nichts davon."

Nein, Spencer Kimball war nicht dabei, ein Gewehr zu laden. Kate fand ihn in seinem Musikzimmer, wo er über den Unterrichtsplänen für das laufende Semester saß. Allerdings starrte er jetzt schon zehn Minuten lang auf die gleiche Seite, ohne auch nur ein Wort verstanden zu haben.

Sie stellte einen dampfenden Kaffeebecher neben ihn hin,

273

schlang die Arme um seinen Hals und legte ihr Kinn auf seine Schulter. „Hi."

„Hi. Danke."

Sie schmiegte ihre Wange an seine und sah zum Fenster hinaus in den hübschen Garten. Sie würde ihre Mutter bitten, ihr bei der Planung des Gartens an der Schule zu helfen. „Brody befürchtet, du könntest ihn erschießen."

„Ich habe keine Waffe."

„Das habe ich ihm auch gesagt. Ich sagte ebenfalls, mein Vater weiß, dass ich Männer küsse. Das weißt du doch, oder, Daddy?"

Sie nannte ihn nur dann Daddy, wenn sie sich bei ihm einschmeicheln wollte. Sie beide wussten das.

„Es ist etwas ganz anderes, wenn man verstandesmäßig etwas weiß, als wenn man mitten in ein …" Spencer knirschte mit den Zähnen. „Er hatte seine Hände an deinen … Er hat mein kleines Mädchen angefasst."

„Dein kleines Mädchen hat seine Hände auch dazu benutzt, um ihn anzufassen." Sie kam herum und setzte sich auf seinen Schoß.

„Ich glaube nicht, dass die Küche der geeignete Ort ist, um …" Ja, um was eigentlich?

„Du hast natürlich recht." Sie klang jetzt sehr brav, ganz die gescholtene Tochter. „Die Küche ist zum Kochen da. Dich und Mama habe ich nie in der Küche küssen sehen. Dann wäre ich wahrscheinlich ziemlich schockiert gewesen."

Seine Mundwinkel zuckten, aber er unterdrückte den Drang zu lachen. „Halt einfach den Mund."

„Ich war mir immer sicher, dass, sollte ich einmal zufällig in die Küche kommen und sehen, wie Mama und du … dass es so aussieht, als würdet ihr euch küssen, es sich mit Sicherheit nur um eine lebensrettende Maßnahme, um eine Mund-zu-Mund-Beatmung, handeln kann."

„Wenn du nicht still bist, wirst du gleich lebensrettende Maßnahmen brauchen."

„Gut. Aber solange mir noch Zeit bleibt, möchte ich dir eine Frage stellen. Was hältst du von Brody? Als Mann, meine ich? Gefällt er dir?"

„Ja, aber das heißt nicht, dass ich vor Begeisterung in die Hände klatsche, wenn ich in meine Küche komme und sehe … nun, was ich gesehen habe."

„Tja, da wäre immer noch die Möglichkeit eines Motelzimmers."

„Ach Kate." Er legte seine Stirn an ihre.

„Du und Mama, ihr habt mir immer gesagt, dass ich nie etwas vor euch geheim halten muss, weder meine Gefühle noch meine Wünsche oder Taten. Ich fühle etwas für Brody. Ich bin noch nicht sicher, was das bedeutet, aber meine Taten werden meine Gefühle widerspiegeln, das verspreche ich dir!"

„Das war schon immer so bei dir. Mit einer guten Portion gesundem Menschenverstand und Logik angereichert."

„Dies hier ist nicht anders."

„Und er? Welche Gefühle hat er für dich?"

„Er weiß es nicht. Aber das werden wir schon herausbekommen."

„Er weiß es also nicht." Seine Augen, vom gleichen Grau wie ihre, wurden zu schmalen Schlitzen. „Der Junge sollte sich besser schnell überlegen, was er tut, sonst …"

„Ooh, Daddy!" Kate blinzelte und schüttelte sich leicht. „Wirst du ihn für mich verhauen, ja? Darf ich zusehen? Bitte!"

„… braucht er lebensrettende Maßnahmen."

Sie drückte ihrem Vater einen Kuss auf die Wange. „Ach Dad, ich liebe dich. Du hast auch ein Kind über Jahre allein großgezogen. Du weißt, was es heißt, ein Kind zu lieben, die Verantwortung zu tragen."

Seine Freddie. Sein Baby. Das jetzt schon eigene Babys hatte. „Ja, ich weiß, was das bedeutet."

„Wie sollte ich mich da nicht zu ihm hingezogen fühlen? Zu diesem Teil, den ich an dir so liebe?"

„Und was sollte ich dagegen sagen können?" Er zog sie zu

275

sich heran und drückte sie. „Du kannst Brody sagen, dass ich mir kein Gewehr kaufen werde. Noch nicht."

Am nächsten Tag ging sie um die Mittagszeit zur Baustelle. In der Zwischenzeit hatte sie es sich zur Gewohnheit gemacht, mit Kuchen, Sandwiches und frischem Kaffee vorbeizukommen. Man hätte es als Bestechung bezeichnen können.

Um genau zu sein – Brody nannte es auch so. Ihre kleinen Aufmerksamkeiten machten seine Männer viel nachsichtiger, wenn sie sie mal wieder mit tausend Fragen löcherte oder wenn sie unbedingt eine neue Idee durchgesetzt haben wollte, die nicht im Plan stand.

Trotzdem hielt ihn das nicht davon ab, auf ihre Besuche zu warten, sich im Laufe des Vormittags so zu beeilen, dass er sich die halbe Stunde genehmigen konnte, um mit ihr durch die Stadt zu bummeln oder einen Kaffee in dem kleinen Café an der Ecke zu trinken.

Er wusste, seine Männer stießen sich bereits die Ellenbogen in die Rippen und warfen sich vielsagende Blicke zu, wenn er mal wieder mit Kate davonzog. Aber da er die meisten noch von der Highschool kannte, nahm er es gutmütig hin. Aber wenn einer es wagen sollte, einen zu genauen Blick auf ihr Hinterteil oder ihre Oberweite zu werfen, sah er denjenigen so vernichtend an, dass der sich beeilte, ganz schnell irgendwo ganz fürchterlich wichtige und unaufschiebbare Dinge zu erledigen – möglichst weit weg von Brody.

Er wurde immer noch nicht schlau aus ihr. Wenn sie zur Baustelle kam, wirkte sie wie frisch einem Modemagazin entstiegen. Sehr weiblich und absolut makellos. Und dann kroch sie durch Staub und kletterte über Bauschutt, als würde sie zum Bautrupp gehören, stellte genaue Fragen und verfügte über genügend Kenntnisse, um mitzureden.

Einmal überraschte er sie und einen seiner Männer, als sie in eine hitzige Debatte über das letzte Baseballspiel vertieft waren. Und eine Stunde später überhörte er ein Gespräch, das sie an ihrem Handy in fließendem Französisch führte.

Nein, auch nach zwei Wochen war er keinen Schritt weitergekommen, wenn es um sie ging. Aber er konnte auch nicht mehr aufhören, unentwegt an sie zu denken.

Und jetzt, da sie in dem zukünftigen Übungsraum umherschritt, konnte er nicht aufhören, sie anzusehen.

Sie trug einen dunkelblauen Pullover, der unglaublich weich aussah, und graue Leggings. Ihr Haar hatte sie im Nacken zusammengefasst, sodass ihr Hals – bloß und sexy – jeden Blick magisch anzog.

Im Raum war es angenehm warm, dank des neu installierten Heizungssystems. Die Wände waren fast fertig verputzt, und Brody hatte die ersten Proben für die Holzarbeiten mitgebracht. Holz, das er selbst bearbeitet hatte, um sicherzustellen, dass es der Originalausstattung so nah wie möglich kam.

„Der Putzer hat wirklich gut gearbeitet", sagte sie nach einem Inspektionsrundgang. „Fast könnte ich ein schlechtes Gewissen bekommen, weil die ganzen Wände mit Spiegeln zugehängt werden." Sie nahm ein Musterholz in die Hand. „Das ist wunderschön, Brody. Man kann kaum einen Unterschied zum Original feststellen."

„So sollte es auch sein."

„Ja, stimmt." Sie legte das Holzstück wieder hin. „Du liegst genau im Zeitplan. Was die Arbeit anbelangt. Was das Private angeht, da hinkst du ziemlich hinterher."

„Es dauert immer ein bisschen, bis das Fundament gelegt ist."

„Kommt darauf an, was für ein Gebäude du errichten willst, Brody." Sie legte eine Hand auf seine Schulter. „Ich will eine Einladung."

„Wir waren zusammen zum Lunch."

„Eine richtige Einladung. Die Art, die zwei erwachsene, verantwortungsbewusste Menschen sich von Zeit zu Zeit gönnen. Abendessen, O'Connell, oder auch Kino. Vielleicht ist es dir nicht klar, aber … Restaurants haben auch abends geöffnet."

„Ja, ich habe schon so was läuten hören." Er wich zurück, sie folgte ihm. „Kate, sieh mal … da ist Jack, und der muss früh zu Bett, und da sind gewisse Komplikationen …"

„Sicher, da ist Jack. Ich mag den Jungen, aber ich würde auch ganz gerne mal allein mit seinem Vater sein. Ich wage zu bezweifeln, dass der Junge ein Trauma davonträgt, nur weil sein Vater mal einen Abend ausgeht. Ich sage dir, was wir tun. Freitagabend, du und ich, Abendessen. Ich kümmere mich um alles, du holst mich um sieben ab. Samstagnachmittag, du, Jack und ich, Kino. Ich hole euch um eins ab und lade euch ein. Also abgemacht."

„Kate, so einfach ist das nicht. Da ist schließlich noch diese ganze Babysitter-Angelegenheit. Ich habe niemanden, den ich …"

Er drehte sich um, grenzenlos erleichtert, als die Tür aufgestoßen wurde und Jack hereingestürmt kam.

„Dad! Wir haben deinen Wagen gesehen, deshalb meinte Mrs Skully, ich könnte schon hier aussteigen. Hi, Kate." Er ließ den großen Schulranzen mit einem lauten Knall zu Boden fallen. „He, hier drinnen gibt es ein Echo. Hi, Kate, hi, Kate …"

Sie musste lachen, und bevor Brody sich noch rühren konnte, hatte sie Jack schon hochgehoben. „Hi, hübscher Jack. Gibst du mir einen Kuss?"

„Niemals!" Obwohl man ihm ansah, dass er halb darauf hoffte, sie würde ihn wieder küssen.

„Das scheint ein echtes Problem mit den Männern in eurer Familie zu sein." Sie stellte ihn wieder auf die Füße, als eine Frau mit einem Mädchen und einem Jungen zur Tür hereinkam.

„Brody, ich sah den Pick-up, deshalb dachte ich mir, ich könnte Jack direkt hier abliefern und dir den Weg ersparen. Es sei denn, dir ist lieber, dass ich ihn mit zu uns nach Hause nehme."

„Nein, lass ihn hier, das passt gut. Beth Skully, Kate Kimball", übernahm er die Vorstellung.

„Kate und ich kennen uns schon." Sie wandte sich an Kate. „Aber vielleicht erinnerst du dich nicht an mich. Meine Schwester JoBeth und deine Schwester Freddie waren Schulfreundinnen."

„Ja, natürlich, ich weiß. Wie geht es JoBeth denn?"

„Gut. Sie hat nach Michigan geheiratet, arbeitet als Krankenschwester. Hoffentlich hast du nichts dagegen, dass wir hier so reinplatzen. Aber ich war neugierig und wollte unbedingt sehen, was du mit diesem alten Kasten vorhast."

„Mom." Das kleine Mädchen zupfte am Ärmel seiner Mutter und sah erwartungsvoll zu ihr hoch.

„Gleich, Carrie …"

„Ich führe dich gern herum, wenn du möchtest", bot Kate an.

„Würde ich zu gern tun, aber wir müssen uns sputen. Wenn man Kinder hat, wird man zum Chauffeur. Weißt du schon, wann du die Tanzschule eröffnen wirst?"

„Ich hoffe, ich kann im April anfangen." Sie sah zu Carrie und erkannte die Hoffnung in den großen blauen Augen. „Magst du Ballett, Carrie?"

„Ich will Ballerina werden."

„Ballerinas sind Weicheier", warf Rod, ihr Bruder, abfällig ein.

„Rod, sei still. Du musst diesen unwissenden Zwerg entschuldigen, Kate."

„Keine Sorge, ist schon gut", beruhigte Kate Beth. „So", wandte sie sich dann an Rod, der seine Schwester triumphierend angrinste, „Weicheier also?"

„Klar. Die tragen alle so alberne Röckchen und trippeln ständig auf den Zehenspitzen herum." Er lieferte eine sehr eindrucksvolle Karikatur eines Spitzentänzers ab, worauf seine Schwester prompt in beleidigtes Geheul ausbrach.

Bevor Beth jedoch dazwischengehen konnte, fragte Kate

auch schon: „Wie viele Weicheier kennst du, die das können?"
Damit griff sie ihre Ferse und zog das Bein senkrecht hoch,
bis ihre Wade an ihrer Wange zu liegen kam.

Ach du lieber Himmel, war das Einzige, was Brody dazu
einfiel.

„Ich kann das!", verkündete Rod laut, tat es ihr nach, griff
seine Ferse, wollte sein Bein hochstrecken, verlor das Gleichgewicht und fiel hart auf seinen Allerwertesten.

„Rod, du wirst dich nur in zwei Hälften reißen", war Beths
trockener Kommentar. Sie legte einen Arm um Carries Schultern. „Tut das nicht weh, wenn du das machst?", fragte sie
Kate lächelnd.

„Man darf eben nicht daran denken." Kate setzte den Fuß
wieder auf den Boden. „Wie alt bist du, Carrie?"

„Fünf. Ich kann mich vornüberbeugen und meine Zehen
berühren", sagte sie stolz.

Fünf also, dachte Kate. Die Knochen waren noch biegsam,
der Körper konnte lernen, das Unnatürliche zu tun. „Wenn
du und deine Mom euch entscheidet, dass du in meine Schule
kommen kannst, werde ich dir das Tanzen beibringen. Und
dann kannst du deinem Bruder beweisen, dass Ballett nichts
für Weicheier ist." Sie streckte die Arme in die Luft, machte
einen graziösen Bogengang rückwärts und wieder vor.

„Wow", flüsterte Rod Jack zu. „Die ist ja cool."

Brody sagte nichts. Er starrte nur mit offenem Mund.

„Nur Athleten können Ballett tanzen." Sie warf ihr Haar
zurück und schaute Rod durchdringend an. „Es gibt viele professionelle Football-Spieler, die nebenbei Ballett trainieren,
damit sie auf dem Spielfeld schneller und geschmeidiger sind."

„Glaub ich nicht", entgegnete Rod sofort aufmüpfig.

„Glaub's ruhig. Komm zusammen mit deiner Schwester,
dann zeig ich's dir."

„Damit handelst du dir aber Kopfschmerzen ein." Beth
lachte und winkte ihrem Sohn. „Komm schon, du kleines
Monster."

Brody schaffte es, seinen inneren Film zu stoppen, der ihm aufregende Bilder vorspielte, wie man diesen dehnbaren Körper auch noch auf anderem Gebiet einsetzen könnte …

„Danke, dass du Jack hergebracht hast, Beth."

„Kein Problem. Du weißt doch, dass ich mich jederzeit gern um Jack kümmere."

„Ach wirklich?", murmelte Kate und warf Brody einen langen Blick zu.

„Sicher, er ist wirklich ein …" Beth sah von Kate zu Brody, von Brody zu Kate – und verkniff sich ein Grinsen. Sieh mal an, dachte sie, es wird aber auch Zeit, dass dieser Mann endlich wieder den Kopf aus dem Sand zieht. „Um genau zu sein – ich hatte vor, Freitagabend einen großen Topf Spaghetti zu kochen, und dachte mir, Jack hätte bestimmt Lust mitzuessen."

„Freitagabend ist doch genau richtig für ein Spaghetti-Essen, oder, Brody?", säuselte Kate in Brodys Richtung.

„Ich weiß nicht. Am Freitag …"

„Aber Freitag ist perfekt!" Beth machte es diebischen Spaß, Kate zu helfen. „Jack könnte auch über Nacht bei uns bleiben, dann könnten die Jungs sich zusammen ein Video ansehen. Soll er doch am Freitag Sachen für den nächsten Tag mit zur Schule bringen, dann hole ich die Jungs ab, und sie haben den ganzen Tag zusammen. Also abgemacht. War nett, dich wiederzusehen, Kate."

„Oh ja, das Vergnügen ist ganz auf meiner Seite. Bestimmt." Kate zwinkerte Beth verschwörerisch zu.

„Toll! Ich schlafe bei Rod!" Jack hüpfte aufgeregt umher. „Danke, Dad!"

„Ja." Kate strich mit einem Finger über Brodys Brust. „Danke, Dad."

6. KAPITEL

Der Freitag war nicht gerade das, was man einen runden Wochenabschluss nennen könnte. Einer seiner Männer hatte sich krankgemeldet, er war der Grippe zum Opfer gefallen, die in der Stadt grassierte. Einen anderen schickte er noch vor der Mittagspause nach Hause, weil der Mann sich vor Fieber kaum noch aufrecht halten konnte.

Da die andere Hälfte seines vierköpfigen Bautrupps in Maryland auf einer weiteren Baustelle beschäftigt war, blieb es also an Brody hängen, die Abnahme für das neu installierte Sanitärsystem mit dem Mann vom Bauamt zu machen, die Trennwand zwischen Kates Büro und der kleinen Küche einzuziehen und das Holz in diesen beiden Räumen abzuschleifen.

Das Anstrengendste allerdings war, dass er den ganzen Tag allein mit seinem Vater arbeitete.

Bob O'Connell steckte gerade mit dem Oberkörper unter der Spüle. Brody hatte Muße, die Arbeitsschuhe seines Vaters zu betrachten. Die Sohlen waren unzählige Male wieder angeklebt worden. Wenn er könnte, würde er sie sogar antackern, dachte Brody säuerlich. Auf die Idee, sich neue anzuschaffen, wäre sein Vater nie gekommen.

„Wenn ich es nicht brauche, brauche ich es nicht." Das war der Standardsatz seines Vaters. Zu allem. Und egal was man sagte, er blieb dabei.

Naja, das ist seine Sache, ermahnte Brody sich und wünschte sich, dass er aufhören könnte, dauernd nach Gründen zu suchen, um sich aufzuregen.

Sie rieben sich ständig aneinander auf. Hatten es immer getan.

Bob verlegte Rohre, Brody zog Gipswände ein.

„Stell endlich diesen verdammten Krach ab", ordnete Bob an. „Wie soll ein Mensch bei diesem Geplärre arbeiten können?"

Ohne ein Wort zu erwidern, ging Brody zu der kleinen Stereoanlage und schaltete sie aus. Das war schon immer so gewesen: Ganz gleich, welche Musik er auch hörte, für seinen Vater war es „Krach" gewesen.

Aber Bob fluchte während der Arbeit ständig vor sich hin, und deshalb hatte Brody das Radio angestellt.

„So eine blöde Idee, die Küche in der Mitte durchzuschneiden. Reine Zeit- und Geldverschwendung. Büroraum, so 'n Quatsch! Wozu braucht man überhaupt ein Büro, wenn hier doch nur eine Meute Zuckerpüppchen herumhüpft?"

Brody hatte gewusst, dass das kommen würde. Aber jetzt ließ es sich nicht mehr länger hinausschieben, die Wand einzuziehen. „Ich habe die Zeit, der Kunde hat das Geld", sagte er und zog einen Dübel aus der Tasche.

„Sicher, die Kimballs haben genug Geld. Trotzdem völlig unsinnig, es so aus dem Fenster zu schmeißen. Du hättest ihr sagen müssen, dass sie mit der Abtrennung einen Fehler macht."

Brody hämmerte einen Nagel in das Holzgerüst, beschwor sich, den Mund zu halten. Trotzdem sprudelten die Worte heraus. „Ich halte es nicht für einen Fehler. Sie braucht keine so große Küche für eine Ballettschule. Die hier war mal für eine Schenke gedacht."

„Ballettschule." Bob schnaubte angewidert. „Ich sage dir, einen Monat nach der Eröffnung kann sie gleich wieder dichtmachen. Und dann? Wer will so ein Haus dann kaufen? Mit Kinderwaschbecken! Pah! Die werden nur wieder rausgerissen, und die ganze Arbeit war umsonst. Wundert mich, dass der Mann vom Bauamt sich nicht vor Lachen gekrümmt hat."

„Wenn man Kinder unterrichtet, braucht man auch entsprechend kindgerechte Einrichtungen."

„Für den Unterricht ist die Schule da."

„Soweit ich weiß, bieten die aber keinen Ballettunterricht an."

„Eben. Das sollte dir etwas sagen." Der Ton seines Sohnes

ärgerte ihn maßlos. Bob sagte sich, es sei besser, das Thema fallen zu lassen, aber er konnte die Worte nicht zurückhalten. „Du solltest mehr tun, als nur dem Kunden das Geld aus der Tasche zu ziehen. Du solltest auch beraten, sie von sinnlosen Investitionen abbringen und sie in die richtige Richtung lenken."

„Solange es nur deine Richtung ist."

Bob wand sich aus dem Spülschrank hervor. Die ausgeblichene Baseballkappe, die er trug, erinnerte nur entfernt daran, dass sie einmal blau gewesen sein musste. Sein Gesicht war kantig, von tiefen Falten durchzogen. Früher musste er sehr gut ausgesehen haben mit den grünen Augen – so grün wie die seines Sohnes.

Manchmal dachte Brody, dass die Augenfarbe die einzige Gemeinsamkeit war, die sein Vater und er hatten.

„Achte darauf, wie du mit mir redest, Sohn."

„Hast du schon mal daran gedacht, dass du dir auch überlegen solltest, was du sagst?" Brody spürte ein Hämmern im Schädel. Er kannte das. Wut-Kopfschmerzen. Bob-O'Connell-Kopfschmerzen.

Bob ließ klirrend die Rohrzange fallen und erhob sich zu seiner vollen Größe. Auch mit sechzig war kein Gramm Fett an ihm, er war drahtig und in Topform. „Wenn du erst mal so lange auf dieser Erde gelebt hast wie ich, wenn du so lange in diesem Beruf gearbeitet hast wie ich, dann kannst du sagen, was du willst."

„Tatsächlich." Brody wuchtete eine weitere Rigips-Platte auf den Sägebock und markierte die Maße. „Das höre ich von dir, seitdem ich acht bin. Mittlerweile hatte ich genügend Zeit, um eigene Erfahrung zu sammeln. Und das hier ist mein Job, mein Vertrag. Deshalb wird es genau so gemacht, wie ich es sage."

Er nahm das Tapeziermesser und sah seinem Vater ins Gesicht. „Die Kundin bekommt das, was sie haben will. Und solange sie zufrieden mit der Arbeit ist, gibt es nichts, was diskutiert werden müsste."

„So wie ich höre, tust du weit mehr, als sie mit deiner Arbeit zufriedenzustellen."

Das hatte er nicht sagen wollen. Der Himmel wusste, dass er entschlossen gewesen war, nichts davon zu erwähnen. Aber die Worte waren heraus. Verflucht, warum musste der Junge ihn auch immer so reizen?

Brody umklammerte das Messer fester. Für einen Moment – ein Moment, der viel zu lange dauerte – hätte er am liebsten seine Faust in dieses unnachgiebige Gesicht gesetzt. „Was sich zwischen mir und Kate Kimball abspielt, ist allein meine Sache."

„Ich lebe in dieser Stadt. Und deine Mutter übrigens auch. Wenn die Leute über mein eigen Fleisch und Blut klatschen, betrifft mich das auch. Du hast ein Kind, um das du dich kümmern musst. Du solltest nicht irgendeinem Weiberrock nachlaufen und die Gerüchte zum Brodeln bringen."

„Halte Jack da raus. Lass meinen Sohn aus dem Spiel." Brodys Augen blitzten gefährlich.

„Jack gehört auch zu meiner Familie, vergiss das nicht. Du bist in die Stadt gegangen, damit du treiben konntest, was du wolltest, aber jetzt bist du hier. Hier ist mein Zuhause. Ich lasse nicht zu, dass du dich direkt vor meiner Haustür so beschämend benimmst."

Treiben, was immer du willst, dachte Brody verächtlich. Die unzähligen Termine mit Ärzten und Spezialisten, die Tage und Nächte im Krankenhaus. Dann hatte es ihn getrieben, die Trauer zu verarbeiten und sich plötzlich der Verantwortung für einen Zweijährigen gegenüberzusehen. „Du weißt nichts von mir, gar nichts. Was ich getan habe, wer ich bin. Du hast immer nur Fehler an mir gesehen und es darauf angelegt, sie mir vorzuhalten."

„Hätte ich dir mehr Vorhaltungen gemacht, würdest du jetzt vielleicht nicht einen Jungen ohne seine Mutter großziehen müssen."

Brody krampfte seine Hand noch stärker um das Messer,

er rutschte ab und schnitt sich tief ins Fleisch. Blut strömte aus. Bobs Erschrecken äußerte sich in einem lauten Fluch und noch mehr Vorhaltungen. Er zog sein Taschentuch hervor.

„Kannst du nicht aufpassen, was du tust, wenn du Werkzeug in der Hand hast?"

„Lass mich bloß in Ruhe", stieß Brody zwischen zusammengepressten Zähnen hervor. „Pack dein Werkzeug ein und verschwinde von meiner Baustelle."

„Du kommst jetzt mit zu meinem Wagen. Das muss genäht werden."

„Ich sagte, verschwinde von meiner Baustelle. Du bist gefeuert." Das Herz, das vor Wut wild in seiner Brust schlug, pumpte mehr Blut aus der Wunde.

Scham mischte sich mit Rage, als Bob seine Werkzeuge in den Werkzeugkasten schleuderte. „Wir haben einander nichts mehr zu sagen." Er riss den Kasten hoch und stolzierte steif davon.

„Wir hatten einander noch nie etwas zu sagen", murmelte Brody.

Brody O'Connell würde sich auf etwas gefasst machen können. Falls er überhaupt noch auftauchte. Er würde feststellen müssen, dass sie sieben Uhr meinte, wenn sie sieben Uhr sagte. Und nicht halb acht.

Da sie ihre Eltern überzeugt hatte auszugehen, hatte sie jetzt nicht einmal jemanden, bei dem sie ihrem Ärger Luft machen konnte. Sie marschierte mürrisch durchs Wohnzimmer, starrte wütend auf das Telefon.

Nein, sie würde ihn nicht anrufen, auf gar keinen Fall! Nicht noch einmal. Um zwanzig nach sieben hatte sie seine Nummer gewählt, aber nur der Anrufbeantworter hatte sich gemeldet.

Oh ja, sie hatte eine Nachricht für ihn, aber sie würde sie ihm persönlich überbringen.

Wenn sie nur daran dachte, wie viel Mühe sie sich für heute Abend gegeben hatte. Das richtige Restaurant wählen, das richtige Kleid aussuchen … Wenn sie Glück hatten, würde das Restaurant die Reservierung halten. Nein, sie würde den Tisch abbestellen, sofort. Wenn dieser Mann sich einbildete, sie würde jetzt fröhlich mit ihm ausgehen, wenn er noch nicht einmal den Mindestanstand besaß, pünktlich zu sein, dann hatte er sich geirrt. Und zwar kräftig!

In dem Moment, als sie zum Hörer griff, ertönte die Klingel an der Haustür. Kate reckte die Schultern, schob das Kinn vor und ließ sich verdammt viel Zeit damit, zur Tür zu gehen.

„Entschuldige, dass ich so spät komme. Ich bin aufgehalten worden. Ich hätte anrufen sollen."

Die schneidenden Worte blieben ihr in der Kehle stecken, als sie sein Gesicht sah. Nicht Unhöflichkeit war der Grund für sein Zuspätkommen, sondern völlige Verstörtheit. „Stimmt etwas nicht mit Jack?"

„Nein, nein, alles in Ordnung. Es tut mir ehrlich leid, Kate." Er hob fahrig die Hand, eine entschuldigende Geste. „Können wir das Ganze verschieben?"

„Was hast du mit deiner Hand angestellt?" Sie hielt seinen Arm beim Handgelenk fest. Die Hand war dick verbunden, rotes Desinfektionsmittel war an den Rändern des Verbands zu sehen.

„Ein Arbeitsunfall, reine Dummheit. Nichts Schlimmes, nur ein paar Stiche. Die Ambulanz im Krankenhaus war voll, deshalb hat es so lange gedauert."

„Tut es weh?"

„Nein, es ist nichts, wirklich nicht", beteuerte er zerstreut und vermied dabei ihren Blick.

Oh doch, da war etwas. Und zwar mehr als nur diese Verletzung an der Hand. „Geh nach Hause", sagte sie. „Ich bin in einer halben Stunde bei dir."

„Was?"

„Mit dem Abendessen. Das mit dem Restaurant holen wir nach."

„Kate, das ist nicht nötig, du musst das nicht tun."

„Brody." Sie nahm sein Gesicht in beide Hände. „Geh nach Hause. Ich komme nach. Los, zieh ab!", kommandierte sie, als er sich immer noch nicht rührte, und schlug ihm die Tür vor der Nase zu.

Sie war pünktlich. Wie immer. Als er die Tür öffnete, rauschte sie an ihm vorbei, mit einem riesigen Korb am Arm.

„Du wirst jetzt ein Steak essen", verkündete sie energisch. „Nur gut, dass meine Eltern die noch im Kühlschrank hatten, bevor ich sie überreden konnte, für ein romantisches Dinner zu zweit auszugehen."

Sie war schon in der Küche angelangt und stellte den Korb auf die Anrichte, schüttelte ihren Mantel von den Schultern und begann dann mit dem Auspacken. „Kannst du mit deiner Hand eine Weinflasche öffnen?"

„Das schaffe ich wohl noch." Er nahm ihren Mantel entgegen und hängte ihn an einen Küchenhaken. Der Mantel gehörte nicht hierher, nicht in diese Küche und nicht neben die alte Arbeitsjacke. Er strömte ihren Duft aus, so weiblich und weich.

Sie gehört auch nicht hierher, dachte Brody. „Sieh mal, Kate …", setzte er an, kam aber nicht weit.

„Hier."

Er nahm die Weinflasche und den Korkenzieher, die sie ihm hinhielt. „Warum machst du das alles, Kate? Warum?"

„Weil ich dich mag." Sie kramte zwei riesige Kartoffeln aus dem Korb und wusch sie in der Spüle. „Und weil ich mir dachte, du könntest vielleicht ein Steak-Dinner gebrauchen."

„Sag mal, wie viele Männer verlieben sich eigentlich Hals über Kopf in dich?"

Sie blickte über die Schulter und lächelte ihn an. „Alle. Mach schon, O'Connell, öffne den Wein."

Er kümmerte sich um die Musik, drehte am Radio, bis er einen Sender mit klassischer Musik gefunden hatte. Holte das gute Geschirr hervor, von dem er schon fast vergessen hatte, dass es überhaupt existierte, und deckte den Tisch im Esszimmer, das Jack und er nur zu besonderen Anlässen benutzten.

Es gab auch Kerzen, aber nur Haushaltskerzen, einfach und plump. Er stritt mit sich, ob er sie auf den Tisch stellen sollte, entschied sich dann dagegen. Es würde nur mitleiderregend aussehen.

Als er in die Küche zurückkam, machte sie gerade Salat an. Neben der Salatschüssel standen zwei schlanke Kerzen in einfachen, klaren Glashaltern. Sie hat aber auch an alles gedacht, lobte er im Stillen.

„In deinem Kühlschrank herrscht akuter Mangel an frischem Gemüse."

„Ich kaufe immer diese Tüten, wo der Salat schon gemischt ist. Man braucht ihn dann nur noch in eine Schüssel zu geben."

„Ganz schön faul", sagte sie, und er musste lächeln.

„Nein, praktisch." Weil sie die Hände voll hatte, nahm er ihr Weinglas und hielt es ihr an die Lippen.

„Danke." Sie trank und ließ ihn dabei nicht aus den Augen. „Das ist gut."

Er setzte das Glas ab, zögerte einen Moment, aber dann beugte er den Kopf und strich flüchtig mit dem Mund über ihre Lippen.

„Mmh, noch besser." Sie fuhr sich mit der Zungenspitze über die Oberlippe. „Da du verletzt bist, solltest du dich hinsetzen und entspannen, während ich hier weitermache. Du hast also genügend Zeit, dich noch einmal nach Jack zu erkundigen, bevor das Essen fertig ist."

Er zuckte ein wenig schuldbewusst zusammen. „Ist es so offensichtlich?"

„Ja, aber es steht dir. Grüß ihn von mir und sag ihm, dass wir uns morgen sehen."

„Willst du das wirklich tun? Das mit dem Kino?"

„He, es gibt Dinge, die muss ich tun, auch wenn ich keine Lust dazu habe. Aber ich melde mich nie freiwillig für etwas, das ich nicht tun will. Also, geh und ruf deinen Jungen an. Dein Steak wird in fünfzehn Minuten serviert."

Sie wartete, bis sie am Tisch saßen, die Teller schon halb leer waren und das zweite Glas Wein eingeschenkt war.

„Erzähl mir, was heute passiert ist."

„Einfach nur ein miserabler Tag. Wie hast du diese Kartoffeln so hingekriegt? Die schmecken fantastisch."

„Altes ukrainisches Geheimrezept", erklärte sie mit übertrieben slawischem Akzent. „Kann ich nicht verraten, sonst muss ich dich umbringen."

„Keine Sorge, ich könnte es sowieso nicht nachmachen. Meine Kochkünste bei Kartoffeln beschränken sich darauf, ein paar Löcher hineinzubohren und sie in die Mikrowelle zu stecken. Sprichst du eigentlich Ukrainisch? Ich habe dich letztens Französisch sprechen hören."

„Ja, ich spreche Ukrainisch. Und ich verstehe auch ganz leidlich Englisch. Also rede mit mir, Brody. Warum war dein Tag heute so miserabel?"

„Irgendwie kam heute alles zusammen. Erst fielen zwei meiner Männer aus – deine Ballettgrippe hat wohl jetzt ihren Auftritt in West Virginia. Die anderen Männer waren einer anderen Baustelle zugeteilt, was mich also so ziemlich allein hat dastehen lassen. Und dann habe ich meine Hand mit einer Rigips-Platte verwechselt, habe alles vollgeblutet, meinen Vater gefeuert und zwei Stunden in der Krankenhausambulanz zugebracht, damit sie mich wieder zusammenflicken."

„Du hast dich mit deinem Vater gestritten." Sie nahm seine Hand. „Das tut mir leid."

„Wir sind noch nie miteinander ausgekommen."

„Aber du hast ihn eingestellt."

„Er ist ein guter Klempner." Er zog seine Hand wieder fort und nahm sein Weinglas.

„Brody."

„Ja, ich habe ihn eingestellt. Ein Fehler. Es ist zu ertragen, wenn die anderen dabei sind, aber wenn wir zwei allein sind, sind Probleme vorprogrammiert. Ich bin eben ein Versager. War es immer und werde es immer sein. In seinen Augen. Der Job wird nicht richtig gemacht, mein ganzes Leben ist nicht richtig. Ich jage Weiberröcken hinterher, anstatt mich um mein eigen Fleisch und Blut zu kümmern." Er drehte den Stiel des Glases zwischen den Fingern. „Tut mir leid, ich hätte nicht damit anfangen sollen. Ich kann mich dann nie zurückhalten."

„Ist schon in Ordnung, es macht mir nichts aus, dass ich der Weiberrock bin, dem du hinterherjagst." Sie schnitt ein Stück von ihrem Steak ab. Doch, es störte sie schon, aber eine hitzige Debatte war jetzt das Letzte, was Brody brauchte. „Wahrscheinlich fühlt er sich genauso frustriert und elend wie du. Ihr wisst nicht, wie ihr miteinander reden sollt. Aber das ist nicht deine Schuld. Ich hoffe, ihr versöhnt euch wieder."

„Er hat nicht die geringste Ahnung, wer ich bin. Er sieht mich gar nicht."

„Oh Darling, das ist auch nicht deine Schuld." Ihr Herz floss über vor Sympathie und Mitgefühl für ihn. „Mein größter Wunsch war es, dass meine Eltern stolz auf mich sein sollten. Dafür habe ich geschuftet und geschwitzt. Aber das war nicht ihre Schuld."

„Deine Familie ist nicht wie meine."

„Es gibt nur wenige Familien, die so sind. Aber du und Jack, die Familie, die ihr seid, ist meiner sehr ähnlich. Vielleicht sieht dein Vater das und wirft sich vor, dass es ihm nie gelungen ist, eine so starke Bindung zu seinem Sohn aufzubauen."

„Ich war doch der Versager."

„Nein, du warst eben nur ein unvollendetes Werk, ein Projekt in Arbeit."

„Ich konnte es gar nicht abwarten, bis ich die Schule beendet hatte. Achtzehn war. Um endlich hier rauszukommen. An meinem achtzehnten Geburtstag habe ich meine Tasche gepackt und bin runter nach Washington, mit fünfhundert Dollar in der Tasche und sonst nichts. Aber ich konnte endlich atmen."

„Es hat doch funktioniert. Du hast es geschafft."

„Drei Jahre lang hab ich von der Hand in den Mund gelebt. Habe mein Geld auf dem Bau verdient und wieder ausgegeben in Kneipen und …", er begann zu grinsen, „… für Weiberröcke. Mit einundzwanzig hatte ich keinen Penny in der Tasche, war leichtsinnig und dumm. Und dann traf ich Connie. Unsere Truppe arbeitete an dem Gästehaus ihrer Eltern. Ich hab mich sofort in sie verliebt, und erstaunlicherweise begannen wir uns regelmäßig zu treffen."

„Wieso erstaunlicherweise?"

„Sie war Studentin aus gutem Hause, die konservative Tochter von konservativen Eltern. Sie hatte Klasse, Geld, Ausbildung, Stil. Und ich war nicht viel mehr als ein Stadtstreicher."

Sie studierte ihn nachdenklich. „Sie dachte aber offensichtlich nicht so."

„Nein. Sie war überhaupt der erste Mensch, der mir sagte, ich hätte Potenzial, dass ich, wenn ich nur an mich glauben würde, alles erreichen könnte. Sie sah etwas in mir, das ich noch nie so gesehen hatte. Also riss ich mich am Riemen und wurde erwachsen … Das willst du doch nicht alles hören, oder?"

„Doch, alles." Sie schenkte ihm nach, hoffte, dass er weiterreden würde. „Hat sie dir dabei geholfen, dein Geschäft aufzubauen?"

„Das kam erst später." Ihm wurde klar, dass er noch nie mit jemandem darüber gesprochen hatte. „Ich hatte Geschick für handwerkliche Dinge und ein Auge für Konstruktionspläne. Genügend Muskelkraft hatte ich auch. Ich hatte nur nie diese drei Dinge zusammengebracht. Als ich es tat, fühlte ich mich viel besser in meiner Haut."

„Natürlich, du entwickeltest Respekt für dich."

„Stimmt." Sie hatte den Nagel auf den Kopf getroffen. Wieder mal. „Trotzdem, ich war Handwerker, wenn auch qualifiziert, kein Arzt oder Anwalt oder Banker. Ihre Eltern hielten nicht viel von mir."

Sie stocherte in ihren Kartoffeln, viel interessierter an seiner Geschichte als am Essen. „Sie waren kurzsichtig. Connie nicht."

„Es war nicht leicht für sie, sich gegen sie durchzusetzen, aber Connie schaffte es. Sie ging nach Georgetown auf die Universität, studierte Jura, ich arbeitete tagsüber und besuchte Abendkurse in Betriebswirtschaft. Wir machten Zukunftspläne, wollten irgendwann heiraten. Sie büffelte für ihren Abschluss, ich baute mein eigenes Geschäft auf. Dann wurde sie schwanger." Er griff das Glas, starrte in die goldene Flüssigkeit, ohne zu trinken. „Wir wollten das Baby, auch wenn ich mich erst an den Gedanken gewöhnen musste. Irgendwie schien mir das anfangs unwirklich. Also heirateten wir. Ihre Eltern waren stinkwütend. Sie wollten nichts mehr mit ihr zu tun haben. Das hat Connie wahnsinnig verletzt."

Sie konnte sich vorstellen, wie Connie gefühlt haben musste, gerade weil ihre Familie immer für sie da gewesen war. „Sie haben sie nicht verdient."

Brody hob den Blick und sah Kate an. „Da hast du verdammt recht, sie verdienten sie nicht. Je schwieriger es wurde, desto mehr hielten wir zusammen. Wir schafften es. Sie war diejenige, die uns mit ihrer Kraft zusammenhielt, wenn ich vor lauter Panik nicht mehr ein und aus wusste und mich schon die Beine in die Hand nehmen und das Weite suchen sah. In solchen Momenten dachte ich, sie würde dann zu ihren Eltern zurückkehren, und alle Beteiligten wären glücklich." Er hielt inne. „An dem Tag, als Jack geboren wurde, war ich mit im Kreißsaal. Ich wollte nicht dabei sein, aber für Connie war es unheimlich wichtig. Also ging ich mit hinein und tat so, als wenn es auch für mich wichtig wäre. Fast hätte ich nicht durchgehalten. Kein Mensch sollte so leiden müssen. Ich habe gebetet, dass es bald vorbei wäre. Und dann war Jack da, dieses winzige, schreiende Wesen, und alles passte auf einmal zusammen. Ich hätte nie geahnt, dass sich alles von einer Sekunde auf die andere ändern kann. Jetzt wollte ich da im Kreißsaal sein, wollte immer da sein, wo Jack mich brauchte. Sie haben einen Mann aus mir gemacht, genau in diesem einen Moment, Connie und Jack."

Kate rannen Tränen über die Wangen, sie konnte sie nicht zurückhalten, versuchte es nicht einmal.

„Entschuldige." Er hob die Hände, ließ sie wieder sinken. „Ich weiß nicht, was über mich gekommen ist."

Sie schüttelte nur den Kopf, konnte nichts sagen. Du blöder Kerl, dachte sie immer wieder, jetzt hast du mich dazu gebracht, dass ich mich in dich verliebt habe. Was jetzt? „Entschuldige mich bitte für eine Minute", brachte sie schließlich hervor, stand auf und eilte ins Bad, um ihre Fassung wiederzugewinnen.

Da es keine echte Alternative war, sich den Kopf an der Tischkante einzuschlagen, stand Brody auf und lief unruhig im Zimmer auf und ab. Er kam zu dem gleichen Schluss wie Kate – er war ein blöder Kerl –, hatte aber andere Gründe. Da hatte er ihre nette Geste, ein ruhiges und vielleicht auch romantisches Dinner zu Hause einzunehmen, dazu benutzt, um sie mit seinen Problemen aus der Vergangenheit zu erschlagen. Er hatte sie zum Weinen gebracht.

Bravo, O'Connell, wirklich gut gemacht! Er war angewidert von sich. Vielleicht solltest du ihr auch noch erzählen, wie dein Hund gestorben ist, als du zehn warst. Das würde die Dinge sicherlich aufheitern.

Bestimmt würde sie sich jetzt so schnell wie möglich verabschieden wollen. Also konnte er genauso gut den Tisch abräumen.

„Tut mir leid", begann er, als er ihre leichtfüßigen Schritte hinter sich hörte. „Ich bin ein Trottel, dich damit zu belästigen. Ich werde mich ums Aufräumen kümmern, und du kannst …" Er brach abrupt ab, als er ihre Arme um seine Taille gleiten und ihre Wange an seinem Rücken fühlte.

„O'Connell, ich habe slawisches Blut in mir. Starkes Blut, sentimentales Blut. Wir weinen gerne und schämen uns nicht

dafür. Wusstest du, dass meine Großeltern aus der Sowjet-
union geflohen sind, mit drei kleinen Kindern? Meine Tante
Rachel ist die Einzige, die hier in Amerika geboren wurde. Sie
gingen zu Fuß, über die Berge, bis nach Ungarn."

„Nein, das wusste ich nicht." Er drehte sich langsam um,
bis er ihr ins Gesicht sehen konnte.

„Sie froren erbärmlich und hatten Hunger und Angst. Und
dann kamen sie nach Amerika, in ein fremdes Land mit einer
fremden Sprache und fremden Sitten. Sie waren arm und allein. Aber sie hatten ein Ziel, wollten etwas so sehr, dass sie
bereit waren, dafür zu kämpfen. Sie wollten es schaffen. Ich
habe diese Geschichte schon hundertmal gehört. Und ich
heule jedes Mal. Weil es mich so stolz macht."

Sie wandte sich um und begann Teller aufzustapeln.

„Warum erzählst du mir das?"

„Es gibt verschiedene Formen von Mut, Brody. Da ist
Stärke, das hängt mit den Muskeln zusammen. Und dann ist
da noch Liebe. Das kommt vom Herzen. Wenn man beides
kombiniert, kann man alles im Leben erreichen. Und das ist
doch ein paar sentimentale Tränen wert, oder?"

„Weißt du, eigentlich wollte ich diesen Tag ersatzlos aus
dem Kalender streichen. Aber du hast meine Meinung geändert."

„Danke. Weißt du was, wir räumen eben das Geschirr weg,
und dann tanzen wir zusammen." Es war an der Zeit für ein
wenig Fröhlichkeit. „Es sagt viel über einen Menschen aus, wie
er tanzt. Dich habe ich auf diesem Gebiet noch nicht erlebt."

Er nahm ihr die Teller aus der Hand. „Vergiss das Geschirr.
Tanzen wir jetzt gleich."

„Tut mir leid. Nenn es eine Charakterschwäche ... aber
wenn ich nicht zuerst aufräume, muss ich die ganze Zeit an
schmutzige Teller denken."

„Das ist neurotisch." Er stellte die Teller beiseite und zog
sie zur Küche heraus.

„Nein, nur ordentlich. Wenn man Ordnung hält, schafft

man mehr in weniger Zeit und erspart sich Kopfschmerzen." Über die Schulter sah sie in die Küche zurück. „Es dauert doch nur ein paar Minuten ..."

„Nachher dauert es auch nur ein paar Minuten."

„Warum suchst du nicht die Musik aus, und ich räume eben ..."

„Du gibst nie auf, was?" Er lachte nur und stellte die Stereoanlage auf CD um. „Hier, das habe ich mir gestern Abend angehört und dabei an dich gedacht."

„Wirklich?" Die Musik erklang, langsam, sinnlich, erotisch, und ging sofort ins Blut.

„Ja. Muss wohl Schicksal gewesen sein", murmelte er mit tiefer Stimme und zog sie in seine Arme.

Ihr Herz setzte einen Schlag aus. „Ich glaube stark an das Schicksal." Sie ermahnte sich, sich zu entspannen, und stellte erstaunt fest, dass sie bereits völlig entspannt war. An ihn geschmiegt, verlangten die hohen Absätze ihrer Schuhe danach, dass sie die Wange an seine legte. „Sehr fließend und geschmeidig, O'Connell", murmelte sie. „Höchste Punktzahl für Geschmeidigkeit."

„Manche Dinge vergisst man eben nicht." Er ließ sie eine Drehung machen, dass sie hell auflachte. Dann zog er sie wieder an sich, so fest, dass ihr der Atem stockte.

„Sehr schöne Drehung." Oh, oh. Das Denken fiel ihr immer schwerer. Sie hatte nicht erwartet, dass er so gut tanzen würde. Es wäre ihr lieber gewesen, wenn er ein wenig unsicher gewesen wäre, dann hätte sie die Kontrolle übernehmen können. Ihre Ausgeglichenheit behalten. Da gab es viel zu viele Dinge an Brody O'Connell, die sie nicht erwartet hätte. Faszinierende Dinge. Ach, es war so wunderbar, in seinen Armen durch das Zimmer zu gleiten ...

Ihr Haar duftete so gut. Er hatte schon fast all die geheimnisvollen und verführerischen Feinheiten vergessen, die es an einer Frau gab. Die weichen Formen, den Duft, die samtene Haut. Fast vergessen, wie es war, sich mit einer Frau im Arm zur Musik zu bewegen. Die Wirkung, die das auf einen Mann ausüben konnte.

Seine Lippen strichen leicht über ihr Haar, hinunter zu ihrer Wange, fanden ihren Mund. Mit einem Seufzer ergab sie sich in diesen Kuss, genoss das Gefühl, wie die Hitze durch ihren Körper pulsierte und sie dahinschmelzen ließ.

Dann verklang das Lied, und sie standen eng aneinandergeschmiegt da.

„Das war perfekt." Sie fühlte sich, als hätte sich dichter Nebel um ihren Verstand gelegt, ihr Puls ging schwer und rhythmisch. Und das Verlangen, das sie unter Kontrolle zu haben meinte, ließ ihren Magen Achterbahn fahren. „Ich sollte jetzt gehen."

„Warum?"

„Darum." Sie legte ihre Hand an seine Wange und trat ein wenig zurück. „Es ist nicht der richtige Zeitpunkt. Heute Abend brauchst du einen Freund."

„Du hast recht." Er ließ seine Hände an ihren Armen hinabgleiten, bis ihre Finger sich ineinander verschränken konnten. „Das Timing stimmt nicht. Es ist nur vernünftig, wenn wir es langsam angehen lassen."

„Ich halte sehr viel von Vernunft."

Er führte sie zur Tür. „Ich bin auch schon eine ganze Weile darauf bedacht, das Vernünftige zu tun."

Er blieb stehen, drehte sie zu sich herum, damit sie ihn ansehen konnte. „Ja, ich brauche einen Freund, nicht nur heute Abend." Er trat näher an sie heran. „Und ich brauche dich, Kate. Bleib hier, hier bei mir." Er beugte den Kopf und ließ ihren Blick nicht los, als er ihre Lippen berührte. „Komm zu mir."

7. KAPITEL

Die Wände waren noch nicht fertig. Zusammengerolltes Kabel lag auf einem Gipseimer in der Ecke des Zimmers. Am Fenster hingen keine Vorhänge. Die Schranktüren waren aus den Angeln genommen worden. Sie lagen jetzt in Brodys Werkstatt, warteten darauf, abgeschliffen und neu lackiert zu werden.

Die schweren Eichenbohlen auf dem Boden waren mit den Jahren nachgedunkelt. Aber das Abschleifen und Versiegeln stand ganz unten auf der Liste von Dingen, die erledigt werden mussten. Das Bett hatte er aus einem Impuls heraus erstanden. Die alten Messingstäbe an Kopf- und Fußteil hatten ihn fasziniert. Aber er musste sich noch genau überlegen, welches Bettzeug dazu passte. Für den Moment musste eine Bettdecke herhalten, die den Eindruck des Antiken, des Exklusiven, eher zerstörte. Mit Sicherheit war es nicht das, was Kate gewöhnt war.

„Nicht gerade das Taj Mahal, was?", fragte er leicht verlegen.

„Ein weiteres unvollendetes Werk." Sie sah sich im Zimmer um, dankbar für die Minute, die ihr erlaubte, ihre Nerven ein wenig zu beruhigen. „Ein hübscher Raum." Sie fuhr mit einem Finger über die Fensterbank, die er bis auf das natürliche Pinienholz abgeschliffen hatte. „Ich erkenne Potenzial, wenn ich es sehe", sagte sie und drehte sich zu ihm um.

„Ich wollte erst mal Jacks Zimmer fertig machen. Dann schien es sinnvoller, die Küche und das Wohnzimmer zu vollenden. In diesem Zimmer tue ich ja außer Schlafen nichts. Bis jetzt habe ich zumindest nicht mehr getan."

Sie spürte die Erregung, die sie durchzuckte. Sie war also die erste Frau, die er in dieses Zimmer mitnahm, in sein Bett nahm. „Dieses Zimmer wird großartig werden, das weiß ich." Mit hämmerndem Herzen ging sie auf ihn zu. „Hast du vor, den Kamin zu benutzen?"

„Ich benutzte ihn jetzt schon, er gibt angenehme Wärme ab. Ich habe mir überlegt, ob ich einen Gusseiseneinsatz einbaue, wegen der Leistung, aber …" Was zum Teufel tat er eigentlich? Er hatte die schönste Frau der Welt in seinem Schlafzimmer, und er redete über Kamineinsätze und Wärmeleistung!

„Das wäre nicht mehr so hübsch", beendete sie den Satz und begann sein Hemd aufzuknöpfen.

„Stimmt. Soll ich ein Feuer im Kamin machen?"

„Später, das wäre sicher nett. Aber im Moment, glaube ich, können wir selbst für genug Hitze sorgen."

„Kate." Er griff ihre Hände und wunderte sich, warum das Verlangen, das in ihm pulsierte, nicht durch seine Finger schoss und ihre Haut verbrannte. „Wenn ich mich ein wenig ungeschickt anstelle, schieb die Schuld darauf, ja?" Er hob die verbundene Hand.

Er ist also auch nervös, dachte sie. Gut, dann hatten sie ja beide die gleiche Ausgangsposition. „Ich wette, ein so cleverer Mann wie du kann selbst mit diesem Handicap den Reißverschluss meines Kleides aufkriegen, oder?" Sie drehte sich um und hob ihr Haar im Nacken an. „Warum versuchst du es nicht?"

„Ja, warum eigentlich nicht?"

Er zog den Reißverschluss herunter, langsam, entblößte Stück für Stück golden schimmernde Haut. Die schwungvolle Linie ihres Nackens und ihrer Schultern verzauberte ihn so sehr, dass er verweilte, mit den Lippen die Haut streichelte, knabberte, reizte. Sie erschauerte.

Er drehte sie herum, damit sie ihn ansah. Ihr Atem ging schneller. Er beugte den Kopf und berührte ihre Lippen, leicht, ein Hauch nur, aber so wunderbar. Und während er das Gefühl auskostete, fasste er ihr Gesicht sanft mit beiden Händen, ließ seine Finger in ihr Haar gleiten, ihren Rücken hinunter. Langsam, gründlich, jeden Moment genießend.

Sie hatte eine Wiederholung der Leidenschaft erwartet, die in der Küche ihrer Mutter zwischen ihnen aufgeflammt war, aber diese sanfte Zärtlichkeit überwältigte sie noch mehr.

„Sag mir …", er liebkoste ihr Ohrläppchen, „… wenn dir etwas nicht gefällt."

„Ich glaube nicht, dass das Thema überhaupt aufkommen wird", flüsterte sie.

Seine starken, zärtlichen Hände lagen jetzt auf ihren Schultern, strichen ihr unendlich langsam das Kleid ab. „Ich habe mir vorgestellt, wie es sein wird, dich zu berühren. Es hat mich halb um den Verstand gebracht."

„Jetzt bringst du mich um den Verstand." Sie zog sein Hemd aus der Jeans, öffnete die Knöpfe, ließ ihre Hände über harte Muskeln und weiche Haut gleiten.

Doch er hielt sie zurück. Es war so lange her, dass er mit einer Frau zusammen gewesen war. Jetzt wollte er sich Zeit lassen. Er führte ihre Hände an seinen Mund und küsste ihre Fingerspitzen, fühlte den wilden Puls an ihrem Handgelenk.

„Lass mich das machen", murmelte er. Nach einer letzten Handbewegung sah er zu, wie das Kleid an ihrem Körper entlang zu Boden rutschte.

Sie war so schlank, so fein gebaut, dass ein Mann die stählernen Muskeln unter dieser zarten goldenen Haut fast vergessen konnte. Ihre grazilen Formen zeugten von weiblicher Eleganz, faszinierten ihn, verlangten nach seiner Berührung.

Sie hielt den Atem an, als seine Finger die Rundung ihrer Brust nachzeichneten, spürte die Hitze in sich aufwallen, als seine von der Arbeit raue Hand unter ihren Spitzen-BH glitt und die dunkle Knospe fand.

Ihr lustvolles Erschauern erregte ihn. Beide zitterten, als er sie hochhob und langsam zum Bett trug, ohne den Blick von ihren Augen zu wenden.

Wäre es ein Tanz, so würde sie es einen Walzer nennen. Kreisende Schritte in langsamem Takt. Der Kuss war innig und tief, wärmte Körper und Seele. Sie seufzte leise und ergab sich ganz dem wunderbaren Gefühl. Das, so dachte sie verträumt, ist etwas, das ich bewahren will. Die Liebe war ein Wunder, das in ihr zu erblühen begann wie eine Rose.

Dann näherte er seinen Mund ihrer Brust, er strich mit den Lippen über den Rand des Spitzengewebes, das die zarte Rundung verhüllte. Erregend, aufpeitschend, magisch. Sie stöhnte laut auf, als sie seine Zunge spürte, bog sich der Liebkosung entgegen, krallte ihre Finger in seine Schultern.

Der Walzer ging in einen Tango über – lasziv, erotisch, sinnlich.

In seinem Kopf war nur noch sie. Ihr Duft, ihre Haut, die Schönheit ihres Körpers machten ihn trunken. Er wollte berühren, erforschen, schmecken. Alles an ihr erfahren.

Als er sie zum ersten Mal mit Händen und Lippen auf den Gipfel führte, als sich ihr Körper in seinen Armen bog, als er ihr Stöhnen hörte, wirkte ihre Lust auf ihn wie eine Droge. Er wollte mehr. Und mehr. Sie war bereit für ihn. Sein Puls hämmerte gegen seine Rippen, als er in sie eindrang, dort verweilte, überwältigt von diesem einzigartigen Gefühl.

Sie bog ihm ihre Hüften entgegen, und dann begannen sie sich zu bewegen, in dem uralten Rhythmus, der seit Anbeginn der Menschheit bestand, in perfektem Einklang. Ohne die Augen voneinander zu wenden, schnell atmend, die Hände ineinander verschränkt. Haut auf Haut, feucht und seiden, Herz an Herz, stark und echt.

Und als die Flutwelle kam, um sie beide fortzureißen, küsste er sie und vollendete die Vereinigung.

Sie lag da, mit geschlossenen Augen, ein zufriedenes Lächeln auf den Lippen, und fühlte sich wie geschmolzenes Wachs, Brodys Gewicht auf sich. Sie konnte seinen Herzschlag spüren – hart und schnell – und wusste, dass er die gleiche Erfahrung wie sie gemacht hatte.

Die Erkenntnis, dass sie im Bett so wunderbar zueinanderpassten, erfüllte sie mit Glück.

Es war faszinierend, verliebt zu sein. Wirklich verliebt zu sein. Nicht wie die anderen wenigen Male, als sie von der Vorstellung zu lieben bezaubert gewesen war. Es war so unerwartet. So alles durchdringend.

301

Sie atmete tief durch und sagte sich, dass sie später gründlicher darüber – und über das, was es für die Zukunft bedeutete – nachdenken würde. Im Moment wollte sie es einfach nur genießen. Wollte ihn genießen.

Niemand hatte sie je so fühlen lassen, niemand hatte sie je für so viele verschiedene Gefühle empfänglich gemacht. Schicksal, dachte sie. Er gehörte zu ihr. Sie hatte es gewusst, irgendwo tief in sich, schon im ersten Augenblick, als sie ihn sah.

Und sie würde ihm klarmachen – wenn der Zeitpunkt gekommen war –, dass sie zu ihm gehörte. Sie hatte ihn gefunden, und sie würde ihn behalten.

„Für einen Mann, der behauptet, aus der Form zu sein, hast du dich aber sehr gut geschlagen."

Er fragte sich, ob er je wieder würde klar denken können. Und wenn ja, wann das Denken wieder einsetzen würde. Im Moment brachte er nicht mehr als ein Brummen als Antwort heraus. Sie schien das amüsant zu finden, denn sie lachte und legte ihre Arme um ihn.

Er sammelte alle verbliebenen Kräfte. Das reichte aus, um den Kopf zu drehen und sein Gesicht in ihrer Halsmulde zu bergen. Er entschied, dass dies ein guter Platz war. „Willst du, dass ich weggehe?"

„Nein."

„Fein. Stoß mich an, falls ich schnarchen sollte."

„O'Connell."

„War nur ein Witz." Er hob den Kopf und stützte sich auf einen Ellenbogen. Das Grün seiner Augen strahlte nichts als Zufriedenheit aus. „Es ist ein Genuss, dich einfach nur anzusehen."

„Mir geht es bei dir genauso." Sie hob eine Hand und strich durch sein Haar. Es war nicht richtig blond, aber auch nicht richtig braun. Eine wunderbare Mischung. Wie der ganze Mann. „Weißt du eigentlich, dass ich dich vom ersten Moment an genau hier haben wollte?" Sie hob den Kopf ein wenig, gerade genug, um ihn spielerisch ins Kinn zu beißen. „Lust auf den ersten Blick – das passiert mir sonst nie."

„Ich hatte ähnliche Reaktionen. Du hast meinem System einen Kurzschluss versetzt, dabei dachte ich, es sei längst ausgebrannt. Hat mich richtig sauer gemacht."

„Ich weiß." Sie lächelte. „Das hat mir ja auch so gefallen. Weil du immer dieses mürrische Gesicht aufgesetzt hast und trotzdem interessiert warst. Sehr sexy. Eine Herausforderung."

„Nun, du hast mich ja dahin gekriegt, wo du mich haben wolltest." Er küsste sie leicht. „Danke."

„Oh, es war mir ein Vergnügen."

„Und da ich schon einmal hier bin …" Er knabberte an ihrem Hals, ihrem Ohrläppchen.

Ihr Lachen erstarb und wurde zu einem Seufzer, als er sich in ihr zu bewegen begann.

„Ich hoffe, du hast nichts dagegen", murmelte er rau. „Ich muss viel nachholen."

„Nein." Ihr Körper erwachte zu neuem Leben, reagierte auf ihn. „Bedien dich nur."

Brody musste feststellen, dass es wirklich nicht einfach war, sich auf eine Beziehung einzulassen – zumindest auf eine körperliche Beziehung –, wenn man ein Kind hatte. Nicht dass er das ändern wollte. Aber es erforderte doch eine Menge Einfallsreichtum, um die Bedürfnisse eines Mannes und eines Vaters unter einen Hut zu bringen.

Er war froh, dass Kate Jack mochte und es ihr nichts ausmachte, Zeit mit ihm zu verbringen. Sie war auch nicht eifersüchtig auf die Zeit, die Brody seinem Sohn widmete. Wäre das anders gewesen, hätte es sowieso keine Beziehung gegeben, weder körperlich noch sonst wie, das war für ihn von Anfang an klar gewesen.

Man konnte es wohl ein Verhältnis nennen. Ja, Brody hatte eine Affäre. Zum ersten Mal. Seine Beziehung mit Connie hatte er nie so gesehen. Mit einundzwanzig hatte man keine Affäre, man hatte eine Romanze. Er musste sich daran erinnern, die Situation mit Kate nicht durch die romantische Brille zu sehen.

Sie mochten einander, sie wollten einander, hatten Spaß an- und miteinander. Keiner von ihnen beiden hatte irgendwelche Andeutungen fallen lassen, dass es da mehr gab als Sympathie. Und Lust. So war es auch besser.

An erster Stelle würde er immer Vater sein. Und er konnte sich schlecht vorstellen, dass Frauen – vor allem Frauen mit einer glänzenden Karriere – sich auf einen Mann mit einem sechsjährigen Sohn einlassen würden.

Außerdem … er wollte ja auch gar nicht mehr als das, was es war. Das würde nämlich bedeuten, dass er Änderungen ins Auge fassen müsste. Nach Kompromissen suchen, damit sie alle drei zufrieden waren. Und das würde nur ein heilloses Durcheinander werden.

Nein, er war ganz zufrieden so. Warum sollte ein erwachsener Mann nicht ein Verhältnis mit einer erwachsenen Frau haben, vor allem da sie die gleichen Vorstellungen hatten? Man musste die Situation ja nicht gleich mit Zukunftsplänen erdrücken. So war jeder glücklich und zufrieden.

Er trat einen Schritt zurück, ließ die Nagelpistole sinken und begutachtete die Leiste, die er gerade in Kates Büro an der Wand angebracht hatte. Doch, es sah gut aus. Elegant, klassisch. Genau wie die Frau selbst.

Er fragte sich, wo sie gerade stecken mochte. Und ob sie nicht vielleicht eine Stunde für sich abzweigen konnten, bevor er nach Hause gehen und mit Jack dieses Dinosaurierbild in Angriff nehmen musste, das der Junge für ein Schulprojekt malen sollte.

Sex, Renovierungsarbeiten und erstes Schuljahr, dachte er, als er zum Fenster hinüberging, um dort die Leisten anzubringen. Ein Mann wusste nie, welche Mischung sich in seinem Leben ergab.

„Er wird begeistert sein." Kate schaute dem großen Plastikdinosaurier in das weit aufgerissene Maul mit den scharfen Zähnen.

„Mit Dinos liegst du nie falsch." Annie rückte Spielzeuge auf dem Regal zurecht, die gar nicht zurechtgerückt werden mussten. „Dieser kleine Jack O'Connell ist wirklich süß, nicht wahr?" Sie warf Kate einen forschenden Blick zu.

„Mmh."

„Sein Vater ist auch nicht gerade unansehnlich."

„Stimmt. Beide sind süß. Und ja, wir treffen uns immer noch."

„Ich habe doch gar nichts gesagt", verteidigte sich Annie empört. „Ich frage niemanden aus."

„Nein, du stocherst nur ein bisschen herum", erwiderte Kate gutmütig. „Das mag ich ja so an dir." Sie klemmte sich den Dinosaurier unter den Arm. „Ich werde noch bei schnell bei Mama vorbeischauen."

„Soll ich dieses Biest einpacken?" Annie hatte schon die Hand auf die Geschenkpapierrolle gelegt.

„Nein. Eingepackt ist es ein Geschenk, aber so kann ich Jack den Dino geben und behaupten, es sei für sein Schulprojekt."

„Cleveres Mädchen."

Ja, sie war clever genug, um zu wissen, was sie wollte und wie sie es bekam. Es war jetzt zwei Wochen her, seit sie und Brody sich zum ersten Mal geliebt hatten. Seitdem hatten sie einen weiteren Abend zusammen gehabt und hier und da ein paar Stunden.

Sie wollte sehr viel mehr als das.

Sie waren mit Jack ins Kino gegangen, hatten ein paarmal zu dritt zusammen gegessen, und letzten Samstag, nachdem es endlich geschneit hatte, hatten sie sich eine wilde und fröhliche Schneeballschlacht geliefert.

Auch mit Hinblick auf Jack wollte sie mehr.

Sie klopfte an die Bürotür ihrer Mutter und steckte den Kopf durch den Spalt.

Natasha saß an ihrem Schreibtisch und telefonierte. Sie winkte Kate heran, während sie das Gespräch beendete. „Ja, danke. Wir können also nächste Woche mit der Lieferung rechnen." Sie tippte etwas in den Computer ein, legte auf und seufzte. „Du kommst genau richtig", sagte sie zu Kate. „Ich brauche eine Tasse Tee und jemanden, mit dem ich über etwas anderes als Puppen reden kann."

„Immer gern zu Diensten. Ich mache sogar den Tee." Kate stellte den Dinosaurier ab und drehte sich zu dem kleinen Elektrokocher, den ihre Mutter immer für solche Gelegenheiten bereitstehen hatte.

Natasha sah auf das Plastiktier, dann zu ihrer Tochter. „Für Jack?"

„Mmh. Sie arbeiten an einem Schulprojekt. Damit wird er sich bestimmt ein paar Pluspunkte einhandeln können. Außerdem ist das Ding doch nett."

„Ein großartiger Junge."

„Ja, das denke ich auch. Brody hat wirklich gute Arbeit geleistet. Aber er hatte ja auch das beste Ausgangsmaterial."

„Stimmt. Aber es ist nie einfach, ein Kind allein großzuziehen."

„Ich habe nicht vor, ihn diese Arbeit allein weitermachen zu lassen." Kate stellte eine Tasse frisch gebrühten Tee vor ihre Mutter hin und setzte sich ihr gegenüber. „Ich habe mich in Brody verliebt, und ich werde diesen Mann heiraten."

Tränen schossen Natasha in die Augen, Tränen des Glücks. „Aber Kate, das ist ja wundervoll!" Sie umarmte ihre Tochter. „Ich freue mich so für dich. Für uns alle. Mein Baby heiratet." Sie küsste Kate auf die Wange. „Du wirst die schönste Braut der Welt sein. Habt ihr schon das Datum festgesetzt? Oh, das muss ja alles noch geplant und organisiert werden. Warte nur, bis wir es deinem Vater erzählen!"

„Moment, Moment!" Kate setzte lachend ihre Teetasse ab und nahm die Hand ihrer Mutter. „Es gibt noch kein Datum, weil ich ihn noch nicht dazu gebracht habe, mich zu fragen."

„Aber …"

„Ein Mann wie Brody – unter all dem lässigen Getue ist er eigentlich sehr konventionell – wird Wert darauf legen, ganz zeremoniell um meine Hand anzuhalten. Ich muss ihn nur noch ein bisschen in die richtige Richtung stupsen. Wenn wir in diesem Stadium angelangt sind, können wir über die Planung reden."

Bedenken ließen die Freude ersterben. Natasha runzelte die Stirn. „Katie, Brody ist kein Projekt, bei dem es darum geht, das nächste Stadium zu erreichen."

„So meinte ich das auch nicht, Mama. Aber du musst doch zugeben, dass Beziehungen Phasen durchlaufen, oder? Und die Menschen arbeiten sich durch diese Phasen hindurch."

„Liebes." Natasha setzte sich auf die Schreibtischkante. „Ich habe deinen Sinn für Logik immer bewundert, deinen Ehrgeiz, deine Zielstrebigkeit. Aber Liebe, Heirat und Familie … diese Dinge sind nicht einfach mit Logik zu meistern. Im Gegenteil, meist sind sie höchst unlogisch."

„Mama, ich liebe ihn", erklärte Kate simpel, und wieder stiegen Natasha Tränen in die Augen.

„Ja, ich weiß es, ich habe es gefühlt und gesehen. Und glaube mir, wenn du ihn willst, dann wünsche ich ihn dir. Aber …"

„Ich will Jacks Mutter sein." Kates Stimme wurde brüchig. „Ich wusste noch nicht einmal, dass ich es mir so wünsche. Zuerst dachte ich nur, dass er ein süßer kleiner Kerl ist. Ich mag Kinder, aber jetzt verliebe ich mich mehr und mehr in ihn. Nein, ich bin richtig vernarrt in den Kleinen."

Natasha nahm den Dinosaurier hoch und lächelte in Erinnerungen. „Ich weiß, wie es ist, wenn man ein Kind liebt, das nicht das eigene ist. Es ist praktisch schon fertig geformt und kommt in dein Leben und ändert alles. Ich zweifle nicht daran, dass du ihn lieben würdest wie deinen eigenen Sohn."

„Aber warum bist du dann so besorgt?"

„Weil du mein Baby bist." Natasha stellte die Figur wieder zurück. „Ich will nicht, dass du verletzt wirst. Du bist bereit, dein Herz und dein Leben zu geben, aber das bedeutet nicht zwingend, dass Brody das für sich ebenso sieht."

307

„Ihm liegt viel an mir." Sie war sicher, sie konnte sich einfach nicht irren. „Er ist nur vorsichtig."

„Er ist ein guter Mann, ich zweifle auch nicht daran, dass ihm an dir liegt, Katie. Aber du hast nicht gesagt, dass er dich liebt."

„Weil ich es nicht weiß." Mit einem frustrierten Seufzer erhob Kate sich. „Oder ob er selbst es weiß. Deshalb will ich geduldig sein. Ich versuche, praktisch zu denken. Aber, Mama, es tut so weh."

„Ach, mein Baby." Natasha zog Kate in ihre Arme. „Liebe ist nun mal nicht durchorganisiert und geradlinig. Selbst für dich nicht."

„Ich werde geduldig sein. Ein Weilchen zumindest." Sie lachte gezwungen. „Ich werde es schaffen." Sie schloss die Augen ganz fest. „Ich weiß es."

Es war unheimlich schwer, nicht zur Baustelle zu gehen. Sie hatte sich mindestens schon ein halbes Dutzend Mal ermahnt und zurückgehalten. Sie lenkte sich ab, indem sie den Nachmittag am Telefon verbrachte. Auf das Inserat für die „Kimball School of Dance", die im April eröffnen würde, hatten sich bereits einige Interessenten gemeldet. Auf ihrer Liste standen sechs potenzielle Schüler. Für nächste Woche war ein Interview mit der hiesigen Lokalzeitung angesetzt. Daraus würde sich sicher noch mehr Interesse ergeben, mehr Anrufe, mehr Schüler.

Nur noch ein paar Wochen, dachte sie, als sie hinter Brodys Pick-up in der Auffahrt parkte, und sie würde ihre neue Karriere beginnen. Was nun ihr Privatleben anging – sie hatte nicht vor, mit dem Neubeginn viel länger zu warten.

Er kam auf bloßen Füßen zur Tür, und er roch nach Wachsmalstiften. Die Tatsache, dass sie das sowohl sexy als auch süß fand, sagte ihr, wie weit sie schon in dieser Sache drinsteckte.

„Hi. Entschuldige, dass ich unangemeldet hier hereinschneie, aber ich habe etwas für Jack."

„Ist schon in Ordnung." Er rieb Zeigefinger und Daumen zusammen, dort, wo ein Filzstiftstrich zu sehen war. „Wir sind gerade dabei … Komm mit in die Küche", winkte er sie herein. „Aber mach dich auf was gefasst, es ist kein ordentlicher Anblick."

„Wenn man an einem Projekt für die Schule arbeitet, ist es das meistens nicht."

Brody war ziemlich überrascht, dass sie sich überhaupt daran erinnerte. Er hatte es doch nur einmal kurz, so ganz nebenbei, erwähnt … und ein bisschen gestöhnt vielleicht.

Sie trat vor ihm in die Küche, übersah die Sachlage.

Jack kniete auf einem Stuhl am Küchentisch, über einen Zeichenbogen gebeugt, und malte ein Bild aus, dessen Umrisse eher an ein großes Schwein denn an einen Dinosaurier erinnerten. Aber er war konzentriert bei der Sache. Aufgeschlagene Bilderbücher über Dinosaurier bedeckten den gesamten Tisch, zusammen mit naturgetreuen Abbildungen, die Brody wahrscheinlich aus dem Internet ausgedruckt hatte. Außerdem lagen überall Spielzeuge verstreut sowie Wachsmalkreiden, Filz- und Buntstifte.

Große Arbeitsschuhe und kleine Turnschuhe waren achtlos in eine Ecke gekickt worden. Auf der Anrichte stand ein Krug mit einer grellroten Flüssigkeit. Da Jack einen Schnurrbart der gleichen Farbe auf der Oberlippe trug, ging Kate davon aus, dass diese Flüssigkeit ohne Risiko trinkbar sein musste.

Als sie weiter in die Küche hineinging, blieb sie mit einem Fuß leicht am Boden kleben. Ihr Schuh gab ein schmatzendes Geräusch von sich, als sie das Bein anhob. Mit gerunzelter Stirn schaute sie auf den Boden.

„Uns ist ein kleines Unglück mit der Grenadine passiert", erklärte Brody zerknirscht. „Offensichtlich habe ich nicht alles erwischt, als ich sauber gemacht habe."

„Hi, Kate." Jack sah auf und wippte auf dem Stuhl. „Ich male Dinos. Willst du mal sehen?"

Sie trat näher. „Welche Dinos sind das denn?"

„Das ist ein Stegosaurus. Siehst du? Hier ist er, in dem Buch. Aber ich und Dad können nicht sehr gut zeichnen."

„Aber du kannst toll ausmalen." Sie legte ihr Kinn auf sein Haar und bewunderte den grünen Kopf gebührend, an dem er gerade arbeitete.

„Man muss in den Linien bleiben, deswegen haben wir sie auch so dick gemalt."

„Eine sehr kluge Idee. Du machst das so gut, da brauchst du das Werkzeug, das ich dir mitgebracht habe, wohl gar nicht."

„Was ist es denn? Ein Hammer?"

„Leider nein." Sie zog den Plastikdinosaurier aus ihrer Schultertasche hervor. „Es ist ein gefährlicher Fleischfresser."

„Ein T. Rex! Sieh nur, Dad! Die haben wirklich alle gefressen."

„Der sieht auch richtig gefährlich aus", stimmte Brody zu und legte seinem Sohn eine Hand auf die Schulter.

„Kann ich den mit in die Schule nehmen? Hier, guck mal, die Arme lassen sich bewegen, die Beine auch. Und er kann sogar mit seinem Maul beißen. Oh bitte, darf ich ihn mitnehmen?"

„Ich denke, er ist gutes Anschauungsmaterial für euer Projekt." Sie wandte sich neckend an Brody. „Nicht wahr, Dad? Und da ist auch noch ein kleines Buch dabei, das erklärt, wie sie früher gelebt und wen sie alles gefressen haben."

„Kann ja nichts schaden. Jack, willst du Kate nicht etwas sagen?"

„Danke! Danke, Kate." Jack ließ den Plastikdino über das Bild laufen. „Der ist toll!"

„Freut mich, dass er dir gefällt. Wie wäre es mit einem Küsschen als Dankeschön?"

Er grinste, schlug beide Hände über den Mund und schüttelte wild den Kopf.

„Gut, dann hole ich mir das Küsschen eben von deinem Dad." Sie drehte sich um und drückte ihre Lippen auf Brodys Mund, noch bevor er überhaupt eine Chance hatte zu reagieren.

Er hatte es immer vermieden, sie zu küssen oder auch nur zu berühren, wenn Jack dabei war. Und das, so hatte Kate beschlossen, musste sich ändern.

Jack gab hinter der Hand Würgelaute von sich, aber seine Augen strahlten.

„Eine Frau muss sehen, wo sie ihre Küsse herbekommt", sagte Kate ungezwungen und trat von Brody zurück, während er wie vom Donner gerührt stehen blieb. „Und jetzt, da meine Aufgabe erledigt ist, muss ich wieder weiter."

„Äh … kannst du nicht bleiben?", bettelte Jack. „Du könntest uns beim Zeichnen helfen. Es gibt Hamburger zum Abendessen."

„So verlockend sich das auch anhört, es geht nicht. Ich habe einen Termin in der Stadt." Was stimmte. Aber sie war sicher, dass der Überfall – pardon, der Kurzbesuch – wesentlich wirkungsvoller wäre, wenn sie nicht zu lange blieb. „Vielleicht können wir ja am Wochenende wieder ins Kino gehen. Natürlich nur, wenn du Zeit hast."

„Au ja!"

„Wir sehen uns morgen, Brody. Nein, nicht nötig", wehrte sie ab, als er sie zur Tür bringen wollte. „Ich finde allein hinaus. Mach du nur mit den Dinosauriern weiter."

„Danke fürs Vorbeischauen", war alles, was er sagte. Dann hörte er die Haustür gehen.

„Dad?"

„Hmm?"

„Gefällt es dir, Kate zu küssen?"

„Ja, ich meine …" Auf in den Kampf, dachte er, als er sich hinsetzte, denn Jack betrachtete ihn aufmerksam. „Es ist schwer zu erklären. Aber wenn du erst älter bist … Die meisten Männer mögen es, Frauen zu küssen."

„Nur die hübschen?"

„Nein, Frauen, die man gernhat."

„Und wir haben Kate gern, nicht wahr?"

„Na klar." Brody war erleichtert, dass das Thema nicht in

Aufklärungsunterricht abgerutscht war. Das wäre noch ein bisschen zu früh.

„Dad?"

„Was ist?"

„Wirst du Kate heiraten?"

„Ob ich was …?" Er war schockiert. „Du liebe Güte, Jack, wie kommst du denn darauf?"

„Na ja, du magst sie, und es gefällt dir, sie zu küssen. Und du hast keine Frau. Rods Mom und Dad küssen sich auch manchmal in der Küche."

„Nicht jeder … Man kann sich auch küssen, ohne verheiratet zu sein." Gott, das wurde ja immer schlimmer! „So eine Heirat ist etwas wirklich Wichtiges. Man muss jemanden schon sehr gut kennen und sehr mögen."

„Aber du kennst Kate doch, und du magst sie."

Wenn seine Fantasie ihm da keinen Streich spielte, dann spürte er einen Schweißtropfen an seinem Rückgrat hinunterrinnen. „Ja schon, aber ich kenne und mag viele Leute, Jack." Brody fühlte sich in die Enge getrieben. Etwas abrupt stand er auf und holte zwei saubere Gläser aus dem Schrank. „Aber deswegen heirate ich diese Leute nicht. Man muss jemanden lieben, um ihn zu heiraten."

„Und du liebst Kate nicht?"

Er öffnete den Mund, schloss ihn wieder. Schon seltsam, es war viel schwieriger, seinen Sohn als sich selbst zu belügen. Er hatte keine Ahnung, als was er das Gefühl bezeichnen sollte, das er für Kate Kimball empfand. „Jack, so einfach ist das nicht."

„Warum nicht?"

Fragen über Sex und Aufklärung wären wohl doch einfacher gewesen, entschied Brody still. Er stellte die Gläser auf den Tisch und setzte sich wieder. „Deine Mutter habe ich geliebt. Das weißt du doch, oder?"

„Ja, und sie war auch hübsch. Und ihr habt aufeinander aufgepasst und auf mich, bis sie in den Himmel gehen musste. Ich wünschte, sie hätte da nicht hingemusst."

„Ich weiß. Ich wünsche mir das auch. Aber nachdem sie einmal weg war, habe ich mich ganz fest darauf konzentriert, dich zu lieben. Das hat mir geholfen. Und bis jetzt sind wir doch eigentlich ganz gut zurechtgekommen, oder?"

„Klar. Wir sind nämlich ein Team."

„Und was für eines!" Brody hob die Hand, damit Jack einschlagen konnte. „Aber jetzt sollten wir sehen, was dieses Team mit den Dinos zustande bringt."

„Na schön." Jack nahm die Malkreiden zur Hand. Bevor er sich über das Blatt beugte, warf er seinem Vater noch einen Blick zu. Es gefiel ihm, dass sie beide ein Team waren. Aber es wäre auch ganz nett, wenn Kate mit zum Team gehören würde.

8. KAPITEL

*B*rody montierte den ersten Unterschrank und überprüfte noch einmal mit der Wasserwaage, ob alles gerade war. Von unten drangen Bohr- und Hämmergeräusche nach oben. Seine Männer brachen die letzte Wand im Erdgeschoss heraus. Hier oben kreischte eine Säge aus Kates Schlafzimmer.

Es wird eine verdammt hübsche Wohnung werden, dachte er. Perfekt für einen Single oder auch ein Paar ohne Kinder. Eine Familie müsste sich vielleicht ein wenig einschränken ...

Wirst du Kate heiraten?

Er blieb regungslos stehen und starrte Löcher in die Luft.

Warum zum Teufel hatte Jack ihm diese Idee in den Kopf gesetzt? Dadurch wurde alles so erdrückend. Er dachte nicht an Heirat, konnte es sich nicht leisten, daran zu denken. Er hatte für ein Kind zu sorgen, sein Geschäft stand noch am Anfang, und er lebte in einem alten, zugigen Haus, das noch nicht einmal zur Hälfte fertig war.

Es war einfach nicht die richtige Zeit, um jetzt auch noch eine Heirat ins Spiel zu bringen. Er hatte genug um die Ohren.

Er war schon einmal in dieser Situation gewesen. Nicht dass er es bereute, nein, keine Sekunde davon. Aber auch damals waren es schwere Zeiten gewesen, die Situation für alle Beteiligten mehr als kompliziert. Warum sollte er diese Erfahrung wiederholen wollen, wenn er im Moment noch auf so wackeligen Beinen stand?

Damit würde er sich nur mehr Probleme aufhalsen.

Außerdem dachte Kate bestimmt nicht an Heirat. Oder? Nein, natürlich nicht. Sie war ja selbst gerade erst in der Stadt angekommen. Sie hatte ihre Schule, an die sie denken musste. Und sie hatte ihre Freiheit.

Sie war in Frankreich gewesen, in England und Russland. Vielleicht wollte sie wieder dahin zurück. Warum sollte sie das nicht wollen? Aber er war hier sesshaft geworden, in West Virginia, mit einem Kind.

Und überhaupt … Connie und er waren total ineinander verliebt gewesen. Verliebt und jung und … naiv. Kate und er dagegen waren erwachsen. Vernünftige Menschen, die die Gesellschaft des anderen schätzten.

Viel zu vernünftig, um noch auf einer rosa Wolke zu schweben.

Eine Hand legte sich auf Brodys Schultern und erschreckte ihn so, dass er fast einen Herzschlag bekommen hätte.

„Du liebe Güte, O'Connell! Alles in Ordnung mit dir?"

Brody ließ langsam die Luft aus den Lungen entweichen und drehte sich zu Jerry Skully um. Rods Vater und er kannten sich schon seit ihrer Kindheit, und obwohl Jerry älter als dreißig war, hatte er sich die Unbeschwertheit eines jungen Mannes und auch das übermütige Grinsen bewahrt. Und genau dieses jungenhafte Lachen stand jetzt auf seinem Gesicht.

„Ich habe dich nicht gehört."

„So könnte man wohl sagen, allerdings. Ich hab zwei Mal gerufen. Du warst ja völlig weggetreten, Mann."

Jerry steckte die Hände in die Tasche und ging herum, um den Raum zu begutachten. Sobald man einen Typen im Anzug auf eine Baustelle stellt, wirkt er wie ein angeberischer Gockel, dachte Brody. „Was ist? Brauchst du einen Job? Ich hab noch einen zweiten Hammer."

„Haha." Es war ein alter Witz aus der Jugendzeit. Jerry konnte mit Zahlen jonglieren wie kein anderer, er war ein Mathematik-Genie. Ganz gleich in welcher gesellschaftlichen Situation, er passte sich überall hervorragend an. Aber er konnte nicht einmal eine Glühbirne austauschen, ohne nicht vorher die Bedienungsanleitung gelesen zu haben.

„Hast du eigentlich diese Regale in der Waschküche installiert?", fragte Brody mit todernstem Gesicht.

„Sie hängen an der Wand. Beth behauptet, die Heinzelmännchen hätten sie dort angebracht. Du weißt nicht zufälligerweise was davon, oder?"

„Ich beschäftige keine Heinzelmännchen. Die haben eine knallharte Gewerkschaft."

„Tja, zu schade. Weil ich diesen Kerlchen nämlich ewig dankbar sein werde, dass sie mir Beth vom Hals geschafft haben."

Ein Gespräch unter Freunden. Mehr war als Dank nicht nötig, jeder wusste, was der andere meinte.

„Unten sieht es doch schon ganz gut aus", fuhr Jerry jetzt fort. „Carrie macht Beth und mich ganz verrückt. Sie will unbedingt mit Ballettunterricht anfangen. Sieht aber so aus, als würde bis nächsten Monat alles fertig sein, was?"

„Ja, ich wüsste keinen Grund, der dagegen spräche. Hier oben werden wir noch eine Weile länger arbeiten, draußen gibt es auch noch einiges zu tun, aber das Erdgeschoss ist dann fertig." Brody rückte den nächsten Schrank in Position. „Wieso lungerst du eigentlich so früh am Nachmittag schon hier rum? Sind das die Arbeitszeiten eines Bankers?"

„Banker arbeiten härter, als du denkst, mein Freund."

„Du hast so weiche Hände." Brody schnüffelte. „Rieche ich da etwa Eau de Cologne?"

„Das ist Aftershave, du Banause. Nein, ich hatte einen Außentermin und bin früher fertig geworden als gedacht. Also wollte ich mir mal die Stelle ansehen, wo das Geld unserer Bank einzementiert wird."

Brody grinste Jerry über die Schulter hinweg an. „Deswegen hat der Kunde ja auch den Besten engagiert."

Jerry gab einen recht barschen Kommentar ab, wie nur ein guter Freund es sich erlauben konnte. „So, ich habe gehört, dass du und die Ballerina jetzt regelmäßig miteinander tanzen."

„Je kleiner die Stadt, desto größer die Gerüchteküche", war alles, was Brody dazu sagte.

„Sieht wirklich klasse aus, die Frau." Jerry trat näher und

studierte fasziniert, wie Brody den Schrank einhängte. „Hast du schon mal ein richtiges Ballett gesehen?"

„Nein."

„Ich schon. Meine kleine Schwester – Tiffany, erinnerst du dich noch an sie? – hatte als Kind Ballettunterricht. Die haben den Nussknacker gemacht. Meine Eltern haben mich zu der Aufführung mitgeschleift. Es hatte auch seine netten Momente. Riesige Mäuse, Schwertkämpfe, ein deckenhoher Weihnachtsbaum. Der Rest bestand aus hüpfenden und sich drehenden Gestalten. Na ja, wer's mag ..."

„Ja, sicher ..."

„Auf jeden Fall ... Tiffany ist wieder hier. In den letzten Jahren hat sie unten in Kentucky gelebt, aber jetzt hat sie sich von diesem Idioten, den sie damals geheiratet hat, endlich scheiden lassen. Sie will hierbleiben, bis sie sich wieder gefangen hat."

„Aha ..."

„Deshalb dachte ich mir, da du ja auch wieder in der Stadt bist, könntest du vielleicht mal mit ihr ausgehen. Ins Kino vielleicht, oder zum Abendessen."

„Mmh." Brody legte die Wasserwaage auf die beiden Schränke und verglich sie konzentriert.

„Weißt du, sie hat viel durchgemacht, es würde ihr guttun, mal mit jemandem auszugehen, der sich zu benehmen weiß und sie anständig behandelt."

„Klar ..."

„Ich weiß noch, sie hatte ein Auge auf dich geworfen, als wir noch Kinder waren. Also, wirst du sie in den nächsten Tagen anrufen?"

„Sicher ... Was sagtest du?" Endlich sah Brody auf. „Wen soll ich anrufen?"

„Mein Gott, Brody. Tiff, meine Schwester. Du rufst sie an und lädst sie ein. Hast du gerade gesagt."

„Einen Moment mal." Brody legte die Wasserwaage weg und versuchte zu begreifen, was hier gerade gelaufen war.

„Sieh mal, ich glaube nicht, dass ich das tun kann. Ich bin …
na ja, ich bin doch mit Kate zusammen. Sozusagen."

„Du bist aber nicht mit ihr verheiratet, und ihr lebt auch
nicht zusammen, oder? Wo also liegt das Problem?" Jerry
blickte seinen Freund fragend an.

Brody war sicher, dass es da ein Problem gab. Auch wenn
er sich vor Jahren zurückgezogen hatte, wusste er doch noch
gut, wie so etwas funktionierte. Und was viel wichtiger war –
er wollte gar nicht mit Tiffany ausgehen. „Jerry, ich habe
schon lange nichts mehr mit dieser ganzen Verabredungssa-
che zu tun."

„Aber du triffst dich doch mit der Ballerina."

„Nein. Tue ich nicht … Ich meine, wir …"

Es war eine glückliche Fügung, dass er nach einer Ausrede
suchen musste. Denn so sah er von Jerry weg und erblickte
Kate, die im Türrahmen stand.

„Oh, Kate. Hi."

„Hallo." In ihrer Stimme klirrten Eiszapfen, in ihren Augen dagegen funkelte heiße Wut. „Entschuldigt die Störung."

Jerry erkannte blitzartig, wie brenzlig die Situation war.
Er setzte sein bestes Jungenlächeln auf und wandte sich zum
Gehen, um seinen alten Freund diese Schlacht allein ausfech-
ten zu lassen. „Hallo, Kate, schön, dich wiederzusehen. Nein,
ist es schon so spät? Ich muss mich beeilen. Brody, ich melde
mich wegen dieser Sache noch bei dir. Also, bis dann." Und
damit war er auch schon zur Tür hinaus.

Brody nahm den Bohrer in die Hand. „Das war übrigens
Jerry."

„Mir ist bewusst, dass das Jerry war."

„Heute werden die Schränke eingebaut. Du hast eine gute
Wahl getroffen mit dem hellen Kirschholz. Den Schlafzim-
merschrank schaffen wir heute auch noch, und die erste Lage
Putz an der eingezogenen Wand …"

„Wie schön."

In ihr brodelte es. In ihrem Magen ringelten und zischelten

318

giftige Vipern. Und sie hatte keineswegs die Absicht, diese Tiere davon abzuhalten, ihre tödlichen Giftzähne in Brodys Fleisch zu stoßen.

„So, wir treffen uns also nicht, nein? Wie würdest du es denn nennen?" Sie kam in den Raum hinein. „Wir schlafen nur zusammen? Oder wäre dir ein anderer, simplerer Ausdruck lieber?"

„Kate, Jerry hat mich festgenagelt."

„Tatsächlich? Hast du ihm darum so entschieden gesagt, dass wir zusammen sind, ‚sozusagen'? Mir war nicht klar, dass es für dich ein solches Dilemma ist, unsere Beziehung in Worten auszudrücken. Oder dass es dir so peinlich ist, unsere Beziehung oder wie immer du es nennen willst, vor deinen Freunden zuzugeben."

„Jetzt halt aber mal die Luft an." Er legte den Bohrer mit einem unsanften Geräusch ab. „Wenn du schon lauschst, dann hättest du dir das ganze Gespräch anhören sollen. Jerry will, dass ich seine Schwester ausführe, und ich habe versucht, ihm zu erklären, dass ich das für keine gute Idee halte."

„Ich verstehe." Sie hätte jeden einzelnen Nagel aus seinem Werkzeuggürtel nehmen und ihm ins Gesicht spucken können. „Erstens: Ich habe nicht gelauscht. Dies hier ist mein Besitz, und ich kann kommen und gehen, wann ich will, ohne mich vorher anzumelden. Zweitens: Was die Sache mit Jerrys Schwester anbelangt – ist dir das Wörtchen Nein jemals in den Sinn gekommen?"

„Ja … nein", verbesserte er sich. „Weil ich nicht richtig zugehört habe."

„Schau an, du kennst das Wort Nein also doch. Dann will ich dir mal was sagen, O'Connell." Sie bohrte ihm den Zeigefinger in die Brust. „Ich hüpfe nicht durch die Betten. Wenn ich mit einem Mann zusammen bin, dann bin ich nur mit diesem Mann zusammen. Und falls er unfähig oder nicht willens sein sollte, dasselbe zu tun, dann sollte er zumindest so viel Ehrlichkeit besitzen und es mir sagen."

„Aber ich habe doch gar nicht …"

„Und es gefällt mir auch nicht, als billige Entschuldigung hervorgekehrt zu werden, wenn du keine Lust hast, einem Freund einen Gefallen zu tun. Bilde dir nicht ein, dass ich mich dazu benutzen lasse. Da es ja so scheint, dass wir nicht zusammen sind – schließlich ist es ja nur ‚sozusagen' –, kannst du Jerrys Schwester oder wen immer du willst, auch anrufen."

„Verflucht, was denn nun? Bist du jetzt sauer, weil ich Jerry einen Korb gebe oder weil ich ihm keinen Korb gebe?"

Sie ballte die Hände zu Fäusten. Wenn sie ihm jetzt einen Kinnhaken versetzte, würde er sich nur etwas darauf einbilden. „Idiot." Sie spie nur dieses eine Wort aus, dann drehte sie sich auf dem Absatz um und marschierte aus dem Raum, nicht ohne Brody vorher noch etwas in Ukrainisch an den Kopf zu werfen.

„Weiber", murmelte Brody wütend. Das metallene Klirren des Werkzeugkastens, als er dagegentrat, verschaffte ihm auch keine nennenswerte Befriedigung.

Eine Stunde später waren die Unterschränke eingebaut, und Brody machte sich an die Arbeit am Vorratsschrank. Mittlerweile hatte er die Szene mit Kate mindestens ein Dutzend Mal in Gedanken nachgespielt, und mit jedem Mal waren ihm neue Dinge eingefallen, die er hätte sagen sollen. Knappe, markige Bemerkungen, mit denen er gut dagestanden hätte. Bei der ersten Gelegenheit, die sich ihm bot, würde er diese Bemerkungen auch loswerden.

Kate konnte sich auf etwas gefasst machen. Er würde nicht zu Kreuze kriechen, sagte er sich, als er die Regalträger annagelte. Er hatte nichts getan, wofür er sich entschuldigen müsste. Frauen, so entschied er, waren der Hauptgrund, warum es für einen Mann besser war, solo durchs Leben zu gehen.

Wenn er so ein Idiot war, warum hatte sie dann überhaupt Zeit mit ihm verbracht?

Er trat aus dem Wandschrank, drehte sich um und wäre fast mit Spencer Kimball zusammengeprallt.

„Was ist heute hier eigentlich los?", knurrte Brody überrascht.

„Tut mir leid. Ich dachte mir, dass Sie mich bei all dem Lärm nicht gehört haben."

„Ich werde Schilder aufstellen." Brody stapfte zu dem Stapel mit Regalbrettern, die er vorbereitet hatte. „Keine Anzüge, keine Krawatten, keine Frauen."

Spencer hob verdutzt die Augenbrauen. In all den Monaten, die er Brody jetzt kannte, erlebte er ihn zum ersten Mal aufgebracht. „Ich nehme an, ich bin heute nicht der Erste, der stört."

„Nein." Brody legte das Regal ein. Es passte millimetergenau. „Wenn es um Ihre Küche geht – wenn Ihnen das Design zusagt, bestelle ich das Material. Dann können wir in zwei Wochen damit anfangen."

„Ich halte mich da raus, das ist Natashas Sache. Eigentlich wollte ich nur mal sehen, wie es hier vorangeht. Ist ja schon viel geschafft worden."

„Ja, verdammt viel." Brody riss ein weiteres Regalbrett hoch, dann hielt er inne und holte tief Luft. „Entschuldigung, aber heute ist ein schlechter Tag."

„Scheint wohl in der Luft zu liegen." Und erklärt auch, so dachte Spencer, warum seine Tochter so gereizt war. „Kate ist unten und richtet ihr Büro ein."

„So?" Die nächsten Regalbretter wurden sehr energisch an ihren Platz geschoben. „Ich wusste nicht, dass sie noch hier ist."

„Die bestellten Möbel sind gerade geliefert worden. Unten wurde ich auch nicht gerade herzlich empfangen. Wenn ich zwei und zwei zusammenzähle, komme ich zu dem Schluss, dass ihr beide euch gestritten habt."

„Man kann es wohl kaum einen Streit nennen, wenn der eine dem anderen ohne ersichtlichen Grund an die Kehle springt. Das wird allgemein als Angriff bezeichnet." Brody schnaubte wütend.

„Aha. Selbst auf die Gefahr hin, mich in etwas einzumischen, das mich eigentlich nichts angeht – die Frauen in meiner Familie haben immer einen Grund, wenn sie einem Mann an die Gurgel wollen. Ob das nun ein ersichtlicher Grund ist oder nicht, darüber lässt sich diskutieren."

„Und genau deshalb bringen Frauen nur Probleme mit sich."

„Vielleicht. Aber es ist nicht leicht, ohne sie auszukommen, nicht wahr?"

„Jack und ich sind immer gut zurechtgekommen." Ärger und Frustration fielen von ihm ab, als er sich zu Spencer umdrehte. „Was ist eigentlich los mit den Frauen? Warum müssen sie immer alles so kompliziert machen und einen dann als Idioten hinstellen?" Mit einem fast hilflosen Gesichtsausdruck musterte Brody sein Gegenüber.

„Mein Junge, Generationen von Männern haben sich diese Frage gestellt und sind alle auf die gleiche Antwort gekommen: Es ist eben so."

Brody lachte trocken auf, trat zurück und begutachtete die eingebauten Regale. „Tja, mehr kann man wohl nicht erwarten. Ist jetzt sowieso egal. Sie hat mir den Laufpass gegeben."

„Sie scheinen mir nicht der Mann zu sein, der normalerweise vor Problemen davonläuft."

„An Ihrer Tochter ist ja auch nichts Normales." Brody schnitt eine Grimasse. „'tschuldigung."

„Oh, ich nehme das als Kompliment. Ich habe den Eindruck, ihr beide habt gegenseitig euren Stolz und eure Gefühle verletzt. Wollen Sie einen Tipp von einem Insider hören? Auf so etwas reagiert Kate immer zuerst mit einem Wutanfall, danach folgt Eiseskälte."

Brody suchte in seinem Werkzeugkasten nach Haken. Er sollte einem seiner Männer diesen Job überlassen, aber er musste jetzt irgendwie seine Hände beschäftigen. „Sie hat sich ziemlich klar ausgedrückt. Hat mich einen Idioten genannt. Und dann hat sie mir irgendetwas in Ukrainisch an den Kopf geworfen."

„In Ukrainisch?" Spencer bemühte sich redlich, das Schmunzeln zu verbergen. „Dann muss sie aber ziemlich wütend gewesen sein."

Brody kniff die Augen zusammen. „Die Worte habe ich nicht verstanden, aber der Ton gefiel mir ganz und gar nicht."

„Oh, wahrscheinlich hatte es irgendetwas damit zu tun, dass man Sie auf einem Spieß über dem Höllenfeuer rösten sollte. Ihre Mutter liebt diesen Ausdruck. Brody, empfinden Sie etwas für meine Tochter?"

Brodys Handflächen wurden in Sekundenbruchteilen feucht. „Mr Kimball, ich …"

„Spence. Ich weiß, es ist eine schwierige Frage. Aber ich möchte trotzdem eine Antwort."

„Wenn Sie vielleicht erst von dem Werkzeugkasten zurück-treten würden? Da sind nämlich eine Menge spitzer Gegen-stände drin."

Spencer steckte die Hände in die Taschen. „Sie haben mein Wort darauf, dass ich Sie nicht zu einem Duell mit Schrau-benziehern herausfordern werde."

„Na schön. Ja, ich empfinde etwas für Kate. Meine Gefühle für sie sind unklar, wirr, aber sie sind da. Ich hatte nicht vor, etwas mit ihr anzufangen. Ich bin gar nicht in der Position dazu."

„Darf ich fragen, warum?"

„Das ist doch wohl offensichtlich. Ich bin ein alleinerzie-hender Vater. Ich versuche, ein anständiges Leben für meinen Sohn aufzubauen, aber dieses Leben kann Kate nicht bieten, was sie gewohnt ist. Auf jeden Fall ist es nicht das Leben, das sie haben könnte."

Spencer wippte auf den Fersen vor und zurück. „Die haben Sie ziemlich fertiggemacht, was?"

„Wie bitte?"

„Unsere Familie kann ziemlich laut und aufdringlich sein, beschützend bis zur Gluckenhaftigkeit und manchmal sehr irri-tierend. Aber eines findet man bei uns immer: Respekt und Unterstützung für die Entscheidungen des anderen. Brody, es ist ein Fehler, eine bestimmte Situation nach der Entwicklung einer anderen zu beurteilen." Spencer machte eine Pause, fuhr dann fort: „Aber lassen wir das mal für den Moment. Da Ihnen an Kate liegt, will ich Ihnen einen Rat geben. Ob Sie ihn annehmen, bleibt Ihnen überlassen. Stellen Sie sich dem Problem. Stellen Sie sich ihr. Wenn Sie ihr gleichgültig wären, hätte sie die ganze Sache sehr kühl oder, noch schlimmer, sehr höflich beendet."

Er entschied, dass er Brody genug zum Nachdenken gegeben hatte. Er betrachtete den Raum, der bald eine Küche sein würde. „Dieses Chaos erwartet mich also, wenn Sie bei uns anfangen." Er grinste Brody zerknirscht an. „Mann, und Sie glauben, Sie haben Probleme."

Als Spencer gegangen war, tippte sich Brody gedankenverloren mit dem Schraubenzieher auf die Handfläche. Dieser Mann riet ihm doch tatsächlich, mit der eigenen Tochter zu streiten. Was für eine verrückte Familie war das eigentlich?

Seine Eltern hatten nie gestritten. Sein Vater hatte die Regeln aufgestellt, und jeder hatte sich gefälligst daran zu halten gehabt. Connie und er hatten auch nie gestritten. Zumindest nicht richtig. Sicher, sie waren sich nicht immer einig gewesen, aber dann hatten sie miteinander geredet und es ausdiskutiert. Oder es einfach ignoriert, gab Brody in Gedanken zu. Denn sie beide hatten allein dagestanden, isoliert, hatten nur sich gehabt, sich nur auf den anderen verlassen können.

Außerdem hatte er sich mit Temperamentsausbrüchen nur Ärger eingehandelt. Mit seinem Vater, in der Schule mit den Lehrern, als junger Mann mit seinen Chefs. Er hatte gelernt, sich zu beherrschen, nach dem Kopf zu handeln, nicht aus dem Bauch heraus. Zumindest meistens, schränkte er ein, als er an die letzte Auseinandersetzung mit seinem Vater dachte.

Trotzdem … Vielleicht war es wirklich ein Fehler, das Gewesene mit dem zu vergleichen, was jetzt war. Eins stand auf jeden Fall fest: Er würde dieses miese Gefühl im Magen erst dann loswerden, wenn er ihr seine Meinung gesagt hatte.

Also ging er nachsehen, wie weit seine Männer gekommen waren, machte ein paar Anmerkungen, ordnete kleinere Verbesserungen an und ging mit seinen Leuten den Plan für morgen durch. Da der Arbeitstag sowieso schon fast zu Ende war, schickte er alle nach Hause.

Er wollte kein Publikum haben.

Kate traf den Nagel genau, versenkte ihn und bleckte zufrieden die Zähne. Dieser Idiot Brody O'Connell war nicht der Einzige, der mit einem Hammer umgehen konnte …

Die letzten beiden Stunden hatte sie damit zugebracht, ihr Büro einzurichten. Alles war genau so, wie sie es sich vorgestellt hatte. Perfekt eben.

Der Schreibtisch stand genau da, wo sie ihn hatte haben wollen, in den Schubladen lagen bereits ordentlich organisiert die Broschüren, die sie entworfen hatte, das Briefpapier der Ballettschule, die Anmeldeformulare für die Schüler.

Wie der Schreibtisch war auch der Ablageschrank aus heller Eiche. Sie ging davon aus, dass sich die Ordner schon bald füllen würden.

Den Teppich hatte sie in einem Antikladen gefunden. Das schon leicht verblasste Muster von Bauernrosen passte hervorragend zu dem hellen Grün der Wand und harmonierte mit den ebenfalls grün gepolsterten Stühlen, die vor dem Schreibtisch standen.

Nur weil es ein Büro war, musste ja nicht auf Stil verzichtet werden, oder?

Sie hängte ein weiteres der gerahmten Schwarz-Weiß-Fotos, die sie ausgewählt hatte, an die Wand, trat zurück und nickte. Tänzer an der Stange, bei Proben, auf der Bühne, hinter der Bühne. Junge Ballettschülerinnen, die ihre Spitzenschuhe festbanden. In Schweiß gebadet, strahlend, triumphierend, bis zum Letzten erschöpft. Alle Aspekte aus der Welt eines Tänzers. Die Fotos würden sie tagtäglich daran erinnern, was sie getan hatte. Und was sie tat.

Sie nahm noch einen Nagel und schlug ihn an der markierten Stelle ein. Und was sie nicht tun würde! Nämlich ihre Zeit mit Brody O'Connell verschwenden!

Der Mistkerl.

Sollte er sich doch mit Tiffany amüsieren. Oh, sie erinnerte sich nur zu gut an Tiffany Skully. Die Blondine mit üppiger Oberweite war an der Highschool eine Klasse über ihr gewesen. Viel albernes Gekicher, noch mehr greller Lippenstift. Fein, sollte dieser Idiot doch mit ihr ausgehen. Was ging sie das an?

Sie war fertig mit ihm.

„Hättest du mir eher gesagt, dass du die ganze Wand mit Bildern zuhängen wirst, hätte ich mich beim Verputzen nicht so anzustrengen brauchen."

Nicht gerade vorsichtig hängte sie das nächste Bild auf und nahm noch einen Nagel. „Man sollte eigentlich annehmen, dass du eine gewisse Berufsehre hast und stolz auf deine Arbeit sein willst, ob jemand sie nun bewundert oder nicht. Außerdem habe ich für diese Wand bezahlt, und was ich mit ihr tue, ist zum Teufel noch mal ganz allein meine Sache."

„Sicher. Wenn du unbedingt überall Löcher reinschlagen willst, bitte." Die Fotos sahen großartig aus, aber das würde er natürlich nicht zugeben. Nicht nur die Art, wie sie sie arrangiert hatte, zusammenhängend, ohne langweilig zu sein, nein, vor allem das Thema.

Er erkannte Kate auf mehreren dieser Bilder, als Kind, als junges Mädchen, als Frau. Auf einem Foto saß sie im Schneidersitz auf dem Boden und schlug mit einem Hammer auf ihre Spitzenschuhe ein.

Er verkniff sich das Grinsen und deutete mit dem Finger darauf. „Ich dachte eigentlich, diese Dinger sind zum Tanzen da."

„Nur zu deiner Information: Spitzenschuhe müssen eingetragen werden. Das ist eine Methode, um es schneller zu erreichen. Wenn du mich jetzt bitte entschuldigen würdest …

ich möchte mein Büro weiter einrichten. Morgen Nachmittag habe ich bereits die ersten Termine hier."

„Dann bleibt dir ja noch genügend Zeit." Vor allem weil das Büro schon perfekt aussah. Er hatte gewusst, dass sie es perfekt machen würde.

„Dann lass es mich mal so sagen ..." Sie hämmerte den Nagel in die Wand. „Erstens bin ich beschäftigt, und zweitens habe ich kein Bedürfnis, mit dir zu reden. Ich bezahle dich nicht dafür, dass du herumstehst und Schwätzchen hältst."

„Komm mir bloß nicht auf diese Art." Er riss ihr den Hammer aus der Hand. „Dass deine Unterschrift auf den Schecks steht, hat nichts mit dem Rest zu tun. Und ich werde den Teufel tun und zulassen, dass du es auf dieses billige Niveau herunterziehst."

Er hatte natürlich recht, und sie schämte sich auch dafür, dass sie sich hatte hinreißen lassen. „Okay, aber das Persönliche zwischen uns ist vorbei."

„Das denkst du!" Er drehte sich um und schloss die Tür.

„Was glaubst du eigentlich, was du da tust?!"

„Ich schaffe Ruhe. Davon scheint es heute hier nicht viel zu geben."

„Öffne dieser Tür sofort wieder – und dann geh hindurch. Und hör nicht mit dem Gehen auf, bis du draußen bist."

„Setz dich hin und halt den Mund."

Sie riss die Augen weit auf, mehr aus Schock als aus Wut. „Wie bitte?"

Um dieses Problem endlich zu bereinigen, legte er den Hammer weg – außerhalb ihrer Reichweite –, ging auf sie zu und drückte sie auf den Stuhl. „Und jetzt hörst du mir zu."

Sie wollte aufspringen, wurde aber wieder energisch hinuntergedrückt. Sie hatte ihn bisher noch nie so wütend gesehen.

„Jetzt hast du bewiesen, dass du groß und stark bist", fauchte sie schneidend. „Du brauchst nicht auch noch zu beweisen, wie begriffsstutzig du bist."

„Und du brauchst nicht zu zeigen, wie verwöhnt und

eingebildet du bist. Solltest du noch einmal versuchen, von diesem Stuhl aufzustehen, bevor ich ausgeredet habe, werde ich dich darauf festbinden, klar?" Er wartete einen weiteren Kommentar von ihr gar nicht ab, sondern begann: „Ich arbeitete konzentriert, als Jerry hereinkam. Er ist mein Freund. Er und Beth haben viel für Jack und mich getan, deshalb bin ich ihm etwas schuldig."

„Aha. Und du dankst es ihm damit, dass du dich mit seiner Schwester einlässt."

„Sei still, Kate. Ich lasse mich nicht mit seiner Schwester ein. Ich habe nicht vor, mich mit ihr zu verabreden. Jerry zielte in diese Richtung, und ich habe Schränke eingebaut. Ich habe nicht richtig zugehört. Bis ich merkte, wohin der Hase lief ..." Er fuhr sich frustriert durchs Haar. „Er hat mich in einem unaufmerksamen Moment erwischt, und dann musste ich versuchen, mich aus der Affäre zu ziehen, ohne ihm auf die Füße zu treten. Er und Tiff haben sich immer nahegestanden, er macht sich wohl Sorgen um sie. Und er vertraut mir. Was hätte ich denn sagen sollen? ,Sorry, aber ich bin nicht an deiner Schwester interessiert.'?"

Kate schob das Kinn vor. „Zum Beispiel, ja. Aber darum geht es gar nicht."

„Worum zum Teufel dann?"

„Du hast durchklingen lassen – denn offensichtlich denkst du so –, dass es zwischen uns nichts anderes als Sex gibt. Aber ich verlange mehr von einer Beziehung. Treue, Loyalität, Zuneigung, Respekt. Ich erwarte von einem Mann, dass er in der Lage ist auszusprechen, dass wir zusammen sind, dass er etwas für mich empfindet, ohne dabei an seiner eigenen Zunge zu ersticken."

Brody fluchte herzhaft. „Es ist über zehn Jahre her, dass ich mich überhaupt mit jemandem verabredet habe. Ich denke, du könntest mir gegenüber ruhig etwas Nachsicht walten lassen."

„Und genau da irrst du. Bist du jetzt fertig?"

„Mann, bist du stur. Nein, ich bin nicht fertig." Er zog

sie unsanft auf die Füße. „Seit ich dich kenne, habe ich mich mit keiner anderen Frau getroffen. Weil ich es nicht will. Das werde ich auch Jerry klarmachen und jedem, der es hören will. Mir liegt viel an dir, aber es gefällt mir nicht, dass ich mir wie ein Idiot vorkommen muss, nur weil ich aus der Übung bin."

„Schön für dich. Und jetzt lass los."

„Wenn ich loslassen könnte, würde ich nicht hier stehen und gegen das Bedürfnis ankämpfen, dir den Hals umzudrehen."

„Du hast mich beleidigt. Du hast uns beleidigt. Du bist derjenige, dem man den Hals umdrehen sollte."

„Ich werde mich nicht noch einmal entschuldigen." Er zog sie zur Tür.

„Entschuldigen? Ich habe noch keine Entschuldigung gehört! Was soll das eigentlich? Was hast du vor?"

„Halt einfach den Mund", knurrte er und zog sie hinter sich her auf den Korridor.

Es verschlug ihr den Atem, als er sie hochwuchtete und sich über die Schultern warf. Mit einer Hand hielt er ihre Beine fest, mit der anderen riss er die Haustür auf.

„Hast du plötzlich den Verstand verloren?" Zu verdutzt, um sich noch weiter zu wehren, schob sie sich das lange Haar aus dem Gesicht, während er die Vordertreppe hinunterging und den kleinen Vorgarten durchquerte. „Bist du völlig verrückt geworden?"

„Richtig. Und zwar in dem Moment, als ich dich zum ersten Mal sah." Er erblickte eine Frau, die gerade aus dem Wohnhaus gegenüber trat. „Äh, entschuldigen Sie, Ma'am …"

Die Angesprochene blinzelte erstaunt. „Ja?"

„Hallo. Das ist Kate, und ich heiße Brody. Wir sind zusammen. Das wollte ich Sie nur wissen lassen."

„Ach du liebe Güte", flüsterte Kate entsetzt und ließ das Haar wieder fallen.

„Ich verstehe." Die Frau begann zu lächeln. „Das ist schön, wirklich. Sehr schön."

„Danke." Brody packte Kate bei der Hüfte und setzte sie auf den Boden ab. „Bist du jetzt zufrieden, oder sollen wir weitermachen?"

Sie konnte kein Wort rausbringen, so dick war der Kloß in ihrer Kehle. Sie löste das Problem, indem sie Brody die geballte Faust auf die Brust schlug und zurück ins Haus rannte.

„Das ist wohl ein Nein", entschied Brody und stiefelte hinterher.

9. KAPITEL

Er hatte sie eingeholt, bevor sie ihm die Bürotür vor der Nase zuschlagen konnte. Das hätte ihn sowieso nicht aufhalten können, jetzt da er einmal in Fahrt war. „Nicht so schnell, Schätzchen."

„Nenn mich nicht Schätzchen! Wage es nicht, mich überhaupt anzureden." Sie funkelte ihn an. „Du bist nichts als ein grobschlächtiger, rüpelhafter Klotz. Mich so zu behandeln! Mich so auf der Straße in Verlegenheit zu bringen!"

„Verlegenheit also?" Er kniff die Augen zusammen und schloss die Tür hinter sich. „Warum solltest du verlegen sein? Ich habe doch nur einer Nachbarin gesagt, dass wir zusammen sind, ohne – wie war das noch? – an meiner Zunge zu ersticken. Wo also liegt das Problem, wenn ich fragen darf?"

„Das Problem ist, dass …" Sie wich zurück, als er auf sie zukam. Noch ein Schock. Es lag nicht so sehr daran, dass er sie in eine Ecke drängte. Vielmehr lag es daran, dass sie es zuließ. Noch nie hatte sie den Rückzug angetreten, war nie vor einem Mann zurückgewichen. „Was machst du da?"

„Ich bin nur ich selbst." Und es fühlte sich verdammt gut an. „Es ist schon eine ganze Weile her, seit ich mich das letzte Mal keinen Deut um Selbstbeherrschung geschert habe, aber ich hab's offensichtlich nicht verlernt. Wir werden herausfinden, ob du damit umgehen kannst."

„Wenn du dir einbildest, du könntest …" Sie brach ab, als er sie bei den Armen packte und zu sich heranzog. „Brody, du solltest dich jetzt besser beruhigen."

„Nein, keine Lust." Er presste seine Lippen auf ihren Mund und spürte instinktiv ihren Protest. Ignorierte ihn.

„Und?", verlangte er zu wissen, als er den Kopf hob. „Hast du Schwierigkeiten damit?"

„Brody …", war alles, was sie sagen konnte, bevor er sie wieder küsste.

„Ja oder nein?"

„Ich …" Jetzt biss er sie in den Hals. „Oh Gott." Sie konnte nicht mehr klar denken. Es war falsch. Es musste mindestens ein Dutzend gute Gründe geben, die das belegen würden.

Sie würde später darüber nachdenken.

„Soll ich die Hände von dir nehmen oder nicht?"

Diese Hände, stark und rau, die verlangend über ihren Körper strichen …

„Also? Was ist? Ja oder nein? Entscheide dich."

„Nein, verflucht." Sie griff in sein Haar und zog seinen Kopf zu sich herunter.

Sie hätte nicht sagen können, wer wen auf den Boden zog. Es war auch unwichtig. Sie wusste nicht, wer ungeduldiger war, dem anderen die Kleider vom Leib zu reißen. Es war ihr gleichgültig.

Sie wusste nur, dass sie diesen verärgerten, groben Mann genauso wollte wie den geduldigen, zärtlichen. Ihr Körper verzehrte sich nach ihm, ihr Herz verlangte nach ihm.

Leidenschaft. Heiß, wild, ungestüm. Sie wunderte sich, dass ihr Körper nicht einfach verbrannte. Ineinander verkeilt wälzten sie sich über den Boden. Sie biss in seine Schulter, liebte den Geschmack seiner Haut auf ihrer Zunge.

Er hatte vergessen, wie es war, sich gehen zu lassen, sich einfach zu nehmen, was er wollte, ohne Einschränkungen, ohne Fesseln. Hastig, begierig, fordernd. Seine Finger zerrten an der feinen Spitze, die das letzte Hindernis bildete, zerrissen sie.

Ihre Fingernägel in seinem Rücken stachelten ihn nur mehr an, die blinde Fassungslosigkeit in ihren Augen, als er mit einem einzigen kräftigen Stoß von ihr Besitz nahm, ließ ihn einen unbarmherzigen Triumph verspüren.

Sie bog ihm ihre Hüften entgegen, ihr beweglicher Körper wurde von Schauern geschüttelt. Sie klammerte sich an ihn und schrie lustvoll auf, als der Höhepunkt sie überwältigte. Lehnte sich zurück, damit er sich nehmen konnte, was er brauchte.

Als er sie freigab, lag sie einfach da, fühlte sich wie geschmolzenes Wachs, schwach, gesättigt.

Sie war wild und rücksichtslos von einem Mann genommen worden. Sie hatte es zugelassen.

Sie fühlte sich großartig.

Auch wenn seine Sicht noch nicht ganz klar war, betrachtete Brody ihr Gesicht, dann das, was von ihren Kleidern übrig geblieben war.

„Ich habe deine Bluse zerrissen." Als sie ihre Augen öffnete, erkannte er die träge Zufriedenheit einer gesättigten Frau. „Und das hier auch." Er hielt die zerfetzten Reste ihres Spitzenslips hoch. „Aber ich werde mich nicht entschuldigen."

„Ich habe auch keine Entschuldigung verlangt."

„Gut. Denn wenn du es getan hättest, wäre ich gezwungen gewesen, dich wieder nach draußen zu schleppen – diesmal nackt – und noch einen Nachbarn zu finden. Aber so leihe ich dir ein Hemd von mir. Ich habe noch eins im Wagen."

Sie setzte sich auf und nahm sein Hemd entgegen. Die Euphorie, die sie fühlte, wurde langsam schwächer. „Streiten wir uns noch?"

„Ich für meinen Teil habe zu Ende gestritten. Es liegt also ganz bei dir."

Sie sah auf. Seine Augen blickten jetzt klar und sehr durchdringend. Diesmal war es an ihr, unsicher zu sein und nach Worten zu suchen. Sie öffnete den Mund, schloss ihn wieder und schüttelte den Kopf.

„Sag schon. Lass uns die Sache ein für alle Mal bereinigen – hier und jetzt."

„Du hast meine Gefühle verletzt." Es war so erniedrigend, es zuzugeben. Mit Wut konnte sie viel einfacher umgehen als mit Schmerz.

„Das habe ich schon kapiert." Er nahm ihr das Hemd aus den Fingern und legte es ihr über die Schultern. „Dafür entschuldige ich mich. Falls es dir hilft – du hast meine auch verletzt."

„Was machen wir nur, Brody?"

„Ich vermute, wir versuchen, einander kennenzulernen. Das, was zwischen uns ist, ist mir nicht peinlich, Kate. Ich will nicht, dass du das denkst. Aber ich wüsste nicht, wie ich es beschreiben sollte. Ich kann nicht damit umgehen – noch nicht."

Sie zog sich das geliehene Hemd über. „Immerhin ist das ehrlich. Mehr kann man wohl nicht verlangen." Aber es tat weh. Sehr. Weil sie sich in ihn verliebt hatte und er sich nicht in sie. Was natürlich nicht zwingend hieß, dass er sich nie in sie verlieben würde. Sie rang sich ein kleines Lächeln ab und küsste ihn leicht. „Du bist kein Idiot. Ich entschuldige mich dafür, dass ich dich so genannt habe."

„Du hast mir noch etwas viel Schlimmeres gesagt, nicht wahr?"

Ihr Lächeln wurde breiter. „Vielleicht."

„Ich werde mir ein Ukrainisch-Lexikon zulegen."

„Viel Glück. Da stehen längst nicht alle Schimpfwörter drin."

„Ich werde mir trotzdem eines beschaffen." Er stand auf und zog sie auf die Füße. „Jetzt muss ich meinen Jungen abholen."

Seine Haare standen wirr in alle Richtungen ab, seine Augen funkelten vor Zufriedenheit, und sein Oberkörper war nackt. Er sah so unglaublich sexy aus. Und er war ein Vater, der seinen kleinen Sohn vom Schulbus abholen musste.

„Das ist ein großer Teil davon, nicht wahr?", fragte sie. „Von deinem Problem, das du mit unserer Beziehung hast, oder? Den Mann und den Vater unter einen Hut zu bringen."

„Vielleicht. Ja", gab er schließlich zu. „Kate, es hat niemanden gegeben, seit ewig langer Zeit …" Er strich sich das Haar zurück, versuchte, es zu ordnen. „Connie war sehr lange Zeit krank." Er konnte jetzt nicht darüber reden, konnte nicht dorthin zurückgehen. „Jack hatte keinen sehr glücklichen Start. Wir beide wahrscheinlich nicht. Ich muss versuchen, es wiedergutzumachen."

„Das hast du schon. Und du machst es immer noch. Ich weiß, es ist ein Balanceakt, aber ich bin sehr gut im Balancieren. Solange wir beide es wollen."

„Ich will es."

Ruhe kam über sie und ihr schmerzendes Herz. „Gut, so weit sind wir uns dann wohl einig. Und jetzt geh und hole Jack ab."

„Ja." Er ließ seinen Blick über sie wandern. „Ich wollte dir nur noch sagen, dass Flanell dir wirklich gut steht."

„Danke."

„Soll ich dich nach Hause bringen?"

„Nein, ich will hier noch ein paar Dinge erledigen und das Zimmer fertig machen."

„Also gut." Er beugte den Kopf und berührte mit seinen Lippen ihren Mund, verweilte dort. „Ich muss gehen." Aber an der Tür drehte er sich noch einmal um. „Willst du am Samstagabend mit mir ausgehen?"

Sie zog eine Augenbraue hoch. Das war das erste Mal, dass er sie bat, mit ihm auszugehen. Das musste man wohl als Fortschritt betrachten. „Ja, sehr gern."

Wie war es nur möglich, dass schon wieder Ferien waren? Die Weihnachtsferien waren gerade vorbei, da gab es schon wieder Osterferien. Als Brody noch ein Kind gewesen war, waren die Schultage nie so schnell verflogen, dessen war er sich sicher.

Dann hatten sich die Skullys auch noch entschlossen, die freie Zeit zu nutzen und mit ihren Kindern nach Disney World zu fahren. Eine Katastrophe! Jack hatte gebettelt, gefleht und schließlich zu jammern angefangen, damit sie auch hinfahren würden.

Brody hatte versucht, seinem Sohn zu erklären, dass es im Moment einfach nicht möglich war. Geduldig, verständnisvoll. Irgendwann war er dann in den elterlichen Autoritätston verfallen – „Weil ich es sage!" –, als alles Erklären und Verständnis keine Wirkung gezeigt hatten.

Endresultat war, dass er seit zwei Tagen mit einem schmollenden Kind und fürchterlichen Gewissensbissen lebte. Es war diese Kombination, die das Badezimmer noch kleiner erscheinen ließ, während er versuchte, Fliesen zu legen.

„Nie darf ich irgendwohin", beschwerte Jack sich trotzig. Der Stapel Spielzeug, den er wie immer mit auf die Baustelle hatte nehmen dürfen, langweilte ihn zu Tode.

Normalerweise machte es ihm Spaß, mit seinem Dad zur Arbeit zu gehen. Aber nicht, wenn sein bester Freund in Disney World war und in einer Rakete fahren durfte. Das war eine Sauerei. Eine große Sauerei. Er wiederholte das Wort mehrmals in Gedanken. Er hatte es von einem der Männer aus dem Bautrupp aufgeschnappt. Es gefiel ihm.

Da sein Vater ihn immer noch ignorierte und nur Fliesen legte, schob Jack die Unterlippe vor. „Warum darf ich nicht zu Grandma?"

„Ich habe dir bereits erklärt, dass Grandma heute Vormittag etwas zu erledigen hat. In ein paar Stunden kommt sie und holt dich ab. Dann gehst du zu ihr." Gott sei Dank.

„Ich will aber nicht da bleiben. Da ist es langweilig. Es ist unfair. Ich muss hierbleiben und darf nichts tun. Alle anderen unternehmen was und haben Spaß, nur ich nicht. Ich darf nie was tun."

Brody warf den Spachtel in den Eimer Fliesenkleber. „Jetzt hör mal gut zu. Ich habe hier eine Arbeit zu erledigen. Eine Arbeit, die dafür sorgt, dass du regelmäßig zu essen bekommst."

Verflucht, das waren die Worte seines Vaters! Wie kamen die in seinen Mund?

„Auf jeden Fall bin ich so lange hier festgenagelt, bis es fertig ist. Und du damit auch. Mach nur weiter so, Jack. Wenn du dich dranhältst, gehst du nirgendwohin." Brody musterte seinen Sohn streng.

„Grandpa hat mir fünf Dollar gegeben", entgegnete Jack aufmüpfig. „Du brauchst mir also kein Essen zu kaufen."

„Sehr gut. Dann gehe ich morgen in Rente."

„Grandma und Grandpa können mit mir nach Disney World fahren, das machen sie ganz bestimmt. Und dann darfst du nicht mitkommen."

„Sie fahren nirgendwo mit dir hin", knurrte Brody böse. Die kindliche Wut traf ihn bis ins Mark. „Wenn du Glück hast, siehst du Disney World, wenn du dreißig bist. Und jetzt hör endlich auf!"

„Ich will Grandma! Ich will nach Hause! Ich mag dich nicht mehr!"

Das war der Moment, als Kate eintrat. Sie sah Brodys erschöpfte und frustrierte Miene, sah zu dem kleinen Jungen, der ausgestreckt auf dem Boden lag und heiße Tränen vergoss, und wagte sich in die Höhle des Löwen.

„Was ist denn los, hübscher Jack?"

„Ich will nach Disney World!"

Er stieß es zwischen Tränen und Schluckauf hervor. Brody richtete sich auf, aber Kate hockte sich zwischen Vater und Sohn.

„Oh Mann, ich will auch dorthin. Ich wette, jeder will nach Disney World."

„Dad nicht."

„Sicher will er dahin. Daddys sind überhaupt diejenigen, die am meisten dorthin wollen. Aber für sie ist es immer schwierig, weil sie arbeiten müssen."

„Kate, ich kann allein damit fertigwerden."

„Hat jemand behauptet, du könntest es nicht?", murmelte sie, nahm Jack auf den Arm und stand auf. „Du hast bestimmt genug davon, hier herumzusitzen, oder, kleiner Mann? Warum gehen wir beide nicht für eine Weile zu mir nach Hause und lassen Dad hier in Ruhe weiterarbeiten?"

„Meine Mutter kommt nachher, um ihn abzuholen. Hier, gib ihn mir …" Er streckte die Arme nach seinem Sohn aus, der sich plötzlich fest an Kate klammerte. Und seinem Vater damit tief ins Herz schnitt.

Sie sah es auf Brodys Gesicht, am liebsten wäre sie mit

Jack auf dem Arm an Brody herangetreten, damit sie sich alle umarmen konnten. Aber das war jetzt nicht angebracht. Im Moment war erst einmal Distanz nötig.

„Ich bin für heute fertig, Brody. Lass mich Jack doch einfach mit zu mir nehmen. Dann kann er mir Gesellschaft leisten." Und ein Nachmittagsschläfchen machen, sagte sie lautlos, damit Brody von ihren Lippen las. „Ich rufe deine Mutter an, damit sie Jack bei mir abholt."

„Ich will mit Kate gehen", schluchzte Jack an ihrer Schulter.

„Fein. Großartig." Mit einem lausigen Gefühl aus Wut und Schuld schnappte er sich den Spachtel. Wie ein schmollender, weinerlicher Junge, dachte Kate.

Er ließ sich erschöpft auf einem umgekehrten Eimer nieder, hörte noch, wie Jack, während Kate ihn hinaustrug, herzzerreißend jammerte: „Mein Daddy hat mich angeschrien."

„Ja, ich weiß." Sie küsste Jack auf die heiße, tränenüberströmte Wange und stieg die Treppe hinunter. „Aber du hast ihn auch angeschrien. Ich glaube, ihm geht es jetzt genauso schlecht wie dir."

Jack ließ einen kleinen Laut der Zustimmung hören und legte seinen Kopf mit einem schweren Seufzer an Kates Schulter. „Er fährt nicht mit mir nach Disney World, so wie Rods Vater."

„Wahrscheinlich bin ich daran schuld."

„Wieso?"

„Nun, weißt du, dein Dad macht diese Arbeit für mich, und er hat mir versprochen, dass er bis zu einem bestimmten Tag alles fertig hat. Und weil er es mir versprochen hat, habe ich anderen Leuten versprochen, dass ich für sie Dinge tue, und die verlassen sich jetzt darauf. Wenn dein Dad sein Versprechen brechen würde, dann kann ich meine den anderen Leuten gegenüber auch nicht halten. Das wäre doch nicht richtig, oder?"

„Nein, aber … aber vielleicht nur dieses eine Mal."

„Wenn dein Dad dir etwas verspricht, hält er das dann auch?"

Jack ließ den Kopf hängen. „Ja", kam es ganz leise.

„Sei nicht so traurig, hübscher Jack. Wenn wir bei mir sind, werde ich dir eine Geschichte vorlesen."

„Kann ich einen Keks haben?"

„Aber natürlich." Mit einem Lächeln drückte sie den Jungen fest an sich.

Er war schon eingeschlafen, noch bevor der Prinz von dem Fluch der bösen Hexe erlöst war und glücklich und zufrieden sein Königreich regierte.

Der arme Kleine, dachte sie und legte eine Decke über ihn. Armer Brody.

Erst jetzt fiel ihr auf, dass sie gar nicht wusste, was Brody alles leisten musste. Als Vater tobte man nicht nur auf dem Wohnzimmerteppich oder spielte Ball im Garten. Man musste auch Tränen, Wutanfälle und Enttäuschungen hinnehmen, und man musste die richtige Mischung aus Disziplin und Güte finden. Manchmal musste man Nein sagen, wenn das Herz laut Ja schrie.

„Du wirst so geliebt, hübscher Jack", murmelte sie und küsste ihn sanft auf die Stirn. „Er will, dass du es weißt."

Und dieser Mann wurde auch geliebt. Sie seufzte. Sie wünschte, er würde es endlich begreifen. Denn lange würde sie nicht mehr warten. Sie wollte beide, den Mann und den Jungen.

Als das Telefon klingelte, beeilte sie sich, den Hörer abzunehmen. „Hallo. Ah." Lächelnd nahm sie den Apparat und verließ den Raum, damit Jack nicht gestört wurde. „Davidov, der große Meister persönlich. Was verschafft mir die Ehre?"

Später frischte Kate ihr Make-up auf und kämmte sich ordentlich das Haar. Es war albern, sie wusste es, aber sie würde zum ersten Mal Brodys Eltern gegenübertreten. Und da sie vorhatte, sie zu ihren Schwiegereltern zu machen, war ein guter erster Eindruck wichtig.

Jack war voller Energie von seinem Mittagsschläfchen aufgewacht. Diese Energie fand ihr Ventil in einem Wettrennen im Garten, einem blutrünstigen Kampf mit Action-Figuren und einer zusätzlichen Massenkarambolage mit Spielzeugautos. Danach war ein Snack in der Küche notwendig.

„Mein Dad ist böse auf mich", sagte Jack und starrte bedrückt auf die Apfelstücke und das Käsebrot.

„Nein, das glaube ich nicht. Er ist nur traurig, weil er dir nicht geben kann, was du dir wünschst. Eltern würden ihren Kindern am liebsten immer alle Wünsche erfüllen, aber manchmal geht das eben nicht."

Sie erinnerte sich an ihre eigene Kindheit. Sie hatte beeindruckende Wutanfälle abgeliefert, gefolgt von sturem Schmollen. Und danach immer das Gefühl, kreuzunglücklich zu sein.

„Manchmal erfüllen Eltern die Wünsche ihrer Kinder nicht, weil es für das Kind nicht das Beste wäre. Und manchmal können sie den Wunsch einfach nicht erfüllen. Wenn du mal selbst einen kleinen Jungen hast und er weint und schreit und mit den Füßen stampft, wirst du auch böse werden. Aber dir wird auch das Herz wehtun."

Jack hob den Kopf, mit großen Augen und zitternden Lippen. „Das wollte ich nicht."

„Ich weiß. Ich wette, wenn du das deinem Dad sagst, werdet ihr euch beide gleich besser fühlen."

„Hat dein Dad dich mal angeschrien?"

„Ja, und dann war ich böse und auch traurig. Aber nach einer Weile habe ich mir dann überlegt, dass ich es verdient hatte."

„Habe ich es auch verdient?"

„Ich fürchte, ja, hübscher Jack. Aber eines wusste ich immer: Auch wenn mein Dad mich angeschrien hat, er hatte mich sehr lieb. Und du weißt das von deinem Dad auch, nicht wahr?"

„Ja." Jack nickte ernst. „Wir sind ein Team."

„Ihr seid ein richtig gutes Team."

Jack spielte mit den Apfelstückchen, legte ein Muster auf dem Teller zusammen. Sie ist hübsch, dachte er. Und nett. Sie konnte spielen, und sie las ihm Geschichten vor. Er mochte es sogar, wenn sie ihn küsste, auch wenn er so tat, als würde es ihm nicht gefallen. Dad küsste sie auch gern, das hatte er selbst gesagt. Und Dad log nie.

Also, vielleicht … vielleicht könnte sie ja seinen Dad heiraten. Dann wäre sie Dads Frau und seine Mutter. Und sie würden alle zusammen in dem großen Haus leben. Dann wären sie eine richtige Familie.

Irgendwann würden sie vielleicht sogar alle zusammen nach Disney World fahren.

„Worüber denkst du denn so angestrengt nach, hübscher Jack?"

„Ich habe gerade überlegt, ob …"

„Hoppla." Sie erhob sich, als es an der Haustür klingelte, und lächelte Jack zu. „Vergiss nicht, was du sagen wolltest, ja? Das wird deine Grandma sein."

Sie wuschelte Jack durchs Haar und eilte zur Tür. Als sie die Hand an den Türknauf legte, atmete sie noch einmal tief durch. Es ist albern, nervös zu sein, ermahnte sie sich. Dann zog sie die Tür auf und sah Mr und Mrs O'Connell draußen stehen.

„Hallo. Schön, dass Sie da sind." Sie ließ die beiden ein. „Jack ist in der Küche und isst etwas."

„Danke, dass Sie auf Jack aufpassen." Mary O'Connell blickte sich rasch um. Ihre Neugier sollte nicht zu auffällig sein. Auch sie hatte sich Mühe mit ihrem Make-up gegeben – sehr zum Missfallen ihres Mannes.

„Ich bin gern mit Jack zusammen. Kommen Sie doch herein, ich habe frischen Kaffee aufgebrüht."

„Wir wollen Ihnen keine Umstände machen", sagte Bob. Er war schon zig Mal in diesem Haus gewesen. Wenn man die Toiletten anderer Leute reparierte, war man nicht mehr sonderlich beeindruckt von deren restlicher Einrichtung.

„Es macht ganz bestimmt keine Umstände. Natürlich, wenn Sie es eilig haben …"

„Wir müssen noch …"

Bob brach ab, als seine Frau ihm leicht mit dem Ellenbogen in die Seite stieß. „Für eine Tasse Kaffee bleibt immer Zeit. Danke für die Einladung."

„Brody wird für meine Eltern die Küche renovieren", erzählte Kate, während sie vorging. „Meine Eltern sind ganz begeistert von dem, was er im restlichen Haus schon für sie gemacht hat."

„Er hat immer ein Händchen für handwerkliche Dinge gehabt", sagte Mary und warf ihrem Mann einen kurzen Blick zu, als der die Lippen fest aufeinanderpresste.

„Ja, sein Haus hat er völlig verändert. He, Jack, sieh mal, wer hier ist."

„Hi." Jack schlürfte seinen Kakao. „Ich habe mit Kate gespielt."

Wie der Vater, so der Sohn, dachte Bob säuerlich, aber seine Laune hob sich wie immer, als er Jacks strahlendes Lachen sah. „Wo hast du denn die Kakaokuh gefunden, Partner?"

„Oh, wir halten uns eine im Garten und melken sie zweimal am Tag", sagte Kate lachend und stellte zwei Kaffeetassen auf den Tisch.

„Kate hat Spielzeug. Ihre Mom hat einen ganzen Laden voll damit. Kate hat gesagt, dass ich mir zu meinem Geburtstag in dem Laden aussuchen darf, was ich will."

„Oh, das ist aber nett." Mary sah von Jack zu Kate. „Wie geht es Ihrer Mutter?"

„Sehr gut. Danke der Nachfrage."

Die Art, wie Kate den Kaffee servierte, gefiel Mary. Ruhig, geschickt, mit Stil, aber nicht affektiert. Und die Art, wie sie Jack ganz selbstverständlich einen Lappen reichte, damit er den verschütteten Kakaoklecks selbst aufwischen konnte.

Sie würde eine gute Mutter abgeben, dachte Mary. Der Himmel wusste, ihr kleines Lämmchen hatte das verdient.

Was nun Kate als potenzielle Ehefrau betraf – nun, man würde sehen.

„Jeder redet über Ihre Ballettschule." Als ihr Mann leise abfällig schnaubte, huschte verlegene Röte über ihre Wangen. „Sie müssen doch ganz aufgeregt sein."

„Das bin ich auch. Es haben sich schon einige Schüler angemeldet, die ersten Unterrichtsklassen werden in ein paar Wochen beginnen. Falls Sie noch jemanden kennen sollten … ich wäre Ihnen dankbar, wenn Sie ein gutes Wort für mich einlegen könnten."

„Shepherdstown ist nicht New York", brummte Bob und griff nach dem Zuckertopf.

„Stimmt." Kate blieb ruhig und freundlich, auch wenn ihr der Seitenhieb nicht entgangen war. „Ich habe gern in New York gelebt und gearbeitet. Natürlich war es leichter für mich, weil ich dort Familie habe. Ich bin auch gerne gereist, es gefiel mir, andere Länder kennenzulernen, auf den großen Bühnen zu tanzen. Aber hier ist mein Zuhause, und hier will ich sein. Meinen Sie, dass das Ballett nicht hierher passt, Mr O'Connell?"

Er zuckte die Schultern. „Ich versteh nichts davon."

„Sehen Sie, ich verstehe sehr viel davon. Deshalb bin ich überzeugt, dass eine gute Schule hier ankommen wird. Wir leben in einer Kleinstadt", fuhr sie fort, „aber wir haben auch ein College. Das bringt sehr viele verschiedene Leute hier zusammen."

„Kann ich einen Keks haben?"

Kate erhob sich bereitwillig, um Jack Kekse zu bringen, und zuckte zusammen, als sie Brody plötzlich durch das Glas der Hintertür erblickte.

Sie ließ ihn ein. „Himmel, hast du mich erschreckt."

„'tschuldigung." Er sah zu seinen Eltern. „Ich habe versucht, euch anzurufen, um euch zu sagen, dass ich Jack selbst abholen kann. Aber ihr wart schon weg."

„Wir haben gesagt, um drei holen wir den Jungen ab, und um drei waren wir hier", brummte Bob.

„Nun … bei mir hat sich eine kleine Änderung ergeben."
Er sah zu seinem Sohn, der mit hängendem Kopf auf seinen
Teller starrte, das Kinn fast auf der Brust. „Hast du Spaß bei
Kate gehabt?"

Jack nickte und sah langsam auf. Tränen schwammen in seinen Augen. „Es tut mir leid, dass ich so böse war. Ich wollte
deinem Herzen nicht wehtun."

Brody ging vor ihm in die Hocke und nahm Jacks Gesicht
in beide Hände. „Und mir tut es leid, dass ich nicht mit dir
nach Disney World fahren kann. Es tut mir leid, dass ich dich
angeschrien habe."

„Dann bist du nicht mehr böse auf mich?"

„Nein. Ich war auch nie wirklich böse auf dich."

Die Tränen trockneten schnell. „Das hat Kate auch gesagt."

„Kate hat recht gehabt." Er nahm seinen Sohn auf den Arm
und drückte ihn fest an sich.

„Darf ich wieder mit dir zurück zur Arbeit? Ich verspreche,
ich werde auch ganz lieb sein."

„Nun, du könntest, aber für heute ist meine Arbeit erledigt."

„Nennt man das jetzt Verantwortungsbewusstsein, wenn
ein Mann am frühen Nachmittag aufhört zu arbeiten?" Bobs
Stimme klang vorwurfsvoll.

Brody sah zu seinem Vater hinüber und nickte fest. „Ja.
Denn dieser Mann ist verantwortungsbewusst genug, um ein
guter Vater zu sein und sich Zeit für seinen Sohn zu nehmen."

„Du hattest immer genug zu essen." Bob schob unwirsch
mit den Stuhl zurück.

„Stimmt. Aber ich will, dass Jack später mehr von mir sagen kann. Ich habe etwas für dich", wandte er sich an Jack
und bemerkte das zitternde Kinn und den ängstlichen Blick,
wie immer, wenn sein Vater und er aneinandergerieten. „Es
hat nichts mit Disney World zu tun, aber ich wette, es wird
dir mehr gefallen."

„Ein neuer Action Man?"

„Nein."

„Ein Auto? Ein Laster?"

„Ganz kalt. Und du kannst auch aufhören, in meinen Taschen zu wühlen, denn da wirst du nichts finden. Es ist draußen auf der Veranda."

„Kann ich es sehen?" Jack rannte schon zur Tür und rüttelte am Türknauf. Und als die Tür dann aufging und Jack nach unten sah, dann zu seinem Vater, hatte Brody in diesem einen glücklichen Moment alles, was er zum Leben brauchte.

„Ein Hündchen! Ein richtiges Hündchen!"

Jack hob das schwarze Fellknäuel hoch, das sofort begann, begeistert fiepend und schwanzwedelnd Jacks Gesicht abzuschlecken. „Ist der für mich? Kann ich ihn behalten?"

„Sieht aus, als wollte er dich behalten", meinte Brody lächelnd.

„Sieh nur, Grandma, ich habe einen Hund! Er gehört ganz allein mir! Und er heißt Mike! So wie ich es mir immer gewünscht habe!" Mit strahlenden Augen betrachtete der Junge seinen neuen Spielgefährten.

„Der ist wirklich ein hübscher kleiner Kerl. Oh, sieh nur, die großen Pfoten. Der ist bestimmt bald größer als du. Aber du musst auch gut auf ihn aufpassen und dich um ihn kümmern, Jack."

„Das werde ich, Ehrenwort! Sieh nur, Kate, das ist Mike!"

„Er ist wunderbar." Sie ging in die Hocke und wurde dafür mit nassen Hundeküssen belohnt. „So weich, so süß." Sie sah zu Brody auf, in seine Augen. „Unbeschreiblich süß."

„Schon gut für einen Jungen, einen Hund zu haben." Bob war verletzt von der Bemerkung seines Sohnes. „Aber wer wird sich um das Tier kümmern, wenn Jack in der Schule ist und du den ganzen Tag arbeitest? Du überlegst nie vorher, du machst nur das, was du willst. An andere denkst du dabei nicht."

Bestürzt legte Mary ihre Hand auf den Arm ihres Mannes. „Bob!"

„Unser Garten ist eingezäunt", setzte Brody beherrscht an. „Und auf viele Baustellen kann ich den Hund mitnehmen. Bis er alt genug ist, allein zu bleiben."

„Hast du den Hund für den Jungen gekauft, oder willst du nur dein Gewissen beruhigen, weil du ihm nicht das bieten kannst, was seine Freunde haben?"

„Ich will gar nicht nach Disney World", sagte Jack weinerlich. „Ich will bei Dad und Mike bleiben."

Kate setzte ihr freundlichstes Lächeln auf und legte Jack einen Arm um die Schultern. „Warum gehst du nicht mit Mike hinaus und spielst mit ihm im Garten, hm? Kleine Hunde rennen genauso gern wie kleine Jungen. Hier, zieh dir erst deine Jacke an."

Brody hielt sich zurück, bis Kate den Jungen zur Tür hinausgeschoben hatte.

„Es geht dich nicht das Geringste an, wann und warum ich meinem Sohn einen Hund kaufe. Ich habe den Hund schon vor drei Wochen ausgesucht, musste aber warten, bis er alt genug und entwöhnt war. Ich wollte ihn Ostersonntag abholen, aber Jack braucht heute eine kleine Aufmunterung."

„Du bringst ihm keinen Respekt bei, wenn du ihn mit Geschenken überhäufst, nachdem er frech zu dir war."

„Respekt war das Einzige, das du mir beigebracht hast, und sieh dir an, wohin uns das geführt hat."

„Bitte." Mary rang entsetzt die Hände. „Das müsst ihr doch nicht hier austragen …"

„Du sagst mir nicht, wann und wo ich meine Meinung sagen kann", fuhr Bob seiner Frau über den Mund. „Es war ein Fehler von mir, ich hätte dich noch öfter den Stock spüren lassen sollen. Du hast immer nur das getan, was du wolltest. Es gab immer nur Ärger mit dir, du weißt gar nicht, wie viel Kummer du deiner Mutter zugefügt hast. Rennst in die Stadt, noch nicht trocken hinter den Ohren, und vergeudest dein Leben."

„Es ging nicht um die Stadt, es ging darum, von dir wegzukommen."

346

Bobs Kopf zuckte herum, als wäre er geschlagen worden. „Aber jetzt bist du wieder hier, nicht wahr? Krebst herum, schiebst deinen Sohn zu Nachbarn ab, damit du überhaupt über die Runden kommst. Jagst Weiberröcken hinterher und wälzt dich in Betten, während dein Sohn im Zimmer nebenan liegt ...“

„Moment mal!“ Hätte die Wut ihr nicht den Blick vernebelt, wäre Kate aufgefallen, dass sie sich zwischen zwei Männer stellte, die kurz davor waren, sich mit Fäusten zu bearbeiten. „Zufälligerweise weiß ich, dass Brody nicht Weiberröcken hinterherjagt, sondern mir. Und selbst wenn es Sie überhaupt nichts angeht – wir haben uns nie im Bett gewälzt, wenn Jack nebenan schlief. Wenn Sie nicht wissen, dass Brody sich eher den rechten Arm abschneiden würde, bevor er dieses Kind verletzt, dann sind Sie nicht nur blind, sondern auch begriffsstutzig. Sie sollten sich schämen, so mit ihm zu reden, nur weil Sie nicht genug Mumm besitzen, ihm zu sagen, dass Sie stolz auf das sind, was er aus seinem Leben und dem Leben seines Sohnes macht.“

„Spar dir deinen Atem“, mischte Brody sich resigniert ein, „es nützt sowieso nichts.“

„Du hältst dich da raus. Denn du bist weiß Gott auch nicht unschuldig. Du hast kein Recht, so zu deinem Vater zu sprechen. Kein Recht, ihm den Respekt zu verweigern. Und das vor deinem eigenen Kind. Siehst du denn nicht, wie sehr ihn das ängstigt, wenn er euch beiden zusehen muss, wie ihr euch gegenseitig an die Kehle geht?“

Wütende Pfeile schossen aus ihren Augen, als sie von einem zum anderen blickte. „Ihr zwei zusammen habt nicht einmal den Verstand einer Amöbe. Ich gehe jetzt raus zu Jack. Und von mir aus könnt ihr euch die Nasen blutig schlagen.“ Damit riss sie die Hintertür auf und segelte hinaus.

Es brodelte immer noch in ihr, als Brody kurze Zeit später neben sie trat.

„Ich möchte mich dafür entschuldigen, dass ich das in dein Haus gebracht habe.“

347

„Mein Haus hat schon einige Familienstreitigkeiten erlebt. Das wird mit Sicherheit nicht das letzte Mal gewesen sein."

„Du hast recht, es war falsch von uns, vor Jack damit anzufangen." Als sie schwieg, steckte er seufzend die Hände in die Hosentaschen und sah eine Weile zu, wie Jack mit Mike über den Rasen tobte. „Kate, so war es immer zwischen meinem Vater und mir."

„Muss es deshalb auch immer so bleiben? Brody, wenn du einen Aspekt deines Lebens ändern kannst, gelingt es dir auch bei einem anderen. Du musst es nur wollen."

„Wir geraten uns ständig in die Haare. Es ist besser, wenn wir Abstand voneinander halten. Ich will nicht, dass Jack einmal für mich solche Gefühle hat."

„Hör auf damit." Ungeduldig drehte sie sich zu ihm herum. „Sieh ihn dir an. Ist das ein glücklicher, gesunder, wohlerzogener Junge?"

„Ja." Brody lächelte unwillkürlich, als Jacks lautes Lachen durch die Luft schwang.

„Du bist ein guter Vater. Manchmal ist es anstrengend, aber meist ist es leicht für dich. Weil du ihn bedingungslos liebst. Als Sohn zu lieben ist viel schwieriger für dich. Weil du Bedingungen stellst, Forderungen. Ansprüche hast. Genauso ist es bei deinem Vater."

„Wir lieben uns nicht."

„Da irrst du gewaltig. Denn sonst könntet ihr euch nicht so verletzen."

Brody ging nicht darauf ein. Sie verstand es nicht. Wie sollte sie auch? „Es ist das erste Mal, dass ich ihn sprachlos gesehen habe. Noch nie hat eine Frau ihn so auseinandergenommen. Ich muss sagen, ich habe mich mittlerweile daran gewöhnt."

„Umso besser. Also, wenn du nicht willst, dass ich jetzt mit dir anfange, solltest du dich so schnell wie möglich bei deiner Mutter entschuldigen. Sie wäre vor Verlegenheit am liebsten im Boden versunken."

„Mann, du bist ganz schön streng. Darf ich wenigstens vorher mit meinem Hund spielen?"

Sie hob eine Augenbraue. „Wessen Hund?"

„Jacks. Aber Jack und ich, wir sind …"

„Ein Team", beendete sie den Satz für ihn. „Ich weiß."

10. KAPITEL

Kate machte einen Plan. Wartete ab, bis der richtige Moment gekommen war. Sicher, es war mit voller Absicht und kühl kalkuliert. Aber mal ehrlich, was war so falsch daran? Timing, Ansatzpunkt, Vorgehensweise – unerlässliche und grundlegende Faktoren für jeden Plan.

Freitagnacht war der richtige Zeitpunkt. Jack blieb über Nacht bei seinen Großeltern, und Brody war sehr entspannt und glücklich, nachdem sie sich leidenschaftlich geliebt hatten.

„Ich habe etwas für dich."

„Noch mehr?" Er war, wie Jerry es genannt hätte, völlig weggetreten. „Ich habe schon ein Abendessen, eine Flasche Wein und eine Nacht mit einer wunderschönen Frau bekommen. Etwas anderes kann es doch gar nicht mehr geben."

Mit einem leisen Lachen schlüpfte sie aus dem Bett. „Doch."

Er beobachtete sie. Er liebte es zu sehen, wie sie sich bewegte. Langsam dämmerte es ihm, dass da vielleicht doch mehr an dieser ganzen Ballettsache war, als er bisher vermutet hatte.

Es machte ihn glücklich, sie hier in seinem Zimmer zu sehen. Das Zimmer, in das er schon seit Längerem abends immer noch ein paar Stunden Arbeit investiert hatte, damit es endlich fertig wurde. Schließlich tat er hier jetzt wesentlich mehr als nur schlafen.

Einmal hatte sie ihre Ohrringe auf der Kommode neben dem Bett liegen lassen. Als er aufgewacht war und sie gesehen hatte, war er regelrecht zusammengezuckt. Die Ohrringe sahen so … so feminin aus.

Und dann war ihm der Platz auf dem Schrank leer vorgekommen, als Kate die Ohrringe genommen und wieder eingesteckt hatte.

Er würde sich genauer überlegen müssen, was diese seltsame Reaktion zu bedeuten hatte.

Sie zog sein Hemd über und ging zu ihrer Handtasche auf dem Stuhl.

„Ich werde dir ein Dutzend Flanellhemden kaufen, nur damit ich dich darunter nackt sehen kann."

„Ich nehme gerne an." Sie kam zum Bett zurück und ließ einen Umschlag auf seine bloße Brust fallen. „Die sind für dich."

„Was?" Verdutzt setzte Brody sich auf und öffnete den Umschlag. Zwei Flugtickets kamen zum Vorschein, was ihn nur noch mehr irritierte. „Was ist das?"

„Zwei Tickets nach New York. Für dich und Jack."

Argwöhnisch runzelte er die Stirn. „Wieso?"

„Weil ich euch beide dabeihaben will. Warst du schon mal in New York?"

„Nein, aber ..."

„Umso besser. Dann kann ich euch beiden die Stadt zeigen. Der Direktor meiner Company hat Anfang der Woche angerufen", erklärte sie. „Sie machen eine Sonderaufführung, nur eine Vorstellung, nächsten Samstag. Ein Wohltätigkeitsprojekt. Es werden verschiedene Ausschnitte aus den gängigsten Balletts gezeigt. Die Tänzerin, die den *pas de deux* tanzen sollte, ist wegen einer Verletzung ausgefallen. Nichts Schlimmes, glücklicherweise, es wird ihre Karriere nicht beenden, aber sie muss zwei Wochen pausieren. Deshalb hat er mich gebeten, für sie einzuspringen. Ich sollte eigentlich schon Montag hinfliegen, um zu üben, aber ich musste einiges umorganisieren, und so kann ich erst am Dienstag nach New York."

Das war doch ganz einfach und klar, oder nicht? Sie würde Brody keinen Raum lassen, sich herauszuwinden, das hatte sie sich fest vorgenommen.

Er fühlte den kleinen Stich, dass sie schon wieder wegmusste. „Ich weiß, du wirst exzellent sein. Aber, Kate, ich kann mir nicht einfach Jack greifen und fürs Wochenende nach New York jetten."

„Warum nicht? Ihr fliegt Freitag nach der Schule und seid vor dem Abendessen in New York. Wir kommen bei meiner

Schwester unter. Am Samstag siehst du dir die Stadt an, gehst mit Jack vielleicht aufs Empire State Building. Samstagabend Theater, die Ballettaufführung. Am Sonntag ein kleiner Stadtbummel zusammen, dann Dinner bei meinen Großeltern. Wir nehmen den letzten Flug zurück, und am Montag ist jeder wieder pünktlich in der Schule und bei der Arbeit." Sie reckte die Schultern und musste Luft holen. „Oh, und Mike bringst du natürlich mit. Die Kinder meiner Schwester werden aus dem Häuschen sein."

Er hatte das Gefühl, in einer Kiste zu sitzen, und jemand hämmerte Nagel für Nagel den Deckel zu. „Kate, Leute wie ich tun so etwas nicht. Mal eben nach New York …"

„He, du fliegst doch nicht zum Mars, O'Connell." Lachend küsste sie ihn. „Nur ein kleines Abenteuer. Jack wird vor Freude in die Luft springen, und …", den entscheidenden Schlag hatte sie bis zum Schluss aufbewahrt wie jeder gute General, „… dann kann er seinem Freund Rod wenigstens einen kleinen Dämpfer wegen Disney World versetzen. Immerhin kann er dann von sich behaupten, dass er auf dem Gebäude war, von dem King Kong in einen tragischen Tod stürzte."

Das saß. Brody musste an sich halten, um nicht unruhig im Bett hin und her zu rutschen. Ach was, Kiste. Er kam sich vor wie ein Fisch an der Angel, der den Haken schon geschluckt hatte und nicht mehr loskam. „Versteh es bitte nicht falsch, aber ich habe wirklich nicht viel für Ballett übrig."

„So?" Sie lächelte zuckersüß und klimperte mit den Wimpern. „Welche hast du denn schon gesehen?"

„Ich habe auch noch keine öffentliche Hinrichtung gesehen, und trotzdem weiß ich, dass das nichts für mich wäre."

„Sieh es doch mal so. Du ermöglichst Jack, New York kennenzulernen. Du hast zwei volle Tage, um dich bestens zu amüsieren. Dagegen stehen zwei Stunden Flug, in denen du dich zu Tode langweilen wirst. Das ist doch kein schlechter Deal, oder? Außerdem hast du mich noch nie tanzen sehen." Sie verschränke ihre Finger mit seinen. „Ich wünsche mir, dass du mich wenigstens ein Mal auf der Bühne siehst."

Er blickte mit gerunzelter Stirn auf die Tickets in seinen Händen. „Du hast wirklich nichts ausgelassen, was?"

„Das hoffe ich doch. Also, abgemacht?"

„Wenn Jack hört, dass er zum ersten Mal mit einem Flugzeug fliegen darf, wird er völlig ausflippen."

Jack flippte nicht nur aus, er überschlug sich vor Freude und war nicht mehr zu bremsen. Auch dann nicht, als sie am Freitagnachmittag das Flugzeug bestiegen.

„Dad, kannst du nicht fragen, ob Mike bei uns sitzen kann? Er hat Angst in dieser Kiste."

„Jack, ich habe dir bereits erklärt, dass das nicht erlaubt ist. Außerdem sind da doch noch zwei andere Hunde. Die drei werden sich bestimmt bestens unterhalten und genauso viel Spaß haben wie wir."

„Na schön." Mit staunend aufgerissenen Augen sah Jack sich um, als sie durch die schmale Tür in die Maschine traten. „Dad, sieh nur!", flüsterte er aufgeregt. „Da sind die Piloten."

Der Steward begriff sofort. Jack bekam eine Führung durch das Cockpit und ein kleines Plastikflugzeug. Als die Startdurchsage kam, war Jack fest entschlossen, später einmal Pilot zu werden.

Während der nächsten fünfzig Minuten feuerte er eine Frage nach der anderen ab, meist die kleine Nase hartnäckig an die Fensterscheibe gedrückt. Als sie zur Landung ansetzten, klingelte es Brody in den Ohren, aber er musste zugeben, dass Jack einen Riesenspaß hatte.

Jetzt musste er nur noch die nächsten beiden Tage überstehen – bei Kates Familie. Und als ob das nicht reichen würde, einem Mann ernsthafte Kopfschmerzen zu bereiten, gab es da auch noch den Ballettabend.

Was treibst du hier eigentlich, O'Connell? fragte er sich in einem Anflug von Panik. Ein Wochenende in New York. Ein Abend im Theater. Warum zum Teufel bist du nicht zu Hause, schmirgelst Schränke ab und bereitest die freitagabendliche Pizza Spezial vor?

Die Frage konnte er sich selbst beantworten. Es war wegen Kate. Nach dieser Erkenntnis flammte die Panik, bis jetzt noch verhalten, lichterloh auf. Irgendwie hatte sie alles verändert.

Die Reisetasche in der einen Hand, Jacks Hand fest in der anderen, ging er durch das Gate und befahl sich, ganz ruhig zu bleiben – schließlich waren es ja nur zwei Tage –, und sah sich nach Kate um. Als er den großen blonden Mann erblickte, der aufgeregt winkte, ging er hastig die Gesichter aller Leute, die er kannte, in Gedanken durch, bis er bei Kates Schwager ankam. Himmel, wie hieß der Mann nur noch?

„Nick LeBeck." Nick nahm Brody die Tasche aus der Hand. „Ihr kommt bei uns unter. Kate wollte euch selbst abholen, aber sie ist bei den Proben aufgehalten worden."

„Danke für die Mühe. Wir hätten auch ein Taxi nehmen können."

„Kein Problem, gern geschehen. Habt ihr noch mehr Gepäck?"

„Mike."

„Ach ja." Lachend schüttelte Nick Jack die Hand. „Schön, dich wiederzusehen. Max kann's kaum noch erwarten, bis ihr endlich bei uns seid. Ihr habt euch Silvester schon getroffen."

„Ja, ich weiß, und Kate hat gesagt, ich kann bei ihm schlafen." Jack blickte Nick erwartungsvoll an.

„Richtig. Heute Abend veranstalten wir ein ganz großes Dinner. Magst du Fischkopfsuppe?"

Jacks Augen wurden tellergroß. Um nicht allzu unhöflich zu erscheinen, schüttelte er ganz langsam den Kopf.

„Das ist gut. Wir haben nämlich keine. Kommt, lasst uns Mike befreien."

Es war lange nicht so unangenehm, wie er erwartet hatte, in einer fremden Stadt, in einem fremden Haus, mit Leuten, die er kaum kannte. Jack fand sich sofort zurecht und frischte seine kurze Freundschaft mit Max auf. Die beiden gluckten zusammen, als hätten sie sich erst gestern gesehen. Mike war bei allen der Hit, und vor lauter Aufregung pinkelte er mitten im Wohnzimmer auf den Teppich.

„Oh, entschuldigt, das tut mir wahnsinnig leid. Dabei ist er schon fast stubenrein."

„Wie unsere Kinder", sagte Freddie ungerührt und reichte Brody einen Lappen. „Das sind wir gewohnt, nur der Himmel weiß, was dieser Teppich schon alles aushalten musste. Also, entspannen Sie sich wieder."

Brody war erstaunt, aber er tat es tatsächlich. Es war interessant und faszinierend mit anzusehen, wie Jack mit Bruder und Schwester zurechtkam. Fast wie ein großer Bruder spielte er mit der dreijährigen Kelsey.

Was Brody zu dem Gedanken veranlasste, dass ein Einzelkind es vielleicht doch nicht immer so gut hatte, wie man glaubte.

„Brauchen Sie vielleicht eine kleine Pause?", flüsterte Nick Brody zu und zeigte mit dem Kopf nach hinten zur Tür.

Diese Einladung nahm Brody nur zu gern an. Nick führte ihn in das Musikzimmer, in dem sich das alte Piano befand, das Nick schon seit über zehn Jahren aus reiner Sentimentalität behielt. In einem Regal blinkten mehrere polierte „Tonys", auf der Bank lag ein Stapel Notenblätter. Mehrere tiefe, weiche Ledersessel standen herum.

Nick ging zu einem unauffällig in der Regalwand eingelassenen Minikühlschrank. „Bier?"

„Aber auf jeden Fall", sagte Brody mit Inbrunst.

„Wenn man mit Kindern reist, weiß man, was man geleistet hat." Nick ließ Kronkorken springen, reichte Brody eine Flasche. „Kommen Sie, reden Sie es sich von der Seele."

„Von dem Moment an, als ich ihn von der Schule abholte, hat er nicht mehr aufgehört zu reden. Er muss einen neuen Rekord im Dauerreden aufgestellt haben."

„Warten Sie's ab, wenn Sie erst mal auf einem Transatlantikflug sind. Neun Stunden, eingesperrt auf engstem Raum mit Max und Kelsey." Nick schüttelte sich. „Können Sie sich eigentlich vorstellen, wie viele Fragen man in neun Stunden stellen kann? Nein, lassen Sie uns schnell das Thema wechseln, sonst haben wir beide heute Nacht Albträume."

Auf Nicks Einladung hin ließ Brody sich dankbar in einen der Sessel sinken. „Ein tolles Haus haben Sie hier. Wenn ich an New York dachte, habe ich mir immer trostlose Mietshäuser vorgestellt, deren Fenster auf ein anderes trostloses Mietshaus blicken. Oder moderne Wolkenkratzer."

„Davon haben wir hier auch genug. Als Freddie und ich zusammen zu schreiben begannen, lebte ich über der Bar meines Bruders, an der Lower East Side. Tolle Bar übrigens", ließ er nebenbei einfließen. „Aber das ist nicht unbedingt der richtige Ort, um zwei Kinder großzuziehen." Er sah auf und begann zu grinsen. „Ah, da kommt unsere Ballerina."

„Tut mir leid, dass ich so spät dran bin." Kate rauschte in den Raum, drückte Nick ein schnelles Küsschen auf die Wange und ging dann zu Brody, um ihn wesentlich ausgiebiger und länger zu küssen. „Entschuldige, dass ich euch nicht abholen konnte. Aber Davidov hat mal wieder eine seiner Krisen. Der Mann kann einen richtig zum Trinker machen. Nick, mein strahlender Held, ich werde dir ewig dankbar sein, wenn du mir ein Glas Wein beschaffen könntest."

„Fein. Ich werde dich dran erinnern."

„Sag Freddie bitte, dass ich gleich komme. Ich muss erst mal Luft holen."

„Setz dich", ordnete er an und drückte sie in einen Sessel. „Gönne diesen Goldfüßen 'ne Pause."

„Die brauchen sie auch." Mit einem tiefen Seufzer der Erleichterung schlüpfte sie aus ihren Schuhen, als Nick den Raum verließ.

Prompt fluchte Brody und war sofort bei ihr, nahm ihre Füße in seine Hände. „Was zum Teufel hast du gemacht?" Ihre Füße waren bandagiert und blutig.

„Getanzt."

„Bis du blutest?"

„Wenn es nötig ist, ja. Bei Davidov kommt das häufiger vor."

„Er gehört erschossen."

Sie lehnte sich zurück und schloss die Augen. „Ich muss gestehen, in den letzten beiden Tagen habe ich diese Möglichkeit öfter in Betracht gezogen. Aber Schwächlinge haben beim Ballett nichts verloren. Schmerzende und blutige Füße gehören eben mit zur Arbeitsplatzbeschreibung eines Tänzers."

„Das ist doch Wahnsinn."

„Das ist das Leben, O'Connell." Sie beugte sich vor und küsste ihn. „Keine Sorge, sie heilen ja wieder."

„Und wie willst du damit morgen tanzen?"

„Ich werde großartig sein." Sie seufzte dankbar, als Nick mit dem gewünschten Glas Wein zurückkam. „Ach, mein edler Prinz, danke. Übrigens, Brody ist der Meinung, dass man Davidov erschießen sollte."

„Das hast du auch schon oft gesagt." Nick blickte auf ihre Füße, zuckte zusammen. „Sieht ja schlimm aus. Soll ich dir Eiswürfel bringen?"

„Nein, danke. Ich werde sie später verhätscheln."

„Das wirst du jetzt sofort machen!" Brody hob sie resolut aus dem Sessel auf seine Arme.

„Wirklich, Brody, jetzt stell dich nicht so an."

„Du hältst den Mund", befahl er barsch und trug sie hinaus.

Nick trank den letzten Schluck aus der Flasche. „Mann, der Typ ist erledigt." Dann ging er, um seine Frau zu finden und es ihr brühwarm zu berichten.

„Es war ja so romantisch." Noch jetzt, Stunden später im gemeinsamen Schlafzimmer, floss Freddies Herz über. „Plötzlich stand er in der Küche, mit diesem wunderbar mürrischbesorgten Stirnrunzeln, Kate auf dem Arm, und verlangte nach einer Schüssel, damit er ihr ein Fußbad machen kann." Sie schmunzelte verträumt.

„Ich hab's dir doch gesagt." Abrupt schlug Nick mit der

Faust mehrmals gegen die Wand zum angrenzenden Kinderzimmer. Allerdings hatte er wenig Hoffnung, dass das irgendeinen Einfluss auf den Lärm haben würde, der hinter dieser Wand ertönte. „Der Mann ist verloren."

„Und wie er sie angeschaut hat … vor allem als er glaubte, keiner würde es bemerken. Als ob er sie am liebsten mit einem einzigen großen Biss vernaschen würde. Es war wunderbar."

Nick hörte auf, sich den Bauch zu kratzen, und runzelte die Stirn. „Ich habe dich auch so angesehen."

Freddie schnaubte leicht und deckte das Bett auf. „Das war einmal."

„He." Er ging zu ihr, fasste sie bei den Schultern und drehte sie zu sich herum. „Hier. Sieh genau hin." Er zeigte auf seine Augen und versuchte, verführerisch zu gucken.

Sie lachte leise. „Ja, sicher. Ich zerfließe regelrecht."

„Willst du damit andeuten, dass ich nicht romantisch bin? Dass dieser hammerschwingende Goliath auf diesem Gebiet besser ist als ich?"

Freddie genoss jede Sekunde des ehelichen Geplänkels. „Also bitte …" Sie ging zur Frisierkommode hinüber und nahm die Haarbürste auf. Im nächsten Moment fand sie sich hochgehoben, ihr erschreckter Aufschrei wurde erstickt durch einen sehr entschlossenen Mund.

„Ah, du willst also Romantik?" Ohne Freddie die Möglichkeit zu einer Reaktion zu geben, trug Nick seine Ehefrau zum Bett hinüber. „Die kannst du haben!"

Am anderen Ende des Korridors, nachdem die Kinder endlich vor lauter Erschöpfung eingeschlafen waren, zog Kate den Gürtel ihres Morgenmantels fester um die Taille. Sie hatte lange, harte Tage hinter sich, Tage, in denen sie sich völlig verausgabt hatte, die das Letzte von ihrem Körper und ihrem Geist gefordert hatten.

Aber zu wissen, dass Brody sich nur wenige Meter entfernt in seinem Zimmer befand, machte sie rastlos und unruhig.

Verlangen.

Sie hatte gehofft, dass er sich ohne Rücksicht auf Anstand und Höflichkeit in ihr Zimmer schleichen würde. Was er nicht getan hatte. Aber das hieß ja nicht, dass sie sich nicht in sein Zimmer schleichen konnte.

Sie schlüpfte zur Tür hinaus und ging auf Zehenspitzen zum Kinderzimmer. Selbst der Hund, so erkannte sie durch den Türspalt, schlief tief und fest vor Erschöpfung. Leise schloss sie die Tür wieder und ging weiter zu Brodys Zimmer.

Unter dem Türspalt schimmerte kein Licht hindurch. Nun, wenn sie ihn aufwecken musste, dann würde sie das eben tun. Sie schob die Tür auf, die Angeln knarrten leise, und trat in den Raum. Im gleichen Moment drehte Brody sich am Fenster zu ihr um.

Er hatte unentwegt an sie denken müssen – aber das war ja nichts Neues. Er trug nur noch seine Jeans, und jetzt stand er da und sah zu, wie sie hinter sich den Schlüssel im Schloss drehte. Sein Mund wurde trocken.

„Kate, die Kinder …"

„Die sind hinüber." Sie hatte diesen Morgenmantel erst gestern gekauft, in der einstündigen Pause. Eine sündhaft teure Anschaffung aus pfirsichfarbener Seide. Aber als sie jetzt Brodys Gesicht sah, hörte, wie die Seide raschelte, als sie auf ihn zuging, war sie überzeugt, die richtige Investition getätigt zu haben.

„Ich habe gerade nach ihnen geschaut. Und falls sie wider Erwarten aufwachen sollten, wird sich eben einer von uns um sie kümmern. Siehst du dir die Aussicht an?"

„Ziemlich beeindruckend." Er nahm ihre Hände. „Ich dachte gerade daran, dass ich heute Nacht wohl kein Auge zutun werde. Zu wissen, dass du so nah bist, und dich nicht berühren zu können …"

„Berühre mich jetzt, und keiner von uns wird sich Gedanken über schlaflose Nächte machen müssen."

Er fragte sich, wie er je hatte glauben können, er könnte ihr widerstehen. Sie war die Verkörperung jeder Fantasie, die er je gehabt hatte, jedes Traums, jedes Wunsches. Seide und Schatten. Aber sie war echt, so echt wie dieser warme, verlangende Mund, diese langen schlanken Arme.

All die leeren Jahre, die einsamen Nächte zählten nicht mehr.

Er strich die Seide von ihren Schultern und fand nur Kate darunter. Rundungen und Muskeln, Seufzer und Zittern. Zusammen mit ihr schlüpfte er ins Bett und in die vertraute Welt, die sie sich erschaffen hatten. Duftende Haut, streichelnde Hände. Sie war ein Wunder für ihn, eine Sirene mit rauchgrauen Augen, die ihn mit einem einzigen Blick verführen konnte. Eine Frau mit eigenem Kopf und Charakterstärke, die keiner Schlacht auswich. Eine gute Freundin, immer bereit, die Schulter zu bieten, an die man sich anlehnen konnte.

Er konnte sich nicht mehr vorstellen, wie sein Leben ohne sie aussehen sollte.

Endlich hatte er es sich eingestanden. Er zog sie an sich und hielt sie einfach nur fest.

„Brody?" Sie fuhr ihm durchs Haar. Er drückte sie so fest, dass sie fast entzweibrach. „Was ist?"

„Nichts." Er legte seine Lippen an ihren Hals und befahl sich, nicht zu denken. „Es ist nichts. Ich will dich. So wie ein Verdurstender sich nach Wasser verzehrt."

Er küsste sie. Heiß, verlangend, wild. Damit alles Denken, alle Vernunft aufhören sollte.

Etwas geschah mit ihnen. Es war mehr, anders als sonst. Er trieb sie an, so schnell, mit einer stillen Intensität, die an Verzweiflung grenzte. Sie konnte nur noch fühlen, konnte nur noch reagieren. Ihr Herz, das sie schon vor Langem an ihn verloren hatte, klopfte wild.

Ein Laut kam aus ihrer Kehle, ein lustvolles Stöhnen. Jetzt war sie es, die ihn antrieb, sich selbst antrieb, schnell, ungestüm, rückhaltlos. Geben und Nehmen, geballte Energie. Taumelnder Rausch, Ekstase bis an die Grenzen des Wahnsinns.

Bis sie einander erschöpft und zitternd in den Armen lagen.

Liebe mich, dachte Kate. Ihr Herz schmerzte vor Liebe zu ihm. Sage es mir. Warum willst du es mir nicht sagen?

Er schob sie ein wenig zur Seite, sodass sie sich an ihn schmiegen und er sie halten konnte. „Bleibst du?"

Kate schloss die Augen. „Ja."

Still lagen sie eng umschlungen beieinander, aber beide konnten lange nicht einschlafen.

Seine erste Bewegung galt ihr. Er griff nach ihr. Verwirrt versuchte er, sich zu orientieren. Wo war er? Dann richtete er sich schlaftrunken auf und sah in die Richtung, aus der das leise Geräusch gekommen war. Kate, im schwachen Licht der Morgendämmerung, zog ihren Morgenmantel über.

„Was ist los?"

„Entschuldige, ich wollte dich nicht wecken", flüsterte sie und ging zu ihm, um ihn zu küssen. „Ich muss gehen. Tanzstunden."

„Was? Du gibst mitten in der Nacht Unterricht?"

„Nein, ich nehme Tanzstunden. Und es ist auch nicht mitten in der Nacht, es ist schon sechs Uhr früh."

Er schüttelte sich leicht, um einen klaren Kopf zu bekommen, aber nach nur vier Stunden Schlaf verweigerte sein Verstand den Dienst. „Du nimmst Unterricht? Ich dachte, du kannst tanzen."

„Haha, sehr witzig."

„Halt, warte." Er griff nach ihrer Hand, bevor sie gehen konnte. „Wieso nimmst du Tanzstunden? Und warum um sechs Uhr in der Früh?"

„Ich nehme Stunden, weil ich eine Tänzerin bin, und Tänzerinnen hören nie auf zu trainieren, vor allem nicht, wenn sie am Abend eine Aufführung haben. Das Training fängt um sieben an, um elf haben wir eine Kostümprobe. Und jetzt schlaf wieder weiter."

„Aha. Na schön."

„Nick und Freddie werden später mit Jack und dir etwas unternehmen und euch ein bisschen herumführen. Vielleicht könnt ihr ja auch beim Theater vorbeikommen."

Sie wartete auf eine Reaktion, doch nichts geschah. Er war längst wieder eingeschlafen.

„Ist das auch wirklich in Ordnung?" Brody ließ zweifelnd einen Blick über den bunt zusammengewürfelten Haufen schweifen, der auf den Bühneneingang zuging. Drei Erwachsene, drei Kinder, ein Hund.

„Ganz bestimmt", versicherte Freddie ihm. „Kate hat das vorher abgesprochen."

Er war immer noch nicht überzeugt, aber mittlerweile hatte er auch festgestellt, dass man nur äußerst selten gegen eine der beiden Kimball-Schwestern eine Chance hatte.

Die Kinder waren aufgewacht, kaum eine Stunde später, nachdem Kate gegangen war. Unüberhörbar hatten sie die aufgetankte Energie wieder freigesetzt. Sie hatten einen solchen Lärm veranstaltet, dass ganz Manhattan es gehört haben musste. Und sollte tatsächlich jemand taub genug gewesen sein, um es nicht zu hören, den hatte bestimmt Mike mit seinem aufgeregten Gebell aus dem Bett geholt.

Zum Frühstück waren sie in ein typisches ‚Deli' gegangen. Danach kam der Gewaltmarsch. Empire State Building – Souvenirshop. Time Square – Souvenirshop. Grand Central Station – Himmel hilf! – Souvenirshop.

Vielleicht war es doch keine so üble Idee, bei Kates Probe hereinzuschneien. Soweit Brody sich erinnerte, gab es in einem Theater Stühle zum Sitzen.

„Jetzt seid mucksmäuschenstill", warnte Nick, „oder sie werfen uns hochkant hinaus. Das gilt auch für dich, Fellknäuel", fügte er hinzu und kraulte Mike hinter den Ohren.

„Es gibt nichts Schöneres, als hinter der Bühne zu sein." Freddie ergriff die Hand ihres Mannes, als sie eintraten.

Die Frau in der Pförtnerloge sah ihnen über den Brillenrand

entgegen, dann nickte sie lächelnd. „Schön, Sie wieder bei uns zu haben. Miss Kimball, Mr LeBeck. Wie ich sehe, haben Sie das ganze Team mitgebracht."

„Hat Kate uns angemeldet?", fragte Freddie.

„Hat sie. Versteht eines von diesen Kindern Russisch?" Fast besorgt musterte sie die Kinder.

„Nein."

„Gut. Davidov ist heute nämlich in Hochform. Lassen Sie den Hund besser bei mir, denn wenn der Kleine unruhig werden sollte, beißt der Meister ihm noch die Kehle durch."

„Ah, so ein Tag ist es also?" Nick grinste, und die Frau blickte ergeben zur Decke.

„Sie haben ja keine Ahnung, was da drinnen los ist. Wie heißt der Kleine denn?"

„Mike", meldete sich Jack sofort.

„Fein, ich werde gut auf ihn aufpassen. Gehen Sie nur rein, Sie kennen sich ja hier aus."

Selbst wenn sie den Weg nicht gekannt hätten, das donnernde Gebrüll hätte ihnen die Richtung zur Bühne gewiesen. Brody glaubte, noch nie jemanden so laut schreien gehört zu haben.

„Davidov." Freddie schüttelte sich theatralisch. „Lass uns besser vorne herumgehen, das ist sicherer."

„Isst er wirklich Hunde?", fragte Jack besorgt.

„Nein." Brody nahm die Hand seines Sohnes fest in seine. „Das war nur ein Scherz." Hoffte er zumindest.

Nein, Hunde aß er nicht, aber im Moment hätte Davidov jeden einzelnen Tänzer mit Messer und Gabel tranchieren können. Auf seine ungeduldige Handbewegung hin setzte die Musik aus. „Du! Und du!" Er zeigte mit dem Finger auf das Paar, das atemlos und schweißüberströmt zusammenstand. „Runter von meiner Bühne! Haltet den Kopf unter kaltes Wasser. In einer Stunde seid ihr wieder da, vielleicht könnt ihr dann endlich tanzen. Kimball! Blackstone!", schrie er. „Ihr seid dran!"

Er tigerte auf und ab, ein drahtiger Mann in einem grauen Trainingsanzug, mit einer dramatischen Mähne aus wallendem silbernen Haar. Sein Gesicht wirkte wie gemeißelt, starr und eiskalt.

„Er macht mir Angst", flüsterte Jack. Der Junge umklammerte die Hand seines Vaters fest.

„Pst!", flüsterte Brody zurück und zog Jack auf seinen Schoß, sobald sie sich in eine der hinteren Reihen gesetzt hatten. Vor ihnen saß eine einzelne Frau.

Und als Kate auf die Bühne kam, klappte Brody im wahrsten Sinne der Mund auf.

Ihr Haar hing offen über ihren Rücken herab. Sie trug ein leuchtend rotes Kostüm, das Top eng anliegend, der Rock fiel in zahllosen Falten bis knapp über ihre Knie, die endlos langen Beine endeten in Spitzenschuhen.

Sie marschierte auf Davidov zu, die Hände in die Hüften gestemmt, bis sie direkt vor ihm stand. „Du hast mich von der Bühne geschickt. Tu das nie wieder!"

„Ich schicke dich von der Bühne, ich hole dich auf die Bühne. Das ist mein Job. Dein Job ist es zu tanzen. Du!" Davidov deutete mit dem Finger auf den großen blonden Mann, der mit Kate herausgetreten war. „Geh wieder zurück. Du wartest. ,Red Rose'. Wir fangen mit dem Eröffnungssolo an", sagte er zu dem Orchester gewandt. „Kimball, du bist Carlotta. Also sei gefälligst Carlotta."

Kate ging in Position, holte Luft. Als die Musik einsetzte, fühlte sie den Takt. Sie tanzte. Ein einzelner Scheinwerfer folgte ihr.

Es war ein verteufelt schwieriges Solo. Rasant, feurig, leidenschaftlich. Ihre Muskeln vibrierten, ihre Füße berührten kaum noch den Boden. Mit dem letzten Takt klappte sie in Pose zusammen, genau dort, wo sie angefangen hatte.

Ihr Puls raste von der Anstrengung. Sie hob den Kopf und warf Davidov einen trotzigen Blick zu, dann richtete sie sich auf und bewegte sich mit schnellen Pirouetten zurück zum

Seiteneingang, um ihrem Partner die Bühne zu überlassen.

Brody saß wie erstarrt. So etwas hatte er noch nie gesehen. Hatte gar nicht gewusst, dass es so etwas gab. Es war wie Magie … sie war wie Magie.

Er versuchte, diese neue Seite an ihr noch irgendwie einzuordnen, als sie auch schon wieder zurück auf die Bühne schwebte.

Jetzt tanzten sie zusammen, Kate und der Mann in Weiß. Brody hatte nie geahnt, dass Ballett so … so erotisch sein konnte. Es war wie der uralte Paarungstanz zwischen dem arroganten, selbstsicheren Männlichen und dem trotzigen, zögerlichen Weiblichen. Er sah nicht, wie viel Anstrengung es die Tänzer kostete, sah nur den Zauber, das mitreißende Tempo, die Anmut.

Und dann wurde er unsanft aus seiner träumerischen Betrachtung gerissen.

„Stopp! Stopp! Stopp!" Davidov warf aufgeregt die Hände in die Luft. „Was soll das sein? Habt ihr überhaupt Blut in den Adern? Soll das etwa Leidenschaft darstellen, oder macht ihr einen gemütlichen Sonntagsspaziergang durch den Park? Wo bleibt die Inbrunst, das Feuer?"

„Ich werde dir schon Feuer machen!" Kate wirbelte herum.

„Gut." Davidov griff sie um die Hüfte, noch während sie ihn erbost beschimpfte. „Zeig es mir."

Er warf sie in die Luft, mit einem Ruck kam sie wieder auf den Boden zurück. Er fing sie auf, drehte sie. Dreifache Pirouette, wieder hielt er sie, zog sie ruckartig an sich. Eckige, harte Bewegungen, herausfordernd, blitzende Augen, dann stand sie wieder *en pointe*, starrte ihn weiterhin böse an.

„Da, es geht doch. So machst du es. Bleib wütend."

„Ich hasse dich."

„Nicht mich, ihn." Nach einer Handbewegung spielte das Orchester wieder auf.

„Was will er denn? Will er Blut sehen?" Brody war außer sich.

Die Frau in der Reihe vor ihm drehte sich lächelnd um. „Ja, genau. Das wollte er immer. Davidov ist kein einfacher Mann."

„Mein Dad sagt, man sollte ihn erschießen", sprang Jack hilfreich ein.

Die Frau lachte. „Da ist dein Dad nicht der Einzige, der so denkt. Er ist umso strenger, je besser die Tänzer sind. Ich habe auch mit ihm getanzt."

„Hat er Sie auch so angebrüllt?"

„Oh ja. Und ich habe zurückgeschrien. Aber er hat eine bessere Tänzerin aus mir gemacht, auch wenn ich oft sehr, sehr wütend war. Allerdings habe ich es ihm heimgezahlt."

„Was haben Sie getan?" Jacks Augen waren mittlerweile groß wie Untertassen. „Haben Sie ihm eins auf die Nase gegeben?"

Sie lachte. „Nein, viel besser. Ich habe ihn geheiratet." Sie lächelte Brody an. „Ich bin Ruth Bannion. Sie müssen ein Freund von Kate sein."

„Entschuldigen Sie. Da bin ich ja wirklich mit Anlauf ins Fettnäpfchen gesprungen."

„Machen Sie sich deswegen keine Sorgen." Sie lächelte. „Davidov holt aus jedem Tänzer das Beste heraus, allerdings auch die schlechten Seiten. Er vergöttert Kate und ist immer noch zutiefst verletzt, dass sie die Company verlassen hat. Sehen Sie selbst." Sie drehte sich wieder zur Bühne.

„Lassen wir es für heute genug sein." Auf der Bühne stieß Davidov einen lauten Seufzer aus. „Ruht euch aus. Vielleicht klappt es ja heute Abend bei der Vorstellung mit etwas mehr Energie."

Das Blut rauschte in Kates Ohren, ihre Füße schmerzten höllisch. Aber für eine kurze Tirade hatte sie noch genug Energie. Als sie fertig und jetzt völlig außer Atem war, hob Davidov ungerührt eine Augenbraue.

„Bildest du dir ein, nur weil ich Russe bin, verstehe ich es nicht, wenn eine Ukrainerin mich einen Mann mit dem Herzen eines Schweins nennt?"

Ihr Kinn schoss hoch. „Nur damit du's weißt: Ich habe dich einen Mann mit dem Gesicht eines Schweins genannt." Damit stolzierte sie zum Seitenausgang und ließ Davidov stehen, der ihr lächelnd nachsah.

„Sehen Sie?", sagte Ruth. „Er vergöttert sie."

11. KAPITEL

Kate küsste gerade den Russen, als Brody nach der Aufführung in ihre Garderobe kam. Sie trug immer noch das rote Bühnenkostüm und Theaterschminke. Ihr Haar war zu einem straffen Knoten zusammengebunden, so wie sie es bei dem spanischen Tanz getragen hatte – zusammen mit dem sexy roten Tutu.

Das Publikum im Saal hatte ihr zu Füßen gelegen. Er auch. Genau das hatte er ihr sagen wollen, und dann fand er sie in den Armen dieses Sklaventreibers, den sie heute Vormittag noch so lästerlich verflucht hatte.

„Tut mir leid, wenn ich störe."

Kate strahlte ihn an und hielt ihm die Hand entgegen. „Brody."

Davidov allerdings rückte nur wenig von ihr ab, legte dafür aber einen Arm um ihre Schultern und beäugte den Neuankömmling kühl.

„Ist das der Tischler? Der, der mich erschießen will? Ihm gefällt es nicht, dass ich dich küsse."

„Ach, sei nicht albern."

Brody schaute sie mit zusammengekniffenen Augen an. „Der Mann hat recht. Es gefällt mir nicht, dass er dich küsst."

„Das ist doch absurd. Das ist Davidov."

„Ich weiß, wer er ist." Brody schloss die Tür. Unschöne Szenen sollten besser hinter geschlossenen Türen stattfinden. „Ich habe Ihre Frau kennengelernt."

„Ja, ich weiß. Sie findet Sie und Ihren kleinen Sohn sehr sympathisch. Ich habe auch einen Sohn. Und zwei Töchter." Da er nur selten einem Impuls widerstand und dieser Mann da vor ihm so wunderbar wütend dreinblickte, küsste Davidov Kate aufs Haar. „Meine Frau weiß, dass ich hier bin, um diese hier zu küssen. Diese Frau …", er trat von Kate weg und ließ langsam seine Hände an ihren Armen herabgleiten, „… die heute großartig war. Die perfekt war. Dieser Frau, der ich nie vergeben werde, dass sie mich verlassen hat."

„Ich habe mich auch großartig und perfekt gefühlt. Und ich bin glücklich."

„Glück!" Er rollte mit den Augen. „Als dein Ballettdirektor interessiert mich nur, dass du tanzt. Als dein Freund …", er seufzte schwer und küsste galant ihre Hand, „… bin ich froh, dass du gefunden hast, was du wolltest."

„Wir wären alle noch glücklicher, wenn Sie sie endlich loslassen würden", knurrte Brody unfreundlich.

Kate runzelte die Stirn. „Eifersucht ist kein sehr schönes Gefühl – und in diesem Falle völlig unangebracht."

„Mord ist auch nicht schön. Aber manchmal reizt es einen unheimlich." Brody funkelte Kate herausfordernd an, diese musterte ihn nicht weniger angriffslustig.

„Einen Moment", ging Davidov zwischen die beiden. „Wenn ihr euch streiten wollt, dann wartet damit, bis ich ausgeredet habe. Ich habe ‚The Red Rose' für Ruth geschrieben", sagte er an Kate gewandt. „Mein Herz. Es gibt keine andere, die die Carlotta so getanzt hat wie sie. Nur du."

„Oh." Tränen schossen ihr in die Augen, flossen über. „Mist!"

„Du fehlst uns hier sehr. Deshalb rate ich dir: Sei sehr, sehr glücklich da unten in West Virginia, denn sonst komme ich und hole dich zurück." Er nahm ihr Gesicht in seine Hände und fragte liebevoll auf Russisch: „Willst du diesen Mann?"

Sie nickte. „*Da.*"

„Ja, dann …" Er küsste sie auf die Stirn und drehte sich dann zu Brody um. „Ich bin ein Mann, der seine Frau liebt. Sie haben sie gesehen, also müssen Sie wissen, dass sie mein größter Schatz ist. Diese hier", er blickte Kate an, „ist auch ein Schatz. Deshalb küsse ich sie. Wenn Sie Augen im Kopf haben, wissen Sie selbst, was für ein Schatz sie ist." Ein herausforderndes Lächeln trat auf sein Gesicht. „Allerdings … sollte ich einen anderen Mann küssen sehen, was meins ist, breche ich ihm die Beine. Schließlich bin ich Russe."

„Und ich fange normalerweise bei den Armen an. Ich bin Ire."

Davidov lachte herzhaft auf. „Er gefällt mir! Gut." Bevor er die Garderobe verließ, versetzte er Brody einen kameradschaftlichen Schlag auf die Schulter.

„Ist er nicht ein großartiger Mensch?"

„Vor ein paar Stunden hast du ihn noch gehasst."

„Oh, das." Sie winkte ab und setzte sich, um sich abzuschminken. „Das war während der Probe. Bei Proben hasse ich ihn immer."

„Und nach der Vorführung küsst du ihn immer?"

„Wenn es ein so überwältigender Erfolg ist, immer. Er ist ein Sklaventreiber, ein Genie. Eben Davidov", sagte sie einfach, als würde das alles erklären. „Ohne ihn wäre ich nicht die Tänzerin, die ich bin. Wahrscheinlich wäre ich noch nicht einmal die Frau, die ich bin. Ja, wir stehen uns sehr nahe, aber wir haben nichts miteinander. Niemals gehabt. Er vergöttert seine Frau."

„Willst du sagen, dass es eine Sache zwischen Künstlern ist?"

„Genau." Sie drehte sich auf dem Stuhl zu ihm um. „Es war gut, nicht wahr? Hat es dir gefallen?"

„Du warst unglaublich. Ich habe noch nie so etwas gesehen, ich habe noch nie jemanden wie dich gesehen."

„Oh." Sie sprang auf und lief zu ihm, schlang die Arme um seinen Hals. „Ich bin ja so glücklich!" Sie lachte und wischte die Creme von seiner Wange. „Entschuldige. Ich wollte, dass es unvergesslich wird. Ich war so nervös, als ich merkte, dass die ganze Familie gekommen ist. Mama und Dad, Grandma und Grandpa und alle Tanten und Onkel und Cousins und Cousinen. Brandon hat Blumen geschickt."

Sie griff ein Kleenex und setzte sich wieder. „Ich hab gedacht, ich schaffe es nicht. Mir war so schrecklich übel." Sie presste die Hand auf den Bauch. „Aber dann habe ich nur noch die Musik gefühlt. Wenn das passiert, ist alles okay. Du weißt es einfach."

Brody sah sich in dem kleinen Raum um. Überall rote Rosen, Hunderte von roten Rosen. Champagner im Eiskübel, exotische Kostüme. All dieser Glamour und Luxus, die neben ihrer Freude verblassten.

Wie konnte sie das alles aufgeben? Warum sollte sie das tun?

Er wollte die Frage gerade aussprechen, als die Tür aufgestoßen wurde und ihre ganze Familie hereinströmte. Damit war der Moment vorbei.

Am nächsten Tag im Haus ihrer Großeltern in Brooklyn war sie genauso in ihrem Element wie auf der Bühne. Die verführerische Sirene von gestern Abend hatte sich in eine liebenswerte junge Frau verwandelt, die barfuß und in Jeans umherging.

Brody versuchte, diese beiden Personen in Einklang zu bringen, aber es blieb ein Rätsel für ihn. Wenn er wieder Ruhe hatte, würde er noch mal gründlicher ansetzen. Für den Moment musste das warten. Das Haus war voll mit Menschen, dass er sich schon fragte, wie lange wohl noch genug Sauerstoff in den Zimmern vorhanden sein würde. Der Geräuschpegel musste inzwischen ein gesundheitsschädliches Level erreicht haben.

An der Wand stand ein Klavier, und irgendjemand spielte immer. Alles, von Bach bis Rock. Verlockende Düfte wehten aus der Küche herüber, Wein wurde großzügig ausgeschenkt, und niemand schien länger als fünf Minuten still zu stehen.

Sein Sohn ging völlig darin auf. Er sah ihn mit Max zusammen auf einem abgenutzten Teppich liegen, wo sie ‚Karambolage' mit ihren Autos spielten. Beim letzten Mal, als er ihn gesehen hatte, saß er auf Yuris Schoß und unterhielt sich ernsthaft mit ihm, wobei es sich um so etwas Wichtiges wie Weingummidrops gehandelt haben musste, die während des Gesprächs verteilt wurden. Und davor war Jack mit ein paar

Teenagern die Treppe heruntergestürmt gekommen. Brody hatte gar nicht mitbekommen, dass Jack nach oben gegangen war. Da hatte er beschlossen, seinen Sohn besser im Auge zu behalten.

„Ihm geht's gut." Eine Frau mit dem typischen Stanislaski-Aussehen – ungezähmt und schön – ließ sich neben ihn auf das Sofa fallen. „Hi, ich bin Rachel", stellte sie sich lächelnd vor. „Kates Tante. Ist nicht so leicht, uns auseinanderzuhalten, was?"

„Es gibt ziemlich viele von euch hier." Rachel also. Verzweifelt versuchte er, sich an die Details zu erinnern. Richterin, genau. Die Schwester von Kates Mutter. Verheiratet mit … dem Typ, dem die Bar gehörte. Der Nicks Halbbruder war.

War es da ein Wunder, wenn ein Mann durcheinanderkam?

„Sie werden's schon noch ausknobeln. Der da drüben, der gehört zu mir." Sie zeigte auf einen großen Mann, der gerade einen hochgeschossenen Teenager in den Schwitzkasten nahm. „Der, der gerade unseren Sohn Gideon erwürgt, während er sich mit Sydney unterhält. Der Rotschopf ist mit meinem Bruder Mik verheiratet. Laurel ist Miks und Sydneys Jüngste. Mik steht da drüben mit meinem anderen Bruder Alex zusammen, während Alex' Frau Bess – noch ein Rotschopf – scheinbar gerade etwas sehr Wichtiges mit ihrer Tochter Carmen und Nicks und Freddies Kelsey zu bereden hat. Der große hübsche junge Mann, der da gerade aus der Küche kommt, ist Griff, Miks Ältester. Anscheinend hat er etwas zu essen von Nadia, meiner Mutter, ergattert. Haben Sie alles behalten?"

„Äh …"

„Verdauen Sie das erst mal." Sie lachte und tätschelte sein Knie. „Denn es gibt noch eine ganze Menge mehr von uns. Also, Ihrem Sohn geht es bestens – und Sie haben nichts mehr zu trinken. Noch Wein?"

„Sicher, warum nicht."

„Bleiben Sie sitzen, ich besorge Ihnen ein Glas." Damit war sie schon fort.

Prompt setzte sich Griff neben ihn und begann ein Gespräch über das Tischlerhandwerk.

Zumindest damit befand Brody sich auf sicherem Grund.

Kate schob sich durch die Menge, zwei Gläser Wein in der Hand, von dem sie eines Brody reichte. Dann setzte sie sich auf die Sofalehne. „Alles in Ordnung hier?"

„Ja, bestens. Alte Pfadfinderregel: Wenn du dich verlaufen hast, beweg dich nicht von der Stelle. Dann finden sie dich schon. Hier kommen alle möglichen Leute vorbei, setzen sich, plaudern ein paar Minuten, dann sind sie wieder weg. So langsam bekomme ich auf diese Art einen Durchblick."

Noch während er redete, setzte Alex sich dazu und legte die Füße auf den Kaffeetisch. „Also, Bess und ich überlegen uns gerade, ob wir nicht noch zwei Räume an unser Wochenendhaus anbauen sollen."

„Siehst du jetzt, was ich meine?", sagte Brody grinsend zu Kate.

Sie überließ ihn Alex und schlenderte zur Küche. Ihre Mutter legte gerade letzte Hand an eine riesige Schüssel mit frischem Salat. Nadia stand am Herd und überwachte, wie Miks jüngster Sohn Adam etwas in einem Topf umrührte.

„Braucht ihr noch Hilfe?"

„Wir haben schon zu viel Hilfe in der Küche", antwortete Nadia. Ihr Haar war jetzt schlohweiß, lag in sanften Wellen um ein immer noch markantes Gesicht. Ihre Augen funkelten vergnügt, als sie Adam lobend auf den Rücken klopfte. „Das hast du gut gemacht. Jetzt geh."

„Gibt es bald was zu essen?", fragte er voller Ungeduld, bevor er die Küche verließ. „Wir sterben nämlich schon alle vor Hunger."

„Ja, bald. Sag deinen Geschwistern und deinen Cousins und Cousinen schon mal Bescheid, dass der Tisch gedeckt werden muss."

„Okay!" Schon während er aus dem Raum flitzte, rief er laut seine Befehle.

„Das ist einer, der immer den Ton angeben muss."

Natasha lachte. „Mama, sie alle wollen immer den Ton angeben. Wie hält Brody sich, Kate?"

„Er unterhält sich mit Onkel Alex." Sie fischte sich einen Crouton aus der Schüssel. „Ist er nicht süß?"

„Er hat klare Augen", sagte Nadia. „Direkt, warmherzig. Und er erzieht seinen Sohn gut. Du hast Geschmack bewiesen."

„Ich habe ja auch von den Besten gelernt." Sie küsste Nadia auf die Wange. „Danke, dass ihr ihn willkommen heißt."

Nadia fühlte ihr Herz seufzen. „Geh und deck den Tisch mit den Kindern. Sonst denken dein junger Mann und sein Sohn noch, bei uns gäbe es nichts zu essen."

„Sie werden sich schon bald vom Gegenteil überzeugen können." Sie naschte noch einen Crouton, küsste ihre Mutter auf die Stirn und huschte aus der Küche.

„Nun …" Nadia guckte in einen Topf. „Bald werden wir wohl auf ihrer Hochzeit tanzen können. Du bist zufrieden mit ihm?"

„Aber ja." Natasha konnte kaum erkennen, was sie da mit dem Salat tat. „Er ist ein guter Mann, und er macht sie glücklich. Ehrlich gesagt, wenn ich jemanden für sie hätte aussuchen müssen, wäre ich auch bei Brody angekommen. Ach Mama …" Mit tränenfeuchten Augen blickte sie zum Herd hinüber. „Sie ist mein Baby."

„Ich weiß, ich weiß." Nadia eilte zu ihrer Tochter und bot ihr eine Ecke ihrer Schürze an, während sie die andere dazu benutzte, die eigenen Tränen abzutupfen.

Die kommende Woche arbeitete Kate hart, sie freute sich darauf, die Türen für ihre ersten Schüler öffnen zu können. Das Tanzstudio war fertig, die Böden glatt und schimmernd, an den Wänden hingen blitzende Spiegel. Ihr Büro war eingerichtet und durchorganisiert, die Umkleideräume mit allem Nötigen ausgestattet.

Und jetzt, quasi als krönender Abschluss, war auch die Schrift auf dem Vorderfenster angebracht:

Kimball School of Dance

Sie stand auf dem Bürgersteig, die Handflächen aneinandergepresst, und las. Las noch einmal. Und noch mal.

„Entschuldigung, Miss …?"

„Hm?" Gedankenverloren blinzelte Kate und drehte sich langsam um. Eine Frau kam über die Straße. Oh nein, die Frau, die vorbeigekommen war, als Brody sie wie einen Sack auf seiner Schulter getragen hatte …! „Oh. Ja. Hallo."

„Hallo. Wir haben uns noch gar nicht richtig vorgestellt." Man sah der Frau an, dass sie sich genauso unwohl fühlte wie Kate. „Ich bin Marjorie Rowan."

„Kate Kimball."

„Ja, ich weiß. Ihren Freund kenne ich auch schon. Der Vermieter hat ihn mal wegen einer Reparatur vorbeigeschickt."

„Aha."

„Nun, ich habe im Geschäft Ihrer Mutter eine Broschüre mitgenommen. Meine Tochter – Audrey, sie ist acht – redet schon die ganze Zeit darüber, dass sie Ballettunterricht nehmen will."

Zuerst kam die Erleichterung. Diese Unterredung drehte sich also nicht um Erregung öffentlichen Ärgernisses, sondern nur um eine potenzielle neue Schülerin.

„Wir können uns gern darüber unterhalten. Oder wenn Sie möchten, rede ich auch erst mit Ihrer Tochter. Nächste Woche fangen die ersten Klassen an. Möchten Sie hereinkommen, sich das Studio ansehen? Kommen Sie, dann können Sie mir von Ihrer Audrey erzählen."

„Danke. Sie kommt bald aus der Schule zurück. Das wird eine wunderbare Überraschung für sie sein." Marjorie folgte Kate ins Haus. „Wissen Sie, als kleines Mädchen wollte ich auch immer Ballettunterricht haben. Aber wir konnten es uns damals nicht leisten."

„Warum holen Sie das jetzt nicht nach?"

„Jetzt?" Marjorie lachte leise auf. „Ich bin zu alt für Ballettunterricht."

„Es ist eine gute Übung, hält fit und in Form. Und es macht Spaß. Dafür ist niemand zu alt. Sie scheinen doch eine ganz passable Figur zu haben."

„Man tut, was man kann." Marjorie sah sich mit einem verträumten Lächeln in dem Studio um, sah die Ballettstangen, die Spiegel, die gerahmten Fotos. „Ich kann mir vorstellen, dass es großen Spaß machen würde. Aber ich kann mir keinen Unterricht für uns beide leisten."

„Kommen Sie mit durch in mein Büro. Darüber werden wir uns bestimmt einig werden."

Eine knappe Stunde später spurtete Kate nach oben. Sie musste ihr Glück mit jemandem teilen, und Brody war der Auserkorene. Sie hatte nicht nur zwei neue Schüler – ihr erstes Mutter-Tochter-Team –, sondern auch eine neue Idee für ihr Angebot.

Familienkurse.

Sie rannte durch das kleine Wohnzimmer und blieb plötzlich mitten in der Bewegung stehen. Drehte sich einmal um die eigene Achse.

Es war fertig. Böden und Wände waren glatt, das Holz glänzte wie Seide.

Vor lauter Aufregung und Arbeit hatte sie es gar nicht bemerkt. Die Vollendung war völlig an ihr vorbeigerauscht.

Erstaunt ging sie in die Küche. Auch hier glänzte und schimmerte alles. Die Schränke warteten nur darauf, gefüllt zu werden. Die Fensterbank schrie förmlich nach Blumentöpfen.

Sie strich mit einem Finger über den Frühstückstresen. Brody hatte recht gehabt, nein, verbesserte sie sich in Gedanken, sie beide hatten recht gehabt. In allem. Die Wohnung wie auch der Rest des Gebäudes war eine gemeinschaftliche Anstrengung gewesen. Und es war perfekt geworden.

Sie eilte ins Schlafzimmer, wo Brody vor dem Einbauschrank hockte und das Schloss montierte. Jack saß daneben auf dem Boden, die Zunge zwischen die Zähne geklemmt, und schraubte konzentriert einen Messinggriff an eine der Schubladen. Mike lag zwischen den beiden und schnarchte zufrieden vor sich hin.

„Es gibt doch nichts Schöneres, als anderen bei der Arbeit zuzusehen." Beide sahen auf und brachten ihr Herz zum Klingen. „Hallo, hübscher Jack."

„Ich darf mithelfen, weil Rod und Carrie zum Zahnarzt müssen. Ich war schon. Keine Löcher."

„Das ist gut. Brody, ich war so mit dem Erdgeschoss beschäftigt, dass ich gar nicht gemerkt habe, wie weit hier oben schon alles ist. Es ist wunderschön geworden, genau richtig."

„Da sind noch ein paar Kleinigkeiten. Draußen muss natürlich auch noch einiges gemacht werden, aber ansonsten … alles ist bereit." Trotzdem spürte er nicht die Befriedigung, die ihn sonst überkam, wenn ein Auftrag fast vollendet war. Im Gegenteil, seit Tagen war er deprimiert.

„Ich liebe es!" Sie ging in die Hocke und ließ sich von einem aufgewachten und begeisterten Mike begrüßen. „Gerade haben sich zwei neue Schüler angemeldet. Wenn ich jetzt noch zwei gut aussehende Männer finden könnte, die mit mir feiern … das würde den Tag zu einem runden Abschluss bringen."

„Wir können doch mitgehen!"

„Jack, morgen ist Schule. Du musst früh zu Bett."

„Ich dachte an ein frühes Abendessen", improvisierte Kate, als sie Jacks langes Gesicht sah. „Hamburger und Pommes frites bei ‚Chez McDo'."

„Sie meint McDonald's", erklärte Jack, sprang seinem Vater auf den Rücken und drückte ihn fest. „Bitte, Dad, können wir nicht gehen?"

Und schon wieder mit dem Rücken zur Wand, dachte Brody. „Ziemlich schwer, ein so ausgefallenes Mahl auszuschlagen."

„Das heißt Ja!", übersetzte Jack und umarmte Kates Beine. „Können wir jetzt sofort gehen?"

„Ich muss hier noch was zu Ende machen." Brody strich sich das Haar aus der Stirn. Und schaute sie einfach nur an.

Das hatte er jetzt schon öfter gemacht, seit sie aus New York zurück waren. Etwas war anders an diesem Blick. So anders, dass die Frösche wieder in Kates Magen zu hüpfen begannen.

„Eine Stunde ungefähr. Einverstanden?", fragte er.

„Sicher. Kann ich dir deine rechte Hand entführen? Ich möchte es meiner Mutter sagen. Dann können wir auch gleich mit Mike Gassi gehen."

„In Ordnung. Jack, es wird nicht gebettelt, verstanden?" Brody musterte seinen Sohn streng.

„Er meint, ich soll nicht nach Spielzeugen fragen. Ich hole Mikes Leine. Dad, kann ich …" Den Rest flüsterte er seinem Vater ins Ohr.

„Ja, klar", erlaubte dieser.

„Wir sind in einer Stunde wieder zurück."

„Gut." Brody wartete, bis er die drei die Treppe hinuntertoben hörte, dann setzte er sich auf seine Fersen.

Er würde ein paar Entscheidungen treffen müssen. Es war schlimm genug, dass er nicht von Kate loskam, aber Jack war völlig verrückt nach ihr.

Ein erwachsener Mann überlebte die paar Beulen und Kratzer an seinem Herzen. Aber das durfte er dem Herzen seines Kindes nicht zumuten. Ihm blieb nur eins: Er musste sich mit Kate zusammensetzen und ernsthaft reden. Es wurde Zeit, dass sie die Dinge zwischen sich klärten.

Und er musste mit Jack reden. Er musste wissen, was der Junge dachte, was er fühlte. Schließlich würde auch sein Leben davon betroffen sein.

Jack zuerst, entschied Brody. Vielleicht sah der Junge in Kate ja nur eine gute Freundin, vielleicht würde es ihn verstören, sollte sie eine größere Rolle in ihrem Leben einnehmen. Schließlich hatte es für Jack immer nur ihn und seinen Dad gegeben.

Er zuckte zusammen, als er aus den Augenwinkeln eine Bewegung wahrnahm.

„Wenn du diesen Krach abstellen würdest, würdest du etwas hören können und dich nicht so erschrecken", brummte Bob O'Connell.

„Ich höre gern Musik bei der Arbeit." Brody richtete sich auf. „Brauchst du etwas?"

Seit jenem Tag in der Küche der Kimballs hatten die beiden Männer nicht mehr miteinander gesprochen. Jetzt sahen sie sich argwöhnisch an.

„Ich habe dir etwas zu sagen", setzte Bob an.

„Dann sag es."

„Ich habe mein Bestes getan für dich. Immer. Es ist nicht richtig von dir, dass du das nicht anerkennen willst. Vielleicht war ich zu hart mit dir, aber du warst ein wildes Kind und brauchtest eine starke Hand. Ich hatte eine Familie zu ernähren, und ich habe es auf die einzige Weise getan, die ich kenne. Vielleicht habe ich nicht genug Zeit mit dir verbracht …" Er steckte die Hände in die Hosentaschen. „Ich war einfach nicht der Typ dazu, so wie du mit Jack. Tatsache ist, wenn man mit dir Zeit verbracht hat, war es nicht so einfach und angenehm wie mit Jack. Dass Jack so ist, ist dein Verdienst. Vielleicht hätte ich es dir schon früher sagen sollen, aber ich sage es jetzt."

Brody schwieg lange, versuchte, den Schock zu verarbeiten. „Weißt du", hob er schließlich an, „das ist die längste zusammenhängende Rede, die du je an mich gerichtet hast."

Bobs Gesicht wurde hart. „Nun, dann bin ich fertig." Er wandte sich zum Gehen.

Brody legte den Bohrer beiseite. „Dad … danke."

Bob stieß den Atem aus und drehte sich wieder um. Er schien mit den Worten zu kämpfen. „Dann kann ich wohl weitermachen. Wahrscheinlich hätte ich dich an dem Tag nicht so anfahren sollen, nicht vor deinem Jungen und deiner … der

Kimball-Tochter. Deine Mutter hat mir eine anständige Gardinenpredigt gehalten."

Brody war fassungslos. „Mom?"

„Ja." Ärgerlich und frustriert trat Bob leicht gegen die Türschwelle. „Das tut sie nicht oft, aber wenn, dann Gnade einem Gott. Auch jetzt redet sie kaum mit mir. Sagt, ich hätte sie beschämt."

„Das habe ich von Kate auch zu hören bekommen. Sie ist auch nicht schlecht in Gardinenpredigten."

„Ich kann nicht gerade behaupten, es hätte mir gefallen, dass sie mich so angegiftet hat. Aber ich muss gestehen, sie hat Mumm. Sie wird dich auf dem richtigen Weg halten."

„Darauf achte ich selbst."

Bob nickte. Der Druck, der seit Tagen auf seiner Brust lastete, löste sich ein bisschen. „Du hast deinen Job gemacht. Gute Arbeit. Für einen Tischler."

Es war das erste Mal seit langer Zeit, dass Brody seinen Vater anlächelte und es ernst meinte. „Du hast auch gut gearbeitet. Für einen Klempner."

„Was dich aber nicht davon abgehalten hat, mich zu feuern."

„Du hast mich wütend gemacht."

„Verflucht, wenn du jeden Arbeiter feuerst, der dich wütend macht, kriegst du bald keinen Bautrupp mehr zusammen. Wie geht es deiner Hand?"

Brody spreizte die Finger. „Ist wieder in Ordnung."

„Gut. Da keine bleibenden Schäden zurückgeblieben sind, könntest du ja vielleicht mal zum Telefon greifen und deine Mutter anrufen. Ihr sagen, dass man die Luft zwischen uns wieder atmen kann. Mir wird sie es wohl nicht glauben."

„Einverstanden, mache ich. Ich weiß, dass ich eine Enttäuschung für dich war …"

„He, jetzt warte aber …"

„Nein, ich weiß es." Brody ließ sich nicht unterbrechen. „Vielleicht war ich selbst auch von mir enttäuscht. Aber ich habe es wiedergutgemacht. Für Connie. Für Jack. Und für mich auch. Zum Teil habe ich es sogar für dich getan. Ich wollte dir zeigen, dass ich etwas wert bin."

„Das hast du mir gezeigt." Bob war nie gut darin gewesen, den ersten Schritt zu tun, aber jetzt tat er es. Er kam mit ausgestreckter Hand auf seinen Sohn zu. „Ich denke, ich kann stolz darauf sein, was du aus dir gemacht hast."

„Danke." Brody nahm die Hand seines Vaters und drückte sie fest. „Ich habe da einen neuen Auftrag, soll eine Küche renovieren. Hast du Lust, die Installationen zu übernehmen?"

Bobs Lippen zuckten. „Kann schon sein."

12. KAPITEL

Während Vater und Sohn die Kluft zwischen sich überbrückten, schlenderte Kate mit dem jüngsten O'Connell über die Straße.

„Ich habe doch nicht gebettelt, oder?"

„Aber nein!" Sie sah ihn gespielt schockiert an. „Mama und ich mussten dich ja praktisch zwingen, das Flugzeug anzunehmen. Nein, hübscher Jack, wir haben dich angebettelt."

Jack grinste verschmitzt. „Wirst du es Dad auch so erzählen?"

„Natürlich. Er wird bestimmt damit spielen wollen. Dieser Jet ist ziemlich cool."

„Wie der, mit dem wir nach New York geflogen sind." Er drehte sich im Kreis und machte das laute Motorengebrumm nach. „Das war super! Ich habe allen eine Karte geschrieben, als Dankeschön. Gefällt dir meine Karte?"

Sie tippte auf die Tasche, wo eine in ordentlicher Druckschrift geschriebene Postkarte steckte. „Ich finde sie ganz toll. Es war sehr höflich und sehr gentlemanlike, dass du Freddie und Nick und meinen Großeltern eine Karte geschickt hast."

„Sie haben gesagt, ich darf wiederkommen. Yuri will sogar, dass ich dann in seinem Haus übernachte."

„Würde dir das gefallen?"

Er nickte. „Er kann mit den Ohren wackeln."

„Ich weiß."

„Kate?"

„Hm?" Sie bückte sich, um Mike aus der Leine zu befreien, mit der er sich fast erwürgte. Als sie sich wieder aufrichtete, bemerkte sie Jacks Blick. Ein sehr ernster, sehr nachdenklicher Blick. Genau wie sein Vater vorhin. „Was gibt es denn, hübscher Jack?"

„Können … können wir uns da auf die Mauer setzen und reden?"

„Sicher." Das war wirklich ernst. Kate hob Jack auf die

halbhohe Mauer, setzte ihm Mike auf den Schoß und zog sich ebenfalls hoch. „Also, worüber willst du reden?"

„Ich hab mich nur gefragt, ob …" Er hatte mit seinen besten Freunden darüber geredet. Mit Max in New York und mit Rod in der Schule. Es war ein Geheimnis. Sie hatten es mit Spucke und Handschlag besiegelt. „Du magst meinen Dad doch, oder?"

„Aber ja, sehr sogar."

„Und du magst Kinder, so wie mich?"

„Vor allem Kinder wie dich." Sie legte ihm einen Arm um die Schultern und drückte ihn an sich. „Wir sind Freunde."

„Mein Dad und ich mögen dich auch. Auch sehr sogar. Deshalb dachte ich mir …" Er sah zu ihr auf, das kleine Gesichtchen so jung und so ernst. „Willst du uns heiraten?"

„Oh." Ihr Herz stockte, machte einen Sprung, fiel mit einem lauten Pochen wieder auf seinen Platz zurück und floss über. „Oh Jack."

„Weißt du, wenn du es tust, dann kannst du mit uns in unserm Haus leben. Dad macht es richtig schön. Und wir haben auch einen Garten, und dann können wir den Garten bepflanzen. Morgens könntest du mit uns frühstücken, dann zu deiner Schule fahren und den Leuten das Tanzen beibringen. Und dann kommst du wieder nach Hause. Es ist nicht weit."

Gerührt legte sie die Wange an seinen Kopf. „Ach Herzchen."

„Dad ist wirklich nett. Er schreit nur ganz selten", fuhr Jack hastig fort. „Er hat keine Frau mehr, weil sie in den Himmel gehen musste. Ich wünschte, sie wäre bei uns geblieben, aber sie musste weg."

„Ich weiß."

„Vielleicht traut sich Dad ja nicht, dich zu fragen, weil du vielleicht auch in den Himmel musst. Rod glaubt das. Aber das wirst du nicht tun, oder?"

„Jack." Sie kämpfte die Tränen zurück und nahm sein Gesicht in ihre Hände. „Ich habe vor, noch sehr lange hierzubleiben. Hast du mit deinem Vater darüber gesprochen?"

Er schüttelte den Kopf. „Nein, weil der Junge das Mädchen fragen muss. Hat Max gesagt. Ich und Dad werden dir auch einen Ring kaufen, weil Mädchen einen brauchen. Und du darfst mich auch küssen, und ich werde ganz brav sein. Du und Dad, ihr könnt auch Babys machen. Das tun Leute doch, wenn sie verheiratet sind. Ich hätte ja lieber einen Bruder, aber eine Schwester geht auch. Wir können uns lieb haben und alles. Also, wirst du uns bitte heiraten?"

Selbst in ihren wildesten Träumen hätte sie sich nie vorstellen können, einen Heiratsantrag von einem sechsjährigen Jungen zu bekommen, auf einer kleinen Mauer an einem sonnigen Frühlingsnachmittag. Nichts hätte schöner sein können.

„Jack, ich verrate dir jetzt ein Geheimnis. Ich habe dich schon lieb."

„Wirklich?"

„Ja. Und deinen Dad auch. Ich werde ganz gründlich nachdenken über das, was du mir gesagt hast. Wenn ich dann Ja sage, dann weißt du, dass ich es mir mehr als alles andere auf der Welt wünsche. Wenn ich Ja sage, dann bist du aber nicht mehr nur Dads kleiner Junge. Du wärst dann auch mein kleiner Junge. Verstehst du das?"

Er nickte, sein Gesicht bestand nur noch aus Augen. „Du würdest meine Mom sein, richtig?"

„Ja, ich würde deine Mom sein."

„Das ist in Ordnung."

„Schön. Ich werde also darüber nachdenken." Sie küsste ihn auf die Stirn und hüpfte von der Mauer.

„Wird es lange dauern, bis du fertig nachgedacht hast?"

Sie hob ihn herunter und hielt ihn fest, bevor sie ihn auf den Boden stellte. „Nein, diesmal nicht. Aber so lange soll es noch unser Geheimnis bleiben, ja?"

Sie gab sich fast volle vierundzwanzig Stunden Zeit. Schließlich war sie eine Frau, die wusste, was sie wollte. Vielleicht war das Timing nicht gerade perfekt, aber das ließ sich eben nicht ändern.

Die Dinge liefen ja auch nicht in den logisch geordneten Bahnen, wie sie es vorgezogen hätte. Aber sie war flexibel. Ja, wenn sie etwas nur stark genug wollte, konnte sie auch flexibel sein.

Sie hatte überlegt, ob sie Brody zu einem romantischen Dinner zu zweit einladen sollte. Und den Gedanken verworfen. Ein Antrag in einem Restaurant mit hundert anderen Leuten würde es schwierig machen, ihn festzunageln, falls es nötig werden sollte.

Sie spielte mit dem Gedanken, bis zum Wochenende zu warten. Ein romantisches Dinner bei Brody. Kerzenlicht, Wein, Musik.

Nein, das ging auch nicht. Wenn Jack bis dahin nicht längst mit der Neuigkeit herausgeplatzt war – sie würde es bestimmt nicht so lange für sich behalten können.

Es würde nicht so werden, wie sie es sich vorgestellt hatte. Kein Mondschein, keine Geigen am Himmel. Brody würde ihr nicht tief in die Augen schauen und ihr seine ewige Liebe erklären.

Na schön, es würde also nicht perfekt sein, aber es war richtig. Richtig und gut. Zu diesem Zeitpunkt war nicht die Atmosphäre wichtig, sondern nur das Ergebnis. Also warum noch warten?

Einmal zu diesem Entschluss gekommen, war sie schrecklich enttäuscht, als sie die Räume über dem Studio leer vorfand.

„Wo zum Teufel bist du?", murmelte sie vor sich hin, steckte die Hände in die Taschen und marschierte auf und ab.

Der Schulbus! Sie rannte zur Tür. Er holte Jack vom Bus ab. Sie sah auf ihre Uhr, als sie die Treppe hinunterstürmte. Er konnte nur wenige Minuten Vorsprung haben.

„He! Wo brennt's denn?" Spencer fing sie auf, als sie die letzten drei Stufen hinuntersprang.

„Dad! Entschuldige, aber ich muss mich beeilen. Ich muss Brody einholen." Sie küsste ihn hastig auf die Wange. „Ich muss ihn fragen, ob er mich heiraten will."

„Oh, nun …" Sie war schneller als er, jünger, aber der Schock reichte aus, um ihn so schnell zu machen, dass er sie abfing, bevor sie zur Haustür hinausrennen konnte. „Was hast du da gerade gesagt?"

„Ich werde Brody fragen, ob er mich heiratet. Ich habe alles genau durchdacht."

„Katie."

„Ich liebe ihn, und ich liebe Jack, Dad. Ich habe jetzt keine Zeit, es dir zu erklären, aber ich habe alles genau geplant. Vertrau mir."

„Jetzt hol erst mal Luft und dann …" Er sah in ihr Gesicht, ihre Augen. Sterne. Sein kleines Mädchen hatte Sterne in den Augen. „Er hat keine Chance."

„Danke." Sie warf ihrem Vater die Arme um den Hals. „Wünsch mir trotzdem Glück."

„Viel Glück." Er sah ihr nach, als sie davoneilte. „Leb wohl."

Brody hielt unterwegs an, um Milch, Eier und Brot zu besorgen. Jack hatte eine Manie für French Toast entwickelt. Als er in die Straße einbog, sah er auf seine Uhr. Zehn Minuten zu früh. Er hatte zu viel Zeit für den Einkauf eingeplant.

Also stieg er aus und ließ Mike auf dem Hügel herumtollen. Der Frühling hielt Einzug, mit Riesenschritten. Die ersten Knospen öffneten sich schon, ein Hauch von Grün, wirklich nur eine Andeutung, zog sich über die Landschaft. Etwas lag in der Luft.

Vielleicht war es Hoffnung.

Das Haus sah mehr und mehr aus wie ein Zuhause. Schon bald würde er sich eine Hängematte im Garten aufhängen können. Ein Schaukelstuhl auf der Veranda wäre auch nicht schlecht. Oder eine Hollywoodschaukel. Und er würde für Jack ein Planschbecken besorgen. An den langen, milden Sommerabenden könnte Jack mit Mike auf dem Rasen herumtollen. Und er würde auf der Veranda sitzen und zusehen. Zusammen mit Kate.

Schon seltsam. Ohne Kate konnte er sich dieses Bild nicht vorstellen. Wollte es auch nicht.

Er würde sich Zeit lassen. Erst einmal ausloten, wie Jack zu dem Ganzen stand. Danach musste er herausfinden, ob Kate bereit war, einen Schritt weiter zu gehen.

Vielleicht sollte er ihr einen kleinen Tipp in die Richtung geben. Nichts im Leben war perfekt, es war ein stetiges Projekt in Arbeit.

Es war genau wie bei einem Haus. Man brauchte ein gutes solides Fundament, darauf konnte man aufbauen. Dieses Fundament hatten sie. Er sah es genau vor sich. Er, Kate, Jack und die Kinder, die noch kommen würden. Ein Haus brauchte Kinder. Es war an der Zeit, das Gerüst aufzustellen, es zu etwas Solidem zu machen.

Vielleicht war sie noch nicht bereit für eine Ehe. Immerhin hatte sie gerade erst ihr Tanzstudio eröffnet. Vielleicht brauchte sie auch mehr Zeit, um sich an den Gedanken zu gewöhnen, plötzlich die Mutter eines Sechsjährigen zu sein. Er konnte geduldig sein, er würde ihr Zeit lassen.

Er sah zu dem Haus auf dem Hügel empor. Es sah aus, als würde es auf etwas warten.

Aber nicht zu viel Zeit, beschloss er im Stillen. Wenn er erst mal mit dem Bauen angefangen hatte, wollte er weiterarbeiten. Und er wollte Kate mit dabeihaben, bei dem wichtigsten Projekt seines Lebens. Sie sollte mit ihm zusammen daran arbeiten.

Also, so beschloss er, während er zum Briefkasten ging, als Erstes würde er mit Jack darüber reden. Sein Sohn sollte sich sicher fühlen. Jack hatte einen Narren an Kate gefressen, aber vielleicht würde er sich Sorgen machen, welche Veränderungen sich ergeben würden, wenn er, Brody, und Kate heirateten. Diese Sorgen musste Brody schon vorab ausräumen.

Direkt heute Abend würden sie darüber reden, nach dem Abendessen. Und wenn Jack und er sich einig waren, würde er ausknobeln, was er zu Kate sagen konnte, damit sie alle für den nächsten Schritt bereit waren.

Er nahm die Post aus dem Briefkasten und sah die Briefe durch, als Kate mit ihrem Wagen neben seinem Pick-up parkte und ausstieg. „Hi." Überrascht warf er die Briefe durch das offene Fenster in die Fahrerkabine. „Dich hatte ich hier nicht erwartet." Aber jetzt wusste er, dass er nicht mehr lange warten konnte.

„Ich muss dich im Studio wohl gerade verpasst haben." Ihr Blick war unergründlich.

„Gibt's ein Problem?"

„Nein. Es gibt überhaupt keine Probleme." Sie ging zu ihm und legte ihre Hände auf seine Brust, eine Angewohnheit, die ihm wie immer den Puls hochjagte. „Du hast mir keinen Kuss gegeben, bevor du gegangen bist."

„Deine Bürotür war geschlossen. Ich dachte mir, du seist beschäftigt."

„Dann küss mich jetzt." Sie strich mit ihren Lippen über seinen Mund, hob kritisch eine Augenbraue, als er den Kuss kurz hielt und sich zurückziehen wollte. „Das kannst du aber besser."

„Kate, der Bus kommt gleich …"

„Mach es besser." Sie schmiegte sich an ihn, und die Stimmung änderte sich sofort. Er legte eine Hand auf ihren Rücken, die andere schob er in ihr Haar. Und dann vergaßen sie beide alles um sich herum.

„Mmh, das meinte ich. Es ist Frühling", fügte sie hinzu und legte den Kopf zurück, um ihn anschauen zu können. „Weißt du, was einen jungen Mann im Frühling beschäftigt? Außer Baseball, natürlich?"

Er grinste sie an. „Dass die Felder gepflügt werden müssen?"

Sie lachte und verschränkte ihre Finger mit seinen. Ja, die Frösche waren wieder da, hüpften wild, aber es gefiel ihr. „Na schön. Was, glaubst du, beschäftigt eine junge Frau im Frühling? Im Speziellen diese junge Frau, die vor dir steht?"

„Bist du hier, um es mir zu sagen?"

„Ja, ich denke schon ..." Sie kaute an ihrer Unterlippe, dann ließen sich die Worte nicht länger zurückhalten. „Brody, heirate mich."

Er zuckte zusammen, dann erstarrte er zu Stein. In seinen Ohren summte ein wild gewordener Hornissenschwarm. Er hatte Halluzinationen, das musste es sein. Es war unmöglich, dass sie hier vor ihm stand und genau das aussprach, worüber er die letzten fünf Minuten nachgedacht hatte. Wie er es sagen sollte, wie er sie fragen sollte.

Um seine Fassung wiederzuerlangen, trat er einen Schritt zurück.

„Mit diesem heruntergeklappten Unterkiefer siehst du weder sonderlich attraktiv noch intelligent aus."

Vielleicht träumte er ja nur. Aber sie sah so echt aus. Sie schmeckte auch echt. Sein rasender Herzschlag war bestimmt echt. Außerdem hatte er sie ja auch in seinen Träumen gefragt. Verflucht. „Eine Frau kommt nicht einfach mitten am Tag zu einem Mann und sagt ihm, dass er sie heiraten soll."

„Wieso nicht?"

„Weil ..." Wie sollte er einen klaren Gedanken fassen können, wenn diese Hornissen in seinem Kopf schwirrten? „Weil sie es einfach nicht macht."

„Ich habe es doch gerade getan." Sie spürte Ärger in sich aufwallen und drängte ihn zurück. Ihre Finger zitterten leicht, als sie begann, Gründe aufzuführen und an ihnen abzuzählen. „Seit Monaten treffen wir uns. Wir sind keine Kinder mehr. Wir sind gerne zusammen. Wir respektieren uns. Da ist es doch nur der nächste logische Schritt, wenn man an eine Heirat denkt."

Er musste die Zügel wieder in die Hand nehmen. Jetzt, sofort. „Du hast aber nicht gesagt: an eine Heirat denken, oder? Du hast nicht gesagt: Lass uns darüber reden, oder?" Was er vorgehabt hatte, wenn sie ihm überhaupt die Chance dazu gelassen hätte. „Es gibt noch eine Menge andere Faktoren, die wichtig sind, nicht nur zwei Menschen, die gerne zusammen sind und sich respektieren."

Sich lieben, zum Beispiel. Gott, wie sehr er sie liebte. Aber er musste wissen, wie es weitergehen sollte. Mit der Zukunft. Getrennt oder gemeinsam. Als Familie. Es gab da Dinge, die vorher geklärt werden mussten.

„Natürlich, aber …"

„Fangen wir bei dir an", unterbrach er sie. „Im Moment hast du die Wahl, deine Ballettkarriere zu jedem Zeitpunkt wieder aufzunehmen. Nichts hält dich davon ab, nach New York zurückzukehren, auf die Bühne."

„Mein Tanzstudio hält mich davon ab. Diese Entscheidung habe ich getroffen, bevor ich dich kannte."

„Kate, ich habe dich gesehen, da oben auf der Bühne. Der Unterricht wird dir das nie geben können."

„Stimmt, denn er wird mir etwas anderes geben, und das ist das, was ich will. Brody, ich bin kein Mensch, der Entscheidungen aus einer Laune heraus fällt. Ich wusste genau, was ich tue. Was ich zurücklasse, wohin ich aufbreche. Wenn du mir nicht zutraust, dass ich mich an eine Abmachung halte, dann kennst du mich nicht."

„Damit hat das gar nichts zu tun. Ich kenne keinen anderen Menschen, der so konzentriert auf ein Ziel hinarbeitet wie du." Und er hatte gedacht, alles im Griff zu haben. Wie er vorgehen wollte. Wie er auf dem Fundament aufbauen wollte. Diese Frau feierte schon Richtfest. Sie würde sich gedulden müssen, denn was er baute, hielt das ganze Leben.

„Ich habe wesentlich mehr zu bedenken als nur den nächsten Karriereschritt. Ich habe Jack. Alles, was ich tue oder nicht tue, hat mit Jack zu tun."

„Brody, das weiß ich doch. Und du weißt, dass ich es weiß."

„Er mag dich sehr gern, aber er braucht Sicherheit. Stabilität. Er muss wissen, dass er sich auf mich verlassen kann, dass ich immer für ihn da sein werde. Kate … Gott, er hat in seinem ganzen Leben nur mich gehabt. Connie ist krank geworden, da war er erst ein paar Monate alt. Ihr blieb kaum Zeit mit ihm, bei all den Arzt- und Behandlungsterminen, den Krankenhausaufenthalten … Sie konnte sich nicht um ihn kümmern, und ich habe nur versuchen können, alles zusammenzuhalten. Unsere Welt stürzte ein, und ich konnte Jack nichts bieten. Die ersten beiden Jahre seines Lebens waren ein Albtraum."

„Oh Brody." Sie konnte es sich nur zu gut vorstellen, die Angst, die Panik, die Trauer. „Aber du hast es geschafft. Du hast ihm ein glückliches und normales Leben gegeben. Verstehst du denn nicht, wie sehr ich dich dafür bewundere? Respektiere?"

Er starrte sie an. Der Gedanke, dass alleinerziehende Väter bewundernswert waren, wäre ihm nie gekommen. „Kate, das musste ich doch tun. Zuerst an ihn denken. Es geht hier nicht nur um dich und mich, Kate. Wenn solch eine wichtige Entscheidung getroffen wird, eine, die das ganze Leben verändert, muss er mitreden können."

„Behaupte ich etwas anderes?"

Brody fluchte leise. „Ich kann nicht einfach zu ihm gehen und ihm sagen, dass ich heirate. Ich muss erst mit ihm darüber reden, ihn vorbereiten. Du übrigens auch. Er muss sich deiner genauso sicher sein können wie meiner, er muss sich auf uns verlassen können."

„Herrgott noch mal, O'Connell, meinst du denn, ich hätte all das nicht längst bedacht? Du kennst mich jetzt seit Monaten, du solltest eine höhere Meinung von mir haben!"

„Das hat doch damit nichts …"

„Jack hat mich längst gefragt, ob ich dich heiraten will."

Brody sah ungläubig in ihr erhitztes, wütendes Gesicht, dann hob er abwehrend die Hände. „Ich muss mich setzen."

Ein Baumstumpf hielt als Sitzgelegenheit her. Mike kam angerannt und legte Brody die Leine in den Schoß. Er warf sie weit den Hügel hinauf, und der Hund rannte los, um sie zu holen. „Was hast du gesagt?", brachte er schließlich hervor.

„Sag mal, spreche ich Chinesisch? Jack hat mir gestern einen Antrag gemacht. Offensichtlich fällt es ihm nicht so schwer zu entscheiden, was er will, wie seinem Vater. Er hat mich gebeten, euch zu heiraten. Euch beide. Und ich habe nie ein schöneres Angebot gehört. Aber von dir werde ich wohl keins hören."

„Du hättest deinen Antrag bekommen, wenn du zwei Tage gewartet hättest", murmelte er in sich hinein, dann, lauter: „Tust du das nur, um Jack glücklich zu machen?"

„Eines lass dir gesagt sein: Sosehr ich dieses Kind auch liebe, ich würde seinen begriffsstutzigen, sturen Vater nicht heiraten, wenn ich es nicht wollte. Jack ist der Meinung, dass wir gut füreinander sind und ein gutes Leben zusammen haben können. Ich stimme ihm da zu. Und du … du sitzt einfach da wie ein Holzklotz."

Nicht nur Kate hatte ihm die Pointe verdorben, sein sechsjähriger Sohn war vor ihm über die Ziellinie gelaufen. Er wusste nicht, ob er eingeschnappt oder begeistert sein sollte. „Vielleicht wäre ich nicht ganz so erschlagen, wenn du dich nicht so von hinten an mich herangeschlichen hättest."

„Von hinten? Angeschlichen? Hast du denn keine Augen im Kopf? Ich habe doch alles getan! Hätte ich es mir auf die Stirn schreiben sollen? Warum wohl bin ich noch nicht in die fertige Wohnung über der Schule eingezogen, Brody? Eine durchorganisierte, praktische Frau wie ich lässt so etwas nicht schleifen. Es sei denn, sie hat gar nicht die Absicht, dort zu wohnen."

Er stand auf. „Weil … Ich weiß nicht."

„Warum habe ich jede freie Minute mit dir verbracht, oder mit dir und Jack? Warum komme ich hierher, unterdrücke meinen Stolz und bitte dich, mich zu heiraten? Warum sollte ich überhaupt irgendetwas von diesen Dingen tun, wenn ich dich nicht lieben würde? Du Idiot!" Sie machte auf dem Absatz kehrt und stapfte wütend zu ihrem Wagen. Tränen der Wut und der Qual liefen ihr über die Wangen.

Ein Schraubstock legte sich um sein Herz, drückte zu, unerträglich. „Kate, wenn du in diesen Wagen einsteigst, werde ich dich mit Gewalt herauszerren! Wir sind noch nicht fertig!"

Die Hand am Türgriff, drehte sie sich zu ihm um. „Ich bin zu wütend, um mit dir zu reden."

„Du brauchst nichts zu sagen. Setz dich." Er deutete auf den Baumstumpf.

„Ich will aber nicht sitzen."

„Kate!"

Sie warf die Hände in die Luft, stolzierte zum Stumpf und setzte sich. „Da! Zufrieden?"

„Erstens: Ich heirate niemanden, nur um Jack eine Mutter zu geben. Zweitens: Ich heirate niemanden, der keine Mutter für Jack sein will. So, da das nun klar ist, können wir über dich und mich reden. Ich weiß, du bist wütend, aber höre bitte mit dem Weinen auf."

„Wegen dir würde ich keine einzige Träne vergießen, darauf kannst du dich verlassen!"

Er zog ein Taschentuch hervor und ließ es in ihren Schoß fallen. „Mach sie weg, ja? Ich habe auch so schon genug Schwierigkeiten."

Sie rührte sein Taschentuch nicht an und wischte sich unwirsch die Tränen mit der Hand fort.

„Gut. Das ist eine Kiste." Er zeigte auf den Boden vor seinen Füßen. „Alles, was wir bisher gesagt haben, geht in die Kiste, und ich nagle die Kiste zu. Wir können sie später noch öffnen. Jetzt fangen wir noch mal ganz von vorne an."

„Von mir aus kannst du diese Kiste in den tiefsten Abgrund werfen." Kate schniefte unwirsch und warf Brody einen trotzigen Blick zu.

„Ich wollte heute Abend mit Jack reden", begann er. „Herausfinden, wie er über ein paar Änderungen denkt. Ich ging davon aus, dass ihm die Idee gefallen würde. Ich kenne meinen Sohn ziemlich gut, aber offensichtlich nicht gut genug, um ihm zuzutrauen, dass er hinter meinem Rücken meiner Frau einen Antrag machen würde."

„Deiner Frau?"

„Halt den Mund", sagte er warm. „Wenn du nur ein Weilchen länger den Mund gehalten hättest, wäre dieses spezielle Gespräch folgendermaßen abgelaufen." Er trat näher, legte seine Hand unter ihr Kinn. „Kate, ich liebe dich. Nein, bleib sitzen", befahl er, als sie sich erheben wollte. „Ich habe die ganze Zeit darüber nachgedacht, wie ich es anfangen soll, bevor du hier aufgetaucht bist."

„Bevor ich hier …? Oh." Sie stieß die Luft aus und blickte auf den Boden, „Ist dieser Deckel auch wirklich dicht?"

„Vertrau mir, absolut dicht."

„Gut." Sie schloss für einen Moment die Augen, wollte einen klaren Kopf bekommen, aber die Euphorie, die sie ergriffen hatte, verhinderte das. Und das, so entschied sie, war perfekt. So und nicht anders musste es sein.

„Würde es dir etwas ausmachen, noch mal anzufangen? Bei diesem Teil mit ‚Ich liebe dich'?"

„Kein Problem. Ich liebe dich, Kate. Schon vom ersten Augenblick an, als ich dich sah, kam ich ins Schlingern. Aber ich dachte immer daran, dass ich mein Gleichgewicht behalten müsste. Dass du dich nie mit jemandem wie mir abgeben würdest. Und jedes Mal, wenn ich stärker schlingerte, zog ich mich wieder zurück, weil ich eine Menge guter Gründe zu haben glaubte. Jetzt sehe ich keine mehr, aber damals war es eben so."

„Ich bin für dich geschaffen worden, Brody, so wie du für mich."

„An diesem Abend im Haus deiner Schwester, da konnte ich mich nicht mehr zurückziehen. Ich bin genau auf der Klippe gelandet. Und als ich dich dann am nächsten Abend auf der Bühne gesehen habe, da bin ich abgestürzt, über den Rand gestürzt. Ich wusste, dass ich dich liebe. Es war ein so starkes Gefühl. Das hat mich wieder völlig durcheinandergebracht."

Er ging vor ihr in die Hocke. „Kate, vor ein paar Minuten habe ich hier gestanden und mir überlegt, wie es sein würde. Ich habe dieses Bild gesehen – du und ich zusammen auf der Veranda, in einer Hollywoodschaukel, die ich noch kaufen muss."

Die Tränen wollten wieder fließen, aber sie kämpfte sie entschlossen zurück. „Das Bild gefällt mir."

„Mir auch. Siehst du, ich habe mir vorgestellt, wir bauen ein Haus. Nicht wie das da oben auf dem Hügel, sondern so eine Art Beziehungshaus. Ich lasse mir dabei lieber Zeit, denn es ist wichtig, dass es richtig und gründlich gebaut wird. Damit es länger hält."

„Und ich habe dich gedrängt."

„Ja, genau. Aber mir ist auch klar geworden, dass zwei Leute nicht immer mit dem gleichen Tempo planen, aber am Ende trotzdem am gleichen Platz ankommen. Am richtigen Platz."

Eine Träne stahl sich nun doch aus ihrem Auge. „Ich bin genau da, wo ich sein will." Sie nahm sein Gesicht in beide Hände. „Brody, ich liebe dich. Ich will …"

„Nein, jetzt bin ich an der Reihe." Er zog sie hoch. „Siehst du das Haus da oben auf dem Hügel?"

„Ja."

„Da muss noch einiges dran getan werden, aber es hat Potenzial. Dieser Hund, der gerade seinen eigenen Schwanz jagt, ist fast stubenrein. Ich habe einen Sohn, der gleich mit einem verspäteten Schulbus hier ankommt. Er ist ein guter Junge. All das will ich mit dir teilen. Ich will auch ab und zu bei der Ballettschule vorbeikommen und zusehen dürfen, wie du tanzt. Ich will Kinder mit dir haben. Ich glaube, ich mache mich ganz gut als Vater."

„Oh Brody!"

„Ruhe, ich bin noch nicht fertig. Im Sommer möchte ich

draußen im Garten sitzen, den wir gemeinsam angelegt haben. Du bist die Einzige, mit der ich das alles teilen will."

„Himmel, frag mich endlich, bevor ich in Tränen aufgelöst bin und dir noch nicht einmal eine Antwort geben kann."

„Du drängelst schon wieder. Aber das mag ich an dir. Heirate mich, Kate." Er küsste sie leicht. „Heirate mich."

Sie konnte nicht antworten, konnte nur ihre Arme um seinen Nacken schlingen und all ihre Gefühle in ihren Kuss legen, der mehr sagte als jedes Wort. Der Hund rannte aufgeregt bellend um sie herum. Noch an Brodys Lippen begann Kate zu lachen.

„Ich bin ja so glücklich."

„Ich hätte nichts dagegen, wenn du endlich Ja sagen würdest."

Sie lehnte den Kopf zurück, schaute ihm in die Augen und sagte etwas, das in den laut quietschenden Bremsen des Schulbusses unterging. Die Tür öffnete sich, und Jack kam herausgesprungen. Mike stürzte mit freudigem Gebell auf ihn zu.

„Bitte, lass mich", murmelte Kate, dann drehte sie sich zu Jack um. „Hallo, du Hübscher."

„Hi." Er sah die Tränen auf ihren Wangen und warf seinem Vater einen argwöhnischen Blick zu. „Hast du dir wehgetan?"

„Nein. Manchmal weinen die Leute auch, wenn sie so glücklich sind, dass alles in ihnen zu explodieren scheint. So glücklich bin ich im Moment. Weißt du noch, was du mich gestern gefragt hast, Jack?"

Er biss sich auf die Lippen, schaute wieder besorgt zu seinem Vater und nickte.

„Nun, ich habe die Antwort. Für euch beide." Sie hielt Brodys Hand und legte die andere an Jacks Wange. „Sie heißt Ja."

Jack riss die Augen auf. „Ehrlich?"

„Ganz ehrlich."

„Dad! Rate mal!"

„Was?"

„Kate wird uns heiraten. Das ist doch okay, oder?"

„Das ist absolut okay. Und jetzt lass uns nach Hause gehen."

Sie ließen den Pick-up und den Wagen stehen, wo sie waren, und gingen zu Fuß zum Haus hinauf. Jack rannte voraus, den übermütig bellenden Mike auf den Fersen. Auf dem
Rasen blieb Brody stehen, drehte sich zu Kate und küsste sie.

Nein, es ist nicht nur einfach okay, dachte Kate.

Es ist perfekt.

EPILOG

„Dad, wie lange noch?"

„Nur noch ein paar Minuten. Komm her, lass mich dieses Ding gerade ziehen." Brody hob Jack auf einen Stuhl und richtete die schwarze Krawatte, zupfte die rote Rose an seinem Revers zurecht. „Meine Hände sind ganz feucht." Brody lachte leise.

„Hast du auch kalte Füße? Grandpa sagt, dass manche Männer an ihrem Hochzeitstag kalte Füße bekommen."

„Nein, keine kalten Füße. Ich liebe Kate, ich will sie heiraten."

„Ich auch. Du bist der Bräutigam, und ich darf Trauzeuge sein."

„So." Brody trat zurück und musterte seinen Sohn. Ein Sechsjähriger im schwarzen Anzug. „Du siehst richtig schick aus, Jack."

„Wir beide, hat Grandma gesagt. Und sie hat geweint. Max sagt, dass alle Mädchen auf Hochzeiten weinen. Warum eigentlich?"

„Keine Ahnung. Wir werden nachher ein Mädchen fragen." Er drehte Jack herum, damit dieser sich im Spiegel ansehen konnte. „Heute ist ein großer Tag. Wir drei werden eine Familie."

„Ich kriege eine Mom und noch mehr Großeltern und ganz viele Onkel und Tanten und Cousins und Cousinen. Und wenn du die Braut geküsst hast, dann gibt's eine ganz große Party mit ganz viel Kuchen. Hat Nana gesagt." Kates Mutter hatte ihm erlaubt, sie Nana zu nennen. Das gefiel ihm.

„So ist es."

„Und dann fährst du mit Kate in die Flitterwochen, damit ihr euch küssen könnt."

„Das ist der Plan. Wir rufen dich jeden Tag an. Und schicken Postkarten", fügte er noch an. Trotzdem war ihm mulmig bei dem Gedanken, ohne seinen Sohn wegzufahren.

„Ja, und wenn ihr zurückkommt, wohnen wir alle zusammen. Rod hat gesagt, dass ihr in den Flitterwochen ein Baby machen werdet. Stimmt das?"

Brody räusperte sich. „Darüber müssen Kate und ich noch reden."

„Ich darf sie doch Mom nennen, oder?"

„Ja, sie hat dich nämlich ganz doll lieb, Jack."

„Das weiß ich." Jack rollte mit den Augen. „Deswegen heiratet sie uns ja auch."

Brandon öffnete die Tür und sah Bräutigam und Trauzeuge einander angrinsen. „Na, seid ihr so weit?"

„Los, komm schon, Dad. Lass uns heiraten gehen."

Kate trat aus dem Brautraum und reichte ihrem Vater die Hand.

„Du bist so schön." Er führte ihre Hand an seine Lippen. „Mein Baby."

„Bring du mich nicht auch noch zum Heulen. Ich habe mich gerade wieder gefangen, nachdem Mama mich schon so weit hatte." Sie strich fahrig über sein Jackettrevers. „Ich bin so glücklich, Daddy. Und ich will nicht mit verheulten Augen vor den Altar treten."

„Frösche im Bauch?"

„Die tanzen eine wilde Polka. Ich liebe dich, Dad."

„Und ich liebe dich, Katie."

Der Hochzeitsmarsch setzte ein. „Das ist für uns." Sie nickte ihrem Vater zu.

Am Arm ihres Vaters wartete sie, bis der Brautzug, bestehend aus ihrer Schwester und ihren Cousinen, voranschritt. Ihre kleine Nichte ging ganz vorne und warf rote Rosenblätter in den Gang.

Als sie in das Mittelschiff trat, in einem wallenden weißen Kleid, die lange Schleppe hinter sich herziehend, war alle Nervosität vergessen. Es war nur noch Raum für das pure Glück.

„Sieh sie dir nur an, Daddy. Sind meine beiden Männer nicht wunderbar?"

399

Ihr Vater war ganz ruhig, als er ihre Hand in Brodys legte.

„Kate." Wie ihr Vater führte Brody ihre Finger an seine Lippen. „Ich werde sie glücklich machen", sagte er zu Spencer, dann sah er Kate in die Augen. „Du machst mich glücklich."

„Du siehst hübsch aus." Jack vergaß sich und hüpfte aufgeregt herum. „Richtig hübsch, Mom."

Ihr Herz, schon zum Bersten voll vor Glück, floss über. Sie beugte sich vor und küsste ihn auf die Wange. „Ich liebe dich, Jack. Jetzt gehörst du zu mir." Sie richtete sich auf und traf Brodys Blick. „So wie du."

Sie reichte ihrer Schwester den Brautstrauß, nahm Jack bei der freien Hand, und dann heiratete sie ihre beiden Männer.

– ENDE –

Lesen Sie auch:

RaeAnne Thayne

Hope's Crossing: Zauber der Hoffnung

Ab September 2013 im Buchhandel

Band-Nr. 25689
7,99 € (D)
ISBN: 978-3-86278-752-4

Diesem Lächeln hatte sie noch nie widerstehen können. Nicht einmal damals, als er nur der nervige kleine Bruder ihrer besten Freundin gewesen war, dessen einziger Lebenszweck darin bestand, sie und Alex in den Wahnsinn zu treiben. Dass sie sich nach all den Jahren nun zu ihm hingezogen fühlte, war wirklich überhaupt nicht angebracht. Und schon gar nicht jetzt, wo ihr Leben und ihr Laden dermaßen durcheinandergeraten waren.

„Ich habe gehört, dass du endlich Dr. Vollidiot den Laufpass gegeben hast. Wurde auch höchste Zeit. Du warst immer viel zu gut für ihn, von Anfang an. Ich habe keine Ahnung, was du jemals an diesem kleinen Angeber gefunden hast."

Ungefähr eine halbe Minute zu spät und mit einer Mischung aus Entsetzen und Belustigung fiel Claire wieder ein, dass Holly noch immer neben ihr stand. Sie drehte sich etwas zur Seite, um seine Aufmerksamkeit auf die andere Frau zu lenken.

„Ähm, Riley. Darf ich dir Holly vorstellen, Jeffs neue Frau? Holly, das ist Riley McKnight, ehemals stadtbekannter Satansbraten und jetzt der neue Polizeichief von Hope's Crossing."

Mit hochrotem Kopf und Schmollmund wirkte Holly, als ob sie einen acht Millimeter großen venezianischen Klunker verschluckt hätte.

„Entschuldigen Sie, Ma'am." Riley schenkte ihr ein zerknirschtes Lächeln, hielt dabei aber hinter seinem Rücken die Finger so gekreuzt, dass nur Claire es sehen konnte. „Claire ist eine alte Freundin. Ich fürchte, ich habe mich da etwas hinreißen lassen, ohne nachzudenken."

Holly schien nicht zu wissen, was sie machen sollte – ob sie ihren Ehemann verteidigen oder die peinliche Situation einfach ignorieren sollte. Sie wirkte verunsichert und schrecklich jung, obwohl Riley mit seinen dreiunddreißig Jahren nur acht Jahre älter als sie war.

Dann hatte sie offenbar beschlossen, ihn einfach nicht zu beachten. Steif sagte sie zu Claire: „Ich schätze, du brauchst mich jetzt nicht mehr, oder?"

„Nein, ich komme schon klar." Jetzt tat es ihr leid, dass sie einen Moment lang so etwas wie Schadenfreude verspürt hatte. „Aber danke dir. Und ich werde dir Bescheid geben, wann der Laden wieder öffnet. Dann können wir uns ein paar hübsche Accessoires für deine Schwangerschaftsgarderobe überlegen."

„Keine Eile, wir können das auch irgendwann mal tun. Ich schätze, dann bis heute Abend bei Owens Auftritt, oder? Jeff und ich können für Macy und dich Plätze frei halten, wenn du möchtest."

Wahrscheinlich hatte sie diese kleine spitze Bemerkung verdient, ob sie nun beabsichtigt war oder nicht – nämlich dass Claire bei der jährlichen Frühlingsfeier der Grundschule, dem Spring Fling, von ihrer zwölfjährigen Tochter begleitet wurde, während Holly neben ihrem attraktiven, erfolgreichen Orthopäden-Chirurgen-Ehemann saß.

„Danke, doch ich weiß noch nicht, um wie viel Uhr wir kommen werden."

„Wir reservieren euch trotzdem Plätze. Ganz bestimmt will Macy sehen, wie mir der neue Pulli steht, den wir zusammen ausgesucht haben."

„Zweifellos", entgegnete Claire. „Dann bist später."

Kaum hatte Holly den Laden verlassen, da wand sich Claire aus Rileys Umarmung heraus und versuchte zu verdrängen, wie viel älter sie sich sofort fühlte. Um Himmels willen, in ihren Laden war eingebrochen worden. Jetzt war wirklich nicht der passende Zeitpunkt für ein fröhliches, freundschaftliches Wiedersehen.

„Donna Mazell hat mir erzählt, dass *String Fever* nicht der einzige Laden ist, der letzte Nacht überfallen wurde."

Er nickte, wobei er sich vorbeugte, um Chesters am Kinn zu kraulen. „Offenbar hatten die Einbrecher eine arbeitsreiche Nacht. Vier Einbrüche bisher."

„Ich habe eine Alarmanlage. Warum ist die nicht losgegangen? Die Sicherheitsfirma hätte reagieren müssen."

„Das ist eine gute Frage. Ich schätze jetzt einfach mal, dass du bei Topflight Security bist."

„Ja."

„Ist wohl kein Zufall, dass die anderen Geschäfte ebenfalls Topflight-Kunden sind. Das ist ein Gesichtspunkt, den wir bei den Ermittlungen zu berücksichtigen haben."

Sie runzelte die Stirn. „Du glaubst doch nicht, dass die Firma da irgendwie mit drinsteckt?" Der Besitzer der Sicherheitsfirma war ein Freund von ihr, sie konnte sich unter keinen Umständen vorstellen, dass einer seiner Mitarbeiter etwas mit den Überfällen zu tun hatte.

„Im Moment weiß ich noch nicht, was ich denken soll. Könnte sein, dass ihr Computersystem geknackt wurde, aber das wissen wir nicht. Wir sind gerade dabei, alle Hinweise zu sammeln, die wir dann später überprüfen. Wann hast du gestern den Laden geschlossen?"

„In der Zwischensaison, im Frühling und im Herbst, haben wir sonntags geschlossen. Also könnte der Einbruch irgendwann zwischen Samstagabend und heute Morgen stattgefunden haben."

„Hast du schon herausgefunden, was fehlt?"

„Mein Computer ist weg. Ein ziemlich neuer iMac, den ich erst vor einem halben Jahr gekauft habe. Die Kasse ist leer, doch da lasse ich nur ungefähr fünfzig Dollar Wechselgeld drin. Die Einnahmen habe ich am Samstag selbst noch bei der Bank eingeworfen, bevor ich nach Hause gegangen bin."

Zum Glück. Das Wochenende war zwar stressig gewesen, Owen hatte zur Kostümanprobe gemusst, und ihre Mutter hatte sie in der letzten Sekunde gebeten, verschiedene Medikamente aus der Apotheke zu besorgen, aber sie konnte sich glasklar daran erinnern, wie sie zur Bank gefahren war, um die Geldbombe einzuwerfen.

„Haben sie sonst noch was geklaut?"

„Um ehrlich zu sein, habe ich noch nicht so genau nachgesehen. Ich wollte keine Spuren verwischen oder so."

„Gut, dann sieh jetzt nach, was fehlt."

Den abgeschlossenen Glasschrank hatten die Einbrecher zum Glück nicht angerührt. Hier bewahrte sie die wertvollen tschechischen Kristalle auf, die Donna erwähnt hatte, außerdem mundgeblasenes venezianisches Glas und die teureren Schmuckstücke, die entweder sie oder Evie für ihre Kunden hergestellt hatten. An der Wand entdeckte sie drei leere Haken, an die sie ein paar ihrer weniger teuren Ketten gehängt hatte. Das Gute war, dass sie ihre eigenen Stücke sofort erkennen würde, sollte jemand dumm genug sein, die Beute in der Stadt verkaufen zu wollen.

Sie ging quer durch den Verkaufsraum in die Werkstatt, wo sie die Materialien aufbewahrte – Perlen, Verschlüsse und Drähte, Zangen und Seitenschneider. Hier schien nichts zu fehlen.

Zum Schluss betrat sie ihr Büro und schnappte hörbar nach Luft.

Riley war sofort an ihrer Seite. „Whoa." Er starrte das Hochzeitskleid an, das noch in der Schutzhülle mit einer ihrer eigenen Scheren aufgeschlitzt worden war. „Nun, das ist interessant."

Interessant? Ihr wären spontan hundert verschiedene Adjektive eingefallen, allerdings war interessant nicht darunter.

„Das ist ein Designer-Hochzeitskleid", erwiderte sie stöhnend. „Ich hatte es nur für ein oder zwei Tage hier, um nach Wunsch der Kundin Perlen am Mieder anzubringen. Ich habe dafür eine horrende Kommission bezahlt."

Eine Kommission, die sie jetzt wohl in den Wind schießen konnte – genauso wie die Zukunft des ganzen Ladens höchstwahrscheinlich. „Wer kann nur so fies sein?"

„Reine Spekulation, aber vielleicht war es jemand, der die Braut nicht besonders mag. Wem gehört das Kleid?"

„Genevieve Beaumont. Die Tochter des Bürgermeisters."

Die Hochzeit mit dem Sohn eines der reichsten Geschäftsmänner der Gegend war das gesellschaftliche Ereignis und sollte erst in acht Monaten stattfinden. Vielleicht konnte man dasselbe Kleid noch einmal bestellen, dann hätte Claire noch genug Zeit für die Perlenstickerei.

Oder die ziemlich verwöhnte Braut beschloss, Claire zu verklagen, weil sie ihren großen Tag ruiniert hatte.

Chester stupste mit dem Kopf gegen ihr Bein, und am liebsten wäre sie neben ihn auf die Erde gesunken, mitten hinein in die verstreuten Perlen, um ihn in die Arme zu nehmen und eine Weile in Selbstmitleid zu schwelgen. Ihre Kehle war wie zugeschnürt, Tränen brannten hinter ihren Augen, aber sie blinzelte sie weg und schluckte schwer. Sie hatte keine Zeit für einen Tränenausbruch, nicht jetzt, wo sie dieses Chaos beseitigen musste – und vor allem nicht vor dem neuen Chief, Himmel noch mal.

„Das ist ein Albtraum. Und es ergibt auch überhaupt keinen Sinn. Warum haben sie das Kleid zerschnitten, doch die Perlen nicht mitgenommen? Die sind ein Vermögen wert."

„Das kann ich dir nicht beantworten. Aber ich verspreche dir, Claire, dass ich es herausfinde."

Riley war als Junge vielleicht ein echter Plagegeist und als Teenager ein furchtbarer Unruhestifter gewesen, doch nach allem, was sie in den vergangenen Jahren von Alex und dem Rest seiner Familie über ihn gehört hatte, schien er sich wirklich gemacht zu haben und ganz und gar in seinem Job als Polizist aufzugehen.

Die meisten Bewohner von Hope's Crossing waren froh darüber, dass er seinen Job als verdeckter Ermittler in Kalifornien aufgegeben hatte und zurückgekommen war. Nur im Polizeirevier selbst hatte seine Einstellung wohl einigen Unmut ausgelöst.

„Dann sag mir, was ich noch tun kann, um dir dabei zu helfen."

407

„Lass mich einfach mal in Ruhe den Tatort begehen. Wie wäre es, wenn du mit deinem Hund bei Maura einen Kaffee trinkst? Das hier könnte eine Weile dauern."

„Ich würde lieber bleiben, wenn es dich nicht stört. Ich werde mich auch bemühen, dir nicht im Weg rumzustehen."

„Kein Problem. Ich freue mich über deine Gesellschaft. Wünschte nur, wir hätten uns unter anderen Umständen wiedergetroffen."

Und dann saß sie eine Stunde lang ganz vorn in der ersten Reihe, während Riley arbeitete – Beweise einsammelte, Fingerabdrücke nahm und Fotos machte.

Es war nicht gerade einfach, diesen so kompetent und professionell auftretenden Gesetzeshüter mit der schrecklichen Nervensäge von früher in Einklang zu bringen. Genauso wenig wie mit dem wilden, wütenden Teenager, in den er sich nach der Scheidung seiner Eltern entwickelt hatte – wobei sie die Geschichten über seine Sauftouren und Schlimmeres nur vom Hörensagen kannte, da sie zu dieser Zeit in Boulder das College besucht hatte.

Der Riley aus ihrer Erinnerung jedenfalls hatte einmal einen Kassettenrekorder im Zimmer seiner Schwester versteckt, damit er die Gespräche mit Claire aufnehmen konnte. Die Unterhaltungen hatten sich damals natürlich ausschließlich um Jungs gedreht; die Mädchen waren zwölf, dreizehn Jahre alt gewesen und hatten gerade angefangen, sich für das andere Geschlecht zu interessieren. Claire hatte sich in Jeff Bradford verguckt, den klügsten und hübschesten Jungen eine Stufe über ihnen. Und Alexandra hatte ein Auge auf den Quarterback des Freshman-Football-Teams geworfen, Jason Kolpecki.

Sie sprachen lang und breit über ihre Traumprinzen an diesem Nachmittag, ohne zu ahnen, dass Riley die Schlange alles aufzeichnete – um später damit zu drohen, den Jungs die Kassette vorzuspielen, wenn sie nicht taten, was er von ihnen verlangte.

Gut nur, dass die Kollegen bei der Polizei, die von Rileys Rückkehr nicht besonders begeistert waren, nichts von seiner Karriere als Erpresser ahnten. Zwei Monate lang hatten Claire und Alex an seiner Stelle den Rasen der McKnights mähen müssen.

Das alles schien Ewigkeiten her zu sein, tief vergraben unter den Ereignissen, die später folgten. Der skandalöse Tod ihres Vaters, der Nervenzusammenbruch ihrer Mutter, die Midlife-Crisis *seines* Vaters, durch die seine Familie schließlich auseinandergerissen wurde.

Was würde sie nicht dafür geben, wieder in dieser herrlich einfachen Zeit zu leben, als sie sich nur Gedanken über ihre Mathenoten machen musste und darüber, ob Riley ihre heimliche Schwärmerei für Jeff Bradford ausplaudern würde oder nicht.

Nach einer weiteren halben Stunde – er hatte lange mit seinen Kollegen an den anderen Tatorten telefoniert – sammelte Riley schließlich das letzte Beweisstück ein und packte alles in eine Tasche.

„Das wär's erst mal", sagte er. „Ich werde das ins kriminaltechnische Labor schicken. Mit etwas Glück haben wir dann ein paar Fingerabdrücke."

„Danke, Riley. Ich weiß deine Hilfe wirklich zu schätzen."

„Kein Problem. Ich hoffe, dass ich schon bald Neuigkeiten für dich habe."

Er warf ihr ein breites, entzückendes Lächeln zu, das er als Jüngster in einer Familie mit fünf Töchtern perfektioniert hatte, dasselbe Lächeln, mit dem er sich früher aus allen Schwierigkeiten herauswinden konnte.

Ein kleiner erregter Schauer durchzuckte sie, und noch einer, während er auf sie zutrat und nach ihrer Hand griff.

„Es ist wirklich toll, dich zu sehen, Claire. Wenn sich die Lage etwas beruhigt hat, könnten wir doch mal zusammen oben im Resort zu Abend essen und über alte Zeiten plaudern. Was meinst du?"

409

Okay, sie war nun seit Ewigkeiten nicht mehr in der Dating-Szene unterwegs – genau genommen seit sie mit fünfzehn Jeffs Freundin geworden war, doch dieser Vorschlag von Riley McKnight klang definitiv, als ob er mehr als nur ein Dinner im Sinn hätte.

„Ähm." Großartige Antwort, das war ihr klar. Aber sie konnte sich nicht entsinnen, wann sie zuletzt so durcheinander gewesen war – außer wenn sie mal wieder die Einkaufsliste zu Hause hatte liegen lassen. Bestimmt hatte sie ihn falsch verstanden. Er wollte einfach nur höflich sein, oder?

„Das ist nur eine Einladung zum Abendessen, Claire." Als er lächelte, bildete sich ein Grübchen über seinem Mundwinkel. „Ich wollte dich damit nicht in Angst und Schrecken versetzen."

Schwach lächelnd rief sie sich in Erinnerung, dass es sich bei diesem Mann um niemand anderen als den nervtötenden kleinen Riley McKnight handelte. „Bevor du mich in Angst und Schrecken versetzt, färbe ich mir die Haare pink und steige bei einer Punk-Band ein."

„Also, *das* würde ich wirklich gern sehen."

Zu spät fiel ihr wieder ein, dass er sich niemals geschlagen gab. Einmal hatte Alex einen Monat lang Hausarrest bekommen, weil sie mit ihrem Bruder gewettet hatte, dass er sich nicht trauen würde, mit dem Fahrrad den *Woodrose Mountain* hinunterzufahren, ohne zu bremsen. Er hatte es vor seinem spektakulären Sturz schon fast bis nach unten geschafft – und selbstverständlich die Bremse nicht ein einziges Mal berührt.

Doch das war Jahre her. Und man wurde kein erfolgreicher Gesetzeshüter, wenn man nicht wusste, worum es im Leben eigentlich ging.

„Wir werden bestimmt jede Menge Gelegenheiten haben, über alte Zeiten zu plaudern", entgegnete sie so gefasst wie möglich. „Alex hat erzählt, dass du das alte Harperhaus in der Blackberry Lane gemietet hast. Das ist nur ein paar Meter von mir entfernt. Ich wohne in dem roten Ziegelhaus mit den Säulen."

Er lächelte wieder. „Großartig. Dann weiß ich ja, wo ich mir mal eine Tasse Zucker ausleihen kann."

Wie in aller Welt bekam er es nur hin, dass so eine harmlose Bemerkung dermaßen erotisch klang? Sie beschloss, nicht darauf einzugehen – und nicht zu erwähnen, wie lange es her war, dass sie irgendjemandem eine Tasse Zucker geliehen hatte, um bei seinem Wortspiel zu bleiben.

„Ist es in Ordnung, wenn ich den Laden jetzt öffne? Ich kann es mir nicht leisten, ihn einen ganzen Tag zuzumachen."

„Was meine Arbeit betrifft, klar. Soll ich jemanden zum Aufräumen vorbeischicken?"

Sie schüttelte den Kopf. „Ich trommle selbst ein paar Leute zusammen."

„Gut. Dann rufe ich dich an, ja?"

Sie runzelte die Stirn. Da sie außer Übung war und nicht wusste, wie sie ihn auf möglichst taktvolle Art und Weise entmutigen konnte, sagte sie einfach: „Riley, ich weiß nicht, ob das so eine gute Idee wäre …"

Er warf ihr einen langen, amüsierten Blick zu. „Komisch. Ich dachte, du würdest gern erfahren, wie die Ermittlungen laufen."

„Natürlich will ich das!"

„Was meinst du, warum ich sonst anrufen wollte?"

Darauf gab es keine Antwort, die sie nicht wie eine Idiotin dastehen ließ. *Jetzt* erinnerte sie sich wieder ganz genau daran, wie er sie und Alex früher immer schier in den Wahnsinn getrieben hatte.

„Ich meine überhaupt nichts. Bitte ruf mich an. Wenn es um den Fall geht jedenfalls."

„Sehr schön. Ich melde mich."

Erst nachdem er gegangen war und sie die Tür hinter ihm geschlossen hatte, fiel ihr wieder das alberne Horoskop ein.

Etwas Schönes und Aufregendes steht Ihnen bevor. Gut, so könnte man Riley McKnight durchaus beschreiben, keine Frage. Zu schade nur, dass sie momentan kein Interesse an einem Mann hatte – und schon gar nicht am kleinen Bruder ihrer besten Freundin.

Lesen Sie auch von Nora Roberts:

Nora Roberts
The Sound of Love
Band-Nr. 25647
8,99 € (D)
ISBN: 978-3-86278-502-5
400 Seiten

Nora Roberts
Golden Dreams
Band-Nr. 25629
8,99 € (D)
ISBN: 978-3-86278-476-9
448 Seiten

Nora Roberts
Summer Fever
Band-Nr. 25601
8,99 € (D)
ISBN: 978-3-86278-332-8
416 Seiten

Von frechen Frauen und der ganz großen Liebe:

Victoria Dahl
Planlos ins Glück
Band-Nr. 25683
7,99 € (D)
ISBN: 978-3-86278-745-6
eBook: 978-3-86278-788-3
416 Seiten

Stephanie Bond
Liebe ist kein Beinbruch
Band-Nr. 25679
7,99 € (D)
ISBN: 978-3-86278-741-8
eBook: 978-3-86278-785-2
352 Seiten

Susan Andersen
Verküsst & zugenäht!
Band-Nr. 25675
8,99 € (D)
ISBN: 978-3-86278-735-7
eBook: 978-3-86278-781-4
304 Seiten

"Temporeich, aufregend, prickelnd!"
New York Times-Bestsellerautorin Lori Foster

Deutsche Erstveröffentlichung

Virna dePaul
HauchNah

Klick – noch ein Schnappschuss von der bunten Marktplatzszene. Dann wird die Welt um Natalie Jones dunkel. Die junge Fotografin erblindet plötzlich und zieht sich völlig zurück. Bis sie wegen ihres letzten Fotos, dem Schlüssel in einem grausamen Verbrechen, ins Visier des Mörders gerät. Special Agent Liam McKenzie soll sie beschützen. In seiner Nähe spürt sie ein erotisches Knistern. Obwohl sie fühlt, dass auch er sie begehrt, geht Natalie auf Distanz. Aus Angst, dass Liam nur Mitleid für sie empfindet.

Sie kommen einander keinen Schritt näher – bis der Killer erneut zuschlägt …

Band-Nr. 25680
7,99 € (D)
ISBN: 978-3-86278-742-5
eBook: 978-3-86278-786-9
320 Seiten